雪人

Snømannen

Jo Nesbø

[挪威] 尤·奈斯博———著 林立仁———译

CTS 湖南文艺出版社 博集天卷
PUBLISHING & MEDIA HUNAN LITERATURE AND ART PUBLISHING HOUSE CS-BOOKY

献给克里斯滕·汉墨菲·奈斯博

目 录
contents

N

奥斯陆市中心

法医学
研究所

霍
尔
门
科
伦
路

索
克
达
路

贺
福
路

贺福区

麦佑斯容区

维格兰
雕塑公园

玻
克
塔
路

彼
斯
路

伍
立
弗
路

伍立弗
医院

圣赫根区

亚
菲
街

哈利家

德
拉
街

史登拍
街

皇宫

奥
克
西
瓦
河

土贼区

奥
森
街

弗
格
街

塞路斯街

基努拉卡区

主
街

阿克尔港

阿克修斯
星垒

比格迪半岛

光谱剧院

广场饭店

中央
车站

托
布
街

船
街

德场公园

警察
总署

克里波

1公里

0   0.5

奥斯陆

苏里贸达村

翠瓦湖

霍尔门科伦
滑雪跳台

薯凯家

第一部

1 雪人

一九八〇年十一月五日　星期三

这天，天空开始飘雪。早上十一点，大片雪花从无色天际落下，入侵鲁默里克区的野地、庭院、花园、草地，犹如来自外层空间的白色大军。下午两点，利勒史托市出动扫雪机。下午两点半，莎拉·齐纳兰小心翼翼地驾驶她那辆丰田卡罗拉 SR5，缓缓行驶在克罗路的独栋洋房之间。十一月的白雪铺在蜿蜒起伏的乡间道路上，宛如替马路盖上一层羽绒被。

莎拉觉得这些房子在白天看起来很不一样，以至于她差点开过头，错过了他家的车道。她踩下刹车，车子猛然刹住。她听见后座传来呻吟声，朝后视镜望去，看见儿子摆出一张臭脸。

"不会花太久时间的，宝贝。"莎拉说。

她看见车库前方的积雪之间露出一大块黑色柏油路面，心知那个位置停过一辆搬家卡车。她觉得喉头紧缩，只希望自己并未来得太迟。

"谁住在这里啊？"儿子的声音从后座传来。

"妈妈认识的一个人。"莎拉说，下意识地在镜子里查看自己的头发，"等我十分钟就好，宝贝。我把钥匙留在车上，让你听收音机。"

她没等儿子回话就下了车，踩着滑溜的鞋底，连走带跑来到门口。这里她来过无数次，但没有一次是像这样在大白天前来，完全暴露在邻居窥探的视线中。倒不是说深夜来访就显得比较清白，不知道为什么，这种行为在夜幕降临后进行似乎比较恰当。

她听见门铃声在门内响了起来，犹如受困于果酱罐的大黄蜂发出嗡嗡声响。她感到急切之情在体内不断升高，不由得朝邻居窗户瞥了一眼，却不见任何动静，窗户上只映照着光秃秃的黑色苹果树、灰色天空和乳白色地面。过了一会儿，她终于听见门内传来脚步声，这才松了口气。片刻之后，她已在屋内，投身在他的怀抱中。

"亲爱的，不要走。"她说，听见自己的声带不由自主发出呜咽声。

"我非走不可。"他语气平淡，显然这句话很久以前就说得腻了，但他的双手依然熟悉地在她身上游走，并不觉得厌腻。

"不对，你不是非走不可，"她在他耳畔低声说，"你只是想离开，你不敢再继续下去。"

"我走不走跟我们的事没关系。"

她听见他的口气中透出些微怒意，同时感觉到他强壮温柔的手滑下她的脊椎，伸进裙子腰带，来到大腿上。他们就像一对配合娴熟的舞者，熟知对方的每个动作、脚步、呼吸、节奏。首先他们会做爱；他们的性爱是纯白色的，而这是美好的部分。做完爱之后，他们就得迎接黑暗的部分，也就是痛苦。

他的手在她外套上抚摸，在厚厚的衣料下找寻她的乳头。他时常为她的乳头神魂颠倒，无论如何总是会回到她的乳头上，也许是因为他自己没有乳头的缘故。

"你是不是把车停在车库前面？"他问，声音显然有点焦躁。

她点点头，觉得欢愉如同飞镖射入她的脑际，带来痛苦。她的性欲已为他张开双翅，准备迎接他的手指："我儿子在车上等。"

他的手陡然停住。

"他什么都不知道。"她呻吟一声，感觉到他的手开始撤退。

"你丈夫呢？他在哪里？"

"你说呢？当然是在上班啊。"

这次换她语带恼怒。她之所以恼怒除了因为他提到了她丈夫，也因为她只要一说到丈夫就无法不恼怒。她的身体需要他，立刻就要。她拉下他的裤子拉链。

"不要……"他说，抓住她的腰际。她挥出另一只手，捆了他一巴掌。他诧异地望着她，脸颊浮现红色掌印。她微微一笑，抓住他的浓密黑发，将他的脸拉到面前。

"你要走就走，"她轻声说，"可是在你走之前，你得再干我一次，明白吗？"

她感觉他的气息喷上面颊，这时他的吐息已接近喘息。她用空着的那只手又捆了他一巴掌，另一只手则感觉他的欲望在她手中逐渐膨胀。

他的撞击一次比一次强烈，但对她而言一切都已结束。她觉得麻木。魔法消失了，张力消散了，留下的只有绝望。她就要失去他了。她躺在床上的这一刻，已然失去了他。这么多年来，她为他思念渴慕，为他流过无数眼泪，为他涉险过无数次，而她却没有得到任何回报，唯一得到的只有一样东西。

他站在床尾，闭着双眼朝她冲刺。她看着他的胸膛。他们刚开始交往时，她看见他的胸肌上只有一大片白色肌肤，觉得颇为怪异，但是过了一阵子之后，她开始喜欢上这片胸膛，这片胸膛让她想到许多老式雕像为了不让社会大众有多余联想，刻意省去了乳头。

他的呻吟声越来越大，她知道他很快就会发出狂暴的吼声。她喜欢那狂暴的吼声，他的吼声总是充满惊奇，狂喜连连，几乎是以痛苦的方式呈现，仿佛每次高潮都远远超过他最狂野的想象。她等待着他发出那最后的吼声，像是对这间少了照片、窗帘和地毯的冰冷卧室发出道别的吼声。之后他会穿上衣服，前往挪威另一个角落。他说那里有人提供给他一份令他难以说不的工作，但他却可以对她说不，可以对她的求欢说不，而且依然可以发出欢愉的吼声。

她闭上双眼。吼声并未到来。他停止了动作。

"我看见一张脸。"他低声说。

她猛吃一惊:"在哪里?"

"窗户外面。"

窗户位于床铺另一端,就在她头部正上方。她翻过身来,感觉他已然垂软,滑出体外。她仍躺在床上,头部上方的窗户位置太高,她无法往外看。此外,如果有人要站在窗外往屋内窥看,那扇窗户的位置也同样过高。外头的阳光已逐渐黯淡,她只能在窗玻璃上看见天花板灯光的双重映像。

"你只是看见你自己吧。"她说,语气近乎恳求。

"我本来也这样想。"他说,依然盯着窗外。

莎拉在床上跪了起来,朝窗外庭院望去。她看见了一张脸。

她不由得松了口气,放声大笑。那张脸是白色的,上头有两个眼睛,嘴巴以黑色卵石排成,卵石可能是车道上捡来的,两只手臂是苹果树的树枝。

"我的老天,"她笑得上气不接下气,"只是个雪人而已嘛。"

她的笑声逐渐转变为哭声;她无助地啜泣,直到感觉他的手臂环抱住她。

"我得走了。"她呜咽地说。

"再待一会儿。"他说。

她又待上了一会儿。

莎拉往车库走去,看了看表,发现她已离开将近四十分钟。

他答应偶尔会打电话给她。他向来是个说谎高手,但这次她很高兴他扯了这个谎。她还没上车,就看见儿子的苍白脸庞在后座里凝视着她。她伸手去拉门把,却发现上了锁。她透过布满雾气的车窗看着儿子,敲了敲窗户,儿子才打开门锁。

她坐进驾驶座,发现收音机静默无声,车内冷森森的,车钥匙在前座上。她转头望向儿子,看见他脸色发白,下唇颤抖不已。

"出了什么事吗?"莎拉问。

“对，”儿子说，“我看见他了。”

儿子的语气中带有一种又细又尖的惊恐。自从小时候他挤在他们夫妇中间，坐在沙发上，双手捂着眼睛看电视以来，她已经很久没听见他用这种恐惧的语气说话了。如今他已开始变声，不再跟她拥抱互道晚安，开始对汽车引擎和女孩感兴趣。有一天，他会跟一个女孩坐上车，离她而去。

“你是什么意思？”她说着，将钥匙插进点火装置，然后转动。

“雪人……”

引擎没有反应。毫无预警之下，惊慌突然将她攫获。莎拉不知道自己到底在害怕什么。她朝挡风玻璃外看去，再次转动钥匙。电池是不是没电了？

“那雪人长什么样子？”她问，将油门踩到底，急切地转动钥匙，转得那么用力，以至于她觉得钥匙似乎就要被她扭断了。他给了回答，但声音被引擎的怒吼声淹没。

莎拉挂好挡，放开手刹，仿佛突然急着想离开此地。轮胎在柔软的雪泥中转动。她催动油门，车尾滑向一边，轮胎抓上柏油路面，车子蹒跚地向前驶去，滑上马路。

“爸爸在等我们，”她说：“我们得快点才行。”

她打开收音机，调高音量，让冷森森的车内除了她自己的声音之外，还灌满广播的声响。新闻播报员正在播报今天已播出上百次的新闻：美国总统大选结果出炉，罗纳德·里根打败吉米·卡特，当选美国总统。

儿子又说了一句话，她朝后视镜瞥了一眼。

“你说什么？”她拉高嗓门说。

他又说了一次，但她依然听不清楚。她调低收音机的音量，驾车朝主干道及河川的方向驶去，两者有如两条阴郁的黑色条纹贯穿乡间。儿子倾身凑到前座之间，吓了她一跳。他在她耳边低语，声音嘶哑，仿佛他说的话绝对不能让别人听见。

“我们都得死。”

2 卵石眼

哈利·霍勒心头一惊，猛力睁开双眼，只觉得寒冷彻骨。黑暗中传来说话声，吵醒了他。那声音说，今天美国人民将决定未来四年是否让小布什继续连任美国总统。十一月。哈利心想，他们绝对正在朝黑暗时期迈进。他掀开被子，双脚踏上地面。油地毯寒冷如冰，踏在脚下竟有刺痛之感。他让收音机闹钟继续用刺耳声音播报新闻，走进浴室，在镜中端详自己。他在镜子里也看见了十一月：扭曲、灰白、阴郁。一如往常，他双眼布满血丝，鼻头毛孔仿佛又黑又大的陨石坑，眼睛下方挂着的眼袋透出一抹被酒精洗涤过的淡蓝色。等脸庞用热水浸润过，拿毛巾擦干，再吃一顿早餐，那抹淡蓝色就会褪去，或者该说，他猜想到时候那抹淡蓝色就会褪去。如今他已要迈入四十大关，他不知道自己的脸庞在白天呈现何种样貌。他几乎每晚都被噩梦侵扰，早上醒来之后，他不知道自己那张持续被噩梦猎捕的面容是否会有平静浮现？脸上皱纹是否会被抚平？他之所以不知道，是因为他一离开苏菲街那间斯巴达式的简朴住所，就开始扮演奥斯陆警察总署犯罪特警队的霍勒警监，同时尽量避免去照镜子。他会透过别人的容貌，寻找别人的痛苦、弱点、噩梦、动机和自我欺骗的原因，聆听别人述说那些听来令人倦怠的谎言，并试着找出他做这份工作背后的意义。他的工作就是把那些已在内心禁锢自己的人关进监狱，他十分了解那些充满仇恨和自我轻视的监狱是怎么回事。

哈利抚摸头上刚剪过的、根根直竖的短发。从他冻僵的脚底板到头上金发之间的距离，不多不少正好一百九十二厘米。他的锁骨突出于肌肤之下，仿佛一支衣架。自从上一件承办的案子告一段落之后，他进行了大量的体能训练，有些人认为他锻炼身体到近乎狂热的地步，除了骑飞轮之外，还开始在警署内部的健身房练习举重。哈利喜欢做重量训练产生的那种灼热痛楚，以及思绪受到抑制的感觉。然而他的身形越变越瘦，身上的脂肪消失了，剩下肌肉铺排在肌肤和骨骼之间。过去他看起来肩宽膀圆，萝凯都说他是天生的运动员身材，如今他开始看起来像是曾在照片里见过的一头精瘦北极熊，一只肌肉虬结但体型精实得吓人的掠食动物。他会变成这样，原因很简单，因为他正慢慢淡出人生舞台。反正无所谓。哈利叹了口气。十一月。天空将越来越幽暗。

他走进厨房，喝了杯水舒缓头痛，然后朝窗外看去，登时诧异不已。苏菲街另一边的房子，屋顶全变成了白色，亮白表面折射耀眼的阳光，刺痛他的双眼。原来今年的初雪已在昨夜来到。他想起了那封信。他偶尔会收到这种信，但那封信颇为特别，里头提到了图翁巴。

收音机开始播放大自然生态节目，一个表情丰富的声音正热切地描述海豹的行为和生活。"每年夏天，贝豪斯海豹都会聚集在白令海峡准备交配，这种海豹以公海豹占大多数，因此竞争相当激烈。公海豹一旦争取到一只母海豹，整个繁殖期都会跟这只母海豹厮守在一起。公海豹会照顾他的伴侣，直到小海豹诞生并能够独立生活。公海豹如此照顾母海豹并非出于对母海豹的爱，而是出于对自己的基因和繁殖后代的爱。若以达尔文的进化论来看，贝豪斯海豹之所以维持一夫一妻完全出于天择，而非道德。"

真是这样吗？哈利心想。

收音机传出的声音十分亢奋，几乎是以假音在说话："可是当贝豪斯海豹离开白令海峡，准备去开阔海域觅食的时候，公海豹就会试图杀害母海豹。为什么呢？因为母海豹再也不会跟同一只公海豹交配了！对母海豹而言，跟其他公海豹交配可以分散繁衍后代的风险，就好像投资股市必须分散风险一样，母海豹想和不同的公海豹交配，纯粹只是基于生理因素，而公海豹相当明了这一点。公海豹杀害母海豹，是为了要阻止其他公海豹的后代和它自己的后代争夺食物。"

"我们正在进入进化论的领域，怎么人类不借鉴海豹的思维呢？"另一个声音说道。

"我们人类是这样想的啊！人类社会其实并不像表面看起来那样维持一夫一妻，而且从来不曾如此。最近瑞典有一份研究报告指出，有百分之十五到二十的儿童其实并非他们认定的父亲所生。百分之二十啊！ 也就是每五个儿童就有一个活在谎言中！而这一切都只是为了维持生物多样性。"

哈利调整收音机频道，找寻耳朵可以忍受的音乐，最后停留在上了年纪的约翰尼・卡什演唱的《亡命之徒》（Desperado）上。

门上传来坚实的敲门声。

哈利走进卧室，穿上牛仔裤，来到玄关，打开了门。

"请问你是哈利・霍勒吗？"门外男子身穿蓝色连身工作服，一双眼睛清澈得有如孩童，正透过厚重的眼镜看着哈利。

哈利点了点头。

"你这里有霉菌吗？"男子一脸正经地问道，他的额头横贴一缕头发，胁下夹着一个塑料写字板，写字板上夹着一张印得密密麻麻的表格。

"严格说起来，"哈利说，"这件事属于个人隐私。"

男子从心底厌烦听见这种玩笑话，只微微露出一丝笑容："你家里有霉菌吗？有没有哪里发霉？"

"我想应该没有吧。"哈利说。

"霉菌就是这样，大家都认为自己家里应该没有滋生霉菌。"男子喷了几声，抖着脚跟。

"可是——？"哈利的尾音拖得老长。

"可是就是有。"

"你为什么会这样认为？"

"因为你邻居家里有。"

"嗯哼？所以你认为霉菌可能扩散了？"

"霉菌不会扩散，木材干腐病才会。"

"所以说……？"

"这栋房子沿着墙壁建造的通风管道有工程瑕疵，会让干腐菌滋生。我可以看一下你家厨房吗？"

哈利让到一旁。男子快步踏进厨房，迅速拿出一个看起来像吹风机的橘色装置，压在墙上，只听见那橘色装置发出两声短促的尖锐声响。

"这是湿气侦测仪，"男子说，看着侦测仪上看起来显然是指示器的东西，"跟我想的一样，你确定你没看过奇怪的东西或闻过奇怪的味道吗？"

哈利不太清楚男子指的是什么。

"就好像发霉的面包表面会有一层东西，"男子说，"还会发出霉味。"

哈利摇摇头。

"你会不会觉得眼睛酸涩？"男子问，"常常觉得疲倦？还会头痛？"

哈利耸耸肩："这些症状我都有，而且已经很久了。"

"你是说从你住在这里就有了？"

"可能吧，你听着……"

男子并不听哈利说话，径自从腰带上抽出一把刀。哈利后退一步，眼睁睁看着男子握刀的那只手扬了起来，用力往墙上刺去。刀子穿入壁纸后方的石膏板，发出呻吟似的声音。男子抽出刀子，接着又是一刀，然后伸手将布满粉尘的石膏板往后扳。墙上现出一个大洞。男子拿出一支小手电筒往洞内照去，过大的眼镜后头逐渐浮现深刻的皱眉纹。男子将鼻子深深探入洞内，吸了几口气。

"没错，"男子说，"哈啰，小家伙。"

"你在跟谁打招呼？"哈利问，凑近了些。

"曲霉属的真菌，"男子说，"曲霉属是霉菌的属，这个属里头有三四百种霉菌，很难说这是哪一种，因为霉菌生长在这种坚硬表面上只有薄薄一层，肉眼看不出来，可是闻这个味道绝对没错。"

"这表示我有麻烦了对吗？"哈利问，开始回想上次他和父亲赞助小妹前往西班牙旅游后，自己的银行账户里还剩多少钱。他的小妹是唐氏综合征患者，但根据小妹自己的说法，她只是"有一点点唐氏综合征"而已。

"这不是真正的干腐菌，不会害这栋房子倒塌，"男子说，"但可能会害你病倒。"

"我？"

"如果你容易受霉菌影响的话就会。有些人只要和霉菌呼吸同样的空气就会生病，他们会长年感到身体虚弱，可是又找不到病症，其他住户又都住得好好的，于是他们会被判定为罹患忧郁症，使得这些害菌继续啃食壁纸和石膏板。"

"嗯，你有什么建议？"

"当然是让我把这些霉菌连根拔除。"

"顺便把我的财产也连根拔除吗？"

"所有费用房屋保险都会理赔，你一克朗都不用花，只要让我进来处理几天就好了。"

哈利从厨房抽屉里找出一份备用钥匙，递给男子。

"对了，"男子说，"只有我一个人会进来你家，你不用担心会发生什么奇怪的事。"

"是吗？"哈利悲哀地笑了笑，看着窗外。

"怎么了？"

"没什么，"哈利说，"反正我家也没什么东西好偷的。我得出门了。"

早晨的太阳低悬空中，照亮奥斯陆警署大楼的每一片玻璃。警署大楼位于格兰斯莱达街旁的山坡顶端，已在该地矗立三十年。警署大楼设在这里有其原因，这个位置让警方得以接近奥斯陆东区的高犯罪率地区，而且位于老酿酒厂旧址的监狱就在旁边。警署周围环绕着褐色枯草地和枫树及椴树，昨夜初雪过后，这些植物全都覆盖了薄薄一层灰白色的雪，使得整座公园看起来有如亡者家中罩了白布的各类家具。

哈利沿着带状的黑色柏油路步行至警署入口，走进大厅。警署大厅的陶瓷壁面由挪威陶瓷艺术家卡里·克里斯滕森（Kari Christensen）设计，引有活水潺潺流过，低诉着永恒的秘密。哈利对接待柜台的保安人员点了点头，前往六楼的犯罪特警队。哈利被分配到红区的新办公室已经六个月了，但他还是经常去那间昔日他和杰克·哈福森警官共用的办公室。那间办公室既窄小，又没有窗户，如今使用的人是麦努斯·史卡勒警探，哈福森已安葬于维斯雅克墓园。哈福森的父母起初希望儿子的遗体能运回家乡斯泰恩谢尔市安葬，因为他和鉴识中心主任贝雅特·隆恩并未结婚，甚至不曾同居。然而当他们得知贝雅特怀了他的孩子，而且预产期是在夏天后，便同意将他葬在奥斯陆。

哈利走进他的新办公室。他知道这间办公室将永远被他称为"新办公室"，就如同巴塞罗那足球俱乐部的主球场完工至今已过了五十个年头，但它的名称依然是Camp Nou，这是加泰罗尼亚语，也就是"新球场"的意思。哈利坐上椅子，打开收音机，对三张照片点头道早安。那三张照片斜倚墙壁，立在书柜上。

哪天他如果记得买来照片挂钩，就会将它们挂上墙壁。三张照片里分别是爱伦·盖登、杰克·哈福森、毕悠纳·莫勒，以卒年顺序排列，正好组成"已故警察俱乐部"。

收音机里，挪威政治家和社会科学家正针对美国总统大选提出看法。哈利认出亚菲·史德普的声音，史德普是畅销的《自由杂志》创办人，也是最博学、最自负、最能娱乐大众的挪威意见领袖。哈利调高音量，直到收音机发出的说话声从砖墙上弹射回来，躺在新办公桌上那副盖世牌手铐都为之震动。他常利用桌脚来练习快速上铐，将桌脚铐得都迸裂开来。这是他去芝加哥参加 FBI 研习营后染上的恶习，当时他下榻于糟透了的卡比尼格林国民住宅，为了排遣寂寞夜晚，就在套房里伴着邻居的哄闹声和一杯杯金宾威士忌，反复练习快速上铐。快速上铐的目的，是运用熟练手法将手铐铐上嫌犯，使弹簧铐环圈住嫌犯手腕，并在另一端迅速扣上。只要力道和准头拿捏得恰到好处，一个动作就可以将自己和嫌犯铐在一起，让嫌犯完全来不及反应。哈利在工作上从未用到快速上铐的技巧，倒是他去芝加哥学来的另一项技能派上过一次用场，那就是如何缉捕连环杀手。手铐铿锵一声铐上桌脚，收音机里持续传出嗡嗡作响的说话声。

"史德普，你认为挪威人为什么对小布什老是存有疑虑？"

"因为挪威是个受到过度保护的国家，我们从来不曾打过仗，我们非常乐于让其他国家像是英国、苏联、美国来替我们打仗。没错，自从拿破仑战争以后，我们就喜欢躲在这些老大哥背后，每当情势变得危急，挪威总是仰仗其他国家担起责任，只求能够维护自身安全就好。这套把戏我们玩得太久了，以至于我们跟现实脱了节，基本上我们相信住在地球上的人，都希望我们这个全世界最富裕的国家可以和平安泰。挪威就像是个大脑只有豌豆那么一丁点大的金发女人，说话叽叽喳喳，在危险的纽约布朗克斯区暗巷里迷了路，还怪保镖对抢匪太凶。"

哈利拨打萝凯的电话号码。除了小妹的电话号码之外，萝凯的电话号码是哈利唯一背得起来的号码。过去他年纪尚轻、历练尚浅之时，曾认为记忆力差对警探而言是个大缺陷，而今他已不再这么认为。

"你所谓的保镖是指小布什和美国吗？"主持人问。

"没错。美国总统林登·约翰逊曾说，美国从未自愿选择要扮演这个角色，但这个角色除了美国之外没有其他国家能够胜任。约翰逊说得没错。我们的保镖是个改过自新的基督徒，他有恋父情结、酗酒问题、智能有限，而且没有骨气和荣誉感去服兵役。简而言之，如果他今天再度当选美国总统的话，我们大家都应该要高兴才对。"

"我想你说的应该是反话吧？"

"并不是，这样一个懦弱的总统一定会对顾问言听计从，相信我，白宫拥有世界上最优秀的顾问团。大家看了那些可笑的美国电视、电影，都误以为白宫的椭圆办公室里只有民主党员才有大脑，但其实头脑最为灵活锐利的白宫幕僚，反而往往是极右派共和党人士，很令人惊讶对不对？小布什如果再次当选总统，挪威就可以高枕无忧了。"

"我的一个女性朋友的女性朋友还跟你上过床呢。"

"真的吗？"哈利说。

"我不是说你，"萝凯说，"我是说那个史德普。"

"抱歉。"哈利说，调低了收音机音量。

"有一次史德普在特隆赫姆市演讲完后，邀请她去他房间。她对史德普有意思，但事先告知说她动过乳房切除手术。史德普说他得想一想，就去了酒吧，后来史德普回来带她回房间。"

"嗯，希望他的期望有被满足。"

"没有什么可以满足期望。"

"是哦。"哈利说，有点搞不清楚这段对话到底在说什么。

"今天晚上安排得怎么样？"萝凯问。

"皇宫烧烤餐厅晚上八点没问题，可是他们扯了一堆不能事先订位的鬼话。"

"可能只是想把自己搞得很高级吧。"

两人约好先在旁边的吧台碰面。挂上电话后，哈利坐在椅子上陷入沉思。萝凯的声音听起来很愉快，也可以说是开朗，既开朗又愉快。他试着去感觉自己是否替萝凯感到开心？是否替这个他深爱的女人正和别的男人快乐交往而感到开心？萝凯和他有过相爱的时光，他有过机会，但他浪费了机会。

既然如此，何不为了她过得好而开心？何不抛开那些想改变既定事实的念头，继续过自己的日子？他答应自己会再加把劲做到这点。

　　晨间会议很快就结束了，现任犯罪特警队队长甘纳·哈根很快就把队上正在侦办的案子讨论完毕。哈根的队长头衔全名为Politioverbetjent，简称POB。队上正在侦办的案子不多，其中并没有新的谋杀案，而谋杀案是唯一能让队员精神为之一振的案子。前来参加晨间会议的还有托马斯·海勒，他隶属于制服警察的失踪组，负责报告一件女子失踪案，这名女子在自家失踪已超过一年。警方在女子家中并未发现任何暴力迹象或歹徒侵入的痕迹，也一直无法掌握到她的行踪。她是个家庭主妇，最后被人看见是在一家托儿所，当天早上她将一对儿女送到托儿所之后就离开了。她的丈夫和亲友都有不在场证明，经过清查也都排除涉案嫌疑。失踪组讨论过后，认为应该将此案转交给犯罪特警队侦办。

　　麦努斯说他去过伍立弗医院，探视犯罪特警队特约精神科医师史戴·奥纳，奥纳请他向大家问好。哈利听了觉得良心不安。奥纳不只是哈利侦办刑案的顾问，也是他私底下对抗酒瘾的支持者，更是他最接近于知交的好友。奥纳因为不明病因入院一星期，哈利至今尚未克服他不愿踏入医院的情结。明天，哈利心想，或是星期四，一定要去医院探望奥纳。

　　"我们队上来了一位新警官，"甘纳·哈根宣布说，"卡翠娜·布莱特。"

　　坐在第一排的一名年轻女子自动站了起来，脸上并未露出笑容，却是个非常有魅力的女子。没刻意展露魅力就很吸引人了，哈利心想。卡翠娜身材纤细，一绺绺头发毫无生气地垂落脸颊两侧，脸庞苍白，轮廓鲜明，脸上带着严肃且疲惫的神情，这种神情哈利在其他美丽绝伦的女人脸上也曾见过。这类美丽女子相当习于被人观看，早就对这件事没有了好恶。卡翠娜身穿蓝色套装，很能展露女性曲线，裙子底下却露出厚重的黑色紧身裤袜和实用冬靴，抹去一切她刻意卖弄性感的可能性。她站立原地，扫视众人，仿佛她站起来只是为了看看每个人，而非被看。哈利猜想她穿那身套装和她来警署这样和大家做个小小的初次会面，应该都经过她的计划。

"卡翠娜在卑尔根警署任职了四年，主要处理妨害风化的案件，但也曾执行犯罪特警队分派的任务。"哈根低头看着一张纸继续说道，哈利心想他看的应该是卡翠娜的履历，"一九九九年毕业于卑尔根大学法律系，随后进入警察学院，现在是我们这里的警官。没有小孩，但是已婚。"

卡翠娜的一道细眉微微上扬。哈根可能因为看见她这个表情，或认为最后这句话有点多余，于是又补上一句："以免你们对她有兴趣……"

哈根顿了顿，这句话的余韵让现场气氛一片凝重。哈根觉得自己似乎只是越描越黑，用力咳了两声，宣布说还没报名参加圣诞派对的人，请在本星期三以前完成报名。

椅子纷纷发出刮擦声，哈利快步踏出走廊，这时他背后传来一个声音："看来我是你的。"

哈利转过身，看着卡翠娜的脸庞，心想要是她刻意展露魅力一定很迷人。

"或者说你是我的，"她说，露出整齐的贝齿一笑，但笑容有所保留，"看你从哪个角度来看。"她说的是一口带有卑尔根腔的标准挪威语，碰到 r 只微微卷舌。哈利敢打包票，她这口音代表她来自卑尔根的法纳区或卡法勒区，或是某个稳定的中产阶级地区。

哈利继续往前走，卡翠娜快步跟上："看来队长忘了通知你。"

她对哈根这个队长头衔的每个音节都稍微加强重音。

"这几天你应该带我熟悉环境，照顾我的需要，直到我可以独立作业。你想你可以做到这些吗？"

哈利露出微笑。到目前为止，他喜欢卡翠娜这个人，但他的心胸当然也保持开放，随时可以改变看法，总是给别人机会成为他黑名单上的一员。

"我不知道，"哈利说，在咖啡机旁停下脚步，"不然就从这个开始好了。"

"我不喝咖啡。"

"不过呢，这玩意儿一目了然，就跟这里绝大多数的东西一样。你对那件女子失踪案有什么看法？"

哈利按下美式咖啡机的按钮，这台咖啡机做出的美式咖啡就跟挪威渡轮咖啡没两样。

"你是指什么？"卡翠娜问。

"你认为她还活着吗？"哈利轻描淡写地问，不让卡翠娜察觉出他其实是想掂掂她的斤两。

"你当我是白痴吗？"卡翠娜说，看着咖啡机一阵一阵地将黑色液体喷溅到白色塑料杯中，脸上露出作恶神情，丝毫不加掩饰，"你刚刚没听见队长说我在性犯罪小组待了四年吗？"

"嗯，"哈利说，"所以你认为她死了？"

"早就死透了。"卡翠娜说。

哈利拿起白色塑料杯，心想他可能发现了一个他也许会欣赏的同事。

下午哈利步行回家，看见人行道和马路上的积雪已经融化，细细的雪花在空中回旋飞舞，一碰触地面就被柏油吞噬。他走进奥克许街那家他常去的唱片行，买了一张加拿大摇滚歌手尼尔·扬的最新专辑，尽管他觉得那张专辑可能十分无趣。

他一打开家门，就注意到屋里有些不同，也许是声音不同，也许是气味有异。他赶紧冲到厨房门口，赫然发现一整片墙壁不见了，也就是说，今早原本是石膏板和淡色花纹壁纸的地方，如今只看见锈红色砖墙、灰泥和布满钉孔的黄灰色壁骨。地上放着霉菌清除员的工具箱，料理台上留有一张字条，写说他明天会再来。

哈利走进客厅，将尼尔·扬的CD放进播放器，十五分钟后又闷闷不乐地取出，换上美国摇滚歌手瑞安·亚当斯的CD。想喝酒的念头不知从哪里蹦了出来。他闭上双眼，凝视血液的脉动和完全的黑暗。他又想起了那封信。初雪。图翁巴。

电话铃声打断了瑞安·亚当斯唱的《舞在第九街》（*Shakedown on 9th Street*）。

电话中一名女子自我介绍说她叫欧妲，是电视节目"波塞脱口秀"的工作人员，很高兴再次跟他通话。哈利不记得这女子是谁，但记得这个电视节目。波塞脱口秀曾邀请他上电视谈连环杀手，因为他是唯一去过 FBI 研习营的挪威警官，而且曾经逮到过一名真正的连环杀手。哈利竟然愚蠢到一口答应。他告诉自己说他上节目是去谈论要事，略为描述杀人者的状态，而不是为了要在这个全挪威最受欢迎的脱口秀露脸。如今回想起来，他已不这么确定当初去上节目的动机是什么，但这还不是最糟的，最糟的是节目现场播出前他喝了酒。他确信自己只喝了一杯，但电视上他看起来像是喝了五杯。一如往常，他口齿十分清晰，但双眼呆滞，分析迟缓，无法做出任何结论，使得主持人不得不介绍新一届全欧洲插花冠军出场。哈利不发一语，但他的肢体语言明白地表示他对现场众人讨论插花有什么想法。当主持人面带鬼祟的微笑，询问他说调查命案的警探跟插花不知道会有什么交集，哈利说他发现挪威丧礼上的花环水平之高，绝对登得上国际舞台。也许是哈利那种稍微迷糊又事不关己的态度，引来现场观众哄堂大笑。录像结束后，电视台人员满意地拍了拍哈利的肩膀，说他"达成使命"。他还跟一小群电视台人员去"艺术人之家"纵情地喝了点酒，隔天早上醒来全身细胞都在大叫大嚷，要求更多酒精。那天是星期五，于是他继续痛饮，醉了一整个周末。他坐在施罗德酒馆，吼叫说再来一杯啤酒，但酒馆灯光明明灭灭，表示即将打烊，酒客应该识趣地离开。女服务生莉塔走到哈利面前，告诉他说他该走了，最好是回家睡觉，否则以后店里不欢迎他来。星期一早上，哈利虽然准时八点出现在办公室，却对队上工作毫无贡献。晨间会议结束后，他就往水槽里吐，然后粘在办公椅上抽烟喝咖啡，接着又跑去吐，只不过这次是跑去厕所吐。这就是他上回屈服于酒瘾的经过，那次之后他没再碰过一滴酒。

现在他们又来找他上节目。

欧姐说这次讨论的主题是阿拉伯国家的恐怖主义，以及究竟是什么原因使得受过良好教育的中产阶级分子变成杀戮机器。她话还没说完就被哈利打断。

"不要。"

"可是我们好希望你可以来哦，你是那么……那么的……热情有劲！"她热切地大笑，其中有几分诚意哈利无法确定，但哈利认出了她的声音，那晚她也去了艺术人之家。她颇有姿色，但是带有一种年轻而无趣的味道，她的谈话也是年轻而无趣的。那晚她用饥渴的眼神看着哈利，仿佛哈利是一顿充满异国风味的大餐，而她想大快朵颐；难道他真的那么充满异国风味吗？

"请你们找别人。"哈利说，挂上电话，闭上双眼，聆听瑞安·亚当斯唱道："哦，宝贝，为何我如此思念着你？"

小男孩抬头看着身旁站在厨房料理台前的男子。院子里覆盖着皑皑白雪，白雪折射阳光，照在男孩父亲的光秃头顶上。父亲的头骨颇为硕大，头皮紧贴头骨。妈咪说过爸爸有个大头是因为他脑袋好，小男孩问妈咪为什么她要说爸爸脑袋好，不说爸爸有个好脑袋？妈咪听了大笑，抚摸着他的额头说，因为物理学教授都是脑袋好的人。这时脑袋好的爸爸正在水龙头下清洗马铃薯，直接将马铃薯放进锅子。

"爸，你不削马铃薯皮吗？妈咪平常都……"

"尤纳斯，你妈不在这里，现在要照我的方法来做。"

父亲并未拉高嗓门，口气中却带有一股愠怒之意，令尤纳斯瑟缩不安。尤纳斯一直不知道是什么让父亲如此生气，有时他甚至不知道父亲是否生气，直到他看见母亲脸上带着焦虑神情，嘴角下垂，而母亲的这个表情似乎只会让父亲更为烦躁易怒。他心中盼望母亲赶快回家。

"爸，我们不用盘子它们！"

父亲大力甩上橱柜门，尤纳斯咬住下唇。父亲弯下腰，将脸凑到他面前，脸上那副薄如纸的眼镜闪闪发光。

"要说我们不用'那些'盘子，而不是我们不用盘子'它们'，"父亲说，"尤纳斯，我已经告诉过你多少次了？"

"可是妈咪都说……"

"你妈不懂得怎样说话才是正确的，你明白吗？你妈成长的环境和家庭一点也不注重语言。"父亲口中发出的气息闻起来带有咸味，犹如海藻的气味。

前门传来砰的一声关门声。

"哈啰。"母亲在玄关高喊。

尤纳斯立刻就想朝母亲奔去，却被父亲按住肩膀，父亲指了指还没摆放餐具的餐桌。

"你们好棒哦！"

尤纳斯听得出母亲气喘吁吁的说话声中带着微笑。母亲正站在他背后的厨房门口，看着他以最快速度在餐桌上摆放杯子和餐具。

"而且你们堆的那个雪人好大哦！"

尤纳斯转过身，讶异地望向母亲，她正在解开外套扣子。母亲是个非常有魅力的女人，有着深色肌肤、深色头发，就跟他一样，她的眼睛也经常都是那么温柔。母亲已不像她和父亲的新婚照片里那样苗条，但他注意到每次他和母亲出去散步，都会有男人看她。

"我们没堆雪人啊。"尤纳斯说。

"没有吗？"妈咪蹙起眉头，解开围在颈部的粉红色大围巾，那条围巾是尤纳斯送给妈咪的圣诞礼物。

尤纳斯站上餐椅，向外看去，见到屋前草坪上果然堆着一个雪人，而且如同母亲所说是个大雪人。雪人的眼睛和嘴巴是卵石，鼻子是红萝卜。

雪人没戴圆边帽、鸭舌帽或围巾，只有一只手臂，手臂是一根细树枝，尤纳斯猜想应该是从树篱那边捡来的。但那个雪人有点怪，它面对的方向不太对。尤纳斯不知道为何不对，只觉得雪人应该面向马路，面向空旷的空间。

"为什么……？"尤纳斯才开口说话，就被父亲打断。

"我会去找那些人好好谈一谈。"

"为什么？"妈咪的声音从玄关传来，尤纳斯听见妈咪拉下黑色高跟皮靴的拉链，"又没什么关系。"

"我不希望那种人在我们家的院子里晃来晃去，我一回来就去找他们谈。"

"那个雪人为什么不往外看？"尤纳斯问。

母亲在玄关叹了口气："你什么时候会回来，亲爱的？"

"明天某个时候。"

"几点？"

"你干吗问？有约会吗？"父亲的口气中带有一种不在乎的调调，令尤纳斯打了个冷战。

"我是在想我可以先把晚餐煮好。"妈咪说，走进厨房，来到炉子前，查看锅子，调高两块电热板的温度。

"那你就把晚餐先煮好，"父亲说，转头望向料理台上那叠报纸，"反正我会回来。"

"好，"妈咪走到爸爸背后，搂住了他，"你真的今天晚上就要去卑尔根？"

"我是明天早上八点的课，"爸爸说，"飞机降落以后还要花一个小时才能到大学，如果我搭明天最早的班机会来不及。"

尤纳斯看见父亲的颈部肌肉放松下来，可见妈咪再一次找到了适当的语言。

"那个雪人为什么看着我们家？"尤纳斯问。

"去洗手吧。"妈咪说。

三人在静默中用餐。偶尔妈咪会打破静默，问几个小问题，不外乎是今天学校如何之类的，尤纳斯的回答都简短模糊。他知道如果自己回答得太详细，便会引来父亲借由学校的话题而问起那些令人不愉快的事，像是他们在学校学了什么或没学什么，或是发出一连串如机关枪扫射般的质问，问说刚刚他提到的跟他一起玩的同学是哪里人？父母亲是做什么的？这些问题尤纳斯无论怎么回答，父亲都不会满意。

尤纳斯上床时，听见楼下传来父亲和母亲道别的声音，然后大门关上，外头的汽车发动引擎，引擎声渐去渐远。家里又剩下他们母子俩了。母亲打开了电视。尤纳斯思索着母亲问的一个问题：为什么他很少再带朋友来家里玩了？尤纳斯不知该如何回答这个问题，他不希望让母亲伤心，但现在反倒是他自己伤心起来。他咬着脸颊内侧，感觉苦苦甜甜的疼痛感蔓延至耳际，眼睛盯着天花板垂落的金属风铃管。他起身下床，拖着脚走到窗前。

院子里的白雪折射光线，足以让他看清楚楼下那个雪人的轮廓。那雪人看起来甚是孤单，应该给它戴顶鸭舌帽，围上围巾，或许再让它拿一把扫帚才对。这时月光从云朵后方透了出来，尤纳斯看见雪人的一排黑色牙齿和眼睛，不由自主倒抽一口凉气，后退两步。那对卵石眼在月光下闪烁光芒，却不是看着屋子，而是往上看，看着这里。尤纳斯拉上窗帘，爬回床上。

3 洋红

第一日

　　哈利坐在皇宫烧烤餐厅的吧台高脚椅上，阅读墙上的告示，告示中和善地提醒客人不要赊账、不要找工作人员麻烦、保持合宜举止否则请离场。这时刚入夜不久，酒吧里只有两名年轻女子坐在桌前猛按手机按键，另有两名年轻男子正在练习射飞镖，他们站定位置，瞄准射出，但成绩不佳。美国歌手多莉·帕顿透过喇叭正以南方鼻音唱出哀怨的歌声。哈利知道多莉·帕顿拥有一流的乡村及西部音乐品味，在此助力之下，她从冷宫里顺利解冻，重出歌坛。哈利又看了看表，跟自己打赌说萝凯在八点零七分一定会来到门口。他感到紧张不安，每次再和萝凯碰面，他心里都有这种感觉。他告诉自己说这只是条件反射，就如同苏联生理学家巴甫洛夫对狗建立条件反射之后，狗只要一听见吃饭铃声响起，即使没看见食物也会立刻开始流口水。他们今晚只打算"纯"吃饭，惬意地聊个天，聊聊现在过的生活，也就是说，聊聊她现在过的生活，也聊聊欧雷克。欧雷克是过去萝凯在莫斯科挪威大使馆工作时，和俄籍前夫生下的儿子。他生性内向谨慎，但哈利走入了他的心，逐渐和他建立起互动。从许多方面来看，欧雷克和哈利建立的互动比和他父亲来得更深入。最后当萝凯再也无法忍受哈利，决定分手时，哈利心想不知道谁的损失比较大。如今他知道了。时间来到八点零七分，萝凯站在门口，一如往常抬头挺胸，哈利的指尖感觉得到她背部的弧线，他的肌肤感觉得到她明亮肌肤下的高耸颧骨。他原本暗自希望萝凯看起来气色不会这么好、心情不会这么愉悦。

　　萝凯走到哈利面前，和他贴了贴脸颊。他强迫自己先离开她的脸颊。

　　"你在看什么？"萝凯问，解开外套纽扣。

　　"你知道的。"哈利说，一听见自己的声音，就发觉开口之前应该先清清喉咙。

　　萝凯咯咯娇笑，这笑声对哈利产生的效果有如第一口金宾威士忌，令他感到温暖放松。

　　"别这样。"她说。

　　哈利清楚知道她这句"别这样"代表什么意思，那就是不要对她表示爱意，不要让彼此尴尬，我们不会往那个方向发展。这句话她说得十分轻柔，几乎难以听见，感觉起来却像是掴了他一记热辣辣的耳光。

　　"你变瘦了。"她说。

　　"大家都这样说。"

　　"桌子……"

　　"服务生会过来叫我们。"

　　萝凯在哈利对面的高脚椅上坐下，点了一杯开胃酒。不消说，萝凯点的开胃酒一定是金巴利酒。过去哈利常用"洋红"来称呼萝凯，因为香甜金巴利酒的独特天然色泽就是洋红色，而萝凯喜欢穿亮红色的衣服。萝凯声称她穿亮红色是用来作为警告，就好像动物会用鲜艳的颜色来警告其他动物保持距离一样。

　　哈利又点了一杯可乐。

　　"你怎么会变这么瘦？"萝凯问。

　　"因为霉菌。"

　　"什么？"

　　"霉菌显然会把人吞噬掉，它会吞噬你的大脑、眼睛、肺脏、注意力，吸走色彩和记忆。霉菌越来越多，我越来越少，它变成了我，我变成了它。"

　　"你在唠唠叨叨说什么啊？"萝凯高声说，做个鬼脸，表示恶心，但哈利在她眼神中看见笑意。她喜欢听哈利说话，即使哈利说的只是些琐碎而令人费解的话。哈利将他家有霉菌滋生的事说给了萝凯听。

"你最近怎么样？"哈利问。

"我很好啊，欧雷克也很好，可是他很想念你。"

"他这样说吗？"

"你明明知道他会这样说，你应该多关心他一点。"

"我？"哈利看着萝凯，愕然地说，"分手又不是我决定的。"

"那又怎样？"萝凯说，从酒保手中接过金巴利酒，"你跟我不在一起又不代表你跟欧雷克的关系不再，这对你们两个人来说都很重要，你们都不容易对别人交心，所以更应该继续培养彼此之间已经建立起来的关系。"

哈利啜饮一口可乐。"欧雷克跟你那个医生处得怎样？"

"他的名字叫马地亚，"萝凯叹了口气，说，"他们正在试着相处，他们……是不一样的人。马地亚很努力尝试，可是欧雷克让他不太好过。"

哈利心头浮现一阵甜美酥麻的满足感。

"马地亚的工作时间也很长。"

"我以为你不喜欢你的男人工作。"哈利接口说，话一出口就后悔了。萝凯竟然也不生气，只是哀伤地叹了口气。

"哈利，工作时间长不是问题，问题在于你一工作起来就好像着了魔似的。你就等于你的工作，驱动你工作的不是爱、不是责任感、不是企图心，而是愤怒，渴望复仇的愤怒。这样是不对的，哈利，工作的驱动力不应该来自愤怒，你应该很清楚发生了什么事。"

对，很清楚，哈利心想，我还让病魔入侵了你家。

哈利清清喉咙："那你那个医生的工作驱动力是……正面的喽？"

"马地亚还是会去急诊室值夜班，他是志愿的，同时也在解剖部当全职讲师。"

"他还捐血，而且是国际特赦组织的会员。"

萝凯叹说："哈利，B 型阴性血非常罕见，而且我知道你自己也支持国际特赦组织。"

她用顶端有匹马的橘色塑料搅拌棒搅弄着那杯金巴利酒，红色调酒在冰块周围旋绕。

"哈利？"她说。

她的口气让哈利紧张起来。

"圣诞假期的时候马地亚会搬去跟我住。"

"这么快？"哈利用舌头舔了舔上颚，寻求水分，"你们才认识没多久。"

"够久了，我们计划明年夏天结婚。"

麦努斯看着热水流过双手，流进水槽，消失不见。不对，没有东西会消失，只是去了别的地方，就好像过去这几个星期他收集信息的对象一样。这份工作是哈利交代他做的，哈利说事情可能别有蹊跷，要他周末之前交出一份报告，这也表示他不得不加班。他知道哈利会分派这类工作给他们，是为了让他们在淡季有事可做。由三名制服警察组成的失踪组拒绝继续调查这件旧案子，他们的新案子已经够多了。

麦努斯经过无人走廊，走回办公室，却发现办公室的门微微开着。他确定自己出来之后把门带上了，而且现在时间已过九点，清洁人员早已完成清洁工作。两年前他们的办公室遭过小偷，于是麦努斯愤怒地把门推开。

卡翠娜站在办公室中央，秀眉微蹙，瞥了他一眼，仿佛是他闯入了她的办公室。卡翠娜转过身，背对麦努斯。

"我只是来看看而已。"她说，眼望墙壁。

"看什么？"麦努斯环视四周，他的办公室和其他人的办公室没什么两样，只是少了窗户而已。

"这以前是他的办公室对不对？"

麦努斯皱起眉头："你是说谁？"

"我是说哈利，过去这些年来，这间办公室一直是他的，他去澳大利亚调查连环杀人案的时候，这也是他的办公室对不对？"

麦努斯耸耸肩："应该是吧，为什么这样问？"

卡翠娜伸手抚摸桌面："他为什么要换办公室？"

麦努斯绕过卡翠娜，砰的一声坐上旋转办公椅："因为这间办公室没有窗户。"

"他先和爱伦·盖登共享这间办公室，然后是杰克·哈福森，"卡翠娜说，"结果这两个人都不幸身亡。"

麦努斯的双手抱在脑后，心想这个新来的女警官挺有格调的，比他高了一两个层次吧。他敢打包票，卡翠娜的丈夫一定是老板级的人物，而且有钱。她身上那件套装看起来可不便宜，但当他更仔细地观察她，他发现她身上有一点小小的瑕疵，但究竟是什么他一时也说不上来。

"你想哈利是不是听得见他们的声音？所以才换办公室？"卡翠娜问，仔细观看墙上贴的那张挪威全图，麦努斯在那张地图上圈出了自一九八〇年以来，挪威东部厄斯兰地区所有失踪人口的家乡。

麦努斯笑了几声，并不答话。卡翠娜腰肢纤细，背部曲线柔美。麦努斯知道卡翠娜晓得他正以挑逗的眼神看着她。

"他是个什么样的人？"卡翠娜问。

"为什么这么问？"

"每个人都会想了解一下新长官是什么样的人吧？"

卡翠娜说得对，只不过麦努斯从没这样想过，他一直不觉得哈利是他的长官。的确，哈利分派工作给他们，也带领调查工作，但除此之外，哈利只是要他们离他远一点。

"你可能已经听说了，他是个声名狼藉的人。"麦努斯说。

卡翠娜耸耸肩："我听说他是酒鬼，还揭发过同事的恶行，所有的上级主管都想把他踢走，可是前任POB把他保护在羽翼之下。"

"前任 POB 的名字叫莫勒。"麦努斯说，看着地图上画在卑尔根周围的圆圈。莫勒失踪之前，最后被人看见的地方就是卑尔根。

"还有警署的人不喜欢媒体把他塑造成一个通俗偶像。"

麦努斯咬了咬下唇："他是个优秀得要命的警探，这样对我来说就够了。"

"你喜欢他这个人？"卡翠娜问。

麦努斯咧嘴而笑，转过了头，直视卡翠娜的双眼。

"我想我没办法说喜欢，也没办法说不喜欢。"他说。

他将椅子向后一推，双脚搁上桌子，伸了个懒腰，假装打哈欠："这么晚了你还在忙什么？"

他做这些动作是想取得优势，毕竟卡翠娜只是个低阶警探，而且很菜。

卡翠娜只是微微一笑，仿佛他说了些逗趣的话，转身出门而去。

她就这么消失了。一想到消失，麦努斯咒骂一声，直起身来，回到计算机前继续工作。

哈利从睡梦中醒来，躺在床上瞪着天花板。他睡了多久？他翻过身往床头桌上的时钟瞧去。三点四十五分。昨晚那顿晚餐折煞了他，他看着萝凯的嘴说话、喝酒、嚼肉，用话语将他吞没。她说她和马地亚打算去非洲博茨瓦纳住个几年，当地政府建立了对抗艾滋病病毒的设施，但缺少医生。萝凯问哈利跟谁碰过面，哈利回答说他和童年好友爱斯坦及崔斯可碰过面。爱斯坦是嗜酒的出租车司机，也是计算机怪胎；崔斯可则是嗜酒赌徒，如果他摆扑克脸的功力和他读出别人表情的功力一样高超，早已登上世界扑克冠军宝座。哈利甚至说起崔斯可在拉斯韦加斯世界扑克冠军锦标赛上的落败经过，后来才想到这件事以前就跟她说过了。此外，他说他跟爱斯坦和崔斯可碰过面并不是真的，他根本没跟任何人碰面。

他看着服务生往隔壁桌的杯子里倒酒，有一度心中浮现出一种极为疯狂的感觉，想将酒瓶从服务生手中抢过来，往自己嘴里灌，结果他只是答应萝凯会带欧雷克去看演唱会。欧雷克一直央求萝凯让他去看美国滑结乐团的演唱会。哈利没告诉萝凯说她让儿子去看的是哪种乐团的演唱会，因为他自己也想去。这个乐团虽然有金属乐团必备的死亡呓语、魔鬼标志和高速低音大鼓，经常令他发笑，但他还是觉得颇有意思。

哈利掀开被子，走进厨房，等待水龙头流出的水转凉，再掬水来喝。他总是认为水要这样喝比较好喝，让水流过自己的肌肤，从自己的手中喝水。突然间他让水直接流入水槽，看着黑沉沉的墙壁。他是不是看见了什么？是不是有什么东西动了动？不是，什么东西也没有，只有移动本身而已，犹如无形的水流在海底轻抚海草。霉菌的死亡纤维有如手指，如此细微，以至于肉眼无法看见。细微的空气流动带起孢子，让孢子降落在新的区域，开始啃食与吸食。哈利打开客厅的收音机。小布什二度入主白宫。

哈利回到床上，拉起被子，盖住了头。

尤纳斯被声音吵醒，掀开盖在头上的被子。至少他觉得自己听见了某种声音，某种嘎吱声，就像周日早晨的寂静中，房屋间的黏稠积雪踩在脚底发出的嘎吱声。他一定是做梦了。但即使他闭上双眼，睡意也不再回来，回来的只有梦的碎片：爸爸动也不动，静默地站在他面前，眼镜里映着光影，使镜片看起来有如难以穿透的冰面。

这一定是噩梦，因为尤纳斯心中害怕。他再度睁开眼睛，看见天花板吊着的金属风铃微微摆动。他跳下床，打开房门，奔过走廊。他经过通往一楼的楼梯间，努力不去看那个黑漆一团的楼梯间，脚下并不停步，一直奔到父母卧房门前才停下来，小心翼翼压下门把。这时他想起爸爸不在，他会吵醒的是妈咪。他轻手轻脚走进房间，只见方形的白色月光射落地面，洒在铺得整整齐齐的双人床上。数字闹钟的数字在黑暗中发光：一点十一分。尤纳斯站在原地，困惑不已。

他回到走廊，朝楼梯间走去。黑魆魆的楼梯间犹如广阔巨大的虚空，在那里等着他。楼梯底下没有一丝声响。

"妈咪！"

他一听见自己的叫声化为短暂刺耳且充满恐惧的回音，立刻后悔出声叫唤，因为这么一来它就知道了；黑暗知道他害怕了。

没有回应。

尤纳斯吞了口口水，蹑手蹑脚朝楼梯下走去。

他踏到第三级楼梯时，觉得脚底踩到湿湿的东西，第六级楼梯也是，第八级也是，像是曾有人穿着湿了的鞋子或踏着湿了的双脚走过阶梯。

客厅的灯亮着，但不见妈咪的踪影。他走到窗前，往班狄森一家人的屋子望去，妈咪有时会去那里找艾芭，但班狄森家的窗户都黑沉沉的。

他走进厨房，来到电话前，不让自己胡思乱想，不让黑暗入侵。他拨打母亲的手机号码，一听见母亲轻柔的声音就觉得欢喜雀跃，但那只是母亲的电话语音，请他留下姓名，祝他有愉快的一天。

但这天已经过去，现在是夜晚。

他走到玄关，把脚塞进父亲的一双大鞋子里，在睡衣外头罩上一件厚夹克，走出了门。妈咪说过雪到明天就会融化，但外头依然寒冷，微风在栅栏门旁边的橡树间喃喃低语。他家距离班狄森家不超过两百米，幸好这段路上有两盏街灯。妈咪一定是在班狄森家。他朝左看了看，又往右瞧了瞧，确定没有人会把他拦下来。就在此时，他看见了雪人。雪人依然伫立原地，并未移动，面向他们家，沐浴在清冷的月光中。但雪人有个地方不太一样，多了点人味，令他感到十分熟悉。尤纳斯望向班狄森家。他决定用跑的，但他并未移动双脚，只是站在那里，感觉间歇的寒风吹拂着他。他慢慢转过头，望向雪人。他知道雪人为什么看起来十分熟悉了，因为它围着一条围巾，一条粉红色围巾，那条围巾是他送给母亲的圣诞礼物。

4 失踪

第二日

正午时分，奥斯陆市中心的雪已然融化，但哈利和卡翠娜驾车驶过贺福区时，道路两侧的院子里仍看得见一块块冰雪。美国歌手迈克尔·斯蒂普正在收音机里唱道他有一种消沉感，某种东西勾起了这种感觉，他知道有件事不大对劲，以及井里有个男孩。车子驶入极为安静的住宅区，来到极为安静的街道上，哈利伸手朝一辆车指了指，那是一辆闪烁光芒的银色丰田卡罗拉，就停在栅栏旁。

"那是史卡勒的车，把车停在后面。"

栅栏内的宅邸是黄色的，占地广大。一家三口住这样一栋房子，未免也太大了吧，哈利心想。他和卡翠娜踏上碎石小径。周围的一切都在滴水和叹息。院子里伫立着一个雪人，身形有些倾斜，前景不甚看好。

麦努斯打开大门。哈利弯下腰，细看门锁。

"四处都没发现外人侵入的迹象。"麦努斯说。

麦努斯领着他们走进客厅。客厅地上坐着一个小男孩，背对他们正在看电视，看的是卡通频道。一名女子从沙发上站起来，跟哈利握了握手，自我介绍说她叫艾芭·班狄森，是这家人的邻居。

"碧蒂从来没做过这种事，"艾芭说，"至少我认识她的这段时间没有。"

"你认识她多久了？"哈利问，环视四周。电视前方摆着厚实的大型真皮家具和八角形深色玻璃咖啡桌，餐桌旁的钢管餐椅十分轻巧优雅，是萝凯会喜欢的风格。墙上挂着两幅画，画中男子看起来都像银行经理，一脸威严看着哈利。画的旁边是现代主义抽象艺术品，那种成功地变得不现代之后又再度变得非常现代的艺术品。

"十年了，"艾芭说，"我们搬到对面那天，正好尤纳斯出生。"她朝地上的小男孩点了点头。尤纳斯依然动也不动，看着电视里疾驰的哔哔鸟和爆炸的炸胡狼。

"据我所知，昨天晚上是你报警的？"

"对，没错。"

"尤纳斯大概一点十五分左右按她家门铃，"麦努斯低头看着笔记说，"报案中心在一点三十分接到电话。"

"我先生跟我和尤纳斯一起过来，在屋子里找了一圈。"艾芭解释说。

"你们找了哪些地方？"哈利问。

"地下室、浴室、车库，每个地方都找过了，真奇怪，竟然有人会就这样跑了。"

"跑了？"

"我是说消失、失踪。接电话的那个警察问我能不能照顾尤纳斯，还说我们应该打电话给碧蒂认识的每一个人，以及她可能去住的朋友家，然后等到今天，看看碧蒂有没有去上班。他说这类案件的失踪者，十个里头有八个过几个小时就会自己出现。我们想联络菲利普……"

"菲利普是碧蒂的丈夫，"麦努斯插口说，"他在卑尔根教书，是某个学科的教授。"

"他是物理学教授，"艾芭微笑说，"可是菲利普的手机没开机，我们又不知道他住哪家饭店。"

"今天早上我们在卑尔根联络到他，"麦努斯说，"他应该很快就会回来了。"

"对，谢天谢地。"艾芭说，"今天早上我们打电话去碧蒂工作的地方，可是到了上班时间她还没出现，所以我们又打电话去警局。"

麦努斯点头确认。哈利示意麦努斯继续和艾芭谈话，自己走到电视机前，在尤纳斯旁边的地上坐了下来。电视上炸胡狼正在点燃一根炸药的引信。

"哈啰，尤纳斯，我叫哈利，其他警察有没有告诉你，通常这种失踪案件最后都会没事，有的人失踪以后会自己出现？"

尤纳斯摇摇头。

"可是他们真的都会自己出现。"哈利说，"如果要你猜的话，你猜你妈妈现在会在哪里？"

尤纳斯耸耸肩："我不知道她在哪里。"

"尤纳斯，我知道你不晓得，现在没有人知道她在哪里，不过如果她不在家也没去上班，你第一个会想到她在什么地方？不管有没有可能都没关系。"

尤纳斯并不答话，只是盯着电视中的炸胡狼，炸胡狼正焦急地想甩掉粘在手上的炸药。

"你们会去小屋或类似的地方吗？"

尤纳斯摇摇头。

"当她想单独一个人的时候，她会不会去什么特别的地方？"

"她不想单独一个人，"尤纳斯说，"她想跟我在一起。"

"只跟你在一起？"

尤纳斯转头望向哈利，他和欧雷克一样有一对褐色眼眸，哈利在这对褐色眼眸中，看见预料中的恐惧和预料外的愤怒。

"那些失踪又出现的人，"尤纳斯问，"他们为什么要失踪？"

同样的眼神，哈利心想，同样的问题，重要的问题。

"各式各样的理由都有，"哈利说，"有些人迷路了，迷路的方式有很多种，有些人则是需要休息，暂时离开一下，去找寻平静。"

大门砰的一声被用力甩上，哈利看见尤纳斯吓了一跳。

就在此时，炸胡狼手中的炸药爆炸，他们背后的客厅门打开。

"哈啰，"一个声音说，说话声尖锐且颇为克制，"最新情况怎样？"

哈利一回头，就看见一名年约五十、身穿条纹西装的男子走向咖啡桌，拿起遥控器。电视画面向内聚爆，化为一个白点，电视机发出嘶嘶声以示抗议。

"尤纳斯，我说过白天看电视会怎样。"男子说，语带认命之意，仿佛是要告诉屋内众人，现今这个时代要养育小孩简直是件没有指望的差事。

哈利站起来自我介绍，也介绍了麦努斯和卡翠娜。卡翠娜进门后只是站在门边观看。

"我叫菲利普·贝克。"男子说，推了推眼镜，尽管眼镜已高高立在鼻梁上。哈利想看清楚菲利普的眼睛，希望在心中对这个可能的嫌犯形成关键性的第一印象，以备日后不时之需，但菲利普的眼睛藏在眼镜的反射光影之后。

"我已经打电话给所有碧蒂可能联络的人，可是没有人知道她在哪里，"菲利普说，"你知道些什么？"

"我什么都不知道，"哈利说，"不过你能帮我们的第一件事，就是查出家里是不是少了行李箱、背包或衣服，好让我们建立假设，"哈利仔细观察菲利普的神情，再继续往下说，"看看碧蒂的失踪是临时起意的，还是经过计划。"

菲利普回望哈利搜寻的眼神，点了点头，走上二楼。

哈利在尤纳斯身旁弯下腰，尤纳斯依然盯着黑漆漆的电视屏幕。

"你喜欢哔哔鸟对不对？"哈利问。

尤纳斯默默地摇摇头。

"为什么不喜欢？"

尤纳斯低声说："因为我觉得炸胡狼很可怜。"声音细若蚊鸣。

五分钟后，菲利普走下楼来说家里没少什么东西，没少行李箱，也没少衣服，除了他出门时碧蒂身上穿的衣服，加上她的外套、靴子和围巾。

"嗯，"哈利搔了搔没刮胡子的下巴，瞥了艾芭一眼，"贝克先生，我们可以去厨房吗？"

菲利普当先领路，哈利示意卡翠娜加入他们。菲利普走进厨房，立刻开始将咖啡粉舀进滤纸，再把水倒进咖啡机。卡翠娜站在门边，哈利走到窗边向外望去，只见雪人的头已陷入肩膀。

"你昨天晚上是什么时候出门的？搭几点的班机去卑尔根？"哈利问。

"我大概九点半离开，"菲利普毫不迟疑地说，"飞机十一点五分起飞。"

"你出门以后有没有跟碧蒂联络？"

"没有。"

"你认为可能发生了什么事？"

"我不知道，警监先生，我真的不知道。"

"嗯。"哈利望着窗外的街道。自从他们来到这里之后，他连一辆汽车经过的声音都没听见。这里非常安静。在城里的这个地区，光是安详与宁静可能就得花上五十万克朗才能买到。"你跟你太太的婚姻关系怎么样？"

哈利听见菲利普停下双手动作，又补上一句："我必须问这个问题，因为配偶是可能就这么起身走人的。"

菲利普清清喉咙："我可以跟你保证，我跟我太太的婚姻关系好得很。"

"你会不会认为她瞒着你有外遇？"

"那是不可能的。"

"'不可能'这三个字有点强烈，贝克先生，婚外情其实很常见。"

菲利普露出虚弱的微笑："我并不天真，警监先生，碧蒂是个很有魅力的女人，比我年轻很多岁，而且我得说她来自一个比较自由的家庭，但她不是会有外遇的那种人。这样说好了，她的活动都在我的掌握之中。"

咖啡机发出隆隆声响，仿佛不祥预兆。哈利张口想继续追问，又改变主意。

"你有没有发现你太太出现情绪起伏？"

"警监先生，碧蒂没有忧郁症，她不会走进森林上吊或投湖，她一定在某个地方，而且还活着。我知道人们常常会搞失踪，然后又出现，只为了非常自然平常的原因，是不是这样？"

哈利缓缓点头："你介意我在屋里四处看看吗？"

"为什么？"

菲利普的这句话颇为无礼，这让哈利判断菲利普应该惯于掌控一切，什么事都要知道，而他妻子没交代一句话就离开了家，显然违逆了他。哈利已在心里删除碧蒂主动离家的可能性，适应良好的健康母亲通常不会三更半夜将十岁儿子丢在家里，况且还有其他那些迹象。警方在这类失踪案发生初期，通常只会动用极少资源来进行调查，除非有迹象显示案情不单纯或涉及犯罪。促使哈利亲自前来贺福区调查的正是"其他那些迹象"。

"有时候要等你找到了，你才会知道你要找的是什么，"哈利答道，"方法论就是如此。"

哈利看见菲利普躲在眼镜后方的眼睛是浅蓝色的，跟他儿子不同，闪烁着强烈而清澈的光芒。

"请便，"菲利普说，"随便看。"

卧室冷飕飕地，里头毫无异味，十分整齐。双人床上铺着一条针织被，一边的床头桌上摆着一张老妇人的照片，老妇人的容貌和菲利普颇为神似，因此哈利判断床的这一边应该是菲利普睡的。另一边的床头桌上摆着尤纳斯的照片。摆放女性衣物的衣橱里有一丝淡淡的香水味，哈利看见每一个衣架边角跟彼此之间都间隔相同的距离，只要不去动它们，它们会一直保持这个距离。衣架上挂有开衩的黑色洋装，以及饰以粉红色图案与亮片的套头毛衣。衣橱下方是抽屉。哈利拉开第一格抽屉，看见里头是黑色和红色的内衣。第二格抽屉是吊袜带和丝袜。第三格抽屉里放的是珠宝，一个个安置在亮红色绒毡格子里。哈利注意到一枚俗丽的大戒指，上头镶饰着珍贵宝石，闪烁不已。这个抽屉里所有的珠宝都带有一点赌城拉斯韦加斯那种华丽艳俗的味道。绒毡上每一格都放有珠宝，并无空格。

卧室里有一扇门通向新装潢的浴室，里头设有蒸气淋浴间和两个钢制洗脸盆。

哈利来到尤纳斯的房间，在小桌旁的小椅子上坐下。小桌上摆着一个计算器，上头设有几排先进的数学功能。计算器看起来是新的，尚未用过。小桌上方是一张海报，里头是七只海豚悠游在海浪中，另有一份年历，年历上有几个日期被圈了起来，旁边标注着许多小字。哈利看见上面写着"妈咪和爷爷的生日""丹麦的假日""早上十点看牙医"，七月有两个日期写着"医生"。但哈利并未看见任何足球赛、看电影或生日派对的注记。他看见床上放着一条粉红色围巾，尤纳斯这个年纪的小男孩绝对不可能用这种颜色的围巾。哈利拿起围巾，摸到围巾是湿的，但仍闻得到肌肤、头发和女性香水的独特气味，这香水的味道和衣橱是一样的。

哈利走下楼，在厨房门口停下脚步，聆听麦努斯滔滔不绝地讲述失踪案的处理程序，厨房里还传来咖啡杯发出的叮叮声。客厅那张沙发看起来硕大无比，也许是因为坐在沙发上看书的身影十分娇小。哈利走到沙发旁，看见一张英国喜剧演员卓别林身穿礼服的盛装照。

"你知道卓别林有爵士头衔吗？"哈利问道："他叫作查理·卓别林爵士。"

尤纳斯点了点头："他们把他从美国赶走。"

他用指尖翻动书页。

"今年夏天你生过病吗，尤纳斯？"

"没有。"

"可是你去看过医生，还看了两次。"

"是妈咪要带我去检查的，妈咪……"尤纳斯的声音戛然而止。

"她很快就会回来的，"哈利说，把手放在尤纳斯窄小的肩膀上，"她没带走你床上那条粉红色围巾对不对？"

"有人把那条围巾围在雪人的脖子上，"尤纳斯说，"是我把它拿进来的。"

"你妈妈不想让雪人着凉。"

"她才不可能把她最心爱的围巾送给雪人呢。"

"那一定是你爸爸围的。"

"不是，是昨天晚上有人在爸爸离开以后围的，那个人带走了妈咪。"

哈利缓缓点头："尤纳斯，那个雪人是谁堆的？"

"我不知道。"

哈利望向窗外的院子。这正是他之所以来这里的原因。一阵冷风似乎穿墙而过，吹进了屋子。

哈利和卡翠娜驾车行驶在索克达路上，朝麦佑斯登区的方向驶去。

"我们走进那间屋子的时候，你脑子里冒出的第一个念头是什么？"

"住在里头的夫妻算不上是灵魂伴侣，"卡翠娜说，驾车驶过收费亭，完全没减速，"可能是一桩不快乐的婚姻，如果真的是这样，那么最痛苦的人是老婆。"

"嗯，为什么你会这样认为？"

"很明显啊，"卡翠娜微微一笑，瞥了后视镜一眼，"品味冲突。"

"请你说明。"

"你没看见那张可怕的沙发和咖啡桌吗？典型的八十年代风格，却被男人在九十年代买回家。老婆买的是那张有铝制桌脚的白色上油橡木餐桌，还有 Vitra。"

"Vitra？"

"Vitra 的餐椅，是瑞士品牌，很贵的，贵到如果她肯买价格便宜一点的仿制品，剩下的钱够她把所有那些该死的家具都给换掉。"

哈利注意到"该死的"这几个字，听起来不像是卡翠娜经常使用的语汇，她突然使用这种用语只是更突显了她出身的社会阶级。

"意思是？"

"那么大一栋房子，又在奥斯陆那么高级的地段，代表钱不是问题，是老公不准她换掉他买的沙发和咖啡桌。当一个没品位或是对室内设计没有明显兴趣的男人做出这种事，等于是告诉我那个家庭里是谁支配谁。"

哈利点点头。他之所以点头其实是向自己确认，确认他对卡翠娜的第一印象并没有错：她很行。

"告诉我你是怎么想的吧，"卡翠娜说，"要学习的人应该是我才对。"

哈利望向车窗外的列思维克咖啡馆，那家咖啡馆老旧而传统，但从未受到敬重。

"我不认为碧蒂离开屋子是出于自由意志。"哈利说。

"为什么不是？屋子里没有暴力迹象。"

"那是因为计划周全。"

"谁是犯人？是不是丈夫？通常都是丈夫对不对？"

"对，"哈利说，同时察觉到自己脑中出现疑惑，"通常是丈夫。"

"只不过这个丈夫跑去了卑尔根。"

"看起来是这样。"

"他搭的是末班飞机，所以不可能回来，再说他还必须赶得上早上第一节课。"卡翠娜踩下油门，车子从麦佑斯登区一个十字路口的黄灯底下飞驰而过，"如果菲利普是犯人，那你撒下的饵应该早就钓到他了。"

"饵？"

"对啊，你问他说碧蒂有没有出现情绪起伏，暗示说你怀疑碧蒂跑去自杀。"

"所以说呢？"

卡翠娜大笑："哈利，你少来了，每个人——包括菲利普在内，都知道警方对疑似自杀的案件不会投入太多调查资源，简而言之呢，你给了他一个支持自杀理论的机会，如果他是犯人，这样不就解决了绝大多数的问题？结果他却回答说碧蒂快乐得跟云雀一样。"

"嗯，所以你认为我问这个问题只是在测试他？"

"哈利，你一天到晚都在测试别人，包括我在内。"

哈利并不接话，直到车子驶上玻克塔路。

"人们总是比你以为的聪明。"哈利说，接着又沉默不语，直到他们来到警署停车场。

"今天的其他时间我要自己工作。"

他这样说是因为他正在思索那条粉红色围巾，并做出了结论。他急切地想去看看麦努斯做的失踪人口报告，也急切地想确认自己的怀疑是否正确。倘若他害怕的事果然成真，那么他就得去找队长哈根，同时带着那封信，那封见鬼的信。

5 图腾柱

一九九二年十一月四日

威廉·杰斐逊·布莱思三世在一九四六年八月十九日来到这个世界，出生于阿肯色州的霍普小镇，当时他的父亲正好在三个月前因车祸去世。四年后，威廉的母亲再嫁，威廉便换上继父的姓氏。四十六年后，一九九二年的十一月夜晚，霍普镇街上洒落了有如雪花般的白色碎纸花，庆祝镇民的希望、霍普镇出身的威廉——或称为比尔——克林顿，当选美国第四十二届总统。当天晚上卑尔根市落下的白雪并未触碰到地面，雪花一如往常在半空中便已融化，化为雨水落在街上；这种天候自九月中旬就开始了，但隔天清晨太阳升起时，守护这个美丽城市的七座山上，山顶出现了有如白砂糖般闪闪发亮的积雪，而这时葛德·拉夫妥警探已来到其中最高的厄里肯山顶。他的肩膀在他那颗大头旁弓起，一边颤抖，一边呼吸着山上的空气。他脸上的皮肤满布皱褶，仿佛被人揉过一般。

黄色缆车载着拉夫妥和三名卑尔根警署犯罪现场鉴识员，爬上距离城市地面六百四十二米高之处，吊在坚实的钢索上轻轻摇晃，停在原地静静等待。早上第一批游客走下缆车，爬上人气颇高的厄里肯山顶并发出警报之后，缆车就已停止载客。

"出去走走吧。"一名鉴识员不经意地说。

这句话原本是卑尔根市的旅游口号，却常常被拿来嘲讽卑尔根人，以至于卑尔根人几乎都已不再使用这句话。但是当恐惧盖过意志力，内心深处的语汇便会浮现。

"对，出去走走吧。"拉夫妥复述，语带挖苦之意，他的眼睛在仿佛被人用平底锅打过的肌肤皱褶后方闪烁光芒。

躺在雪中的尸体被切成无数碎块，幸亏有一个裸露的乳房才让人得以判别死者性别。尸体的其他部分让拉夫妥联想到一年前在艾索凯瑟镇发生的车祸，当时一辆卡车转弯车速过快，车上载运的铝板松脱滑落，将对向来车削成碎片。

"凶手就在现场杀害死者，分割她的肢体。"一名鉴识员说。

这句话对拉夫妥来说似乎是多余的，因为尸体周围的积雪溅满了血，浓厚的血痕显示至少有一条动脉被切断时，心脏仍在跳动。他在心中记下必须查出昨晚何时停止降雪。最后一班缆车昨天下午五点离站，但死者和凶手可能是走缆车下方的小径来到这里，也可能是搭乘弗拉扬缆索铁路来到旁边的山峰，再步行过来，但这两条路都得耗费大量体力，因此拉夫妥的直觉告诉他：他们是搭缆车来的。

雪地里有两组鞋印，小鞋印无疑是那名女性死者的，虽然现场并未看见她的鞋子。另外一组鞋印必定是凶手的。这两组鞋印往小径延伸而去。

"很大一双靴子，"一名年轻的鉴识员说——他来自索特拉岛的滨海地区，双颊凹陷，"至少有四十八号，这家伙一定人高马大。"

"那可不一定，"拉夫妥说，鼻子呼哧一声吸了口气，"他的鞋印大小不一，可是这里的地面却是平整的，这表示他的脚比他的鞋子还小，说不定这家伙想愚弄我们。"

拉夫妥感到众人的视线都朝他射来，他知道他们在想些什么。又来了，这个过气的警察明星又在眩人耳目了。他是媒体的宠儿，有一张大嘴，面容严厉，精力旺盛。简而言之，这个男人专门制造头条新闻。但同时拉夫妥对他们而言又过于傲慢，无论是对媒体或对他的同僚而言都是如此。于是流言蜚语开始流传，说拉夫妥想的只有他自己和他在聚光灯下的地位，还说他是个利己主义者，不知道曾把多少人踩在脚下当作垫脚石，曾牺牲多少人才爬到今天这个位置。这些流言他只当作耳边风，他们手中没有他的把柄，就算有也少得可怜。但犯罪现场有些零散不值钱的小饰品不见了，也许是死者的珠宝或手表，一些没有人会注意的小东西。有一天，拉夫妥的一个同事要找笔，打开了他办公桌的一个抽屉——至少那个同事是这样说的——却在抽屉里发现了三样东西。拉夫妥被 POB 叫了去，要他将这件事解释清楚。最后 POB 叫他把嘴闭上，不要对别人多说，仅此而已。但谣言开始满天飞，最后连媒体都开始注意到这件事，因此当警署被控执法过当时，很快就出现某个警察犯下这类罪行的铁证，这名警察就是专门制造头条新闻的拉夫妥，一点也不令人意外。

拉夫妥被判有罪，每个人都认为他有罪，毫不怀疑。但大家都知道拉夫妥只是成了卑尔根警界行之有年的地下文化的代罪羔羊，他只不过是签了几份囚犯报告，而这些囚犯被押回牢房时摔倒在老旧铁梯上，身上多处瘀伤——这些囚犯多半是儿童猥亵犯或毒贩。

报社记者对拉夫妥毫不留情，给他取了个绰号叫铁面人，而不称呼他名字。这个绰号也许不够有创意，却很恰当。一名记者访问了拉夫妥在黑白两道上的几个宿敌，这些人自然借此机会一偿宿怨。有一天拉夫妥的女儿哭着从学校回来，说她被人嘲弄欺负，他的妻子说她受够了，他不能要求她坐在那里眼睁睁看着他把整个家都给拖垮。一如往常，他大发雷霆，随后他的妻子就带着女儿离家出走，这次再也没回来。

那段时间很难熬，但他一直没忘记自己是谁。他是铁面人拉夫妥。他自我放逐的时期结束后，就倾注全力、没日没夜地工作，只为了收复失地。但没有人愿意原谅他，因为伤口太深，他也发现警界内部并不愿意让他成功。警方当然不想让他再度意气风发，将他们和媒体都急着想抛诸脑后的画面又唤回来，再次目睹那些手上铐着手铐、全身瘀青的囚犯照片。但他会证明给他们看，证明葛德·拉夫妥不是个会让自己从此被埋葬的人，他要证明脚下那座城市是属于他的，而不是属于社工人员、懦夫，还有那些巧舌如簧的人，那些人只会坐在办公室里，舌头长到可以去舔当地政客和左派记者的松弛屁眼。

"拍几张照片，查出死者的身份。"拉夫妥对拿着相机的鉴识员说。

"这样是要找谁来指认？"年轻的鉴识员伸手一指。

拉夫妥不去理会那鉴识员说话的语气："有人已经报案或即将报案这个女人失踪，去办就是了，小伙子。"

拉夫妥走到山顶，回头望向卑尔根人所称的 Vidden，也就是高原。他的视线扫过乡间，停在一座山坡上，看见坡顶似乎有个人。如果那是人，那么那个人动也不动。说不定是石冢？拉夫妥眯起双眼。他来这里少说也有上百次，跟妻女一起来散步，但他不记得在那里见过石冢。他步下山顶，来到缆车旁，向操作员借了望远镜。十五秒后，他确定那不是石冢，而是有人滚了三个大雪球，一个一个堆叠起来。

拉夫妥不喜欢卑尔根市的斜坡区，这个地区叫作菲雷希恩区，区内的木屋美丽如画、歪歪斜斜、无法隔热保暖，木屋设有阶梯和地下室，位于狭窄巷弄内阳光永远照射不到的地方。爸妈有钱的时髦小孩时常会花数百万克朗买下一栋纯正的卑尔根木屋，加以装修，直到屋子里看不见一丝原本铺上的灰泥为止。这里已听不见孩童在碎石路上奔跑的声音，高房价早已将年轻的卑尔根家庭逼到山头另一侧的郊区。此地十分安静，仿佛一排排荒弃的商店。然而当他站在石阶上按门铃时，却有种被人监视的感觉。

过了一会儿，门打了开来，一张苍白焦虑的女子脸庞出现在门后，满脸错愕看着他。

"请问你是欧妮·黑德兰吗？"拉夫妥问，亮出警察证，"我是来请教关于你的朋友莱拉·奥森的事。"

这栋公寓很小，格局令人费解，浴室位于厨房后方，就在卧室和客厅中间。客厅贴的是酒红色花纹壁纸，欧妮在狭小的客厅里设法挤进了一张沙发和一张绿橘相间的扶手椅，剩余的狭小地面堆满周刊、书籍和 CD。拉夫妥跨过一碟翻倒的清水和一只猫，来到沙发前。欧妮在扶手椅上坐下，不安地玩弄自己的项链，链坠上镶着一颗绿色宝石，上面有一道黑色裂痕，也许是瑕疵，也许是那颗宝石的特点。

欧妮今早从莱拉的丈夫贝斯钦那里得知莱拉的死讯，但是当她听见拉夫妥无情地说出细节，脸上表情依然出现好几次大幅转变。

"太可怕了，"欧妮低声说，"贝斯钦没提到这些。"

"那是因为我们不想宣扬，"拉夫妥说，"贝斯钦跟我说你是莱拉最要好的朋友。"

欧妮点点头。

"那你知道莱拉为什么去厄里肯山吗？因为她丈夫什么都不知道，他昨天带孩子去弗罗勒镇探望他母亲。"

欧妮摇摇头，态度十分坚定，不会让人产生任何疑惑。然而问题并不在于她摇头的态度，而在于她摇头前迟疑了零点零一秒，这零点零一秒正是拉夫妥要找的。

"黑德兰小姐，这是一件谋杀案，希望你明白如果你不把知道的所有事情都告诉我，会产生什么严重后果。"

欧妮迅速瞥了一眼面前这个貌似斗牛犬、脸上表情复杂难解的警察。拉夫妥嗅到了猎物的气味。

"如果你认为你是在替莱拉的家庭着想，那你就错了，这些事无论如何都会曝光。"

欧妮吞了口口水。她看起来相当害怕，刚才她开门时看起来就已经相当惊慌了。拉夫妥又推了她最后一把，给她一个事实上微不足道的威胁，这个威胁无论对清白或犯罪的人都相当有用。

"你可以现在就告诉我，或是去警局接受侦讯。"

欧妮眼中盈满泪水，细微得几乎难以听见的声音从她喉咙后方传了出来："她去那里见一个人。"

"谁？"

欧妮颤抖地吸了口气："莱拉只跟我提到那人的名字和职业。这件事是秘密，不能让任何人知道，尤其不能让贝斯钦知道。"

拉夫妥低头看着笔记本，极力掩饰自己的兴奋之情："这个人的名字和职业是什么？"

他记下欧妮所述，看着笔记本。那是个相当常见的名字，也是个相当常见的职业，但卑尔根市是个不算大的城市，因此他认为这些线索就已足够。他整个人都知道自己找对了方向；所谓他"整个人"代表的是他三十年来的办案经验，以及他根据愤世嫉俗的心态得来的人性知识。

"答应我一件事，"拉夫妥说，"不要把你刚刚对我说的事告诉别人，不要告诉莱拉的家人，也不要告诉媒体，连其他警察都不要说，明白吗？"

"连……其他警察都不要说？"

"绝对不能说，这件案子由我主导调查，我必须完全掌控这项信息。你什么人都不能说，除非接到我的进一步指示，否则你要说你什么都不知道。"

拉夫妥再度站上门外的阶梯，心想终于有了眉目。巷子深处有一扇窗户晃了开来，拉夫妥脸色微变，再度觉得受到监视。可是那又怎样？要复仇的人是他，复仇只是他一个人的事。拉夫妥扣上外套，静静地沉浸在胜利中，完全没发现外头正下着大雨。他在滑溜的街道上迈开大步，朝卑尔根市中心走去。

下午五点，卑尔根的天空像是被拔开瓶盖的水瓶一样，浇下倾盆大雨。拉夫妥面前的办公桌上放着一张名单，这张名单是他从职业公会那里拿来的。他已经开始寻找符合那个名字的可能人选，目前只找到三个人。他离开欧妮家才两个小时，但他认为自己很快就能查出谁是杀害莱拉的凶手。

不到十二小时就侦破一宗谋杀案，没有人可以将这个成绩从他手中夺去，荣耀将属于他，只属于他一个人，因为他将会亲自联络媒体。挪威各大媒体早已占据厄里肯山顶，也涌进了警署。署长下令不得泄露任何有关尸体的细节，但秃鹰般的记者早已嗅到了血腥味。

"一定有人泄露消息。"署长说，看着拉夫妥。拉夫妥不发一语，克制着不让脸上浮现任何笑容，只因记者正坐在外头，准备发布新闻。很快地，拉夫妥将再度成为卑尔根警署之王。

他调低收音机的音量，美国歌手惠特尼·休斯顿正在收音机里对整个秋天高唱我将永远爱你。他正要拿起电话，电话响起。

"我是拉夫妥。"他不耐烦地说，几乎不想继续接这通电话。

"你要找的人是我。"

向来多疑的拉夫妥一听电话里的声音，就知道这不是开玩笑或恶作剧电话。这声音冷静节制、发音清晰、干净利落，排除一般疯子或酒鬼打来的可能性。但这声音也带有一种别的东西，是什么拉夫妥一时间说不上来。

拉夫妥大声咳嗽，咳了两声，慢悠悠地回答，仿佛表示自己没被吓到，"请问你是哪位？"

"你知道的。"

拉夫妥闭上眼睛，激烈地无声咒骂。该死！该死！该死！凶手跑来自首了。如此一来，引发的冲击效果将远不及他拉夫妥亲手逮到凶手。

"你为什么认为我在找你？"拉夫妥咬牙切齿地问。

"我就是知道，"那声音说，"如果你肯照我说的话去做，就可以得到你想要的。"

"我想要的是什么？"

"你想逮捕我，而且你可以逮捕我，独自一个人逮捕我，你听见了吗，拉夫妥？"

拉夫妥先点点头，才打起精神，回答说听见了。

"十分钟后，"那声音说，"跟我在诺德勒斯公园的图腾柱旁边碰面。"

拉夫妥努力思索。诺德勒斯公园位于水族馆旁，他十分钟内就可以抵达，可是有那么多地方可以选择，为什么偏偏要挑在海岬尽头的一座公园里见面？

"这样我就能看见你是不是一个人来，"那声音说，仿佛响应着他的思绪，"如果我看见其他警察，或是你迟到，那我就会永远消失。"

拉夫妥的脑子开始分析情势、推演计算、归纳结论。他来不及组成一支逮捕小组，势必得写一份书面报告，说明他为什么要独自去逮捕凶手。太完美了。

"好，"拉夫妥说，"然后呢？"

"我会把一切都告诉你，还有我自首是有条件的。"

"什么条件？"

"审判期间我不要戴手铐，媒体不准进入法庭，我服刑的地方不能跟其他囚犯混在一起。"

拉夫妥差点呛到："好。"他说，看了看表。

"等一下，还有其他条件，我的房间要有电视，我要什么书都必须提供给我。"

"这可以安排。"拉夫妥说。

"你只要签下这些条件的同意书，我就会跟你走。"

"如果……"拉夫妥开口说，却听见话筒传来快速的哔哔声，表示对方已挂断电话。

拉夫妥将车子停在卑尔根船坞旁，从这里步行前往诺德勒斯公园的路并不是最近的，但走进公园时会有比较清楚的视野。这座大公园的地形起起伏伏，里头有被人踏平的小径、黄色的小山丘、枯黄的草地。树木朝浓密云层伸出黑色多节的手指，云层从奥斯古岛后方的海上被吹来。公园里一名男子正快步行走，他牵的那只罗威纳犬紧张地拉扯着他。拉夫妥将手伸进外套口袋，摸了摸他的史密斯威森左轮手枪，迈开步伐走过诺德勒斯海水池。这个海水池是个空荡的白色水盆，看起来像是位于海洋边缘的特大号浴缸。

他在转弯处后方看见了十米高的图腾柱，那根图腾柱是西雅图市赠送的礼物，重达两吨，用来祝贺卑尔根市建立九百周年。他听见自己的呼吸声和湿叶子踩在脚下发出的嘎吱声。天空开始飘落丝丝细雨，打在他脸上。

一个身影单独站在图腾柱旁，面对拉夫妥走来的方向，仿佛那人知道拉夫妥会从这边走来，而不是另一边。

拉夫妥用手捏了捏他的左轮手枪，踏出最后几步，来到那人前方两米处，停下脚步。他在霏霏细雨中眯起双眼，心想怎么可能。

"惊讶吧？"那人说。拉夫妥认出了那人的声音。

拉夫妥默然不语，脑子再度开始分析计算。

"你自以为了解我，"那声音说，"但其实只有我了解你而已，所以我猜你一定会单枪匹马前来。"

拉夫妥瞪着那人。

"这只是一场游戏。"那声音说。

拉夫妥清清喉咙："一场游戏？"

"对，你喜欢玩游戏。"

拉夫妥握住左轮枪柄，取好角度，避免快速抽出手枪时被口袋卡住。

"为什么要特别选我？"拉夫妥问。

"因为你是最棒的，我只把最棒的人当成对手。"

"你疯了。"拉夫妥低声说，话一出口立刻就后悔了。

"这一点呢，"那人说，嘴角泛起一丝微笑，"还有待商榷。不过老兄，你也疯了，我们都疯了，我们都是焦躁的灵魂，找不到回家的路，一直都是这样。你知道印第安人为什么要做图腾柱吗？"

拉夫妥面前那人用戴了手套的食指指节叩击图腾柱；图腾柱上雕刻的人像一个叠着一个，睁着盲目的黑色大眼，望向峡湾的另一端。

"是为了照看灵魂，"那人继续说，"好让灵魂不会迷失。但是图腾柱会腐烂，它们当然会腐烂，这是图腾柱的功能之一。图腾柱腐烂崩坏以后，灵魂就得去找新家——也许是面具，也许是镜子，也许是初生的婴儿。"

水族馆传来嘶哑的叫声，那是企鹅奔跑发出的声音。

"你要不要告诉我为什么要杀她？"拉夫妥问，发觉自己的声音也变得嘶哑。

"游戏结束了，真可惜，拉夫妥，我玩得很开心。"

"你是怎么发现我会查到你身上的？"

那人抬起一只手，拉夫妥反射性地后退一步。那人手上垂落一样东西，是一条项链，项坠镶着一颗泪滴形绿色宝石，上面有一条黑色裂痕。拉夫妥感觉自己心跳加速。

"欧妮起初什么都不肯说，后来她……这该怎么说……她被说服了。"

"你说谎。"拉夫妥说，屏住气息，并不相信对方的话。

"她说你不准她告诉你的同僚，所以我就知道你一定会接受我的建议，一个人来，因为你认为这会是你灵魂的新居所，是你复活的机会，对不对？"

冰冷细雨打在拉夫妥脸上有如汗水一般。他的手指扣上手枪扳机，集中精神，控制自己，缓缓说话。

"你挑错地方了，你站的地方背对海面，而且离开这里的每一条路都有警车守住，没有人逃得了。"

那人嗅了嗅空气的气味："拉夫妥，你有没有闻到？"

"闻到什么？"

"恐惧。肾上腺素有一种特殊的味道，不过这你应该知道，我敢说你在你殴打的那些囚犯身上，一定也闻过这种味道。莱拉身上也有这种味道，尤其是当她看见我要使用的工具时；欧妮身上的这种味道更浓，也许是因为你跟她说过莱拉身上发生的事，所以她知道自己会有什么遭遇。这种味道很能让人兴奋对不对？我在书上读过有些食肉动物会利用这种气味来找寻猎物，想想看那些颤抖的猎物想要躲藏，却很清楚自己身上发出的味道会引来杀机。"

　　拉夫妥看见那人戴着手套的双手垂了下来，手中并无其他东西。在光天化日下，此地接近挪威第二大城卑尔根的市中心。拉夫妥虽然有点年纪，但这几年滴酒未沾，体能状况保持得很好，反射动作快，战斗技能也不生疏，一眨眼就能拔出左轮手枪。既然如此，他为什么害怕到嘴里上下两排牙齿直打战？

6 手机

第二日

麦努斯·史卡勒警官背倚着他那张旋转办公椅，闭上眼睛，眼前立刻出现一个男子的影像：男子身穿西装，面朝另一侧站立。麦努斯立刻睁开双眼，看了看表：六点。他认为自己应该可以休息片刻，因为他已执行完找寻失踪人口的标准程序。他打电话给所有医院询问是否有病患名叫碧蒂·贝克；打电话给挪威出租车公司和奥斯陆出租车公司，询问昨晚他们派车去贺福区附近接送的客人；询问碧蒂的银行，并收到回复说碧蒂在失踪前并未从账户中提领大量现金，昨晚或今天也没有注销账户。派驻在加勒穆恩机场的警察也获准查看昨晚的旅客名单，但飞往卑尔根市的班机上，唯一姓贝克的旅客只有碧蒂的丈夫菲利普。麦努斯也询问过丹麦和英国航线的渡轮公司，尽管碧蒂极不可能前往英国，因为菲利普留有碧蒂的护照，也给警方看过。企图心旺盛的麦努斯按照一般程序，对奥斯陆和阿克修斯郡的所有旅馆发出安全通报传真，最后还指示奥斯陆的所有行动单位，包括巡逻车，全都睁大眼睛留意碧蒂的行踪。

现在只剩下手机的问题。

麦努斯打电话给哈利，报告目前状况。麦努斯听见哈利气喘吁吁，背景有鸟儿发出的尖鸣声。哈利挂断电话前问了几个有关手机的问题。麦努斯讲完电话，站起身来，踏进走廊。卡翠娜·布莱特的办公室门开着，灯也亮着，里头却没人。麦努斯爬上楼梯，来到楼上的员工餐厅。

餐厅已打烊，但保温瓶里还有微温的咖啡，门边的手推餐车上有薄脆饼干和果酱。餐厅里只坐了四个人，其中一人是卡翠娜。她坐在墙边一张餐桌前，正在阅读活页夹里的文件，面前是一杯水和一个餐盒，餐盒里有两个开口三明治。她脸上戴的眼镜镜架细、镜片薄，看起来几乎像是没戴。

麦努斯倒了些咖啡，走到卡翠娜桌旁。

"打算加班吗？"他问，坐了下来。

卡翠娜从面前的数据中抬起头来，麦努斯似乎听见她轻叹一声。

"看我猜得准不准？"麦努斯微笑说，"你带了自制三明治，这表示你出门前就知道餐厅五点打烊，而且你今天会工作到很晚。抱歉，当警探就是有这种职业病。"

"是吗？"卡翠娜说，眼睛眨也不眨，视线又回到数据上。

"对啊。"麦努斯说，啜饮咖啡，趁此机会好好观察卡翠娜，只见她倚身向前，上衣领口内看得见胸罩的蕾丝花边。"今天我调查碧蒂的失踪案，我查到的和别人可以查到的一样多，可是我认为她可能还在贺福区，说不定就躺在某个地方的雪堆或落叶堆下，也说不定躺在贺福区众多小湖和小溪的其中一个里。"

卡翠娜默不作声。

"你知道我为什么这样认为吗？"

"不知道。"卡翠娜语调平板，看着资料并未抬眼。

麦努斯越过桌面，将一部手机放在卡翠娜面前。卡翠娜面带无奈的神情，抬起头来。

"我想你一定知道，"麦努斯说，"这是一部手机，是一种很新的发明。一九七三年四月，手机之父马丁·库珀用手机跟家里的老婆通话，这是史上第一次的手机通话。当然了，当时他并不知道这项发明后来会成为警方寻找失踪人口最重要的方式。布莱特，如果你想成为一个还算合格的警探，就得好好聆听和学习这些技术。"

卡翠娜摘下眼镜看着麦努斯，嘴角泛起一抹微笑。麦努斯喜欢她这抹微笑，虽然他不太明白这抹微笑背后的含意。"我洗耳恭听。"

"很好，"麦努斯说，"因为碧蒂有一部手机，而手机会发出信号，信号会被附近地区的基站接收。不只是在你打电话的时候这样，当你身上携带手机的时候也是这样。这就是为什么美国人打一开始就把手机称为蜂巢式电话，因为一个基站涵盖一个小区域，就好像蜂窝一样。我问过挪威电信，涵盖贺福区的基站依然接收得到碧蒂的手机发出的信号，但我们找过整间房子，都没发现她的手机，而且她不太可能把手机掉在她家旁边，这样就太过于巧合了，因此……"麦努斯扬起双手，犹如变完戏法的魔术师，"喝完这杯咖啡以后，我就会通知重案指挥室，请他们派出搜索队。"

"祝你好运。"卡翠娜说，将手机推还给麦努斯，翻过一页文件。

"那是哈利的旧案子对不对？"麦努斯问。

"对。"

"他认为有个连环杀手正在到处杀人。"

"我知道。"

"你知道？那你应该也知道他料错了吧？而且不是第一次了。哈利对连环杀手有一种病态的痴迷，他以为挪威是美国，可是他还没在挪威发现过连环杀手。"

"瑞典出过几个连环杀手，像是托马斯·奎克（Thomas Quick）、约翰·阿索纽斯（John Asonius）、托雷·赫丁（Tore Hedin）……"

麦努斯笑说："你做过功课嘛，但如果你想学一些正统的调查方法，我建议你跟我去喝杯啤酒。"

"谢谢，我不……"

"或是去吃点东西也行，你那个餐盒不是很大。"麦努斯终于和卡翠娜四目交接，他直视卡翠娜的双眼，只见她的眼眸中有种奇特的光芒，仿佛深处有火正在燃烧。麦努斯从未在别人眼中见过这种光芒，但他认为是自己点燃了卡翠娜眼中的火光，他认为自己在和她说完这番话之后，已晋升到和她同样的等级。

"你可以把这个当成是……"他开口说，假装找寻适当的字眼，"训练。"

卡翠娜露出微笑，大大的微笑。

麦努斯感觉心跳加速，全身发热，似乎已感受到卡翠娜的身体贴上他，他的指尖触摸她穿着丝袜的膝盖，他往上游移的手发出噼啪声。

"史卡勒，你想做什么？想尝尝队上新来的女同事吗？"卡翠娜脸上的微笑更扩大了些，眼中的火光更为炽烈，"一逮到机会就跟她上床，就好像男孩把口水吐在最大块的生日蛋糕上，好抢先别人一步，安静地享受这块大蛋糕？"

麦努斯不禁目瞪口呆。

"让我给你几个良心的建议，史卡勒，不要碰工作上的女人。如果你认为自己掌握到一条有用的线索，不要浪费时间跑来餐厅喝咖啡。还有，别跑来告诉我说你要通知重案指挥室，你应该打电话给霍勒警监，他才能决定是不是要派出搜索队。然后你应该打电话给紧急应变中心，那里才有人员待命，而不是这里。"

卡翠娜将防油纸揉成一团，挥手一掷，将纸团往麦努斯背后的垃圾桶丢去。麦努斯不必回头也知道纸团进了垃圾桶。卡翠娜收拾档案，站了起来，这时麦努斯多少已经镇定下来了。

"我不知道你在乱想些什么，布莱特，你大概只是个欲求不满的人妻，希望别的男人可以……可以……"麦努斯找不到适当的字眼。妈的！他找不到适当的字眼，"我只是想教你几手而已，你这个婊子。"

卡翠娜脸色骤变，仿佛窗帘被一把拉开，使得麦努斯直接看见她眼中的火焰。有那么一瞬间，麦努斯认为卡翠娜会出手打他，但最后什么事也没发生。卡翠娜再度开口说话，麦努斯明白一切都只发生在她的眼眸里，她没抬起一根手指，声音也完全在控制之中。

"如果我误会了你的意思，很抱歉，"卡翠娜说，但脸上的表情明白地表示她认为这个可能性极低，"还有，马丁·库珀不是打电话给他老婆，而是打给他在贝尔实验室的竞争对手乔尔·恩格尔。史卡勒，你认为他是打电话过去要教对方几手，还是去炫耀？"

麦努斯看着卡翠娜离去，看着她的套装摩擦她的背部，摆动身躯走向餐厅大门。妈的，真是个古怪的女人！他想站起来对她丢东西，但知道自己丢不中。再者，他不想移动，他害怕自己勃起的下体依然明显。

哈利觉得自己的肺脏抵住了肋骨内部，他的呼吸逐渐缓和下来，但心跳依然快速，宛如一只野兔在胸腔内高速奔驰。他站在艾克柏餐厅旁的森林边缘，身上的慢跑衣因为吸饱汗水而显得沉重。艾克柏餐厅是二战时期开张的机能主义餐厅，曾是奥斯陆的骄傲与喜悦，面对东方矗立在奥斯陆上方的峭壁上。但后来客人不再从市中心长途跋涉前来这座森林，餐厅生意越来越坏，渐走下坡，里头变得斑驳简陋，来的客人都是些过气的舞痴、中年酒鬼和孤独的游魂，来这里找寻其他孤独的游魂。最后餐厅终于歇业。哈利常喜欢驾车上山，来这里远离城市那一层层的黄色废气，沿着网状小径在富有挑战性的陡峭地形上慢跑，燃烧肌肉里的乳酸。他喜欢停留在这家崩坏的美丽餐厅旁，坐在被雨打湿、野草蔓生的土地上，俯瞰这座曾属于他的城市。如今他对这座城市的情感已然崩毁，他的感情资产已然易手，往日情人移情别恋。

城市躺在下方山谷中，每一侧都有山脊隆起，这是奥斯陆峡湾里唯一的避风港。地质学家说奥斯陆是死火山的火山口。在这样的夜晚，哈利可以将城市灯光想象成地壳的裂缝，灼亮的岩浆从裂缝下方透出光芒。城市另一侧的霍尔门科伦滑雪跳台矗立在山脊上，宛如一个发光的白色逗号。他依循着跳台的方位，想找出萝凯的家。

他想起了那封信，以及麦努斯刚刚打来的电话，说碧蒂的手机仍在传送信号。他的心跳缓和了下来，心脏输出血液，对脑部发出规律的信号，表示生命依然存在，犹如手机对基站发出信号。心脏，哈利心想，信号，那封信。这些东西令他作呕，但为何他无法不去想这些东西？为何他已开始计算从这里跑回车上再驾车到贺福区要多远，才能去查看究竟哪一样东西最令人作呕？

萝凯站在厨房窗户旁，越过她家院子望着那片遮住邻居屋舍的云杉林。她在当地居民的会议上曾建议砍掉几株云杉，好让更多光线透进来，但现场反应异常冷淡，众人的想法不言而喻，因此她索性连提议投票都作罢。云杉林可以避免外人朝内窥看，霍尔门科伦山上的居民就是喜欢这一点。奥斯陆上方的这座山上依然白雪皑皑，宝马和沃尔沃轿车缓缓驶过弯道上山返家，回到电动车库和摆好晚餐的餐桌上。晚餐是家庭主妇在保姆协助下准备的，这些家庭主妇勤跑健身中心，身材保持苗条，暂时中断了职业生涯。

这栋房子是萝凯从父亲那里继承来的，透过坚实的木质地板，可以听见欧雷克的二楼房间里传来音乐声。那是齐柏林飞船乐团和何许人乐团的音乐。萝凯回想自己十一岁的时候，要她去听父母那一辈的音乐是难以想象的，但欧雷克的那些 CD 是哈利送他的，他是真心喜欢才放这些音乐。

她想到哈利变得非常之瘦，整个人都小了一号，就如同她对哈利的记忆一样。一个曾经和你如此亲密的人竟可以被淡忘，直至印象消逝，想起来就令人觉得可怕。又或者是因为你们曾经如此亲密，所以当后来你们不再亲密，那种曾经亲密的感觉就好像不是真的，仿佛是一场梦，很快就会被遗忘，因为它只存在于头脑中。也许这就是为什么当她再度跟哈利碰面、拥抱他、闻到他的气味时，她感到震惊。她亲耳听见他的声音，不是透过电话，而是从他嘴里，从他那柔软得不可思议的嘴唇间听见他的声音。他脸上的皱纹越来越多。她看着哈利那对蓝色眼眸，眼眸中的光芒随着他说话而时明时暗，和过去没有两样。

　　然而她庆幸他们那段恋情已经过去，她已将往事抛在脑后。哈利这个男人会把自己破败的那一面带进他们的生活，她庆幸自己不再跟这个男人共享未来。

　　如今她过得比较好，过得好太多了。她看了看表。马地亚很快就会来了，不像哈利，马地亚总是准时。

　　那一天，在霍尔门科伦居民协会主办的庭院派对上，马地亚突然出现。他不住在霍尔门科伦区，是朋友邀请他来的，结果他和萝凯坐下来聊天聊了一整晚。他们聊的多半是她的事，马地亚只是聚精会神地聆听，当时萝凯心想他的这个态度有点像医生。两天后，马地亚打电话给萝凯，问她是否想去贺维古登陆岬的贺宁—恩斯德艺术中心看展览，欧雷克也可以一起去，因为那里也有儿童展览。那天天气很坏，展出的艺术品十分平庸，欧雷克又闹脾气，但马地亚还是用幽默言语以及对艺术家才华的尖酸评语提振了两人的心情。看完展览后，马地亚载他们回家，道歉说自己选了个烂展览，并微笑着保证说以后再也不会约他们出去，除非他们要求。之后马地亚去了博茨瓦纳一星期，回来那天晚上就打电话给萝凯，问她愿不愿意再跟他见面。

　　萝凯听见一辆车打到低速挡，爬上陡峭车道。马地亚开的是老式本田雅阁，不知道为什么，萝凯喜欢他开这种车。他将车停在车库前，从不会把车停进去。她也喜欢他这样。她喜欢他自己带换洗内衣来，总是会带一个手提包，里头装有盥洗包，隔天早上便会带走。她喜欢他问她什么时候想再见他，不会将一切视为理所当然。当然了，如今这一切可能都会改变，但她已做好准备。

　　马地亚下了车。他身材高大，几乎和哈利一样高。他那张坦诚且带着孩子气的脸庞朝厨房窗内露出微笑，即使他刚值完毫无人性的长时间勤务，双腿肯定累坏了。是的，她已做好准备，准备好接受这个男人。这个男人总是陪伴在他们身边；这个男人爱她，将他们的三人世界排在最优先的序位。

她听见前门传来钥匙转动声。钥匙是她上星期给他的。马地亚接过钥匙时，脸上浮现出一个大问号，宛如刚收到巧克力工厂门票的小男孩。

大门打开，他走进门，她投入他的怀抱。她觉得即使是他的羊毛外套都好好闻，材质柔软，秋天的凉意贴在她脸颊上，外套里的暖意放射出来，笼罩她全身。

"这是怎么回事？"他对着她的头发笑着说。

"这一刻我等好久了。"她轻声说。

她闭上双眼，两人就这样伫立了一会儿。

她放开他，抬头看着他微笑的脸庞。他是个英俊男子，长得比哈利好看。

他松开手，解开外套纽扣，挂起外套，走到水槽前洗手。他从解剖部来到这里，总是先去洗手，因为他们在课堂上会碰触大体。哈利从命案现场来到这里，也都会先去洗手。马地亚打开厨房水槽下的橱柜，拿出一袋马铃薯倒进厨房水槽，打开水龙头。

"亲爱的，你今天过得怎样？"

她认为绝大多数男人在这种情况下，一定会先问她昨晚如何，毕竟马地亚知道昨晚她和哈利碰面。她也喜欢他这一点。她边说边看窗外，视线扫过云杉林，落在山下的城市中，城市灯光已开始闪烁。哈利正在这座城市的某个地方，无望地追寻某个他一直没找到也永远找不到的东西。她替哈利感到难过，如今他们之间留下的只有同情。事实上昨晚有个片刻他们静默不语，双目交接，无法离开彼此。那感觉有如电击，但只发生了短暂片刻就结束了，而且是完全结束，没有持久的魔力。她已做出决定。她站在马地亚背后，双手环抱他，将头倚在他宽阔的背上。

他正在削马铃薯皮，再把马铃薯放进平底深锅，她感觉得到他的肌肉和肌腱的活动。

"我们可以再多做几个。"他说。

萝凯察觉厨房门口有动静，转过身来。

欧雷克站在门口看着他们。

"你可以去地下室拿一些马铃薯上来吗？"她说，接着便看见欧雷克的深色眼眸黯淡下来。

马地亚转过身，欧雷克依然站在原地。

"我去就好。"马地亚说，从水槽下方拿起一个空提桶。

"不用，"欧雷克说，向前踏出两步，"我去。"

欧雷克从马地亚手中拿过提桶，转身走出了门。

"他是怎么了？"马地亚问。

"他只是有点怕黑而已。"萝凯叹了口气。

"我想也是，可是他为什么还是去了？"

"因为哈利说他应该去做。"

"去做什么？"

萝凯摇摇头："去做他害怕的事，还有那些他不想再害怕的事。哈利在这里的时候，常常叫欧雷克去地下室。"

马地亚皱起眉头。

萝凯露出悲伤的微笑："哈利又不是儿童精神科医师，而且哈利如果先表示意见，欧雷克就不会听我的，不过话说回来，地下室又没有怪物。"

马地亚转动炉子的一个旋钮，低声说："你怎么能确定没有？"

"马地亚？"萝凯笑说，"你以前是不是怕黑？"

"谁说是以前？"马地亚露出顽皮的笑容。

是的，她喜欢他。这样比较好。这样的生活好多了。她喜欢他，是的，她的确喜欢他。

哈利将车子停在贝克家前，坐在车上看着窗户透出黄色光线，照射在院子里。雪人已缩得很小，有如侏儒一般，但长长的影子仍延伸到树下，投射在尖桩栅栏上。

哈利下了车。铁栅门打开时发出哀鸣声，令他心头一惊。他知道自己应该先按门铃才对，毕竟院子跟屋子一样属于私人土地，但他没耐心也没意愿跟贝克教授讨论任何事情。

湿润的地面踩起来十分有弹性。他蹲下身来。雪人身上折射着光线，仿佛雾面玻璃一般。白天融化的雪已化为小冰晶，小冰晶凝结在一起成为大冰晶。晚上气温再度降低，水气因此凝结在冰晶上，使得今早原本细白轻盈的雪，变成了灰白色的粗糙雪块。

哈利举起右手，握紧拳头，挥拳击出。

雪人的头应声而碎，从肩膀滚落到褐色草地上。

哈利再次出拳，这次是由上往下穿过雪人颈部，接着变拳为爪，钻过雪堆，找到了他要找的东西。

他抽出手臂，在雪人前方以胜利姿态高高举起，宛如李小龙那样，向对手展示他刚刚从对手胸腔内扯出的心脏。

那心脏是一部红银相间的诺基亚手机，依然开机。

胜利的感觉转眼就消失无踪，因为他知道这个发现并不是案情上的突破，这只是有人拉着隐形的线，操纵演出傀儡秀的其中一个小桥段而已。这太简单了。这部手机是刻意安排要让人发现的。

哈利走到大门前，按下门铃。菲利普打开了门，只见他头发凌乱，领带歪斜。他眨了几下眼睛，仿佛刚睡醒似的。

"对，"菲利普回答哈利的问题，"她用的是这款手机。"

"可以请你打她手机吗？"

菲利普返回屋内，哈利在门口等着。突然间尤纳斯从门廊里探出头来，哈利正要说声"嗨"，那部手机就响了起来，唱的是一首童谣："Blåmann, blåmann, bukken min.（布洛玛，布洛玛，我的小羊。）"哈利还记得学校歌本写的下一句歌词是："Tenk på vesle gutten din.（想着你的小男孩。）"

哈利看见尤纳斯的脸亮了起来，接着又看见他的脑子做出无可避免的判断，使得他露出迷惑的神情，然后他听见母亲电话铃声的喜悦之情消失无踪，转变为剧烈的、赤裸裸的恐惧。哈利吞了口口水，这种恐惧他十分熟悉。

哈利打开家门，走进屋内，立刻闻到灰泥和锯木屑的气味。构成走廊的灰泥板已被拆下，堆在地上，后方砖墙可见少许污渍。哈利用手指划过铺着一层白色粉状物的拼花地板，将手指放进嘴里。尝起来像盐。霉菌尝起来像盐吗？还是那只是建筑物结构产生的盐霜？哈利点亮打火机，倚在墙边。没什么好闻，没什么好看的。

他爬上床，躺在床上瞪着卧房里的魆黑空间，想起了尤纳斯，也想起了自己的母亲。他想起疾病的气味，以及母亲的脸慢慢消逝在白色枕头里。那时他和小妹玩耍了好几个星期，父亲只是沉默不语，三人都试着想表现出没发生什么事的样子。他似乎听见走廊外传来细微的窸窣声，仿佛隐形的傀儡操纵线正在增加、变长，偷偷摸了进来，吞噬黑暗，形成闪烁的微弱光线，颤抖着，摇晃着。

7 未揭露的数据

第三日

薄弱的晨光渗入犯罪特警队队长办公室的百叶窗，将两名男子的脸庞照成灰色。队长哈根正一脸郁郁地聆听哈利报告，两道茂密黑眉紧紧皱起，在眉心连成一线。偌大的办公桌上立着一个小台座，台座上安置着一截小指，根据台座的刻文所述，这截小指属于日军大队长安田芳人所有。过去哈根在军校里授课时，常述说一九四四年安田芳人在缅甸撤退时，情急之下在弟兄面前切断自己小指的事。哈根被调回警方的老单位，带领犯罪特警队不过才一年，但这一年来已发生过无数大小事。他以相当的耐心聆听队上的资深警监哈利发表长篇大论，主题是"失踪人口"。

"光是在奥斯陆，每年警方就接获六百人的失踪报案，这些失踪者在几小时后没被找到的只有寥寥数人，几天之后依然没被找到的几乎等于零。"

哈利伸出一根手指，搓揉鼻梁顶端连接两道黑眉之处的黑色毛发。他待会儿还得准备署长办公室举行的预算会议，主题是削减预算。

"大部分的失踪者不是逃离精神病院的精神病患，就是患有失忆症的老人，"哈利继续说，"但即使是相对来说精神健全的失踪者，在前往哥本哈根或自杀时都会被人发现，他们的名字会出现在旅客名单中，他们会从自动提款机里取钱，或是被冲到岸边。"

"你想说的重点是什么？"哈根说，看了看表。

"是这个。"哈利说，丢出一个黄色档案夹，档案夹砰的一声落在队长的办公桌上。

　　哈根倚身向前，翻了翻装订整齐的资料："天啊，哈利，你平常不爱写报告的。"

　　"这是史卡勒做的，"哈利说，不浪费一句话，"但结论是我想出来的，现在我讲给你听。"

　　"请长话短说。"

　　哈利望着放在大腿上的双手，两条长腿伸长在椅子前方。他深深吸了口气，知道自己一旦把话说出来，就没有回头的余地。

　　"失踪的人太多了。"哈利说。

　　哈根扬起右眉："解释一下。"

　　"你可以在第六页看见一九九四年至今失踪的女性名单，这些女性的年龄介于二十五到五十岁之间，过去十年来都不曾被人发现。我跟失踪组谈过，他们也同意数量真的是太多了。"

　　"跟什么比太多？"

　　"跟过去比，跟丹麦和瑞典比，还有跟其他的人口统计群组比。这些失踪女性以已婚者和同居者占绝大多数。"

　　"女性已经比以前更独立了，"哈根说，"有些女性选择走自己的路，和家庭断绝关系，也可能跟男人出国去了，这些因素对统计数据都会有影响，那又怎样？"

　　"丹麦和瑞典的女性也变得更独立了，但这两个国家的失踪女性都会再度出现。"

　　哈根叹了口气："如果数据真的那么异常，为什么过去没人发现？"

　　"因为史卡勒收集的数据是全国性的，警方通常只会注意自己辖区的失踪人口而已。不过克里波详细记录了挪威全国的失踪人口，共有一千八百人，但这是过去五十年来失踪人口的总和，还包括海难和其他灾难，像是亚历山大柯兰号钻油平台意外的失踪者。重点是没有人留意过全国失踪人口的模式，直到现在。"

"好吧，可是我们的责任不是全国性的，哈利，我们只负责奥斯陆辖区。"哈根双掌往桌上一拍，表示结束听取报告。

"问题是，"哈利说，搓揉着自己的下巴，"它来到奥斯陆了。"

"'它'是什么？"

"昨天晚上我在雪人里找到碧蒂的手机。长官，我不知道'它'是什么，可是我认为我们必须把它查出来，而且动作要快。"

"这些数据很有意思，"哈根心不在焉地说，拿起安田芳人大队长的小指，用大拇指按压，"还有我明白最近这起失踪案有必要深入调查，但理由不是很充分，所以请你告诉我：究竟是什么原因促使你叫麦努斯做出这份报告？"

哈利看着哈根，从外套内袋里拿出一个折烂了的信封递给他。

"九月初我上了一个电视节目，然后信箱里就收到这个，我一直认为这封信是疯子写的，直到现在。"

哈根拿出里头的信，读了六句话之后，对哈利摇摇头："雪人？'睦里'又是什么？"

"重点就在这里，"哈利说，"睦里恐怕就是'它'。"

哈根困惑地看了哈利一眼。

"我希望是我判断错误，"哈利说，"但我认为有一段残酷黑暗的日子在前面等着我们。"

哈根叹了口气："你想要什么，哈利？"

"我想要一个调查小组。"

哈根凝视哈利。他和警署里其他警官一样，认为哈利是个任性、傲慢、爱争论、不稳定的酒鬼，然而他很高兴哈利跟他站在同一阵线，而且哈利没有强烈企图心想和他竞争。

"要多少人？"哈根终于问道，"时间要多久？"

"十个警探，两个月。"

"两个星期？"麦努斯说，"四个人？这是要调查命案吗？"

麦努斯环视四周，露出难以苟同的神情，看着挤在哈利办公室里的其他三人：卡翠娜、哈利、来自鉴识中心的毕尔·侯勒姆。

"哈根分配给我的只有这样而已，"哈利说，靠上椅背往后躺，"而且我们不是要调查命案，目前不是。"

"那目前要调查的是什么？"卡翠娜问。

"失踪案，"哈利说，"不过这件案子跟最近发生的其他案子有相似之处。"

"家庭主妇在晚秋的某一天突然悄悄迁居？"侯勒姆问，说话带有一丝托腾地区的方言腔调，这个腔调是他从史盖亚村搬到奥斯陆时一起带来的，除此之外，他还带了他收藏的黑胶唱片，里头有猫王、五十年代老摇滚、性手枪乐团、贾森-斯考奇乐团（Jason & the Scorchers）的唱片，另外还带了三套纳什维尔的手工缝制西装、一本美国《圣经》、一张稍小的沙发床、一套餐厅家具，这套家具在侯勒姆家族已传承了三代。这些家当全都堆在拖车里，由一辆沃尔沃亚马逊轿车拖来奥斯陆；那辆亚马逊是一九七〇年沃尔沃汽车生产的最后一辆亚马逊轿车。侯勒姆是用一千两百克朗买下的，即便在当时也没人知道那辆车已经跑了多少公里，因为里程表最多只能显示到十万公里。

不过那辆车完全体现了侯勒姆这个人以及他的信念。那辆亚马逊里头的气味胜过一切他闻过的气味，其中混合了人造皮革、金属、机油、被太阳晒到褪色的后车台、沃尔沃车厂、渗有"个人汗水"的座椅的气味。侯勒姆解释说所谓"个人汗水"并非人体产生的一般汗水，而是集合了所有前任车主的灵魂、业力、饮食习惯和生活形态的一层汗水。车子后视镜挂着一对绒毛制大骰子，是初代的"绒毛骰子"，正好呈现了对昔日美国文化和美感产生的真切情感，以及带有讽刺意味的距离感，十分能够代表侯勒姆这个挪威农家子弟。他从小一只耳朵听的是美国歌手吉姆·里夫斯的乡村音乐，另一只耳朵听的是美国雷蒙斯乐团的朋克摇滚，而且他两者都爱。现在他坐在哈利的办公室里，头上戴着一顶雷鬼帽，让他看起来比较像是卧底的缉毒探员而不是鉴识员，雷鬼帽下方是一张圆滚滚的脸庞，腮边留着大片鬓胡，颜色红得像消防车，形状仿佛炸肉排，一双眼睛稍微突出，让他时时刻刻呈现出一种有如鱼类般好奇的表情。他是唯一哈利坚持要在这个调查小组里安排的人选。

"还有一件事。"哈利说，朝办公桌上的成堆文件伸出手，打开高射投影机。麦努斯咒骂一声，以手遮眼，挡住突然照射在他脸上的模糊字迹。他挪动位置，哈利的声音从投影机后方传了出来。

"两个月前，这封信出现在我的信箱里，信封上没有回邮地址，盖的是奥斯陆邮戳，信是用标准喷墨印表机印出来的。"

哈利尚未开口，卡翠娜就关上了办公室的灯，室内登时陷入黑暗，方形的光芒投射在白色墙面上。

众人在静默中阅读那封信。

初雪即将降临，届时他将再现。冰雪融化之时，他将带走另一人。你应自问："谁堆了雪人？谁会堆雪人？谁生下了睦里？因为雪人并不知道。"

"真有诗意。"侯勒姆喃喃地说。

"什么是睦里？"麦努斯问。

回应的只有投影机风扇的单调旋转声。

"最有趣的部分是谁是雪人。"卡翠娜说。

"显然是某个脑筋有问题的人。"侯勒姆说。

只有麦努斯发出笑声，但他的笑声被打断。

"睦里是一个人的绰号，这个人已经死了。"哈利的声音在黑暗中响了起来，"睦里人是澳大利亚昆士兰州的原住民，这个绰号为'睦里'的睦里人，生前在澳大利亚各地杀害了很多女人，但没有人确切知道他究竟杀了多少人。他的本名叫罗宾·图翁巴。"

旋转风扇嗡嗡作响。

"连环杀手，"侯勒姆说，"就是你射杀的那个？"

哈利点点头。

"这是不是表示你认为我们现在对付的是连环杀手？"

"由于这封信的缘故，我们不能排除任何可能性。"

"哇，慢一点慢一点！"麦努斯扬起双手，"自从澳大利亚那件案子让你成为名人之后，你喊'狼来了'喊了多少次，哈利？"

"三次，"哈利说，"至少三次。"

"可是我们还是没在挪威发现连环杀手，"麦努斯瞥了卡翠娜一眼，仿佛想确定她跟上了，"是不是因为你去 FBI 上过关于连环杀手的课？是不是因为这样你才到处都看见连环杀手？"

"也许吧。"哈利说。

"让我提醒你，除了那个替好几个老家伙注射致命药剂的护士，我们在挪威还没发现过连环杀手，从来都没有，再说那些老家伙反正都已经一脚踏进棺材里了。连环杀手只有美国才有，就算是美国也通常只在电影里才看得到。"

"错。"卡翠娜说。

众人纷纷转头朝她看去，她捂着嘴打了个哈欠。

"瑞典、法国、比利时、英国、意大利、荷兰、丹麦、俄罗斯、芬兰都出现过连环杀手，这些都还只是已经侦破的案子，关于未揭露的数据，完全没有人提过。"

哈利在黑暗中看不见麦努斯涨红了脸，只看见他的脸部侧影，下巴朝卡翠娜的方向突出，颇具攻击性。

"我们手上连一具尸体都没有，这种信更是多到可以塞爆一整个抽屉，很多疯子的头脑都比这个……这个……雪小子还不正常。"

"不同之处在于，"哈利说，站起身来，踱到窗前，"这个疯子思考周密，当时的报纸并未提到睦里这个绰号，这个绰号是图翁巴当拳击手的时候，跟着马戏团四处巡回表演用的。"

最后一抹阳光从云层缝隙流泻而出。哈利看了看表。欧雷克坚持说要早一点到，这样他们也能看到超级杀手乐团的表演。

"那我们要从哪里开始着手？"侯勒姆喃喃地说。

"什么？"麦努斯说。

"那我们要从哪里开始着手？"侯勒姆以夸张的语调复述一次。

哈利坐回办公桌前。

"侯勒姆负责去贝克家，以调查命案的方式搜查贝克家的屋子和院子，尤其要仔细调查那部手机和碧蒂的围巾。麦努斯，你去做一份过去类似案件的杀人犯、强奸犯和嫌犯清单……"

"还包括其他在逃的人渣。"麦努斯接口说。

"卡翠娜，你负责研究失踪人口报告，看可不可以从里头找出模式。"

哈利等待卡翠娜问出无可避免、一定会问的问题：哪一种模式？但卡翠娜并没有问，只是简洁地点了点头。

"好，"哈利说，"干活去吧。"

"那你呢？"卡翠娜问。

"我要去看演唱会。"哈利说。

众人离开办公室之后，哈利低头看着笔记本，上头只草草写了几个字：*未揭露的数据*。

希薇亚奋力奔跑，朝森林最浓密的幽暗处奔去。她如此拼命奔跑，是为了逃命。

她并未系上靴子的鞋带，这时冰雪已跑进靴子。她冲过一层层落尽树叶的低矮树枝，胸前拿着一把小斧头，斧头的刀锋红艳艳的，因为沾染鲜血而闪烁光泽。

她知道昨天下的雪在苏里贺达村早已融化，虽然村子距离这里不到半小时车程，这里的积雪却可能要等到明年春天才会融化。如今她只希望当初他们没搬来这个被上帝遗弃的地方，这个位于村子外的荒僻郊野。她希望自己奔跑在黑色柏油路上，这样一来城市的噪声就可以掩盖她逃跑的声音，她就可以安全地躲藏在人群中。然而这里只有她孤身一人。

不对。

她并非完全孤身一人。

8 鹅颈

第三日

希薇亚奔入森林，夜晚即将降临。平常她十分痛恨十一月的夜晚来得那么早，今天她却觉得黑夜来得正是时候。她朝森林深处的黑暗处奔去，希望黑暗能抹去她的足迹，隐藏她的行踪。这里的地形她十分熟悉，可以辨别方向，避免自己往农庄的方向跑回去，或直接往……那人的方向奔去。问题是冰雪在一夜之间改变了地貌，覆盖了小径和熟悉的岩石，铺平了所有的地形轮廓。还有薄暮……每样东西的形体都被阴暗和她自己的惊恐所扭曲和改变。

她停下脚步，侧耳聆听，只听见自己发出的刺耳喘息声撕裂了宁静，听起来像是撕开她包在女儿餐盒外的防油纸。她设法让自己的呼吸平静下来，耳中只听见血液在耳朵里的鼓动声和小溪的潺潺水声。小溪！他们常沿着那条小溪捡莓果、设陷阱或找寻鸡只，尽管他们内心深处都知道鸡只是给狐狸咬去了。小溪会延伸到一条碎石路，那条路上迟早都会有车辆经过。

她听不见任何脚步声，没有小树枝的噼啪声，也没有冰雪的嘎吱声。也许她已经逃脱了？她弯着腰，迅速朝潺潺水声的方向移动。

森林的地上仿佛铺了白色床单，而床单上的低洼之处就是小溪流过的地方。

希薇亚直接踏入溪中，溪水淹到她的脚踝中间，很快就渗进了靴子。溪水极冰，冰冻了她的腿部肌肉。

她在溪里再度开始奔跑，沿着小溪流动的方向奔行。她迈开步伐，大步大步向前奔去，发出颇大的溅水声。这样就不会留下脚印了，她得意地想。她虽然在奔跑，脉搏却缓和了下来。

她能这样奔行如飞，必须归功于去年她经常在健身中心的跑步机上慢跑。她甩掉了六公斤体重，体态可以说比大部分三十五岁女性还来得好。反正这话是英卡说的，英卡和她是去年在所谓的启发研讨会上认识的。她在那个研讨会上得到了大量启发，天啊，如果她能倒转时间，回到十年前，对于一切她都会做出不同的决定！她不会嫁给罗夫，也用不着去堕胎。当然了，如今那对双胞胎已来到世间，再这样想也不可能成真，但是在双胞胎尚未诞生之前，在她还没见过埃玛和欧嘉之前，这些是可能成真的，如此一来，她现在就不会身陷在那个她自己仔细建构起来的囚牢中。

她拨开悬垂在小溪上方的树枝，眼角瞥见某样东西，那是一只动物，受到惊动后消失在昏暗的森林中。

她突然想到自己摆动手臂必须小心，别让小斧头砍到自己的腿。数分钟过去了，但距离她刚才站在鸡舍里宰杀鸡只，似乎已过了永恒。她切断两只鸡的脖子，正要宰杀第三只时，突然听见后方的鸡舍大门发出吱的一声。她立刻提高警觉，农庄里只有她一个人，而且她并未听见院子里来传来脚步声或车声。她注意到的第一样东西是那个奇怪的工具，那工具的握把连接着圆环状的金属丝，看起来像是捕狐狸用的陷阱。那人握着奇怪的工具，说起话来，她逐渐明白自己成了猎物，死亡正朝她逼近。

她被告知了原因。

她聆听那病态却又清晰的逻辑，感觉血液在血管里越流越慢，仿佛凝结一般。接着她又被详细告知她将如何死亡。那圆环开始发光，先是发出红光，随即转为白光。就在此时，恐惧激使她挥动小斧头。那人举起手臂格挡，新磨利的斧锋划入那人手臂的下方。她看见夹克和毛衣被划了开来，仿佛拉链被拉开似的，也看见斧头在赤裸肌肤上划出一道红线。那人蹒跚后退，地面溅了鸡血十分滑溜，使得那人滑倒在地。她往鸡舍后方的门奔去，那扇门通往森林，通往黑暗。

麻木感扩散到她的膝盖，她肚脐以下的衣服都已被水浸湿，但她知道自己很快就会抵达碎石路，从碎石路跑到附近的农庄不用十五分钟。小溪转了个弯，这时她的左脚踢到某个从水里突出来的东西，那里有个缝隙，她突然觉得像是有人抓住了她的脚，接着就一头栽进溪里。希薇亚·欧德森腹部先着地，吞了几口溪水，尝到泥土和腐叶的味道，随即撑起身体，跪了起来。待她察觉此处没有别人，第一波惊慌过去之后，她才发现自己的脚被困住了。她将手伸进溪水里摸索，料想可能会找到缠在脚上的树根，不料却摸到平滑坚硬的物体。那是金属，她的脚上套着一个金属环。她匆匆环视四周，查看自己刚刚踢到的是什么，随即就在积雪的岸边看见了它。它有眼睛、羽毛和淡红色的鸡冠。她觉得恐惧再度在体内升高。那是个被切下的鸡头，并不是她刚刚在鸡舍切下的，而是罗夫拿来放在这里的。那是个诱饵。他们曾写信去给当地议会，表示去年有只狐狸杀害了十二只鸡，因此获得许可，可以在农庄周围一定半径内设下一定数目的捕狐陷阱，而且必须远离经常有人走动的小径。这种陷阱一般被称为"鹅颈"，设置鹅颈的最佳处是水底，诱饵则摆在一旁。狐狸一上钩，鹅颈就会立刻夹起，夹断狐狸的脖子，令狐狸当场死亡，至少理论上是如此。

她用手触摸。他们去德拉门市的杰可野外用品店购买鹅颈时，服务人员说这种陷阱的弹簧非常有力，钳口可以夹断成人的腿，但她双脚冰冷麻木，感觉不到痛楚。她的手指找到了连接在鹅颈上的细钢索。她必须使用撬杆才能用力打开陷阱，但撬杆在农庄的工具屋里，而且他们通常会用钢索把鹅颈绑在树上，以免半死不活的狐狸或其他动物拖走这种昂贵的陷阱。她的手在溪底摸到钢索，沿着钢索来到岸边，钢索上有个金属标志，依规定刻有他们的名字。

突然间她屏住气息。她刚刚是不是听见远处传来小树枝断裂的声音？她看入浓重的黑暗里，感觉心脏猛烈跳动。

麻木的手指沿着钢索穿过积雪，她爬上小溪的岸边。钢索紧紧绑在一棵坚实的小桦树树干上。她四处找寻，在雪中找到了钢索绑的结，那个索结被冻成一团，坚硬难解。她必须打开这个索结，必须逃离这里。

又是一声小树枝断裂的噼啪声，这次距离更近了些。

她倚在树干上，躲在声音传来的另一侧。她告诉自己不要惊慌，只要多拉几次，那个索结就会松脱，她的腿完好无事，而那个越来越近的声音是鹿弄出来的。她试着拉动索结的一端，一片指甲随即从中断裂，但她感觉不到疼痛。索结并未松动。她弯下腰，用牙齿去咬钢索，咬得牙齿嘎吱作响。可恶！她听见雪地上传来轻巧的脚步声，立刻屏住呼吸。脚步声在树的另一侧停了下来。也许是心理作用，但她似乎听见那人正在嗅闻空气中的气味。她坐在地上一动也不敢动。接着那人又开始移动，发出的声音更轻。那人离开了。

她颤抖地深深吸了口气。现在她得解开陷阱才行。她的衣服已然湿透，如果没人发现她的话，她一定会冻死在夜里。这时她突然想起来了：小斧头！她都把小斧头给忘了。钢索很细，只要放在石头上瞄准，砍个几下就能把钢索砍断。小斧头一定是掉在小溪里了。她爬回黑漆漆的溪水里，双手伸入水中，在布满石头的溪底摸寻。

但什么也没找着。

绝望之下，她将膝盖浸入溪中，摸寻两岸的冰雪，接着便看见小斧头的刀锋突出于前方两米的溪水之上。这时她就已经知道了：在她感觉到钢索扯紧之前，在她趴在溪水中，融化的雪水汩汩流过她的身体，冰寒得令她觉得心脏几乎停止跳动，像个绝望的乞丐般朝小斧头伸手而去之前，她就已经知道差了半米。她的手指在距离斧柄五十厘米之处卷曲。眼泪溢满眼眶，但她逼自己将眼泪往肚里吞；要哭等事情结束后再哭。

"你是在找这个吗？"

她什么也没看见，什么也没听见，但她面前有个影子蹲了下来。是那个人。希薇亚赶忙向后爬，但那人拿起小斧头，朝她递来。

"拿去呀。"

希薇亚跪了起来，接过小斧头。

"你要拿它来干吗？"那声音问。

希薇亚觉得体内蹿起一股愤怒，愤怒经常伴随恐惧而来，其结果极为残暴。她扬起小斧头，伸直手臂，由上往下朝前方挥去，但她的脚被钢索拉住，小斧头只是砍向黑暗，接着她又跌倒在溪水之中。

那人发出咯咯笑声。

希薇亚侧过了身。"滚开。"她呻吟说，朝碎石砍了一斧。

"我要你吃雪。"那声音说，站了起来，稍微按住夹克被划开的一侧。

"什么？"希薇亚不由自主地拉高嗓门。

"我要你吃雪，吃到你尿在自己身上，"那人站在钢索的活动半径外不远处，侧过了头，看着希薇亚。

"直到你的胃结冻，塞满了雪，再也不能把雪融化，直到胃里变成一团冰，直到你变成真正的你，变成那没有感觉的东西。"

希薇亚的头脑接收到这些话语，却无法解读这些话语的意义。"休想！"她尖声叫道。

那人身上发出一种声音，那声音跟潺潺流水声混杂在一起。"现在是尖叫的时候，亲爱的希薇亚，因为再也不会有人听见你的声音了。"

希薇亚看见那人举起一样东西，那东西亮了起来，发出红光，红光形成一个圆环，在黑暗中照亮雨滴，一接触溪水水面就发出嘶嘶声，冒出白烟。"你会选择吃雪的，相信我。"

希薇亚明白自己死期将至，呆立原地。只剩一个办法可想了。过去这几分钟，夜晚已迅速降临，但她试着在树木间看准那人的身形，同时用手掂估小斧头的重量。血液流回她的手指，产生麻痒之感，仿佛知道这是她最后的机会。她和双胞胎对着农庄墙壁练习过这个招式，每次她掷出小斧头，双胞胎其中一人从狐狸形的标靶拔出斧头时，她们都会欢声大喊："你杀掉怪物了，妈咪！你杀掉怪物了！"希薇亚将一脚稍微移至另一脚前方，一步的助跑可以发挥并结合最高的力量与准度。

"疯子。"她低声说。

"这个嘛……"那人说，希薇亚仿佛看见那人露出一丝微笑，"倒是毋庸置疑。"

小斧头回旋飞出，发出嗡嗡低鸣，穿过浓重几乎有如实体的黑暗。希薇亚以完美的平衡姿势站立着，右手臂向前伸出，眼睛紧盯着致命的小斧头，看着它穿过树林，听见它切断细小树枝，消失在黑暗中，最后隐隐听见砰的一声，小斧头已落在森林深处的雪地里。

她背倚树干，全身瘫软，慢慢滑倒在地，感觉泪水涌出。这次她并未试图阻止自己流泪，因为现在她知道没有"事情结束后"了。

"我们可以开始了吗？"那人柔声说。

9 深渊

第三日

"是不是很棒？"

欧雷克激动的声音盖过了烤肉店里肥肉嗞嗞作响的声音，这家店里挤满了人，几乎都是去奥斯陆光谱剧院看完演唱会的观众。哈利对欧雷克点了点头。欧雷克穿着连帽上衣，身上依然都是汗，身体依然随着节奏舞动。他随口说出滑结乐团的团员姓名，甚至连哈利都没听过这些名字，因为滑结乐团的 CD 后来不再注明团员的个人资料，*MOJO* 或 *Uncut* 这类的音乐杂志也不会用这种方式去介绍乐团。哈利点了汉堡，看了看表。萝凯说她十点就会到门外。哈利又看向欧雷克，他正兀自说个不停。这是什么时候发生的？这个小男孩是什么时候长到十一岁，并决定喜欢这种述说各种死亡阶段、疏离、冷漠和毁灭的音乐的？也许这应该令哈利担心，但他并不忧虑。这只是一个起点，一种必须被满足的好奇心，小男孩必须试穿过这些衣服才知道是否合身。还有其他事物会出现在他生命中，好的事物，坏的事物。

"你也喜欢这场演唱会对不对，哈利？"

哈利点点头。他不忍心告诉欧雷克这场演唱会对他来说有点扫兴，他也说不上来是为什么，也许今晚不走运吧。他们一走进光谱剧场的观众中，他就感觉到那种通常是伴随酒醉而来的偏执，只是过去这一年来他在清醒时也会感受到这种偏执。他并未投入高亢的情绪，反而感觉自己被人监视，于是他站在原地扫视观众，细看周围由一张张面孔筑起的人墙。

"滑结乐团最棒了，"欧雷克说，"那些面具酷毙了，尤其是那个有细长鼻子的，看起来好像……好像那个……"

哈利漫不经心地聆听欧雷克说话，心中盼望萝凯快点来到。烤肉店里的空气突然变得沉重而窒闷，犹如一层薄薄的油脂铺在肌肤和嘴巴上。他试着不去想他脑子里即将出现的念头，但那个念头已在转角，即将冒出。那是想来一杯的念头。

"印第安死亡面具。"一个女性声音在他们身后响起，"还有，超级杀手乐团唱得比滑结乐团好。"

哈利惊诧不已，转过头去。

"滑结乐团会摆很多姿势不是吗？"她继续说，"都只是些二手的概念和空洞的姿态罢了。"

她身穿合身的亮面黑色外套，长及脚踝，扣子扣到领口，外套之下只看见一双黑色靴子，脸庞苍白，眼睛上了妆。

"真不敢相信，"哈利说，"你竟然喜欢那种音乐。"

卡翠娜·布莱特微微一笑："我会说正好相反。"

她并未继续解释这句话的意思，对柜台里的男子做了个手势，表示她要法耶牌矿泉水。

"超级杀手乐团烂透了。"欧雷克喃喃低语。

卡翠娜转头望向欧雷克说："你一定是欧雷克。"

"对。"欧雷克愠怒地说，拉了拉自己的军裤，表现得像是既开心又不高兴受到一位成熟女子的注意。

"你怎知？"

卡翠娜微笑说："'你怎知？'你住在霍尔门科伦山，不是应该说'你怎么知道？'这是不是哈利教你的坏习惯？"

欧雷克顿时涨红了脸。

卡翠娜静静地笑了笑，拍拍欧雷克的肩膀："抱歉，我只是好奇而已。"

欧雷克满脸通红，将他的眼白衬得格外闪亮。

"我也觉得好奇，"哈利说，将汉堡递给欧雷克，"布莱特，既然你有时间来看演唱会，应该是已经找到我要你找的模式了吧？"

哈利看着卡翠娜，眼神露出警告之意，意思是说：不要逗弄欧雷克。

"我有一些发现，"卡翠娜说，旋开法耶牌矿泉水的瓶盖，"可是你很忙，可以明天再说。"

"我也没那么忙。"哈利说，已忘了那层油脂和窒息之感。

"这是机密要事，这里人又这么多，"卡翠娜说，"不过我可以小声跟你说几个关键词。"

卡翠娜倚身靠向哈利，哈利在烤肉味之外闻到卡翠娜身上近乎阳刚的香水味，耳际感受到她的温暖气息。

"有一辆银色的福斯帕萨特停在外面人行道上，里头坐着一个女人一直在看你，我想她应该是欧雷克的母亲吧……"

哈利吃了一惊，挺直身子，朝大窗户外停着的车子望去，只见萝凯按下了车窗，正凝视着他们。

"不要弄脏车子哦。"萝凯说，欧雷克手上拿着汉堡跳上后座。

哈利站在开着的车窗旁。萝凯身穿素雅的浅蓝色毛衣。哈利对那件毛衣十分熟悉，熟知那件毛衣的味道，熟知他的手掌和脸颊贴在那件毛衣上的感觉。

"演唱会好看吗？"萝凯问。

"你问欧雷克。"

"到底是什么样的乐团啊？"萝凯看着后视镜中的欧雷克，"外面那些人的穿着都怪怪的。"

"那个乐团都唱很安静的歌，像是爱啊什么的。"欧雷克说，趁母亲的眼神离开后视镜，迅速对哈利眨了眨眼。

"谢谢你，哈利。"萝凯说。

"我很乐意，小心开车。"

"里面那个女人是谁？"

"是同事，新来的。"

"哦？看起来你们好像已经很熟了。"

"怎么说？"

"你……"萝凯突然住口，缓缓摇头，笑了几声，笑声发自喉咙深处，低沉而开朗，同时又充满自信且无忧无虑，这笑声曾令哈利坠入爱河。

"抱歉，哈利，晚安啰。"

车窗升了起来，银色帕萨特缓缓驶离人行道。

哈利沿着布鲁街步行，两旁都是酒吧，开着的店门传出热闹的音乐声，令他觉得像是在接受夹道鞭笞的酷刑。他考虑是否要去泰迪轻酒吧坐坐，但心里明白这不是个好主意，于是决定继续往前走。

"咖啡？"柜台里的男性酒保不可置信地又问了一次。

泰迪轻酒吧的点唱机正在播放约翰尼·卡什的歌，哈利的一根手指抚过上唇。

"你有更好的建议吗？"哈利听见这句话从自己嘴里冒了出来，既熟悉又陌生。

"这个嘛，"酒保说，用手拨弄他油亮的头发，"咖啡机做出来的咖啡不是很新鲜，要不要来一杯刚从桶子里倒出来的啤酒啊？"

约翰尼·卡什正在高唱关于上帝、受洗和新的承诺。

"好。"哈利说。

柜台里的酒保咧嘴而笑。

这时哈利发觉口袋里的手机发出振动，立刻迫不及待地掏出手机，像是一直在期待这通电话似的。

电话是麦努斯打来的。

　　"刚刚我们接到失踪报案,这案子符合各项特征,失踪的是一个已婚女性,有小孩,几小时前她的丈夫和孩子回到家,却发现她不在。他们住在离苏里贺达村有段距离的森林里,没有邻居见到她,家里没有车,所以她不可能跑去别的地方,因为丈夫把车开走了,而且小径上也没有脚印。"

　　"脚印?"

　　"那边的山上还在下雪。"

　　一杯啤酒砰的一声放在哈利面前。

　　"哈利?你还在吗?"

　　"我还在,我在思考。"

　　"思考什么?"

　　"那里有雪人吗?"

　　"什么?"

　　"雪人。"

　　"我怎么知道?"

　　"去看看就知道了,你马上开车来主街的甘纳洛斯购物中心外面载我。"

　　"不能明天再去吗,哈利?我今天晚上排了一些节目,这个女人又只是失踪而已,没什么好急的。"

　　哈利看着啤酒泡沫满溢出来,像蛇一般沿着啤酒杯外缘盘绕而下。

　　"基本上……"哈利说:"这件事急得很。"

　　约翰尼·卡什的歌声逐渐淡去,一个肩宽膀圆的身影走出大门,酒保惊讶地看着吧台上动也没动的啤酒和一张五十克朗纸钞。

　　"希薇亚不可能就这样离开的。"罗夫·欧德森说。

　　罗夫很瘦,换句话说,他简直是皮包骨,身上穿一件法兰绒衬衫,扣子扣到领口,领口上冒出枯瘦的脖子。他的头让哈利联想到涉水的长腿水鸟。他的一双手十分窄小,从袖子里突出来,长长的手指骨瘦如柴,不断地卷曲、扭转、绞拧，右手指甲被锉得又长又尖，有如爪子。他的眼睛大得很不自然，脸上戴着一副朴素的钢质圆框眼镜，镜片颇厚，这种眼镜在七十年代的激进分子间广受欢迎。他家中墙上贴了一张芥末黄的海报，里头是印第安人扛着一条蟒蛇。哈利认出那张海报是加拿大歌手约尼·米切尔的唱片封面，属于嬉皮石器时代。海报旁挂着一张墨西哥女画家弗丽达·卡洛著名的自画像复刻板海报。一个受苦的女人，哈利心想。那是一张女人挑选的海报。地板铺的是未经加工的松木，屋里的光线来自老式石蜡灯和褐色陶土灯，灯具看起来似乎是自制的。墙角倚着一把尼龙弦吉他，哈利心想那应该是罗夫的指甲之所以锉成那样的原因。

“你说‘她不可能就这样离开’是什么意思？”哈利问。

罗夫在面前的客厅桌子上放了一张妻子和十岁双胞胎女儿欧嘉与埃玛的合照。希薇亚有一双睡眼惺忪的大眼睛，像是戴了一辈子的眼镜，却突然决定改戴隐形眼镜或去做激光手术。那对双胞胎有妈妈的眼睛。

“她要离开一定会说一声，”罗夫说，“或是留个话。一定是出事了。”

罗夫虽然陷入绝望，声音却依然柔和。他从裤子口袋里拿出一条手帕，捂在脸上。他的脸又窄又苍白，鼻子显得异常地大。他擤了擤鼻子，发出一声有如小喇叭般的响亮声音。

麦努斯从门外探进头来：“警犬队来了，他们带了一只寻尸犬来。”

“那就开始吧，”哈利说，“你跟邻居都谈过了吗？”

“对，没有线索。”

麦努斯关上了门，哈利看见罗夫的眼睛在眼镜后头睁得更大了。

“寻尸犬？”

“大家都习惯这样叫啦。”哈利说，暗暗记住必须提醒麦努斯多注意自己的说话方式。

“你们也用寻尸犬来找活人？”罗夫的口气近乎哀求。

“当然啰。”哈利扯了个谎，没告诉罗夫说寻尸犬是用来嗅出尸体位置的，它们不会被用来寻找毒品、失物或活人，只专门用来寻找死人，不找别的。

"所以你今天最后一次见到她是四点的时候，"哈利说，低头看着笔记本，"那时候你跟女儿去镇上，你们是去镇上做什么呢？"

"我去看店，女儿去上小提琴课。"

"看店？"

"我们在奥斯陆的麦佑斯登区开了一家小店，专卖非洲手工制品，像是艺术品、家具、衣服之类的，直接从艺术家那里进口，也开给他们很好的价钱。店里的生意通常是希薇亚在照顾，但每星期四店里开得比较晚，所以她会开车回家，换我和女儿过去，我去看店，女儿去巴拉特·杜音乐学院上课，从五点上到七点，然后我再载女儿回家。今天我们是七点出头到家的。"

"嗯，在店里工作的还有谁？"

"没有别人了。"

"这表示每星期四你们的店都会休息一下，大概一小时？"

罗夫微微苦笑："只是个非常小的店，没什么客人，老实说几乎要一直到圣诞拍卖才会有客人。"

"那怎么……？"

"挪威政府跟第三世界国家签有贸易协议，所以北美空防司令部会补助我们的小店和供货商，"罗夫轻咳一声，"这个协议传达的信息，比金钱和短期利益还要来得重要不是吗？"

哈利点点头，但他想的不是开发补助金和挪威及非洲之间的产销互惠贸易协议，而是奥斯陆和此处森林的驾车往返时间。双胞胎正在厨房里吃夜宵，厨房传出收音机的声音。哈利在这间屋子里并未看见电视。

"谢谢，我们会尽快找到她。"哈利站了起来，走到屋外。

院子里停了三辆车，其中一辆是侯勒姆的沃尔沃亚马逊，车身重新上过黑色烤漆，车顶和后车厢漆上了赛车方格条纹。哈利抬头仰望清澈的星空，苍穹下是森林空地上的这座小农庄。哈利吸了口气，空气中有云杉的气味和木材的烟味，耳中可以听见森林边缘传来狗的喘息声，以及警员表示鼓励的高喊。

哈利绕着弧线，朝农仓走去。他们设定了弧形的行走路线，以免破坏线索。农仓的门开着，里头传出说话声。他蹲下身来，就着外头的灯光细看雪中的脚印，再站起来，倚在门边，掏出一包烟。

"看起来像是命案现场，"哈利说，"有血迹、尸体和翻倒的家具。"

侯勒姆和麦努斯停止交谈，转过头来，顺着哈利的视线望去。农仓十分宽敞，横梁上垂落一条电线，末端是个灯泡，农仓里的光线便来自于这个灯泡。农仓一侧放着车床，车床后方是块工具板，上头挂着各式工具，有锤子、锯子、钳子、钻子，但不见电子器具。另一侧架设了铁丝网，里头养鸡，有些鸡栖息在墙架上，有些在麦秆上伸出僵直的双脚昂首阔步。农仓中央未经加工的灰色裸木地板上血迹斑斑，躺着三具无头尸体。哈利在嘴里塞了一根烟，却不点燃，小心翼翼避免踏上血迹，在砧板旁蹲了下来，检视鸡头。他按亮钢笔形手电筒，光线照射在黯淡的黑色眼睛上。他先拿起半根白色羽毛，这根羽毛的边缘似乎被烧焦成黑色，接着仔细查看鸡颈的光滑切痕。血液已凝固，呈现黑色。他知道事情进行得很快，不会超过半小时。

"有没有发现有趣的东西？"侯勒姆问。

"侯勒姆，我的脑部受到职业伤害，正在分析鸡的尸体。"

麦努斯大笑，在空中比出报纸头条："巫毒教区发生残暴命案，现场发现三具鸡尸，哈利·霍勒受命侦查。"

"我没发现的比较有趣。"哈利说。

侯勒姆扬起双眉，环视四周，缓缓点头。

麦努斯疑惑地看着他们："没发现什么？"

"凶器。"哈利说。

"应该是小斧头，"哈利说，"杀鸡通常会用小斧头。"

麦努斯吸了吸鼻涕："如果杀鸡的是女性，一定会把小斧头放回原位，这些农夫都很注重整洁的。"

"我同意，"哈利说，聆听鸡群的咯咯叫声，声音似乎是从四面八方传来，"这就是有趣之处，砧板翻倒，鸡尸散落一地，小斧头又不在原位。"

"原位？"麦努斯望向侯勒姆，眼珠滴溜溜地转。

"史卡勒，你要不要多留意一下？"哈利说，并不移动。

麦努斯依然望着侯勒姆，侯勒姆朝车床后方的工具板点了点头。

"妈的！"麦努斯说。

工具板上挂着的锤子和生锈锯子之间有个空位，正符合小斧头的形状。

门外传来狗的吠声和悲嗥声，接着是警察呼喝声，这次警察不是出声鼓励。

哈利揉揉下巴："我们查过了整间农仓，目前为止现场看起来像是希薇亚杀鸡杀到一半就带着小斧头离开。侯勒姆，你能量一量这些鸡尸的体温，推测死亡时间吗？"

"好。"

"为什么？"麦努斯说。

"我想知道希薇亚是什么时候离开的。"哈利说，"侯勒姆，你在外面的脚印上有没有发现任何线索？"

鉴识员侯勒姆摇摇头："那些脚印被践踏得太厉害了，我需要更多灯光。我发现了一些罗夫的脚印，还有其他人走进农仓的脚印，可是没发现离开农仓的脚印，说不定希薇亚是被抬出农仓的？"

"嗯，那抬他的人应该会留下更深的脚印才对。可惜没有人踩到鸡血。"哈利望向灯泡光线照射不到的昏暗墙壁。院子里传来狗可怜的哀鸣声和警察的怒骂声。

"史卡勒，去看看发生了什么事。"哈利说。

麦努斯走出农仓。哈利按亮手电筒，走到墙边，沿着未上漆的壁板伸手摸。

"那是……？"侯勒姆说，猛然住口。哈利的靴子踢上墙壁，发出一记闷响。

一片星空展露在他们眼前。

"是后门。"哈利说，望向黑黢黢的森林，云杉林的轮廓在远方城镇的昏黄灯光衬托下依稀可见。他拿手电筒照向雪地，立刻找到了足迹。

"两个人。"哈利说。

"是那只寻尸犬，"麦努斯回到农仓，说，"它不肯移动。"

"不肯移动？"哈利照亮足迹，白雪反射光线，但足迹一直延伸到森林里的黑暗处。

"警犬队员说他搞不懂，那只狗看起来好像吓坏了，反正它不肯走进森林。"

"可能它闻到了狐狸的气味，"侯勒姆说，"这片森林里有很多狐狸。"

"狐狸？"麦努斯哼了一声，"那么大一只狗不可能会怕狐狸吧。"

"说不定它从来没见过狐狸，"哈利说，"不过它知道它闻到了肉食动物的气味。害怕未知是很合理的，不害怕未知的狗一定不会长寿。"哈利感觉自己心跳加速，而他知道原因，原因就是这片森林、这片漆黑。这种恐惧是非理性的，这种恐惧必须被克服。

"这里必须被视为犯罪现场，等候进一步指示，"哈利说，"去干活吧，我来追踪这些脚印，看它们通到哪里。"

"好。"

哈利先吞了口口水，才踏出后门。都已经三十多年了，但他依然汗毛直竖。

　　秋季假日，哈利会去奶奶位于翁达斯涅镇的家里住，奶奶那座农庄位于山边，旁边就是壮丽的隆斯塔山。当时十岁的哈利走进森林，找寻爷爷在找的那只母牛，他想比爷爷更早找到那只母牛，想比任何人都更早找到，所以他如同疯子般奋力奔跑，越过山丘，山丘上长满柔软的蓝莓树丛和古怪扭曲的矮桦树。眼前的小径出现又消失，他隐约听见森林里传来铃铛声，便朝声音传来的方向一条直线奔去。铃铛声又出现了，这次比较靠右。他跃过小溪，低身穿过树枝，奔越湿地，脚下靴子踩得嘎吱作响。一朵雨云朝他飘来，他可以看见雨云落下毛毛细雨，构成一道雨幕，洒落在陡峭的山腰上。

　　雨很小，所以他并未注意黑暗正悄悄降临：黑暗从湿地里溜了出来，缓缓爬入森林，宛如黑色颜料从山腰的阴影里倒了出来，凝聚在山谷底端。他抬头望向盘旋高空的大鸟，那高度令他目眩，还可以看见大鸟后方的大山。突然间他的靴子被绊住，双手无处可抓，面朝下扑跌而去。他眼前陷入一片漆黑，鼻子嘴巴充满湿地、死亡、腐坏和黑暗的味道。他扑倒在地时，尝到了几秒钟黑暗的味道。他醒来时，发现所有光线都已熄灭，头上的山脉静静矗立，沉重而庄严，低语着他不知自己身在何方，说着他早已不知身在何处。他没发现自己掉了一只靴子，站了起来，拔腿狂奔。照理说他应该很快就会看见他认得的景致，但地貌似乎着了魔，岩石变成了动物的头，从地面生长出来；树丛变成了手指，抓搔他的双腿；矮桦树变成了巫婆，弓背大笑，替他指路，指向这里或那里，指向回家的路或通往地狱的路，指向通往奶奶家的路或通往深渊的路。大人跟他提过深渊，说深渊是个无底沼泽，牛、人或整辆货车一掉进去就会消失，再也回不来。

　　哈利蹒跚地踏进厨房时，天色几乎全黑。奶奶一把将他抱住，说他爸爸、他爷爷和附近农庄的大人都出去找他了，他跑哪里去了？

　　他说他在森林里。

　　但他怎么没听见他们的呼喊声？他们一直在高喊"哈利"，奶奶也听见他们一直在高喊"哈利"。

他不记得那晚的事了，但很久之后，有人告诉他说，他坐在火炉前的木箱上，冷得直发抖，眼望远方，脸上挂着淡漠的表情，回答说："我以为呼喊我的不是他们。"

"不然是谁？"

"别人。奶奶，你知道黑暗是有味道的吗？"

哈利才往森林里走了几米，就遭受到浓烈且几乎不自然的寂静的袭击。他将手电筒压低，照亮前方地面，因为每当他把光线指向森林，就会看见树林间有黑影奔来窜去，仿佛黑暗中神经过敏的精灵。他在黑暗中被光芒所形成的泡泡所包覆与隔离，但这并未给他带来安全感，恰好相反，他知道自己是森林中最明显的移动物体，令他觉得赤裸且脆弱。树枝刷过他的面颊，犹如盲人用手指辨别陌生人。

足迹一直通到小溪旁，潺潺溪水声淹没了他急促的呼吸声。其中一道足迹消失了，另一道沿着低地跟在小溪旁边。

哈利继续往前走。小溪弯弯曲曲，但他不担心失去方向，他只要跟着足迹走就好。

一只距离他很近的猫头鹰突然发出忠告的咕咕声。他的腕表表盘发出绿色光芒，显示他已步行超过十五分钟。该往回走了，应该回去派遣搜索小组，穿上适当的鞋子，携带适当的配备，牵一只不怕狐狸的警犬。

哈利的心脏突然停了一下。

那只猫头鹰倏地扫过他的脸颊，无声无息，迅捷无比，以至于他什么都没看见，但空气的流动泄露了它的踪迹。哈利听见猫头鹰在雪地里振翅，又听见小型啮齿目动物发出惨叫，成了猫头鹰的晚餐。

哈利缓缓吐出憋在肺里的空气，最后一次将光线照向前方森林，然后转身，才跨出一步，又停下脚步。他想再踏出一步、两步，离开这里，但还是做了他该做的事。他将光线照向后方。又出现了。那是光线折射，闪闪发亮，苍郁的森林深处不应该出现这种反光现象才对。他走近些，又往后看了看，试着把这个地方记在脑海里。此处距离小溪大约十五米。他蹲下身来，看见突出雪面的只有钢材，但他不必拨开冰雪也知道那是什么。那是一把小斧头。小斧头在杀鸡之后应该留有血迹，但他看见上头已无血迹。小斧头周围并无脚印。哈利用手电筒照射四周，看见几米远的雪地上有一根被砍断的树枝。一定有人用极大的力气将小斧头扔到这里。

这时哈利身上又出现了一种感觉，这种感觉今晚稍早在光谱剧场也出现过，那是一种被监视的感觉。他本能地按熄手电筒，黑暗立刻如棉被般裹住了他。他屏住气息，侧耳凝听。不行，他心想，不能让它得逞。邪恶没有实体，它不能占据你；正好相反，邪恶是一种不存在，是善的不存在。在这里，你恐惧的只有你自己。

哈利按亮手电筒，指向空地。

是她。她直挺挺地站在树林之间，动也不动，眼望着他，眨也不眨，那双眼睛就和照片里一样惺忪。哈利脑中冒出的第一个念头是她穿了一身白衣，宛如新娘，站立在森林深处的圣坛之上。手电筒的光线照得她闪烁光芒。哈利吸了口气，打个冷战，从夹克口袋里掏出手机。铃声响了两次，侯勒姆就接了起来。

"封锁这整个地区，"哈利说，只觉得喉咙干涩，"请求警力支持。"

"发生了什么事？"

"这里有个雪人。"

"所以呢？"

哈利说明原因。

"最后那句话我没听清楚，"侯勒姆拉高嗓门说，"这里信号不好……"

"雪人的头，"哈利又说了一次，"是希薇亚的。"

电话那头默不作声。

哈利对侯勒姆说，跟着脚印走来就找得到，然后挂上电话。

他蹲伏在树边，将扣子扣到领口，按熄手电筒，节省电力，等待支持来到，心想自己几乎遗忘了这种味道，黑暗的味道。

第二部

10 粉笔

第四日

凌晨三点半，哈利精疲力竭，终于到家，打开家门。他脱去衣服，直接走进浴室，累得无法多想，只是让热烫的水柱射在身上，麻木自己的肌肤，让水柱按摩僵硬的肌肉，融化冰冻的身体。他们跟罗夫谈过，但正式讯问要等早上才会进行。他们在苏里贺达村很快地挨家挨户问过话，但其实根本没什么好问的。犯罪现场鉴识员和警犬仍在现场工作，他们将会工作一整晚，在证据尚未被冰雪污染、融去或掩盖前，他们只有一小段时间可以工作。哈利关上莲蓬头。浴室里的空气是灰色的，充满水气，才擦干镜子，新的水气又凝结在上面。水气扭曲了他的面容，模糊了他赤裸的身体轮廓。

他刷牙时电话响起："我是哈利。"

"我是霉菌清除员史督曼。"

"你这么晚还没睡？"哈利惊讶地说。

"因为我猜你应该会工作到很晚。"

"哦？"

"夜间新闻报道说苏里贺达村有个女人被杀害，我在背景看见你。霉菌分析结果出来了。"

"怎么样？"

"你家有霉菌，而且是一种饥饿的霉菌，叫杂色曲菌。"

"意思是？"

"意思是这种霉菌被发现的时候可能是任何颜色，除此之外，这表示我得拆掉你家更多的墙壁。"

"嗯。"哈利隐约觉得自己应该表现得更有兴趣、更关心，或至少问更多问题才对，但现在他实在懒得多管。

"请便。"

哈利挂上电话，闭上眼睛，等待鬼魂来到，等待肉眼看不见的灵体来到，他知道只要自己不去碰酒，鬼魂就会来找他。也许这次会是个新朋友，带着巨硕无腿的躯体，踩着笨重的脚步朝他走来，如同丑恶的、长了颗头的保龄球。那颗头颅上，乌鸦正在啄食黑色眼窝里残余的眼珠，狐狸已经啃去了嘴唇，使得牙齿外露。很难说她会不会来，潜意识是难以预料的，如此难以预料，以至于当他睡着之后，梦见自己躺在浴缸里，头浸在水中，听着气泡低沉的咕噜声和女人的笑声。生长在白色搪瓷上的海草向他伸来，仿佛白色手掌上长着绿色手指，正在找寻他的手。

方形的阳光照射在几份报纸上，报纸摊在犯罪特警队队长甘纳·哈根的办公桌上。阳光照亮了希薇亚的微笑和几个头版标题，包括："杀人砍头""森林中的头颅"，还有最短可能也是最棒的："斩首"。

哈利一起床就觉得头痛欲裂，这时他小心翼翼捧着自己的头，心想昨晚应该干脆喝上一杯，反正一样会头痛。哈利想闭上眼睛，但哈根的视线朝他直射而来。哈利看见他的嘴巴不断地张开、变形、闭上，换言之，哈根正在说话，但哈利却像是频道没有调准，对他说的话接收不良。

"结论是……"哈根说，哈利知道这时必须竖起耳朵仔细聆听，"……从现在开始，这件案子属于最优先顺序，这自然表示我们会立刻替你们的调查小组增派人手……"

"我不同意，"哈利说，只不过说了这么几个字，就觉得头盖骨快要爆炸，"我们随时都可以调派更多人手，但现在我希望开会的时候不会再有其他人来参加，四个人就够了。"

　　哈根一脸愕然。通常命案调查小组会由十几个人组成，就算是最简单明了的命案也需要这么多人来办。

　　"'自由思考'的机制在小团体里发挥得最好。"哈利补上一句。

　　"自由思考？"哈根冲口而出，"那标准办案程序呢？追踪刑事鉴识证据、进行讯问、调查线报呢？还有数据协调呢？这整个……"

　　哈利举起一只手，打断他滔滔不绝的话语，"我就是这个意思，我不想被这些东西淹没。"

　　"淹没？"哈根不可置信地瞪着哈利，"那我应该把这件案子交给会游泳的人来办。"

　　哈利按摩着自己的太阳穴。哈根知道现在犯罪特警队里，除了哈利·霍勒警监之外，没有其他人可以带领这类命案的调查工作，而哈利自己也知道这一点。哈利同样知道如果这件案子交给克里波刑事调查部，对队长哈根的声望而言是莫大的损失，因此他宁可牺牲他毛茸茸的右臂，也不可能将这件案子转交出去。

　　哈利叹了口气。"一般的命案调查小组都是在持续涌入的线报里挣扎，试着浮在水面上，这还只是'一般'命案。现在斩首命案已经登上了报纸头版……"哈利摇摇头，"民众简直是疯了，昨晚新闻播出后，我们接到了上百通电话，这里头有说话含糊不清的酒鬼打来的，有常见的疯子打来的，还有一些新花招，像是有人打来说这起命案已经写在《启示录》里了，诸如此类的。今天到目前为止，我们接到了两百通电话，等到更多尸体出现，电话会更多。这样一来，我们可能得拨出二十个人来接电话、查证线报、写报告，调查小组的组长每天可能得花两小时亲自过滤进来的数据，花两小时协调，花两小时召集组员报告最新消息，回答问题，再花一个半小时编辑可以在记者会上发布的消息，记者会又得花四十五分钟。最糟糕的是……"哈利将两根食指贴在发疼的下巴肌肉上，沉下了脸，"……在一般命案中，我想这应该叫作妥善利用资源，因为外面总是会有民众知道些什么、听见些什么或看见些什么。我们必须煞费苦心把这些信息拼凑起来，看看它们会不会不可思议地协助我们破案。"

"一点也没错，"哈根说，"这就是为什么……"

"问题是，"哈利继续说，"这件命案不是那种类型的命案，凶手也不是那种类型的凶手。这家伙没跟朋友吐露任何事情，也没在命案现场附近露脸。没有人知道有关命案的事，所以这些提供线报的电话对我们没有帮助，反而只会扯后腿而已。再说，现在我们发现的任何刑事鉴识线索都是凶手故意留下的，为的是要把我们弄糊涂。简而言之，这是一场完全不同类型的游戏。"

哈根靠在椅背上，双手五指指尖相对，沉浸在思绪中。他正在观察哈利。他像晒太阳取暖的蜥蜴般眨了眨眼，问说："所以你把这项调查工作看成游戏？"

哈利点点头，不明白哈根究竟想说什么。

"哪一种游戏？国际象棋吗？"

"呃，"哈利说，"也许是蒙住眼睛下国际象棋。"

哈根点点头："所以你设想的这个凶手是典型的连环杀手、冷血杀人魔，他有高超的智商，倾向于找乐子、玩游戏、寻刺激？"

哈利知道哈根想说什么了。

"这个凶手正好符合你在 FBI 研习营学到的连环杀手特征？正好跟那次你在澳大利亚碰到的一样？这个凶手……"队长咂了咂嘴，仿佛正在品尝这些字句，"……基本上足以和有你这种背景的人匹敌？"

哈利叹了口气："长官，我不是从这个角度来看的。"

"不是吗？别忘了我在军校教过书，哈利。你认为当我跟那些胸怀大志的将军们说，军事策略是如何改变了世界历史的轨迹，他们心中出现了什么梦想？你认为他们会梦想自己静静坐着，盼望世界和平，然后告诉子孙说他们只是白白过了一生，没有人知道他们的雄才大略吗？他们嘴巴上也许会说想要世界和平，但他们心里可不是这样想的，哈利。他们梦想的是有机会可以一展所长。人类的内心都有一种'被人需要'的强大社会驱动力，这就是为什么五角大楼那些将军只要一听见世界哪个角落有鞭炮爆炸，就开始设想最黑暗的情节。哈利，我认为你希望这件命案是特别的，你是那么希望的，以至于你会看见最幽深的黑暗处。"

"那个雪人，长官，你还记得我拿给你看的那封信吧？"

哈根叹了口气："我记得那个疯子，哈利。"

哈利知道现在应该让步，提出他早已想好的妥协做法，让哈根拥有这小小的胜利，但他却耸耸肩，"我想让我的调查小组保持原状，长官。"

哈根沉下脸，神情严峻，"我不能让你这样做，哈利。"

"不能？"

哈根直视哈利的双眼，却突然间眨了眨眼，眼神飘移。这不过是一刹那的事，却已足够。

"我们还有其他考虑。"哈根说。

哈利脸上维持天真的表情，实际上却是把情况弄得越来越僵，"什么考虑，长官？"

哈根低头看着自己的双手。

"如果三个月后我们还没抓到凶手，你认为我们得去跟谁解释调查小组的工作优先级？是上级长官、媒体，还是政客？谁要去解释为什么调查小组只有四个人，因为小团体比较适合……"哈根吐出接下来几个字，仿佛吐出酸臭的虾子，"……自由思考和下国际象棋？你考虑到这些了吗，哈利？"

"没有，"哈利说，双臂交叠胸前，"我只想到要怎么逮到这个家伙，没想到如果逮不到要怎么替自己辩解。"

哈利知道这句话等于拐了个弯进行人身攻击，但话已出口，也已击中要害。哈根的眼睛眨了两下，张开嘴又闭上。哈利立刻感到羞愧。他为什么老爱挑起这种幼稚、无意义、有如对墙壁尿尿的比赛，只为了获得对别人——任何人都可以——比中指的满足感？萝凯曾说哈利根本就希望自己天生多长一根中指，永远竖起。

"克里波有个家伙叫艾斯本·列思维克，"哈利说，"他很擅长领导大型调查工作，我可以去跟他谈，请他组织一个小组，向我汇报。我们的小组跟他们的小组可以独立并行操作，你和署长则负责开记者会，这样听起来怎么样，长官？"

哈利不必等哈根回答就知道结果如何，他已看见哈根眼中流露出感谢之意，也知道自己赢得了这次的对墙尿尿比赛。

哈利回到自己的办公室，第一件事是打电话给侯勒姆。

"队长答应了，调查工作会照我说的那样进行。半小时后来我办公室开会，你可以打电话通知史卡勒和布莱特吗？"

哈利挂上电话，肚里思量着哈根刚刚说的关于主战派人士想打一场属于自己的战争那番话。他拉开抽屉想找"疼立平"止痛药，但没找着。

"除了脚印之外，我们在现场并未发现任何有关凶手的线索，假如那里真的是犯罪现场的话。"麦努斯说，"更难以理解的是，我们竟然也没找到关于尸体其他部分的线索，凶手切下了被害人的头，照理说现场应该会搞得一团糟，留下证据才对，可是我们什么都没发现，警犬连一点反应也没有！就像一个谜。"

"凶手在小溪里杀害被害人，再切下她的头，"卡翠娜说，"她的脚印不是到溪边就不见了吗？这表示她跑进了小溪，避免留下脚印，但最后还是被凶手追上。"

"凶手用的是什么工具？"哈利问。

"小斧头或锯子，不然还有什么？"

"那么切痕附近的肌肤烧焦痕迹是什么？"

卡翠娜看着麦努斯，两人都耸了耸肩。

"好，史卡勒，你负责去查。"哈利说，"然后呢？"

"然后凶手可能抬着尸体沿小溪走到马路上，"麦努斯说。他昨晚只睡了两小时，毛衣也穿反了，其他人都不忍心告诉他。"我用'可能'两个字是因为我们在马路上同样什么都没发现。照理说马路上应该可以发现一些什么才对，比如说树干上应该会留下血迹，树枝上应该会留下肉片或衣服碎片，可是什么都没有。不过我们在小溪穿过马路下方的地方发现了凶手的脚印，路边的雪地里也发现可能是尸体留下的印痕，可是我的老天，警犬什么都没闻到，而且是寻尸犬啊！这真是个……"

"谜。"哈利接口说，搓揉着自己的下巴，"站在小溪里切下被害人的头不是很不切实际的做法吗？那条小溪充其量只是一条狭窄的小水沟，连手肘都没什么活动空间，凶手为什么要这样做？"

"很明显啊，"麦努斯说，"证据都会被溪水带走。"

"不对，"哈利反驳道，"凶手留下了被害人的头，所以他并不担心留下线索。为什么前往马路的路上没留下被害人的其他痕迹……"

"尸袋！"卡翠娜说，"我刚刚在想凶手要怎么扛着尸体在那样的地形里走那么远的路，就想到伊拉克人会把绳子绑在尸袋上，然后像背包一样背在背后。"

"嗯，"哈利说，"这样就可以解释为什么寻尸犬没在路边闻到尸体的气味。"

"那凶手为什么要冒险让尸体躺在那里？"卡翠娜问。

"躺在那里？"麦努斯反问。

"尸体在雪地里压出了印痕，这表示凶手把尸体放在那里，自己去开车，车子可能停在欧德森家的农庄附近，这样至少得花半小时，你们同意吗？"

麦努斯不情不愿地咕哝着："差不多"。

"尸袋是黑色的，对经过的车辆来说，看起来就跟普通的垃圾袋没两样。"

"根本没人开车经过好吗,"麦努斯说,语气刻薄,又捂着嘴打了个哈欠,"我们已经问过住在那座森林里的每个人了。"

哈利点点头:"罗夫·欧德森说他五点到七点之间在看店,这番说辞我们该怎么看待?"

"如果店里没人光顾,他的不在场证明根本一文不值。"麦努斯说。

"他有可能趁双胞胎上小提琴课的时候开车回来。"卡翠娜说。

"可是他不是会杀人的那种人。"麦努斯说,靠上椅背,点了点头,仿佛确认自己下的结论没错。

哈利想稍微说明警察辨别一个人是不是杀人凶手的这种能力,但这个阶段是要让每个人畅所欲言,不必担心抵触别人的想法,因此作罢。根据经验,最好的构想来自天马行空的想象、不完整的猜测和不正确的瞬间判断。

办公室的门打开了。

"大家好!"侯勒姆高声说,"抱歉我来迟了,我去追查凶器。"

侯勒姆除下雨衣,挂在哈利的衣帽架上,那个衣帽架歪向一边,角度颇大。侯勒姆在雨衣下穿的是粉红色衬衫,上头绣有黄色花纹,背后写着字,宣称美国乡村歌手汉克·威廉斯尚在人间,尽管他的死亡证明书早在一九五三年冬季就已发出。侯勒姆一屁股坐在唯一空着的椅子上,看着其他人仰天沉思的面容。

"怎么了?"侯勒姆笑问。哈利等着侯勒姆说出他最爱说的俏皮话,不一会儿就听见侯勒姆说:"有人死啦?"

"凶器,"哈利说,"说来听听。"

侯勒姆咧嘴而笑,双手互搓,"我想知道希薇亚脖子上的烧焦痕迹是从哪里来的,病理学家却没有半点头绪,她只说小动脉受到烧灼,就好像进行截肢手术时,在把腿锯下来之前,为了止血会先烧灼血管。当她讲到锯腿,我就想到一件事。你们都知道,我是在农村里长大的……"

　　侯勒姆倾身向前，眼睛发光，哈利觉得他像是个准备拆圣诞礼物的父亲，兴奋不已，因为他买了一整套火车玩具送给刚出生的儿子。

　　"母牛生产时，如果小牛胎死腹中，尸体又过大，母牛在没有帮助的情况下没办法自己用力把尸体逼出来，这时如果又加上母牛躺在地上，身体弯曲，我们要帮忙把尸体弄出来一定会伤害到母牛，因此兽医就会使用一种锯子。"

　　麦努斯露出作呕的神情。

　　"那是一种很细而且富有弹性的锯子，可以塞进母牛的身体，像个绳套一样圈住小牛，然后来回拉动就能切开小牛。"侯勒姆用双手示范，"小牛被切成两半之后就可以把半截尸体拉出来，这样问题通常就解决了，我是说'通常'哦，因为锯子在母牛体内拉动的时候，可能伤到母牛，害得母牛流血过多而死。所以几年前有个法国农夫发明了一种实用的工具，可以解决这个问题。那种工具是圆环状的通电细金属丝，可以烧穿肌肉，握把是纯塑料做的，两端连接着超细、超强韧的金属丝，形成一个圆环，你只要把它套在你想切断的物体上，按下加热按钮，十五秒内金属丝就会加热到白热化，然后再按下握把上的另一个按钮，金属丝就会开始收缩，切断小牛的尸体。由于不用左右移动，切到母牛的概率就大大降低，而且如果真的切到母牛，它还有两个优点……"

　　"你怎么好像是在向我们推销这种工具啊？"麦努斯咧嘴笑说，望向哈利的眼睛，看他有什么反应。

　　"金属丝温度很高，所以完全无菌，"侯勒姆继续说，"而且不会让母牛感染到尸体的细菌或有毒的血液。此外，高热可以烧灼小动脉，达到止血的功效。"

　　"好，"哈利说，"你确定凶手用的是这种工具吗？"

　　"不确定，"侯勒姆说，"我要拿到一组电切环才能测试。我问过一个兽医，他说这种电切环还没取得挪威农粮部的核准。"他看着哈利，脸上露出深深的遗憾之情。

“呃，”哈利说，“就算电切环不是凶器，至少也可以解释凶手为什么可以站在小溪里把被害人的头切下来。其他人有什么想法吗？”

“又是法国，”卡翠娜说，“他们以前发明断头台，现在又发明这种东西。”

麦努斯噘起嘴唇，摇摇头，“听起来太诡异了，再说，如果还没取得核准，凶手要去哪里拿到这个玩意？”

“我们可以从这里开始调查，”哈利说，“史卡勒，你可以去查查看吗？”

“我说过我不相信这种说法了。”

“抱歉，我说得不够清楚，我的意思是说：史卡勒，请你去查这条线索。关于凶器还有什么要补充的吗，侯勒姆？”

“没有。另外犯罪现场应该有大量血迹才对，可是我们唯一发现的血迹是农仓里杀鸡之后留下的。说到鸡，鸡尸温度和室内温度显示那三只鸡的死亡时间大概是六点半，可是我有点不能确定，因为其中一只的体温比另外两只高一点。”

“它一定是发烧了。”麦努斯笑道。

“那个雪人呢？”哈利问。

“冰晶每小时都会改变形状，所以雪球上是找不到指纹的，但是冰晶很锋利，应该可以找到肌肤碎屑才对。如果凶手戴了手套，应该也可以找到手套纤维，可是我们什么都没发现。”

“凶手戴的是橡胶手套。”卡翠娜说。

“反正雪人身上什么线索都没有。”侯勒姆说。

“好吧，至少我们手上有颗头。你们检查过牙齿……？”

哈利的话被侯勒姆打断。侯勒姆直起身子，脸上露出被冒犯的神情，“你是指牙齿上留下的迹证？还有她的头发？脸颊上是不是有指纹？还是其他鉴识员没想到的东西？”

哈利点了点头，表示抱歉，看了看表，“史卡勒，虽然你不认为罗夫会杀人，不过还是请你去调查碧蒂·贝克失踪的那段时间，他在什么地方、在做什么事。我去找菲利普·贝克谈。卡翠娜，你继续研究失踪案，再加上这两件案子，比对看看有没有共同点。"

"好。"卡翠娜说。

"什么都要比对，"哈利说，"好比说死亡时间、月象盈亏、电视播什么节目、被害人的头发颜色、是不是去图书馆借了同一本书、是不是参加过同样的研讨会、电话号码的总和等等，我们必须知道凶手是怎么挑选被害人的。"

"等一等，"麦努斯说，"我们已经判定这些案子之间有关联了吗？我们不是应该对所有可能性保持开放吗？"

"妈的你想要保持多开放是你家的事，"哈利说，站起身来，确认他的车钥匙在口袋里，"只要你办好主管交代的事就好。最后离开的人关灯。"

哈利等电梯时听见有人走近，脚步声在他背后停了下来。

"今天早上学校下课休息的时候，我去跟双胞胎其中一个人说话。"

"是吗？"哈利转过身来面对卡翠娜。

"我问她们星期二那天做了什么事。"

"星期二？"

"碧蒂·贝克失踪的那天。"

"哦，对。"

"她说她们和妈妈来奥斯陆，她会记得是因为她们看完医生以后去康提基号博物馆找玩具，然后在一个阿姨家过夜，因为妈妈去看一个女性朋友，爸爸一个人在家里看家。"

卡翠娜站得离哈利相当近，哈利闻得到她的香水味。他从来没闻过女人用这种香水，味道是强烈的辛香调，毫无香甜的气味可言。

"嗯，你是跟双胞胎里的哪一个说话？"

卡翠娜直视哈利的双眼："不知道，有差别吗？"

哈利听见叮的一声，便知道电梯抵达了这层楼。

尤纳斯正在画雪人，他想画一个微笑唱歌的快乐雪人，可是怎么都画不好，雪人只是在一大张白纸上睁着空洞的双眼看着他。他置身于一间偌大的教室内，里头几乎没有声音，只有父亲拿粉笔在黑板上写字发出的刮擦声、黑板偶尔会发出的碰撞声，以及学生用圆珠笔写字发出的窸窣声。尤纳斯不喜欢圆珠笔，用圆珠笔画图擦不掉，也不能改，画了什么永远会留在纸上。他今早醒来以为母亲回来了，一切都没事了，赶紧跑去父母卧房，却看见父亲正在换衣服，还叫他也去换衣服，因为他今天必须跟父亲一起去学校。

教室的斜坡向下延伸到父亲所站之处，有如剧场一般。尤纳斯的父亲从上课到现在一句话都没对学生说，他和尤纳斯一起踏进教室时也没说半句话，只对学生点了点头，指了指要尤纳斯坐的位子，直接走到黑板前就开始写字。学生显然很习惯这种方式，坐在位子上立刻开始抄笔记。黑板上写的是数字、细小的文字，还有一些尤纳斯不认得的奇怪符号。他父亲曾跟他解释说物理学有它自己的语言，可以用来说故事；他问说物理学可不可以拿来说冒险故事，父亲笑说物理学这种语言只能用来解释真实的东西，不能拿来说谎。

有些符号十分优雅而有趣。

粉笔灰飘落在父亲肩膀上，犹如一层柔细的白雪覆盖在外套上。尤纳斯看着父亲的背，试着画父亲，结果画出来的也不是快乐的雪人。突然间教室里的声音全都静止下来，每支圆珠笔都停止抄写，只因父亲手中的粉笔停止了。粉笔动也不动停在黑板上端，位置高得父亲必须高高伸直手臂才能够得到。这一幕看起来像是粉笔卡住了，父亲挂在黑板上，有如炸胡狼高高挂在悬崖壁伸出的树枝上，脚下深不见底。接着，父亲的手臂开始抖动，尤纳斯觉得他似乎是想要松动粉笔，让粉笔再度移动，但粉笔不肯移动。一波涟漪在教室里扩散开来，仿佛每个人都张开嘴巴，同时吸气。父亲终于移开了粉笔，走出教室，头也不回消失在门外。爸爸要去拿更多的粉笔，尤纳斯心想。周围的学生开始说话，嗡嗡作响，声音越来越大。他听见两个词："老婆"和"失踪"。他看着黑板，只见黑板几乎被完全写满。父亲想写的是她死了，但粉笔只能说实话，所以卡住了。尤纳斯试着把他画的雪人擦掉。周围学生纷纷收拾东西，起身离开，椅子砰砰作响。

一道影子落在纸上画得不成功的雪人上，尤纳斯抬起头来。

是那个警察，那个高高的、丑丑的、眼睛很温柔的警察。

"我们一起去找你爸爸好不好？"那警察说。

哈利轻轻敲了敲办公室门，门上写着"菲利普·贝克教授"。

没人回应，他打开了门。

坐在办公桌前的男子双手掩面，猛然抬起头来，说："我说过你可以进来吗……？"

他一看见哈利就立刻住口，视线移到哈利身旁站着的小男孩上。

"尤纳斯！"菲利普说，语气介于迷惑与斥责之间，眼眶泛红，"我不是叫你安静地坐在那里吗？"

"是我带他过来的。"哈利说。

"哦？"菲利普看了看表，站了起来。

"你的学生都离开了。"哈利说。

"是吗？"菲利普坐回椅子上，"我……我只是想让他们休息一下而已。"

"我刚刚也在教室里。"哈利说。

"是吗？为什么……？"

"每个人偶尔都需要休息一下，我们能谈一谈吗？"

"我不想让他去上学，"菲利普说。他先将尤纳斯安置在咖啡室里，吩咐尤纳斯乖乖坐在那里等，"很多人喜欢乱问问题，胡乱猜测，我就是不喜欢那样。呃，我想你应该了解。"

"我了解，"哈利拿出一包烟，以询问的眼神看了菲利普一眼，菲利普坚定地摇摇头，他只好把烟放回去。"比你在黑板上写的那些容易了解多了。"

"那是量子物理学。"

"听起来很怪异。"

"原子的世界是很怪异的。"

"怎么说？"

"它打破了最基本的物理法则，比如说一样东西不可能同时存在于两个地方。丹麦物理学家尼尔斯·玻尔说过，如果你没有被量子物理学深深撼动，那你就是还不了解它。"

"但是你了解？"

"我不了解——你疯了吗？量子物理学是完全混乱的，不过比起这种混乱，我还比较喜欢量子物理学的混乱。"

"哪种混乱？"

菲利普叹了口气："我们这一代把自己变成了儿童的仆人和秘书，碧蒂恐怕也是这样，有那么多的待办事项、生日、最爱的食物、足球赛，都快把我搞疯了。今天有一家比格迪半岛的诊所打电话来，说尤纳斯约了诊却没去。下午他还要去上训练课，天知道是在什么地方，而且他这一代完全不知道搭公交车是什么。"

"尤纳斯哪里不舒服？"哈利拿出笔记本，他从没在这本笔记本上写过一个字，但根据经验，拿着笔记本可以让讯问对象比较专心。

"没有，我想应该只是定期检查吧。"菲利普挥了挥手，像是想打发这件事，"我想你来找我是因为别的事情吧？"

"对，"哈利说，"我想知道你昨天下午和晚上在哪里。"

"什么？"

"只是例行公事而已，贝克。"

"这跟那个……那个……有关吗？"菲利普朝一叠文件上的《每日新闻报》点了点头。

"不知道，"哈利说，"请你回答我的问题。"

"你在发什么神经啊？"

哈利看了看表，并不回答。

菲利普呻吟一声："好吧，反正我想帮你这个忙。昨天晚上我坐在这里写一篇关于氢元素波长的文章，我想发表这篇文章。"

"有没有同事可以替你做证？"

"挪威的研究工作之所以替世界贡献得那么少，就是因为自鸣得意的挪威学术界常常被懒惰所支配，所以跟往常一样，这里只有我一个人。"

"尤纳斯呢？"

"他在家里自己做了东西吃，坐着看电视，等我回家。"

"你几点到家的？"

"应该是九点出头吧。"

"嗯。"哈利假装写笔记，"你有没有查看过碧蒂的东西？"

"有。"

"有什么发现吗？"

菲利普伸出一根手指抚摸嘴角，摇了摇头。哈利直视菲利普，并不说话，发挥静默的威力，但菲利普言尽于此。

"谢谢你的协助，"哈利说，将笔记本塞进夹克口袋，站了起来，"我去跟尤纳斯说他可以进来了。"

"等一下再叫他吧。"

哈利在咖啡室里找到坐在桌前的尤纳斯，他正在画画，嘴里吐出舌尖。哈利站在尤纳斯身旁，低头看着画纸，只见纸上画了两个歪歪斜斜的圆圈。

"雪人。"

"对，"尤纳斯说，抬头望向哈利，"你怎么看出来的？"

"尤纳斯，为什么你妈妈要带你去看医生？"

"我不知道。"尤纳斯画上雪人的头。

"那个医生叫什么名字？"

"我不知道。"

"那家诊所在哪里？"

"我不能跟别人说，连爸爸也不能说。"尤纳斯俯身在画纸上，替雪人画上头发，长长的头发。

"我是警察，尤纳斯，我正在想办法找你妈妈。"

铅笔画得越来越用力，头发描得越来越黑。

"我不知道那个地方叫什么名字。"

"你记得那附近有什么东西吗？"

"国王的母牛。"

"国王的母牛？"

尤纳斯点了点头，"坐在窗户里的阿姨叫包格希，她给我一根棒棒糖，因为我让她用针筒给我抽血。"

"你现在想画什么呢？"哈利问。

"没什么。"尤纳斯说，专心画着睫毛。

菲利普站在窗边看着哈利穿过停车场，他沉浸在思绪中，手掌啪的一声合上一本黑色小笔记本。他心中纳闷，不知道哈利是否相信他假装不知道有警察来上他的课？是否相信他说昨晚他一个人在这里写文章？是否相信他在碧蒂的东西里什么也没发现？这本黑色笔记本是在碧蒂的抽屉里找到的，她甚至没设法将笔记本藏起来，至于里头写的东西……

他差点笑了出来，碧蒂这个白痴竟然以为骗得了他。

11 死亡面具

第四日

哈利探头进来，卡翠娜正倾身看着计算机。

"有没有找到共同点？"

"不是太多，"卡翠娜说，"所有的失踪女性都有蓝眼珠，可是容貌差异很大，她们也都有丈夫和孩子。"

"我发现一个可以开始调查的地方，"哈利说，"碧蒂带尤纳斯去看的医生在'国王的母牛'附近，那一定是指比格迪半岛的皇家庄园。你说那对双胞胎先去看医生，然后才去康提基号博物馆，也是在比格迪半岛。菲利普对那个医生的事一无所知，但罗夫可能知道。"

"我打电话问他。"

"然后过来找我。"

哈利回到办公室，拿起手铐，将半边铐在自己手腕上，半边铐上桌脚，同时聆听留言。萝凯说欧雷克会带一个朋友去荷芬谷体育场。这则留言毫无意义可言。哈利知道这是伪装的提醒，提醒他不要忘了这件事。他从来不曾忘记过他和欧雷克的约定，但他接受萝凯的这种小提醒，换作是别人的话，可能会将这种提醒视为不信任的宣告。他甚至喜欢这种提醒，因为它们显示萝凯是什么样的母亲，而且萝凯很贴心地将提醒伪装了起来，以免冒犯他。

卡翠娜没敲门，直接走了进来。

"有点变态，"她看着哈利铐着的桌脚说，"可是我喜欢。"

"这叫单手快速上铐，"哈利微笑着说，"我去美国学来的垃圾。"

"你应该试试看新式的海亚特快速手铐，根本不用去想要从左边还是右边上铐，反正只要准确地接触到手腕，铐环一定会铐住手腕。一副手铐练完之后，可以同时练两副，各瞄准一个手腕，这样一次出手可以有两次上铐的机会。"

"嗯，"哈利解开手铐，"有什么消息？"

"罗夫没听说过她们去看医生，也没听说过比格迪半岛上的医生，而且他们在贝兰姆市有个固定求诊的医生。我可以去问那对双胞胎，看她们记不记得医生是谁，或者我们也可以自己打电话去比格迪半岛的诊所查，那里只有四家诊所。你看。"

卡翠娜在哈利桌上放了一张黄色便利贴。

"他们不能透露患者姓名。"哈利说。

"等双胞胎放学我再去问。"

"等一等。"哈利说，拿起电话拨打第一组电话。

电话被接起，一个鼻音传来，报出诊所名称。

"请问包格希在吗？"哈利问。

没有包格希这个人。

第二组电话回答的是录音机，同样也是鼻音，说明诊所每天只接听电话两小时，目前时间已过。

最后打到第四组电话，一个快活且几乎带着笑声的声音给了哈利想听的答案。

"我就是。"

"哈啰，包格希小姐，我是奥斯陆警署的哈利·霍勒警监。"

"出生日期是？"

"春天的某一天。我打来是为了调查一件命案，你今天应该看过报纸了吧，我想知道你上星期有没有见过希薇亚·欧德森？"

电话那头安静了片刻。

"请稍等。"她说。

哈利听见她站了起来,便静静等待,不久她回到电话上,"抱歉,霍勒先生,病患数据必须保密,我想警察应该知道这一点。"

"我们知道,不过我没搞错的话,希薇亚的女儿才是病患,她本人不是。"

"可是你问的问题可能会让我们间接透露患者的身份。"

"我想提醒你,我是在调查命案。"

"我想提醒你,你可以拿到搜查令以后再来找我们,诊所非常保护病患的数据,这和我们的工作性质有关。"

"你们的工作性质?"

"我们的专业领域。"

"你们的专业领域是?"

"整形外科和特殊手术,请参考我们的网站:www.kirklinikk.no。"

"谢谢,不过我想我已经了解得够多了。"

"随你怎么说。"

包格希挂上了电话。

"怎么样?"卡翠娜问。

"尤纳斯和双胞胎去看的是同一个医生,"哈利说,靠上椅背,"这表示我们找对方向了。"

哈利感觉到肾上腺素激增,每当他闻到残暴的气味,总会全身发颤。这阵亢奋过去后,出现的便是"大着魔",它代表的是:爱与中毒、盲目与洞察、意义与疯狂。警察同僚之间有时会讨论查案的兴奋感,但大着魔并不是兴奋感,它更为特别。哈利从未跟别人提过着魔这件事,也没分析过它,因为他不敢。他只知道着魔可以帮助他、驱动他、给他注满能量好执行获派的工作,其余的他一概不想知道,一点都不想。

"现在呢?"卡翠娜问。

哈利张开眼睛，从椅子上跳了起来："现在我们去逛街。"

"非洲风"这家小店位于麦佑斯登区，这一区最繁忙的街道是玻克塔路，可惜非洲风位于另一条街，距离玻克塔路十四米，仍属于外围地带。

哈利和卡翠娜走进店内，铃铛响起。哈利在店里的柔和光线中，看见颜色明亮的粗织地毯、看似纱笼的布料、绣有西非花纹的大抱枕、犹如直接从雨林里切割出来的小咖啡桌、象征马塞族人的瘦长木雕、许多常见的大草原动物。所谓店内光线柔和，意思就是店里没开几盏灯。里头的摆设似乎经过仔细规划和安排，放眼望去看不见标价，颜色互相衬托，商品成对摆设，仿佛这里是挪亚方舟。简而言之，这里看起来比较像是积了灰尘的展览厅而不像商店。大门关上，铃声停止，店内弥漫着一种近乎不自然的寂静，让人觉得踏进展览厅的感觉更为强烈。

"哈啰？"店内传来招呼声。

哈利循声而去，走到昏暗的后方，那里有一只巨大的木雕长颈鹿，一盏聚光灯打在长颈鹿身上。长颈鹿后方有个女子，背对他们站在椅子上，正要将一张露齿而笑的黑色木雕面具挂上墙壁。

"有什么事吗？"女子说，并未回头。

女子给人的感觉是她准备面对意外之事，而不是迎接客人。

"我们是警察。"

"哦，原来如此。"女子转过头来，聚光灯的光线照上她的脸。哈利顿时觉得心脏停止跳动，不自禁地后退一步。那女子竟是希薇亚。

"怎么了？"女子问，眼镜后方的眉头皱了起来。

"你……你是谁？"

"我叫奥娜·派德森，"女子说，立刻明白哈利脸上为何露出惶惑的神情，"我是希薇亚的妹妹，我们是双胞胎。"

哈利一阵咳嗽。

"这位是哈利·霍勒警监，"哈利听见卡翠娜的声音在他背后响起，"我叫卡翠娜·布莱特，我们是来找罗夫的。"

"他去殡仪馆了。"奥娜顿了顿。三人都知道彼此在想什么：只有一颗头要怎么下葬？

"所以你是来充当临时代理人的？"卡翠娜开玩笑说。

奥娜微微一笑："对。"她小心翼翼从椅子上爬下来，手中依然拿着木雕面具。

"那是仪式面具还是圣灵面具？"卡翠娜问。

"这是刚果胡图族的圣灵面具。"奥娜说。

哈利看了看表："他什么时候会回来？"

"我不知道。"

"可以说个大概的时间吗？"

"我说过我不……"

"这张面具真漂亮，"卡翠娜插口说，"是你自己去刚果买来的对不对？"

奥娜惊讶地看着卡翠娜："你怎么知道？"

"我看你拿面具的样子就知道了，你懂得尊敬圣灵，没有盖住眼睛或嘴巴。"

"你对面具有兴趣？"

"可以这样说，"卡翠娜说，伸手指向一张黑色面具，面具两侧垂挂着两只小手臂，下方悬荡着两条腿，脸孔是半人半兽，"那是卡贝利面具对不对？"

"对，是科特迪瓦塞努佛族的面具。"

"这是权力面具？"卡翠娜抚摸着椰壳顶端垂落的动物毛发，那些毛发颇为僵硬油腻。

"哇，你懂得真多啊！"奥娜说。

"什么是权力面具？"哈利问。

"就是字面上的意思，"奥娜答道，"这类非洲面具不只是空洞的符号，一个人在部落里戴上这种面具，立刻就拥有管理和审判的权力，没有人会质疑佩戴者的权威，也就是说面具可以赋予权力。"

"我看见门边挂了两个死亡面具，"卡翠娜说，"非常漂亮。"

奥娜回以微笑："我有好几个，是莱索托的。"

"我可以看看吗？"

"当然可以，稍等一下。"

奥娜离去，哈利望着卡翠娜。

"我只是觉得跟她聊聊可能会有用，"卡翠娜说，回答哈利没问出口的问题，"看能不能查探到家庭秘密，了解吗？"

"了解，这样的话交给你自己办比较好。"

"你还有别的事？"

"我回办公室，如果罗夫出现的话，记得请他写一张撤销医患保密协议的声明。"

哈利离开时瞥了一眼门边的面具，面具以皮革制成，皮料皱缩，上头的人类脸孔正在尖叫。他心想那应该是人造的仿制品。

艾莉·基瓦勒推着推车走在 ICA 超级市场的货架间，这家超市开在伍立弗运动场内，占地广大，商品的价钱比其他超市稍贵一些，但质量较好。她不是每天都来光顾，只有准备料理大餐时才会前来。今晚她儿子特里夫将从美国回来，特里夫在蒙大拿大学攻读经济学，目前大三，今年秋季没有考试，因此打算回家念书，一月再回美国。安利亚下班离开教会办公室之后，将直接开车去加勒穆恩机场接特里夫。艾莉知道，等他们回到家，一定已经聊得不亦乐乎，聊的不外乎是钓飞鱼和划独木舟。

她俯身在冷冻柜前，这时一个人影经过她身边，她立刻感到一股寒意。她不必抬头也知道那是同一个人影：当她站在生鲜柜台旁的时候，那个人影经过她；当她站在停车场锁车门时，也经过她。但也可能根本没什么，只是她的旧情绪又浮现而已。她早已接受自己的恐惧无法完全消失，即使事情已经过了大半辈子。她前往柜台结账，排到最长的队伍后面。根据她的经验，最长的队伍通常是最快的，或至少她认为过去的经验是如此，安利亚则认为她错估了。有人走过来排在她后面。显然也有别人错估了，她心想。她没回头，只是觉得后面那人一定拿了很多冷冻食品，因为她的背后凉飕飕的。

当她回过头，后面那人已经离去。她的眼睛想在其他队伍中寻找那人的身影。不要又来了，她心想，不要又开始了。

出了超级市场，她强迫自己慢慢朝车子走去，不要四处张望。她将东西放上车，坐上驾驶座，驾车离去。她的丰田轿车慢慢爬上长长的山坡，朝诺堡区的两层公寓前进，这时她心里想的是儿子特里夫，还有一定要在他们父子俩到家前煮好晚餐。

哈利在电话里聆听艾斯本·列思维克说话，抬头看着已故同僚的照片。艾斯本已召集一个小组，正在电话上请哈利给他进入所有相关数据的权限。

"我们的IT主管会给你密码，"哈利说，"进入犯罪特警队的网站之后，找一个叫作'雪人'的档案。"

"雪人？"

"总得给它个名称吧。"

"了解，谢啦，哈利。你希望我多久跟你回报一次？"

"有发现再跟我说吧，还有，列思维克？"

"什么事？"

"不要超越我们的职责界限。"

"你们的职责是什么？"

"你们只要专心处理线报、证人和可能是连环杀手的前科罪犯，那些工作最沉重。"

哈利知道资深克里波探员心里会怎么想：尽是些烂工作。

艾斯本清清喉咙："所以我们都同意这些失踪案之间有关联喽？"

"我们不必同意什么，你只要跟随你的直觉就好。"

"好。"

哈利挂上电话，看着面前的计算机屏幕。他上了包格希给他的网站，看见里头有美女和长得有如模特的男子的照片，脸上和身上画了虚线，表示他们的完美外貌如果有需要的话还是可以再做调整。伊达·费列森医师本人在照片中微笑，样貌跟那些男模特没多大分别。

费列森的照片下方列出他的学历，以及他在法国和英国修过的课程，课程名称都很长，哈利知道这些课程在两个月内就可以完成，但费列森还是有权利在博士头衔外，再加上许多新的拉丁文缩写。哈利在网络上搜索了费列森这个人，结果出现一长串搜索结果，其中有许多是关于冰壶运动，另有一个是费列森的前雇主马伦利斯诊所的旧网站。哈利点进这个网站，在费列森的名字旁边看见某人的名字，这时哈利心想有句话说得倒也不假：挪威是个小国家，每个人最多再通过两个人就会碰到一个认识的人。

卡翠娜走进办公室，在哈利对面的椅子上砰的一声坐下，深深叹了口气，跷起了腿。

"你认为长得漂亮的人真的比丑陋的人更在乎美丽这件事吗？"哈利问，"所以漂亮的人才那么迷恋自己的外表？"

"我不知道，"卡翠娜说，"不过我想这里头有个逻辑可言。高智商的人会对智商产生痴迷，所以他们才会成立自己的团体，是不是这样？我想每个人都会专注在他们拥有的东西上，我猜你一定对自己的调查能力感到很骄傲。"

"你是说捉老鼠的基因吗？那种与生俱来的能力？那种能把罹患心理疾病、有上瘾问题、智力低于一般水平、童年遭受剥夺的程度高于一般水平的人关进牢里的能力？"

"所以我们只是捕鼠人？"

"对，这就是为什么当这种千载难逢的案子落到我们手上，我们会这
么开心的原因，这样我们就有机会展开大规模狩猎，去射杀狮子、大象，
或他妈的恐龙。"

卡翠娜并未大笑，反而严肃地点了点头。

"希薇亚的双胞胎妹妹说了什么？"

"我险些成了她最好的朋友。"卡翠娜叹了口气，双手交叠，放在穿
着丝袜的膝盖上。

"说来听听。"

"呃，"卡翠娜开口说，哈利觉得卡翠娜的这声"呃"，和他自己的
十分相似。"奥娜告诉我说希薇亚跟罗夫交往的时候，他们两人都觉得罗
夫真是太幸运了，可是其他人觉得正好相反。当时罗夫刚从卑尔根的技术
大学毕业，成为合格的工程师，在基瓦讷工程公司找到一份工作，也搬来
了奥斯陆。希薇亚则是那种每天早上醒来都觉得自己的人生要走另外一条
路的人，她在大学里选修了很多种不同类型的课，做一份工作绝对无法超
过六个月。她固执、暴躁、骄纵，公开宣布自己是社会主义者，喜欢那些
鼓吹消灭自我的理想主义。她有几个女性朋友，却会摆布操控她们，跟她
交往过的男人一阵子之后就会因为受不了而离开。她妹妹认为罗夫会那么
爱她，是因为她跟他正好相反。罗夫跟随父亲的脚步成为工程师，他的家
庭相信资本主义的良善面和中产阶级的幸福。希薇亚则认为西方世界是唯
物主义的，会使人类堕落，让人类失落了真正的自己和快乐的本源，她还
认为埃塞俄比亚的某个国王是救世主转世。"

"埃塞俄比亚皇帝海尔·塞拉西，"哈利说，"那是拉斯特法里派的信仰。"

"你真厉害。"

"牙买加歌手鲍勃·马利的唱片里提到过。呃，这也许能解释他们跟

非洲的关系。"

"也许吧，"卡翠娜换了个坐姿，左腿跷上右腿，哈利的目光刻意移向别处，"反正罗夫和希薇亚休息了一年，去西非旅行，结果这趟旅行对他们来说都是重大转折点。罗夫发现他的天职是协助非洲重新站起来，而对于背上刺了个埃塞俄比亚国旗大刺青的希薇亚来说，她发现每个人都只谋求自己的利益，就算在非洲也一样。因此他们开了非洲风这家店，罗夫是为了帮助贫穷的非洲，希薇亚是认为便宜的进口商品和政府补助金可以让钱轻松入袋。为了钱，有一次她从尼日利亚的拉各斯市回国时，还被海关发现她的背包里装满大麻。"

"果然。"

"希薇亚被判刑，刑期很短，因为她提出的理由让法官从轻量刑。她说她不知道背包里装的是什么，她只是帮住在挪威的一家尼日利亚人带这个背包回来而已。"

"嗯，还有呢？"

"奥娜喜欢罗夫，认为他是个善良体贴的人，对小孩有无穷的爱，但显然罗夫对希薇亚的一切都是盲目的。希薇亚曾两度爱上别的男人，还离开了罗夫和孩子，但那两个男人最后都甩了她，罗夫也开心地迎接她回来。"

"你认为希薇亚是哪一点让罗夫如此痴迷？"

卡翠娜露出一丝哀伤的微笑，凝视空中，一手抚摸裙角："我猜是基于一种很常见的原因：没有人能离开一个可以跟他共享美好鱼水之欢的人，他可以去尝试，但最后总会回到那个人身边。我们都是如此简单，不是吗？"

哈利缓缓点头："那些离开希薇亚而没有回来的男人呢？"

"每个男人是不一样的，经过时间的洗礼，有些男人会对自己的表现产生焦虑。"

哈利注视着卡翠娜，决定不要继续讨论这个主题。

"你有没有见到罗夫？"

"有，你离开十分钟后他就回来了，"卡翠娜说，"他的气色看起来比上次好多了。他说他从来没听说过比格迪半岛的那家整形诊所，不过他签了医患保密协议的放弃书。"她将对折的放弃书放在哈利桌上。

冷风吹拂着荷芬谷体育场的矮看台，哈利坐在看台上，观看场中绕圈的溜冰民众。欧雷克的溜冰技术比去年更加灵活敏捷，每次他的朋友要加速超越他，他都会蹲低，脚下使力，冷静地避开。

哈利打电话给艾斯本，交换彼此的进度。哈利得知碧蒂失踪那天晚上曾有一辆深色轿车在半夜驶入贺福区，不久又从原路折返。

"那天深夜出现过一辆深色轿车。"哈利复述，打了个冷战。

"对，我知道线索很有限。"艾斯本叹了口气。

哈利将手机塞回夹克口袋，发现有个影子挡住了强力照明灯的光线。

"抱歉我有点迟到。"

哈利抬头望向马地亚·路海森那张面带微笑的愉悦脸庞。

马地亚坐了下来："你会从事冬季运动吗，哈利？"

哈利发现马地亚会用一种十分直接的方式注视别人，脸上带着热诚的表情，让人觉得他说话的同时也在聆听。

"不太会，溜冰会一点，你呢？"

马地亚摇摇头："不过当我认为自己的毕生工作都已经完成，身体病得让我不想再活下去的时候，我就会搭电梯到那座山上的滑雪跳台。"

马地亚用大拇指比了比肩膀后方，哈利不必回头也知道他指的是霍尔门科伦滑雪跳台。那是奥斯陆人最钟爱的地标，也是最糟的滑雪跳台，从奥斯陆每个角落都看得到。

"然后我会往下跳，不穿滑雪板，直接从跳台上跳下去。"

"真戏剧化。"

马地亚微微一笑："四十米自由坠落，几秒钟就结束了。"

"我想这件事应该很久以后才会发生吧。"

"以我血液中的抗硬皮因子70抗体含量来说，天知道。"马地亚冷笑道。

"抗硬皮因子70抗体？"

"对，抗体是个好东西，但你必须对它们的出现抱持怀疑，它们会出现一定是有原因的。"

"嗯，我以为自杀对医生来说是异端邪说。"

"没有人比医生更了解疾病涉及的范围了。我同意古希腊斯多亚学派哲学家芝诺的论点，他认为当死亡比生命更有吸引力的时候，就值得去自杀。他九十八岁那年大拇指脱臼，觉得心烦意乱，回家就上吊自杀了。"

"那上吊就好了，干吗大费周章爬上霍尔门科伦滑雪跳台？"

"呃，死亡应该是对生命的致敬。老实说，我喜欢自杀所吸引的公众目光，因为我做的研究可以吸引到的目光非常少。"马地亚发出的愉悦笑声被冰刀迅速滑动的声音切成碎片，"对了，抱歉，我替欧雷克买了新的高速溜冰鞋，我买了以后，萝凯才跟我说，你打算买一双溜冰鞋送给他当作生日礼物。"

"没关系。"

"他会比较喜欢你送的，你知道的。"

哈利并未接话。

"我羡慕你，哈利，你可以坐在这里看报纸、打电话、跟别人聊天，对欧雷克而言，你只要在这里就够了。每次我按照《好爸爸手册》上说的那样替他加油打气，都只是让他觉得烦而已。你知道欧雷克每天都擦亮溜冰鞋，只因为他知道你以前都这样做吗？原本他都把溜冰鞋摆在外面的楼梯上，因为你说过冰刀应该保持冰冷，后来萝凯才要求他把溜冰鞋收进家里。你是他的偶像，哈利。"

哈利耸耸肩，但是在内心深处——不对，用不着那么深——他很高兴听见这些话，因为他是个善妒的混蛋，心里想对马地亚下个小小的诅咒，只因马地亚竟然想赢得欧雷克的心。

马地亚玩弄着外套纽扣："现在这个时代离婚盛行，反而让孩子在内心深处察觉到自己的亲生父母是谁，一个新的父亲永远无法取代生父。"

"欧雷克的生父住在俄罗斯。"哈利说。

"对，可是他不存在于现实之中，"马地亚苦笑，"他只存在于纸上，哈利。"

欧雷克迅速溜过，对他们两人挥了挥手，马地亚也对他挥手。

"你跟一个叫伊达·费列森的医生共事过对不对？"哈利问。

马地亚惊讶地看着哈利："伊达，对，在马伦利斯诊所，天哪，你认识伊达？"

"不认识，我在网络上搜索他的名字，结果在一个旧网站发现马伦利斯诊所的医师群名单，你的名字也在上面。"

"那已经是好几年前的事了，我们在马伦利斯诊所有过快乐的时光。诊所创立的那个时期，大家都认为私人医疗机构可以赚大钱，后来才发现不是那么回事，诊所也关门了。"

"你们被开除？"

"我想那应该叫'遣散'。你是伊达的病人？"

"不是，他跟我在查的一件案子有关。你可以告诉我他是什么样的人吗？"

"伊达？"马地亚笑说，"他可以说的事可多了，我们是同学，跟同一群朋友混在一起很多年。"

"意思是说你们现在没联络了？"

马地亚耸耸肩："伊达跟我们很不一样，我们那群朋友把医学视为……呃，一种天职，只有伊达不是这样。伊达自己也直言不讳，他说他学医是因为医生能得到很多尊敬。反正我欣赏他的诚实。"

"所以他一心一意想赢得尊敬？"

　　"当然还有赚钱，无论是伊达选择了整形外科，还是后来他去一家专为富豪和名流服务的诊所上班，都没有人觉得惊讶。他一向都很容易被上流社会那些人吸引，他想成为那种人，想打进他们的圈子。问题是伊达有点努力过头，我猜那些上流人士表面上对他微笑以对，背地里应该会说他是个缠人的、做作的蠢货。"

　　"你是说他是那种为了达到目标会竭尽所能的人？"

　　马地亚沉思了一会儿："伊达总是在找成名的方法，他的问题不在于他没有精力，而在于他从未找到人生的使命。我最后一次跟他说话的时候，他听起来很泄气，甚至是沮丧。"

　　"你能想象他找到一个能让他出名的使命吗？也许不是当医生？"

　　"我没想过，但也不无可能，他并不是生来就是当医生的料。"

　　"怎么说？"

　　"就跟他仰慕成功人士、鄙视弱者一样，他不是唯一有这种心态的人，但他是唯一一个敢大声说出来的人。"马地亚笑着说，"在我们的圈子里，大家一开始都是完全的理想主义者，后来却都把注意力放在当顾问、买新车库和加班费上。至少伊达没有背叛他的理想，他从一开始就是那样了。"

　　费列森笑着说："马地亚真的这样说？我没有背叛我的理想？"

　　费列森的脸讨人喜欢，可以说有点阴柔：眉毛很细，让人怀疑他是否修眉；牙齿洁白整齐，让人怀疑是不是真的。他的肤色柔和，像是上了妆，头发浓密卷曲，健康亮丽。简而言之，他看起来比三十七岁还要年轻。

　　"我不知道他那样说是什么意思。"哈利扯了个谎。

　　他们在一栋宽敞的白色房子里，舒服地坐在书房的大扶手椅上，房子的建筑风格是高贵的老式比格迪风格。费列森引领哈利走过两间阴暗的大会客厅，说他的童年就是在这栋房子里度过的，最后来到书房。书房墙上排满了书，包括挪威作家米谢尔·芬胡斯（Mikkjel Fønhus）和谢尔·艾于克吕斯特（Kjell Aukrust）的作品、挪威首相埃纳尔·基哈德森写的《公会代表》，以及种类繁多的通俗文学和政治人物传记。有个书架上全都是发黄的《读者文摘》。哈利并未在书架上看见一九七〇年以后的作品。

"哦，我知道他的意思。"费列森咯咯笑着说。

哈利约略看出马地亚说他们在马伦利斯诊所有过一段快乐时光是什么意思，他们可能是在比赛谁笑得最多。

"马地亚是个品德高尚的家伙，应该说是个幸运的家伙才对。不对，老天，我的意思是说两者都是。"费列森哈哈大笑，"他们都说不信上帝，但我那些敬畏上帝的同事骨子里其实都有很多恐惧，不断努力做好事想累积自己的功德，因为他们非常害怕下地狱被火焚烧。"

"你不是吗？"哈利问。

费列森扬起一道眉型优雅的眉毛，兴味盎然地看着哈利。他脚踏柔软的浅蓝色鹿皮平底鞋，没绑鞋带，身穿牛仔裤，白色网球衫左侧绣着马球选手标志。哈利记不得那是什么品牌，只记得那个品牌总令他联想到无趣。

"警监先生，我来自一个重视实际的家庭，我父亲是出租车司机，我们只相信眼睛看得见的东西。"

"嗯，出租车司机的房子还真气派。"

"我父亲开了一家出租车公司，领有三张执照，不过在比格迪半岛出租车司机永远是平民。"

哈利看着费列森，想辨别他是否吃了迷幻药什么的。费列森以一种夸张的悠闲姿态坐在椅子上，像是要隐藏不安或亢奋。哈利打电话来说警方想问他几个问题时，费列森几乎是以洋溢的热情邀请哈利来他家，当时哈利脑中就闪过这个念头。

"可是你不想开出租车，"哈利说，"你想……让人变得更好看？"

费列森微微一笑："你可以说我在虚荣的市场里提供服务，或是我整修人们的外表来舒缓他们内心的痛苦，哪一种都可以，我一点都不在乎。"

费列森大笑，期待在哈利脸上看见震惊的表情，不料却没看见，于是稍微敛起笑容，"我把自己视为雕刻家，我没有天职，我只是喜欢改变和雕塑别人的容貌。我向来喜欢做这件事，也很在行，而且人们会付钱给我，就是这样而已。"

"嗯。"

"不过这并不代表我没有原则，而维护病患隐私就是其中之一。"

哈利默然不语。

"我跟包格希谈过，"费列森说，"我知道你要什么，警监先生，我也了解这件事很严重，可是我帮不上忙，我曾宣誓保密，受到誓言的约束。"

"你不再受到约束了。"哈利从口袋里拿出那张对折的放弃书，放在两人中间的桌子上，"这份放弃书上有那对双胞胎父亲的签名，免除了你的义务。"

费列森摇摇头："这不能改变什么。"

哈利惊讶地蹙起眉头："哦？"

"我不能说谁来见过我或他们说过什么话，但我可以笼统地说，那些带着小孩来看医生的病患都受到医师誓言的保护，如果他们要求的话，即使是对他们的配偶也必须保密。"

"希薇亚为什么要对丈夫隐瞒说她带双胞胎来找你？"

"我们的行为也许死板，但请你记住我们很多客户都是名人，他们不希望受到无聊八卦和媒体的无谓骚扰。你只要星期五晚上去艺术人之家看看就知道了，来我诊所整容过的名人数不胜数，他们如果知道来诊所的事泄露出去，被大众知道，恐怕会昏倒。我们的声誉是奠定在谨言慎行上的，只要让别人知道我们没好好保管客户资料，诊所就会受到莫大的伤害。我相信你一定可以了解。"

"我们手上有两起命案，"哈利说，"就那么巧，两个被害人都来过你的诊所。"

"我不会证实你这个说法，不过为了减少口舌之争，暂时先假设她们来过好了，"费列森的手在空中转动，"可是那又怎样？挪威人口这么少，医生更少。你知道挪威的人际网络有多小吗？她们看同一个医生的概率不比她们搭同一辆电车的概率来得高。你有没有在电车上遇到过朋友？"

哈利想不起是否遇到过，但主要是他不常搭电车。

"你要我大老远跑来这里，就是要跟我说你什么都不能说？"哈利问。

"抱歉，我邀请你来是因为我知道如果不找你来，我就得去警局，现在警局里日夜都有很多记者在注意进出的人。对，我认识那些记者……"

"你知道我可以申请搜查令，这样就可以取消你的医师誓言吗？"

"我没意见，"费列森说，"这样诊所在道义上就不算背叛客户，但是在那之前……"费列森在嘴巴前做了个拉拉链的手势。

哈利改变坐姿。他知道费列森晓得他心里很清楚，要拿到取消医师誓言的法院命令，即使是用于调查命案，警方也必须掌握清楚的证据，证明医师握有的信息十分重要。但现在他们手上有什么？正如同费列森所说，两名被害人看同一个医生的概率跟搭同一班电车差不多。哈利觉得有股强烈的冲动想做些什么，也许是喝酒，也许是举重，他想做这些事纯粹是出于报复心态。他吸了口气。

"我还是必须问你，十一月二号和四号晚上你在哪里？"

"我料到你一定会这样问，"费列森微笑说，"所以我回想过了，我在这里跟……正好她来了。"

这时一名老妇走进书房，她那头灰褐色头发有如老鼠毛，头发像窗帘般垂挂在头部周围，踏着有如老鼠般的细碎脚步，手里端着一个银盘，上面放着两杯咖啡，杯子不祥地咯咯作响。她脸上的表情仿佛身上背着十字架，头上戴着荆棘冠。她瞥了儿子一眼，费列森立刻跳了起来，接过银盘。

"谢了，妈。"

"把鞋带绑好，"老妇半转过身，对着哈利，"谁要跟我说说家里来的人是谁啊？"

"妈，这位是哈利·霍勒警监，他想知道昨天和三天前我在哪里。"

哈利站起身来，伸出了手。

"我当然记得，"老妇说，以顺从的眼神瞥了哈利一眼，伸出布满肝斑的手，"我们在一起看你那个鬈发朋友的谈话节目，我不喜欢他说皇室的那些话，他叫什么名字来着？"

"亚菲·史德普。"费列森叹了口气。

老妇朝哈利倾过身："那个人说挪威人应该摆脱皇室，你能想象竟然有人说出这么可怕的事吗？二战时期如果没有皇室，我们都不知道会流落到哪里去。"

"我们还是会在原来的地方，"费列森说，"很少一国之君会在战争时期替国家做那么少事的。他还说君主政体受到广大支持，就是大多数人民还相信巨人和精灵存在的最好证据。"

"是不是很可怕？"

"的确是。"费列森露出微笑，将一只手放在母亲肩膀上，同时看了看表。他戴的是百年灵腕表，那只腕表戴在他细瘦的手腕上显得大而笨重。"天啊！哈利，我要出门了，我们得快点把这杯咖啡喝完才行。"

哈利摇摇头，对费列森太太微微一笑："我想咖啡一定很好喝，不过我可能得改天再来喝了。"

费列森太太深深叹了口气，口中喃喃自语不知说些什么，端起银盘又拖着脚步走了。

费列森和哈利来到玄关，哈利转过身，"你刚刚说'幸运'是什么意思？"

"什么？"

"你说马地亚不只是个品德高尚的家伙，而且很幸运。"

"哦，那个啊！我是说他竟然替自己找到了一个女朋友，马地亚在感情方面弱得无可救药，我想他女朋友一定交往过一些烂人，所以才需要一个像他那样敬畏上帝的人。呃，别告诉马地亚我说过这些话，最好连提都别提。"

"对了，你知道抗硬皮因子 70 抗体是什么吗？"

"那是存在于血液中的一种抗体，可能表示这个人罹患硬皮症，你有朋友罹患这种病吗？"

"我连硬皮症是什么都不知道。"哈利明白在这种时候，自己应该放手，他希望自己放手，但是他办不到，"马地亚说他女朋友曾经跟一些烂人交往过？"

"那是我的解读，我们的圣人马地亚才不会用'烂'这个字来形容别人呢，在他眼中，每个人都有变得更好的潜能。"费列森的笑声在阴暗的房间里回荡。

哈利道了谢，穿上靴子，来到外头阶梯上，转过了身，在大门关上之际，看见费列森坐了下来，弯下腰正在绑鞋带。

回程路上，哈利打电话给麦努斯，请他利用诊所网站印出费列森的照片，拿去缉毒组询问，看有没有卧底警察见过费列森购买迷幻药。

"在街上买？"麦努斯问道，"医生在自己的药柜里不是就有这种东西了吗？"

"对，可是现在的药品管理法非常严格，医生宁愿自己去船运街跟毒贩买安非他命。"

哈利挂上电话，又拨回办公室找卡翠娜。

"目前没有新发现，"她说，"我要离开办公室了，你正要回家？"

"对。"哈利迟疑片刻才说，"你认为法院裁定撤消费列森的医师誓言，概率有多高？"

"以我们手上握有的证据来说吗？我是可以换上超短迷你裙，去法院找个血气方刚的法官来处理这件事，不过老实说，我觉得我们根本没有胜算。"

"我也这么认为。"

哈利驾车朝毕斯雷区驶去，想起了他家被剥得光秃秃的墙壁。他看了看表，改变心意，在彼斯德拉街转了个弯，朝警署前进。

凌晨两点，哈利再度打电话给卡翠娜，她困倦的声音从电话那头传来。

"又怎么了？"她说。

"我在办公室，我看了一下你的发现，你说所有失踪女性都已婚而且有小孩，我想这里头可能有点蹊跷。"

"什么蹊跷？"

"不知道，我只是需要听自己跟别人说出这件事，看看听起来会不会很白痴。"

"结果听起来怎么样？"

"很白痴，晚安。"

艾莉双眼圆睁躺在床上，身旁的安利亚发出沉重的呼吸声，将全世界抛诸脑后。一抹月光从窗帘缝隙透入，照在墙上的十字架上，那十字架是他们去罗马度蜜月时她买下的。是什么吵醒了她？是不是特里夫？他下床了？今晚的安排和晚餐如她所愿，十分顺利。餐桌上的她看起来十分快乐，烛光映照着她的脸庞，闪闪发光。他们同时你一言我一句地抢着说话，有好多话可以讲！讲最多话的是特里夫。每当特里夫说起蒙大拿州和他在那里的课业及朋友，她就会保持安静，看着这个年轻人已经成熟，变成了大人，变成了他想成为的人，开创自己的人生。这是最让她感到高兴的地方：他有选择，可以公开自由地选择；不像她，只能私底下秘密地选择。

她听见房子发出嘎吱声，听见墙壁彼此对话。

她还听见一种不同的声音，一种外来的声音，那声音来自屋外。

她起身下床，走到窗边，将窗帘打开一道缝隙。外头下了雪，苹果树仿佛穿上了毛衣，地上铺着薄薄一层白雪，反射着月光，也突显了院子里每样东西的轮廓。她的视线从栅栏门扫到车库，不知道自己在寻找什么。突然间她的视线停止移动。她倒吸一口凉气，心里既惊讶又恐惧。别又开始了，她告诉自己。一定是特里夫，他有时差，无法入睡，所以才跑到院子里。脚印从栅栏门延伸到她面前那扇窗户的正下方，像是在薄雪上画出一行黑点，犹如文字间的戏剧化停顿。

雪地里并没有折返的脚印。

12 对话

第七日

"有个缉毒组警探认得他,"麦努斯说,"我把费列森的照片拿给他看,他就说他在船运街和托布街的十字路口看到过费列森几次。"

"那个十字路口有什么?"哈根问,他坚持要参加周一早晨在哈利办公室举行的会议。

麦努斯看着他,面露迟疑之色,想看看队长哈根是否在开玩笑。

"那里有毒贩、妓女、嫖客,"麦努斯说,"我们把这些人逐出布拉达广场以后,那个十字路口就变成了新的热门聚集场所。"

"只有那里吗?"哈根问,努了努下巴,"有人跟我说这些非法勾当日益蔓延了。"

"那里像是个中心,"麦努斯说,"当然在其他地方也看得见他们的踪影,比如证券交易所、挪威银行、奥斯陆现代美术馆、老罗根音乐厅、差传会咖啡馆……"哈利大声打了个哈欠,麦努斯立刻住口。

"抱歉,"哈利道歉,"这个周末很累。请继续。"

"那个警探不记得看到过费列森买毒品,只记得费列森是莱昂旅馆的常客。"

这时卡翠娜走进门来,穿着有点邋遢,脸色苍白,眼睛眯成一条细缝,但仍以活泼的卑尔根问候方式跟大家打招呼,然后在办公室里找寻空位。侯勒姆从椅子上跳了起来,朝她挥了挥手,自己另找别的椅子。

"船运街的莱昂旅馆?"哈根问道,"那是贩卖毒品的地方吗?"

"很有可能，"麦努斯说，"可是我见过很多黑人妓女走进那里，所以那里可能是所谓的按摩店。"

"完全不是那样，"卡翠娜说，背对大家，将外套挂上衣帽架，"按摩店是室内市场的一部分，现在是越南人的天下，越南人只在郊区的低端住宅区开业，用的是亚裔女人，和非洲人的露天市场保持距离。"

"我好像在莱昂旅馆外面看过廉价客房的广告，"哈利说，"一晚四百克朗。"

"没错，"卡翠娜说，"台面上他们的房间是以天计费，实际上是以小时计，赚的是黑钱。客人通常都不会要收据，而钱赚得最多的旅馆老板却像是漂白过一样，表面上是正派经营。"

"见解真是精辟，"麦努斯对哈根笑了笑，"没想到卑尔根性犯罪小组竟然对奥斯陆妓院了如指掌。"

"这种事到哪里都差不多，"卡翠娜说，"要不要赌赌看我说得对不对？"

"旅馆老板是巴基斯坦人，"麦努斯说，"我赌两百克朗。"

"赌了。"

"好吧，"哈利说，拍了拍手，"那我们还坐在这里干吗？"

莱昂旅馆的老板名叫布勒·韩森，来自挪威东部的索勒地区，身上的灰白肤色宛如地上的泥雪——泥雪是被所谓"房客"的鞋底带进来的，留在柜台前磨损了的拼花地板上。柜台上方有个标志用黑色文字写着"接待贵台"，这里的房客和韩森对更正错字都不感兴趣，因此韩森盘下莱昂旅馆这四年来，这个写错字的标志一直留在那里，无人提出疑义。韩森原本在瑞典四处旅行，贩卖《圣经》，并在史维松海湾尝试做起二手色情片的边境贸易生意，因此他说话的调调如同舞曲乐手和传教士的混种。他就是在史维松海湾遇见娜塔莎的，娜塔莎是俄裔艳舞女郎，两人费了好大工夫才逃离她俄裔经纪人的魔掌。娜塔莎取了个新名字，现在跟韩森一起住在奥斯陆。韩森从三个塞尔维亚人手中盘下莱昂旅馆，那三个塞尔维亚人因为诸多原因而无法继续居留于挪威。韩森延续他们的经营模式——因为没有改变的理由，他继续做旅馆生意，提供休息的服务——这里的客人住房时间多半很短。旅馆通常收现，客人对客房质量和维护状态也不太要求。这是桩好生意，他不想失去，因此他不喜欢现在站在他面前的那两个人，尤其不喜欢他们的证件。

高大的平头男子在柜台上放了一张照片，"见过这个男人吗？"

韩森摇摇头，不禁松了口气，原来他们要找的人不是他。

"你确定？"平头男子说，将手肘放在柜台上，倾身向前。

韩森又看了看那张照片，心想刚才应该仔细看一下他们的证件才对，因为眼前这家伙看起来比较像是在街上厮混的毒虫而不像警察，而且他后面那个女人也不像警察。的确，她有种冷酷的神态，一种妓女的神态，但她其他部分是淑女，全身上下都是。假如她去找一个不压榨她的皮条客来帮她拉生意，赚的钱少说会是目前薪水的五倍。

"我们知道你这里开的是妓院。"男警察说。

"我经营的是正派旅馆，每一种证照都有，你要看吗？"韩森指了指接待区后方的小办公室。

男警察摇摇头："你把房间租给妓女和嫖客使用，这样做是违法的。"

"你听好，"韩森说，吞了口口水——这段对话已朝他所害怕的方向发展，"只要房客付我钱，他们要在房间里干什么我管不着。"

"可是我管得着，"男警察压低嗓音说，"你再仔细看清楚点。"

韩森又看了一次。照片一定是多年前拍的，因为照片中的人看起来十分年轻，而且无忧无虑，看不出一丝绝望或苦恼。

"我查过，卖淫在挪威不犯法。"韩森说。

"对，"男警察说，"但是开妓院违法。"

韩森努力做出愤慨的表情。

"你知道，根据规定，警察每隔一段时间就必须来检查旅馆有没有遵守旅馆业法规的规定，"男警察说，"比如说检查每个房间的逃生口，以免发生火灾。"

"还有旅馆是否提交外国房客登记表。"男警察继续补充道。

"旅馆还要准备传真机，让警方询问房客的相关问题。"

"还有增值营业税的账目。"

韩森有些站立不稳。接着男警察挥出了击倒性的一拳。

"我们正在考虑派诈骗缉查处的人来查你的账，寻找特定房客，我们的卧底警员最近几个礼拜都看到这个特定房客在这里进出。"

韩森觉得反胃。娜塔莎。房贷。他一想到自己又得在冰寒漆黑的冬夜，踏在不熟悉的楼梯上，腋下夹着《圣经》，就觉得恐慌即将来袭。

"也可能我们不会这样做，"男警察说，"这只不过是优先级的问题，以及如何运用警方有限资源的问题。你说是不是，布莱特？"

女警察点了点头。

"他每两个星期会来一次，"韩森说，"每次都开同一个房间，然后待一整个晚上。"

"一整个晚上？"

"他有好几个访客。"

"黑人还是白人？"女警察问。

"黑人，只有黑人。"

"几个？"

"我不知道，每次都不太一样，可能八个，也可能十二个。"

"同时吗？"女警察惊讶地说。

"不是，来的人会有变动，有些是两个人一起来的，她们在街上通常都是两个人一起搭档。"

"天啊。"男警察说。

"他用什么名字住房？"

"我不记得了。"

"可是房客簿里查得到对不对？账目里也查得到？"

韩森身穿亮面西装外套，里头的衬衫背部已被汗水湿透，"那些来找他的女人都叫他怀特医生。"

"医生？"

"跟我没有关系哦，他……"韩森心下踌躇，他既不想让自己说得太多，同时又想表现出愿意合作的样子，况且这个客人的生意看来已别想再做了。"他都会提一个医生用的大包，总是要求……多给他浴巾。"

"哦，"女警察说，"听起来有点诡异。你清理房间的时候有没有看见血迹？"

韩森默然不答。

"如果你真的会清理房间的话。"男警察加以更正，"怎么样？"

韩森叹了口气："不是很多，不会比……"他顿了顿。

"比平常多？"女警察以讽刺的口气问道。

"我不认为他伤害了她们。"韩森迟疑地说，但话一出口就后悔了。

"怎么说？"男警察厉声问道。

韩森耸耸肩："不然她们就不会再来了。"

"来的只有女人？"

韩森点点头。但那男警察一定察觉到了什么，也许是他紧绷的颈部肌肉，也许是他充血的眼角膜出现些微抖动。

"有没有男人来？"警察问。

韩森摇摇头。

"年轻男孩？"女警察问，她显然跟那警察一样嗅到了什么。

韩森又摇摇头，但摇头之前他的脑中必须做出选择，因此出现极细微的延迟。

"小孩，"男警察说，压低额头仿佛准备进攻，"他带小孩来过吗？"

"没有！"韩森大吼，全身冷汗直冒，"这我不允许！我有我的底线。只有两次……他们也没进来，我把他们都赶回街上去了！"

"非裔小孩？"男警察问。

"对。"

"男生还是女生？"

"都有。"

"他们是一起来的吗？"女警察问。

"不是，是跟女人来的，我想应该是他们的妈妈。可是就像我刚刚说的，我不准他们到他的房间去。"

"你说他一星期来两次，有固定时间吗？"

"星期一和星期四，八点到午夜这段时间来，他一向准时。"

"今天晚上也是吗？"男警察问，看了女警察一眼，"好，谢谢你的合作。"

韩森从肺脏里深深吐出一口气，发现自己双腿酸痛，原来刚刚他一直踮着脚。"乐意之至。"他说。

两名警察朝大门走去。韩森知道自己应该闭嘴不再多说，但如果他没得到保证，晚上肯定无法入睡。

"那个……"他对正在离去的两名警察说，"……我们讲好了对不对？"

男警察转过身来，扬起一道眉毛，面露惊讶之色："讲好什么？"

韩森吞口口水："就是那些……检查？"

男警察揉揉下巴："你是在暗示说你有什么见不得人的事吗？"

韩森的眼睛眨了两下，接着就听见自己发出紧张的尖锐笑声，高声说："没有没有，当然没有！哈——哈！这里的一切都没有问题。"

"很好，那他们来的时候你就没什么好担心的，检查工作不是我负责的。"

两名警察离去，只留下韩森张大了口。他想提出抗议，想说些话，只是自己也不知道要说什么。

哈利刚走进办公室就听见电话响起。

是萝凯打来的，说要把跟他借的 DVD 拿来还给他。

"《爱情磁场》？"哈利复述，十分惊讶。"你拿去看了？"

"你说它在你的'评价过低的现代电影'名单上。"

"对，可是你一直都不喜欢那些电影。"

"才不是呢。"

"你就不喜欢《星河战队》。"

"因为那是一部强调男子气概的烂片。"

"那叫讽刺作品。"

"讽刺什么？"

"美国社会固有的法西斯主义，当单纯的哈迪男孩遇见年轻的希特勒。"

"少来了，哈利，在遥远的星球上跟巨型昆虫战斗？"

"那是恐惧外来者。"

"反正我喜欢你那部七十年代电影，那个在讲窃听……"

"《对话》①，"哈利说，"那是科波拉导过的最棒的电影。"

"就是那部，我同意它被评价过低。"

"不是被评价过低，"哈利叹了口气，"而是被遗忘，它曾入围奥斯卡最佳影片奖。"

"我今天晚上要跟朋友吃饭，可以顺便开车过去还你 DVD。午夜的时候你还醒着吗？"

"有可能，为什么不去的时候拿来？"

"时间有点赶，不过也可以。"

她的回答来得很快，但还不至于快到让哈利听不见。

———————————

① 《对话》（*The Conversation*），又译为《窃听大阴谋》。

"嗯，"他说，"反正我也睡不着，我吸入的是霉菌，很难呼吸。"

"这样好了，我把 DVD 丢进楼下信箱，这样你就不用起来了，好吗？"

"好。"

两人挂上电话。哈利看见自己的手在发抖，他认为这是缺乏尼古丁的征兆，便往电梯走去。

卡翠娜走出办公室，仿佛知道外头的沉重脚步声来自哈利，"我跟艾斯本·列思维克谈过了，今天晚上的任务他会派一个人来支持。"

"太好了。"

"有好消息吗？"

"好消息？"

"你在微笑。"

"有吗？应该是开心吧。"

"开心什么？"

他拍拍口袋："要去抽烟。"

艾莉坐在餐桌旁，桌上摆了杯茶，她看着窗外的院子，聆听洗碗机发出抚慰人心的隆隆声响。料理台上放着一部黑色电话，话筒在她手中发热，因为她将话筒握得非常之紧。对方说打错了。特里夫享用了奶汁烤鱼，他说那是他最喜欢吃的菜。很多事物他都说是他最喜欢的。他是个好孩子。外头的草地是褐色的，毫无生气；地上看不见下过雪的痕迹。而且天知道，也许整件事只是一场梦。

她漫不经心地翻看杂志。她趁特里夫刚回来的这段时间请了几天假，想在家里享受一些天伦之乐，跟他两个人好好聊一聊，但现在特里夫却跟安利亚一起坐在客厅里。她特地拨出这段时间，结果特里夫却跑去跟安利亚聊天，反正也没关系，他们比较有话聊，毕竟两人如此相像。再说她常常只是心里想聊天，实际上未必，因为对话总是得在某个地方停止，在那道巨大且无法跨越的墙壁前停止。

当然了，她同意让这孩子以安利亚父亲的名字来命名，至少让他取个安利亚家族那边的名字。她在生产前差点把秘密给说了出来，差点说出那座空荡的停车场、那片漆黑、雪地里的黑色脚印、抵住她脖子的刀、她脸颊旁没有脸孔的呼吸声。回家路上，他的精液流入她的内裤，她向上帝祈祷，希望精液继续流出，直到流光为止，但她的愿望并未获得应许。

后来她常想，如果安利亚不是牧师，如果安利亚对堕胎的看法不是那么坚持，如果她不是那么懦弱，如果特里夫没有出生，那么事情会不会有所不同？但当时那道无可撼动的静默之墙已然筑起。

特里夫和安利亚那么相像，如同在黑暗中亮起一丝光明，甚至点燃一丝希望。因此她去了一家没人认识她的诊所，给了他们两根头发，头发是从他们的枕头上拿来的。她在书上读到说只要两根头发就可以查出一种名叫DNA的密码、一种基因指纹。诊所把头发送到国立医院的法医学研究所，那里采用一种新方法来鉴定亲子关系。两个月后，所有的怀疑都消失了。那不是梦：停车场、黑色脚印、喘息声、疼痛，全都不是梦。

她又看着电话。当然打错了。她在电话那头听见的呼吸声显露出不知所措的反应，因为对方听见了意想不到的声音，不知是否该挂上电话。仅此而已。

哈利走到玄关，拿起对讲电话。

"哈啰？"他大喊，盖过客厅音响播放的英国乐团法兰兹·费迪南的歌声。

没有响应，只听见苏菲街传来汽车疾驰而过的声音。

"哈啰？"

"嗨！我是萝凯，你睡了吗？"

他一听就知道她喝了酒，喝的虽然不多，但足以让她的声音高了半音，美丽深沉的笑声在话语间荡漾。

"还没，"他说，"晚上玩得开心吗？"

"很开心。"

"现在才十一点。"

"她们想早点回家，明天还要工作。"

"嗯。"

哈利想象她的模样：挑逗的神情、眼中的光芒。

"我把DVD拿来了，"她说，"你得开门，我才能丢进你的信箱。"

"好。"

他伸出手指准备按下开门按钮，让她进门，手指却停在半空中。他知道现下这个片刻，机会之窗开启，他们有两秒时间可以把握机会，这时他们都有台阶下。他喜欢有台阶下。他清楚地知道自己不希望这件事发生，因为要再重新来过一次实在太复杂也太痛苦。既然如此，他的胸膛为何剧烈起伏，仿佛里头有两颗心在跳动？他为什么不立刻按下按钮，这样她就可以进来然后离去，也离开他的脑海？按吧，他心想，将指尖放在按钮的硬质塑料上。

"不然，"她说，"我也可以拿上去。"

哈利开口前就知道自己发出的声音一定很怪。

"不用了，"他说，"我的信箱是没名字的那个，晚安。"

"晚安。"

他按下开门按钮，走回客厅，调高音响的音量，让法兰兹·费迪南的歌声将他脑子里的思绪轰出去，让他忘记神经系统产生的愚蠢焦躁感。他只是吸收音乐，吸收吉他的狂乱攻击。吉他手弹得愤怒且脆弱，演奏得不是很好。苏格兰人真是的。但一连串狂热的弹奏声里混入了另一种声音。

哈利将音量调小，侧耳倾听。正当他打算再调高音量时，那声音又响了起来，犹如砂纸刮擦木头的声音，或鞋子在地上拖曳的声音。他走到玄关，看见大门上的波纹玻璃外有人影晃动。

他把门打开。

"我按了门铃。"萝凯说，以抱歉的神情看着他。

"哦？"

她摇了摇手中的 DVD 盒："信箱塞不进去。"

他打算说些什么，也想说些什么，却已伸出手臂抓住她，将她搂进怀中，紧紧抱住。他听见她倒吸一口气，看见她张开嘴唇，舌头迎向他，红通通地似乎在逗弄他。基本上也没什么要说的。

她依偎在他怀里，觉得柔软、温暖。

"我的天哪。"她轻声说。

他吻了吻她的额头。

薄薄一层汗水既隔开两人，又将两人粘在一起。

一切都和他想的一样。一切都和第一次一样，只是少了紧张、笨拙和没问出口的问题。一切也都和最后一次一样，只是少了悲伤，也少了她事后的啜泣。你的确可以离开那个能跟你共享美好鱼水之欢的人，但卡翠娜说得对，你总是会再回到那人身边。然而哈利也知道这次的情况不太一样。对萝凯来说，这是她最后一次造访旧情人，也是极为重要的一次，她是来跟他们所谓的生命中的浓情烈爱道别的，然后她就要迈入新纪元。至于她是不是准备投入另一段不那么浓烈的爱情呢？也许吧，但肯定是一段较为持久的爱情。

她抚摸他的腹部，发出满足的嘤声。他依然感觉得到她身体产生的紧张。他可以让她好过或难过。他选择了后者。

"良心不安？"

"我不想谈这个。"她说。

他也不想谈这个。他只想静静躺着，聆听她的呼吸声，感觉她的手抚摸他的腹部。但他知道她得怎么做，而他不希望拖延时间。"他在等你，萝凯。"

"没有，"她说，"他跟技术人员正在准备明天早上解剖部上课要用的大体，我跟他说触碰过大体之后不要来碰我，所以今天晚上他会回家。"

"那我呢？"哈利在黑暗中微笑，心想原来这是她一手策划的，她老早就知道事情会这样发生，"你怎么知道我没碰大体？"

"你有吗？"

"没有，"哈利说，心里想着床头桌抽屉里的那包烟，"我们没有大体。"

两人陷入静默。她的手在他腹部的圈圈越画越大。

"我有个感觉，我被渗透了。"他突然说。

"什么意思？"

"我也不太知道，我只是觉得有人一直在监视我，现在就有人在监视我，我是某人计划的一部分，你懂吗？"

"不懂。"她耸耸肩，朝他挨紧了些。

"跟我在办的这件案子有关，好像我整个人被卷入……"

"嘘，"她咬了咬他的耳朵，"你总是会被卷入，哈利，这就是你的问题。放轻松。"

凌晨三点，她起身下床。他看着窗外街灯的亮光照在她的背上，看着她弓起的背和脊骨的影子。他突然想起卡翠娜说过希薇亚背上刺有埃塞俄比亚国旗的刺青；他必须记得在简报时提出这点。萝凯说得对：他永远不会停止思索案情，他总是被卷入。

他送她到玄关。她很快地吻了吻他的唇，匆匆走下楼梯。没什么话好说。正要关门时，他发现门外有湿脚印。他跟着脚印来到楼梯间的阴暗处。这些脚印一定是萝凯先前上楼时留下的。他想起贝豪斯海豹，想起母海豹在繁殖期跟公海豹交配之后，绝对不会在下个繁殖期回到同一只公海豹身边，因为这样不利于优生繁殖。贝豪斯海豹一定是聪明的动物。

13 纸

第八日

　　早上九点半，一辆车子在阳光照耀下孤单地行驶，经过高速公路上方的休利斯高架桥圆环，驶上比格迪街。比格迪街可通往距离市府广场五分钟车程的比格迪半岛，岛上是一片田园风光，街上很安静，几乎没什么车辆，皇家庄园里不见牛只或马匹，夏季提供人们步行至海滩的狭窄小径也空无一人。

　　哈利驾车在起伏地形上弯来拐去，同时聆听卡翠娜说话。

　　"雪。"卡翠娜说。

　　"雪？"

　　"我依照你的指示，专心研究已婚且有小孩的失踪女性，然后我开始研究日期，发现失踪日期多半是十一月和十二月。我把这些案子挑出来，研究地理分布，发现大部分都在奥斯陆，只有少部分在其他地区。你收到的那封信不是说雪人会在初雪降临时再度出现吗？我突然想到我们去贺福区的那天就是奥斯陆下初雪的那天。"

　　"真的？"

　　"我请气象研究所去查看相关的日期和地方，结果你知道怎么样？"

　　哈利知道，他早该知道才对。

　　"初雪，"他说，"他在下初雪的那天杀害她们。"

　　"没错。"

　　哈利朝方向盘拍了一掌："天啊，终于有眉目了，这些失踪女性一共有几个？”

“十一个，一年一个。”

“今年有两个，他打破模式了。”

“一九九二年卑尔根下初雪的那天，发生了一起命案和两起失踪案，我想我们应该从那里开始查起。”

“为什么？”

“因为被害人是已婚且有小孩的女性，失踪的是被害人最好的朋友，所以我们手上有一具尸体、一个命案现场和档案数据，另外还有一个失踪嫌犯，后来再也没人见过这名嫌犯。”

“嫌犯是谁？”

“是个警察，名叫葛德·拉夫妥。”

哈利瞥了卡翠娜一眼：“哦，那件案子啊，我记得，那家伙不是会在犯罪现场偷东西吗？”

“传言是这样说的。有目击证人指出拉夫妥在失踪前几小时，去了失踪女子欧妮·黑德兰的家，警方曾展开大规模搜查，但什么都没发现，拉夫妥就这样人间蒸发，没留下半点痕迹。”

哈利看着马路和胡克大道两旁叶子落尽的树木。胡克大道可通往海边和两家博物馆，里头展示着挪威人心目中的民族最高成就：横越太平洋以及挑战抵达北极却未能成功的壮举。

“现在你认为拉夫妥可能不是失踪？”哈利说，“他可能每年下初雪的时候就会出现？”

卡翠娜耸起肩膀：“我认为我们可以花时间研究当时究竟发生了什么事。”

“嗯，我们得先从请求卑尔根警方支持开始。”

“是我的话不会这么做。”卡翠娜立刻说。

“哦？”

"卑尔根警方现在对拉夫妥案依然相当敏感，他们动用大量资源去埋葬这件案子而不是去调查，他们害怕可能会挖出什么东西来，既然这家伙已经人间蒸发了……"她在空中画了个大叉。

"了解，你有什么建议？"

"我们可以去一趟卑尔根，自己展开调查，毕竟这件案子现在已经属于奥斯陆命案的一部分。"

哈利在目的地的地址停车，地址上的房子是一栋四层滨海砖房，旁边就是泊船码头。他关上引擎，坐在驾驶座上，视线越过福隆纳湾，朝菲力斯塔港望去。

"为什么你会想到要去研究拉夫妥案？"他问，"第一，拉夫妥案发生的时间比我要你去调查的时间还要更早。第二，我们手上的案子应该是命案而不是失踪案。"

哈利转头望向卡翠娜，卡翠娜眼睛眨也不眨，直视他的双眼。

"拉夫妥案在卑尔根很有名，"她说，"而且还有一张照片。"

"照片？"

"对，卑尔根警局会把那张照片放给所有新训生看，照片里是厄里肯山顶的命案现场，那张照片对新训生来说就好像是一场震撼教育，大部分的人都被前景的细节给吓坏了，根本没去看背景，也或许他们从来没去过厄里肯山顶。反正呢，背景远方有个不合常理的雪墩，如果拿放大镜去看，就可以清楚地看出那是什么。"

"哦？"

"那是个雪人。"

哈利缓缓点头。

"说到照片……"卡翠娜说，从包里拿出一个A4信封丢到哈利大腿上。

诊所在二楼，候诊室的装潢所费不赀，用的是意大利家具，里头摆放着一张跟法拉利跑车底盘一样低的咖啡桌、挪威艺术家尼科·维德贝里（Nico Widerberg）的玻璃雕刻、美国波普艺术家罗伊·利希滕斯坦（Roy Lichtenstein）的原版版画，画中是一把冒烟的枪。

候诊室里没有一般常见的玻璃隔间挂号处，只在中央摆了一张美丽的老桌子，桌前坐着一名女子。女子身穿蓝色套装，外头罩一件没扣扣子的白色外套，脸上挂着亲切的笑容。哈利自我介绍并表明来意后，女子脸上的笑容看起来并未变得僵硬。哈利猜想那女子应该就是包格希。

"请稍等一下好吗？"她说，伸手朝沙发指去，姿态优雅，仿佛受过训练的空姐指向逃生门。哈利婉拒了意式浓缩咖啡、茶或水。两人坐了下来。

哈利注意到候诊室里摆设的杂志是最新的；他打开一本《自由杂志》，注意力被一篇评论吸引过去。亚菲·史德普在这篇评论中声称政客愿意上娱乐节目，其实是在"炫耀自己"并担任丑角，这是民治政府的终极胜利——坐在王位上的是人民，政客是宫廷小丑。

一扇贴有"伊达·费列森医师"名牌的门打开，一名女子快步走出，穿过候诊室，只跟包格希说了声"拜"就离开，眼睛没朝左也没朝右看。

卡翠娜盯着那女子瞧："她不是 TV2 新闻主播吗？"

这时包格希说费列森医生可以见他们了，走到门前，替他们把门打开。

费列森的诊间大小是主任级的，外头是奥斯陆峡湾的美丽景致，办公桌后方墙上挂了一张裱框的医师文凭。

"请稍等。"费列森说，头也没抬，面对计算机屏幕正在打字。接着他脸上露出胜利表情，按下最后一个按键，转过椅子，摘下眼镜。

"需要整容吗，霍勒警监？还是阴茎增大？或是抽脂？"

"谢谢你的建议，"哈利说，"这位是布莱特警探。我们来找你是想再次请你提供希薇亚·欧德森和碧蒂·贝克的资料。"

费列森叹了口气，拿起手帕擦拭眼镜。

"我该怎么解释才能让你了解呢，霍勒警监？虽然我满怀诚意和渴望想协助警方，基本上又不在乎什么原则，可是我还是觉得有些东西是神圣不可侵犯的。"他伸出食指，"我当医生这么多年来，从来不曾……"他的食指跟随话语左右摆动，"……打破医师誓言，现在也没打算打破。"

接着是一阵长长的静默，费列森看着他们，显然相当满意于他创造出来的效果。

哈利清清喉咙。

"也许现在你可以满足你想帮忙的真心渴望了，费列森医生。我们正在调查一宗疑似儿童卖淫的案件，地点是在奥斯陆的莱昂旅馆，昨天晚上我们有两名警察在旅馆外的车子里，替进出旅馆的客人拍下照片。"

哈利打开卡翠娜给他的 A4 褐色信封，倾身向前，将照片放在费列森面前。

"请问那是不是你？"

费列森看着照片，喉咙像是噎着似的，眼珠突出，颈部青筋暴凸。

"我……"他结结巴巴地说，"我……没做什么坏事或犯法的事。"

"对，你没有，"哈利说，"我们只是在考虑传唤你当证人，说说这家旅馆里到底发生了什么事。大家都知道莱昂旅馆是妓女和嫖客的集散地，而且有新消息指出旅馆里也出现儿童。你知道儿童卖淫和其他卖淫不一样，是违法的。我们只是想在整件事见报之前先通知你一声。"

费列森瞪着那张照片，用力搓揉脸庞。

"对了，我们刚刚看见 TV2 的新闻主播走出去，"哈利说，"她是叫什么名字来着？"

费列森并不回答，他年轻光滑的容貌像是在他们眼前被吸干，瞬间老了好几岁。

"如果你在医师誓言里找到漏洞，请打电话给我们。"哈利说。

哈利和卡翠娜正要走到门前，费列森叫住他们。

"他们是来这里做检查的，"他说，"就这样而已。"

"什么样的检查？"哈利问。

"一种疾病的检查。"

"同样的疾病？什么病？"

"那不重要。"

"好吧，"哈利说，朝门口走去，"你被传唤出庭做证的时候，可以跟法官说什么重要什么不重要。反正也不是很重要，毕竟我们也没发现什么违法的事情。"

"等一下！"

哈利转过身。费列森手肘撑桌，双手托脸。

"法氏症候群（Fahr's Syndrome）。"

"发丝症候群？"

"法国的法，姓氏的氏，这是一种遗传疾病，有点像阿尔茨海默病，会造成开车技术退化，尤其是在认知区域，行动时还会出现抽筋症状。好发于三十岁后，但也可能在幼年时期发病。"

"嗯，所以碧蒂和希薇亚怀疑她们的小孩罹患这种病？"

"她们来的时候有这种怀疑。法氏症候群很难诊断，碧蒂和希薇亚带小孩去看过好几个医生，可是都没得到确切的诊断。我记得她们好像在网络上搜索过，输入症状，然后发现非常符合法氏症候群。"

"所以她们就来跟你这个整形医生联络？"

"我正好是法氏症候群的专家。"

"正好？"

"挪威大概有一万八千名医生，你知道世界上有几种已知疾病吗？"费列森转头望向墙上的文凭，"我去瑞士进修过有关神经线路的课，里头正好包括法氏症候群，我学到的那一点点东西足以让我成为挪威这种疾病的专家。"

"关于碧蒂和希薇亚，你有什么可以告诉我们的？"

费列森耸起肩膀。"她们带小孩来这里，一年一次，我检查她们的小孩，判断他们的状况是否恶化，除此之外，我对她们的生活一无所知，也对……"他将刘海甩到一旁，"……她们的死一无所知。"

"你相信他说的话吗？"哈利问，驾车穿过荒凉的空地。

"不完全相信。"卡翠娜说。

"我也是，"哈利说，"我想我们应该专心调查这件事，暂时把卑尔根摆在一旁。"

"不行。"卡翠娜说。

"不行？"

"这里头有某个地方互有关联。"

"什么关联？"

"我不知道，听起来虽然很疯狂，但拉夫妥和费列森之间说不定有关联，说不定拉夫妥就是这样才躲藏了这么多年。"

"你是什么意思？"

"我是说他替自己做了张面具，一张真正的面具，一张整容后的脸。"

"是去找费列森做的？"

"这样就能解释为什么两名被害人都去找同一个医生。拉夫妥可能在诊所见过碧蒂和希薇亚，所以才挑她们两个人下手。"

"你操之过急了。"哈利说。

"操之过急？"

"调查这种命案就好像拼拼图一样，一开始必须耐着性子拿几块拼起来玩一玩，可是你的做法却是硬把拼图凑到位子上。现在说这些有点太早。"

"我只是把脑子里的想法说出来而已，看看听起来会不会很白痴。"

"是很白痴。"

"这条不是去警署的路。"她说。

哈利听出她的说话声因为好奇而发颤，瞥了她一眼，但卡翠娜的表情并未透露任何信息。

"我想把费列森说的话拿去跟一个人核对，"他说，"这个人也认识费列森。"

马地亚身穿白色外套，手上戴着黄色标准洗涤手套，在教学大楼楼下的车库迎接哈利和卡翠娜。教学大楼是古斯达精神病院的一栋褐色建筑，面对三环线高速公路。

马地亚指挥哈利将车子停入他没使用的停车位。

"我都尽量骑自行车。"马地亚解释说，用磁卡打开一扇门——这扇门从车库通往解剖部的地下室走廊，"这种通道可以方便运送尸体进出。我很想泡咖啡招待你们，可是我刚上完课，下一批学生很快就会来了。"

"抱歉来打扰你，你今天一定很累。"

马地亚用疑惑的神情看着哈利。

"萝凯和我通过电话，她说你昨天工作到很晚。"哈利补上一句，在心里暗骂自己，希望脸上并未露出异样神色。

"萝凯，原来如此，"马地亚摇摇头，"她昨天晚上也很晚回家，出去跟女性朋友聚会，今天还得请假。不过今天我打电话给她的时候，她正在家里大扫除。女人哪！我还能说什么呢？"

哈利挤出僵硬的微笑，暗自纳闷，不知道这个问题有没有标准答案。

一名身穿医院绿制服的男子推着一张金属桌朝车库大门走来。

"又要送到特罗姆瑟大学？"马地亚问。

"跟谢森说拜拜吧。"绿衣男子微笑着说，他的耳朵别了一串小耳环，有点像马塞族女人的颈环，只不过这串小耳环让他的脸产生出一种令人不安的不对称感。

"谢森？"马地亚高声说，停下脚步，"真的吗？"

"服务三十年了，现在轮到特罗姆瑟大学来解剖他。"

马地亚掀开白布。哈利看见了白布下的尸体，只见头盖骨上的皮肤是紧绷的，拉平了年长死者脸上的皱纹，形成一张无性别的脸，肤色白得仿佛灰泥面具。哈利知道这是因为尸体经过防腐，也就是说，动脉被灌入了福尔马林、甘油和酒精混合物，使尸体不会从内部开始腐化。死者一边耳朵绑着金属标签，上面印有三位数的号码。马地亚站在原地看着那名助手将谢森推往车库大门，然后才突然回过神来。

"抱歉，谢森跟我们共事很久了，解剖部还在市中心的时候他就已经是教授了，是个非常出色的解剖学家，身材维持得很好。我们会想念他的。"

"我们不会耽误你太多时间，"哈利说，"不知道你能不能告诉我们费列森跟女性患者的关系，以及费列森跟女性患者的小孩的关系。"

马地亚抬起头来，惊讶地看看卡翠娜，又看看哈利。

"你在问的是我认为的那件事吗？"

哈利点点头。

马地亚领着他们穿过另一扇上锁的门，进入一个房间。房里有八张金属桌，桌上有灯和水槽，对面那侧是黑板。每张桌子上都放着某种椭圆形的物体，包裹在白色手巾内。从那物体的形状和大小来看，哈利猜测今天的主题应该介于臀部和足部之间。房里有一股淡淡的漂白粉气味，但味道没有哈利已经习惯的法医研究所解剖室那么刺鼻。马地亚在一张椅子上坐了下来，哈利坐在讲师桌桌缘。卡翠娜走到一张桌子前，仔细观察三个人脑，那三个人脑很难看得出是模型还是实品。

马地亚沉思很久才回答："就我个人来说，我从来没注意过也没听说过，有人说伊达跟他的患者发生过任何关系。"

马地亚的口气强调"患者"这两个字，哈利心念一动："那非患者呢？"

"我没有跟他熟到可以发表意见，不过以我跟他认识的程度，我觉得不发表意见比较好。"他露出犹豫的微笑，"这样可以吗？"

"当然可以。另外还有一件事想请教，你知道法氏症候群吗？"

"所知不多，那是一种很糟的疾病，不幸的是多半来自遗传……"

"你知道挪威有哪个医生是这种病的专家吗？"

马地亚沉思了一会儿："我一下子想不起来有谁。"

哈利搔搔脖子："好，谢谢你的帮忙，马地亚。"

"不客气，我很乐意。如果你想知道更多法氏症候群的事，今天晚上打电话给我，我手边有几本书可以查。"

哈利站了起来，走到卡翠娜身旁。她打开了墙边四个大金属箱中一个的盖子，探头去看。哈利只觉得舌头感到刺痛，全身都起了反应。他之所以起反应，并不是因为看见浸泡在清澈酒精里的各种人体部位，仿佛肉店里贩卖的肉块，而是因为酒精的气味——那是浓度百分之四十的酒精。

"大体一开始的时候多少是完整的，"马地亚说，"然后我们会依据每个部位的需要把大体切开。"

哈利观察卡翠娜的脸，她看起来似乎完全不受影响。他们背后的门打了开来，第一个到教室的学生走进门来，穿上蓝色外套，戴上白色乳胶手套。

马地亚送他们回车库。来到门口时，马地亚抓住哈利的手臂，令他停下脚步。

"有一件小事我好像应该说，哈利，或者不应该说，我不确定。"

"那就说吧。"哈利说，心想该来的终于来了，马地亚发现了他跟萝凯的事。

"我有点遇上道德两难，是关于伊达的事。"

"哦，是吗？"哈利说，惊讶地发现自己居然感到失望，而非松一口气。

"我想应该没什么，但也许不应该由我来决定，面对这么令人发指的命案，无论如何都不能把对朋友的忠诚摆在前面。去年我还得在急诊室工作的时候，一个也认识伊达的同事跟我在值完夜勤后，去波斯特餐馆吃早餐。

波斯特餐馆在黎明的时候开门，店里提供啤酒，所以很多早起的爱酒人士和可怜虫会聚在那里。"

"我知道那家餐馆。"哈利说。

"我们惊讶地发现伊达也在那里，他跟一个肮脏的年轻男孩坐在同一桌，男孩正在喝汤，喝得喷喷作响。伊达看见我们大吃一惊，从椅子上跳了起来，还说了些理由来搪塞我们。当时我也没多想，也就是说，我认为我没多想，直到刚刚听你说了那些话。我记得我当时在想，说不定……呃，你明白的。"

"我明白，"哈利说，看见马地亚脸上露出苦恼的表情，又补上一句，"你这样做是正确的。"

"谢谢，"马地亚挤出微笑，"可是我觉得自己好像出卖朋友的犹大。"

哈利想再说一些通情达理的话，却只是伸出手，咕哝一声"谢谢"。他的手一握上马地亚那冰冷的洗涤手套，全身立刻打了个冷战。

犹大。犹大之吻。车子沿史兰冬街行驶，哈利心里想着萝凯口中那饥渴的舌头、她温柔的叹息、高声的呻吟、他撞击萝凯时骨盆的痛感、他停下时她沮丧的呼喊，只因他希望时间能延长一点。她去找他并不是去寻找长久关系，她是去驱除恶魔、净化身体，好让她可以回家净化灵魂，清洗家里每一层楼，越快越好。

"打电话去诊所。"哈利说。

他听见卡翠娜的手指快速移动和细微的哔哔声。她将手机交给他。

包格希接电话的娴熟口吻混合了温柔与效率。

"我是哈利·霍勒，请告诉我，如果我罹患了法氏症候群，应该看哪位医生？"

一阵静默。

"要视情况而定。"包格希迟疑地说。

"视什么情况而定？"

"要视你的发丝有什么症候群而定。"

"原来如此。请问费列森在吗？"

"他已经下班了。"

"这么早？"

"他今天要去打冰壶，请你明天再打来。"

她的口气透露出不耐烦，哈利心想她应该正要下班。

"他是去比格迪冰壶俱乐部吗？"

"不是，是私人的俱乐部，在富丽别墅。"

"谢谢，祝你有美好的夜晚。"

哈利将手机还给卡翠娜。

"我们去把他带回局里。"他说。

"谁？"

"那个法氏症候群专家,他的助理从来没听过他有医治这种病的专长。"

　　问路之后，他们找到了富丽别墅。那是一座奢华的别墅，二次大战期间，这座别墅的主人广为全世界所知，不像驾驶木筏的水手和勇闯北极的探险家在挪威以外默默无闻；当时富丽别墅的主人就是挪威叛国贼吉斯林。

　　别墅南边的山坡底端有一栋长方形木屋，看起来如同旧时的兵营。一走进木屋，迎面袭来的是寒意，走进隔壁房间，温度又更下降了些。

　　冰面上有四名男子，他们的呼喊声在木壁间回荡，没有人注意到哈利和卡翠娜走进门来。四名男子正对着溜冰场上一块滑动的闪闪发光的石头喊叫，那块石头是重达二十公斤的花岗岩，名为钠闪石，原产地是苏格兰的艾尔萨岩岛。练习场末端的冰层底下，一内一外画了两个圆圈，冰壶滑动到圆圈前缘就被另外三个冰壶挡住。在练习场上滑行的男子用一脚保持平衡，另一脚在冰面上踢动，同时彼此讨论，用刷子支撑身体，准备下一个冰壶。

"真是一种高傲的运动，"卡翠娜低声说，"你看他们那个样子。"

哈利默然不语。他喜欢冰壶运动，这种运动具有冥想的元素，你必须看着冰壶缓缓移动，在零摩擦力的世界里旋转，仿佛美国导演斯坦利·库布里克拍摄的太空漫游情节中的宇宙飞船，只不过伴随着的不是施特劳斯的音乐，而是冰壶安静滑动的辘辘声响和刷子猛烈刷动的声音。

练习场中的男子看见了他们。哈利认出两张脸孔，其中之一是经常在媒体上露脸的亚菲·史德普。

费列森朝哈利溜了过来。

"要不要加入我们啊，霍勒？"

他在远处大喊，仿佛这句话是对其他男子说的，而不是哈利，接着他发出听起来相当愉快的笑声，但他下巴的肌肉线条背叛了他假装愉快的意图。费列森在他们面前停了下来，口中喷出阵阵白雾。

"游戏结束了。"哈利说。

"我可不这么想。"费列森微微一笑。

哈利开始感到冰面散发的寒意渗入鞋底，往双脚蔓延。

"我们希望你去警署一趟。"哈利说，"现在就走。"

费列森脸上的微笑瞬间蒸发："为什么？"

"因为你对我们说谎，你并不是法氏症候群的专家。"

"谁说的？"费列森问，瞥了其他冰壶玩家一眼，确定他们站得很远，听不见这里的谈话。

"你的助理说的，她根本没听过这种病。"

"听着，"费列森说，语调中多了之前不曾出现过的绝望，"你不能来这里把我带走，而且就当着他们的面……"

"你是说你的客户？"哈利问，越过费列森的肩膀望去，看见史德普一边刷拭冰壶底下的冰层，一边打量卡翠娜。

"不管你到底想查什么，"哈利听见费列森说，"我都很乐意合作，可是你不能故意羞辱我，把我毁了，这些是我最要好的朋友。"

"费列森，我们要继续了……"一个低沉的声音在空间里回荡，那是史德普的声音。

哈利看着闷闷不乐的费列森，心想不知道他对"最要好"的朋友的定义是什么？转念又想，如果同意费列森的要求能有些许机会换来线索，那也值得。

"好，"哈利说，"我们可以离开，不过请你一小时后去警署报到，如果你没去，我们会打开警笛和扩音器来找你，这些声音在比格迪半岛应该很容易听得见。"

费列森点点头，由于习惯使然，忽然间他看起来似乎想笑。

欧雷克砰的一声甩上门，踢掉靴子，奔跑上楼。家里飘散着柠檬和肥皂的清新香味。他冲进自己房间，天花板垂挂的金属风铃慌张地发出叮叮声响。他脱下牛仔裤，换上宽松的裤子，又跑了出去，正当他抓住栏杆，准备三步并作两步奔下楼时，听见开着的房门内传来母亲叫唤他的声音。

他走进门，看见母亲跪在床前，手中拿着一支硬毛刷。

"你不是周末才打扫过吗？"

"对啊，可是不够干净，"母亲说，站了起来，抹去额头上的汗水，"你要去哪里？"

"我要去运动场溜冰，卡许登在外面等我，我会回来喝下午茶。"他离开门边，蹲低身体，用穿着袜子的双脚滑过地面，这是荷芬谷体育场的溜冰高手艾瑞克·V. 教他的。

"等一等，年轻人，说到溜冰……"

欧雷克停了下来。不好了，他心想，她发现溜冰鞋了。

萝凯站在房门口，侧头质问他说："那功课呢？"

"不多啊，"他说，脸上露出放心的微笑，"喝完下午茶再做就好了。"

他看见母亲迟疑不决，迅速补上一句："你穿这件衣服看起来真漂亮，妈。"

她低下双眼，看着身上那件缀以白花的天蓝色旧洋装。她露出警告的神色，嘴角却泛起一丝微笑："小心点，欧雷克，你说话跟你爸一个样。"

"哦？我以为他只会说俄语。"

他这么说并无他意，却见母亲脸色一变，仿佛受到打击。

他踮起脚："我可以走了吗？"

"对，你可以走了？"卡翠娜的声音猛烈地射向警署地下室的健身房墙壁，"你真的这样说？那个费列森可以就这样拍拍屁股走人？"

哈利躺在长椅上，看着卡翠娜低头望着他的脸庞，圆形的天花板灯光在她头部周围形成黄色光环。哈利大口呼吸，只因杠铃正压在他胸前。他打算推举九十五公斤的杠铃，刚把杠铃举离支架，卡翠娜就冲过来，扰乱了他的注意力。

"我不得不这样说，"哈利说，将杠铃推高了些，来到胸骨的位置，"他是跟他的律师尤汉·孔恩一起来的。"

"那又怎样？"

"呃，孔恩一开口就问我是用什么方法恐吓他的客户，又说在挪威购买和贩卖性服务是合法的，还有我们用这种方式逼迫一个受人尊敬的医生违反医师誓言，绝对可以上头条新闻。"

"见鬼了！"卡翠娜大喊，声音既颤抖又愤怒，"这是命案啊！"

哈利不曾见过她发脾气，于是用最温和的口气回答她。

"听好了，我们没办法把命案跟法氏症候群联系在一起，甚至连让它们看起来有关联都没办法。孔恩知道这点，所以我不能留住费列森。"

"好，那你也不能只是……躺在这里……什么都不做啊！"

哈利只觉得胸骨发疼，突然想到她说得完全正确。

她用双手捧住脸颊："我……我……我很抱歉。我只是想……今天真是奇怪的一天。"

"没关系，"哈利呻吟说，"你可以帮我拉一下杠铃吗？我快……"

"另一头！"她高声喊着，双手离开脸颊，"我们可以从另一头开始查起，可以从卑尔根开始查起！"

"不对，"哈利用肺里残存的空气低声说，"卑尔根不算另一头，可以请你……？"

他抬眼朝她望去，看见她的深色眼睛里噙着泪水。

"都是因为我月经来了，"她低声说，随即露出微笑。转瞬之间，站在他眼前的卡翠娜似乎变成了另一个人，她眼中闪现出奇异的光芒，声音中展现了充分的自制力，"你去死吧。"

哈利惊讶无比，耳中听着她的脚步声渐去渐远，同时听见自己的骨骼发出噼啪声，眼前开始出现飞舞的红点。他咒骂一声，握紧杠铃，狂吼一声，出力上举，但杠铃纹丝不动。

她说得没错；他这样是会死的。他可以选择要不要死，十分滑稽，却是事实。

他蠕动身体，让杠心倒向一边，直到耳中听见杠片跌落地面，发出震耳欲聋的当啷声，接着另一端的杠片也跌落地上。他坐了起来，看着滚落一地的杠片。

他冲了个澡，穿上衣服，爬上六楼，在旋转办公椅上坐了下来。他的肌肉已产生甜美的酸痛，告诉他说明天早上肯定肌肉僵硬。

语音信箱里有一通侯勒姆的留言，请他尽快回电。

侯勒姆接起电话，话筒另一头传来悲痛的哭腔，同时伴随着踏板电吉他的滑音。

"怎么了？"哈利问。

"那是美国歌手德怀特·约卡姆的声音，"侯勒姆说，将音量调小，"很性感的家伙对不对？"

"我是说你打电话来有什么事？"

"雪人那封信的化验报告出来了。"

"怎么样？"

"字迹没什么特别，是用标准喷墨打印机印出来的。"

哈利等侯勒姆往下说，他知道侯勒姆有所发现。

"特别之处在于他用的纸，化验室没有人见过这种纸，所以才花了一点时间研究。这种纸是用三桠树皮做的，三桠树皮是日本一种类似纸莎草的韧皮纤维，单是从气味就可以辨别出这种树皮做的纸。这种纸是用三桠树皮以手工制成，非常独特，叫作河野纸。"

"河野纸？"

"这种纸必须去专卖店才买得到，像是卖那种上万克朗的钢笔、上等墨水和真皮笔记本的地方，你知道的……"

"我不知道。"

"我也不知道，"侯勒姆坦言，"反正呢，老德拉门路有一家店在卖河野纸，我去问过，他说这种纸现在很少人买，店里也不打算再订货，还说他觉得现在的人比较不讲究品质了。"

"这表示……？"

"对，这表示他不记得上次是什么时候卖出河野纸了。"

"嗯，河野纸只有这家店在卖？"

"对，"侯勒姆说，"还有一家是在卑尔根，可是他们几年前就不卖这种纸了。"

侯勒姆等待哈利回话，也就是说，等待哈利再度发问。德怀特·约卡姆正小声地以真假嗓音交替唱着他的爱随她埋葬。哈利一声不吭。

"哈利？"

"我在思考。"

"太好了！"侯勒姆说。

侯勒姆的这种内地式冷笑话经常让哈利在过了很久之后才咯咯发笑，即便等他笑了，他也不明白自己为什么笑。但现在不是笑的时候，哈利清了清喉咙。

"我只是觉得奇怪，如果你不希望调查命案的警察追查到你，你绝对不会把这种纸寄到警察手中，只要看过犯罪电影就知道，这种线索我们一定会追查。"

"说不定他不知道这种纸很罕见？"侯勒姆建议说，"说不定纸不是他买的？"

"当然有这种可能，但我觉得雪人绝对不可能在这种地方失误。"

"可是他已经失误了。"

"我的意思是说我不认为这是失误。"哈利说。

"你是说……"

"对，我认为他要我们追踪他。"

"为什么？"

"很典型啊，自恋的连环杀手会建构一场游戏，自己扮演所向无敌的主角、全能的征服者，最后一定会赢得胜利。"

"赢得什么的胜利？"

"呃，"哈利说，第一次把这种话大声说出来，"赢过我而获得的胜利，虽然我这样说可能有点自恋。"

"赢过你？为什么？"

"我不知道，也许他知道我是挪威唯一逮到过连环杀手的警察，所以把我视为挑战。那封信也透露出这种迹象——他提到了图翁巴，可是我也不确定。对了，你有卑尔根那家店的名字吗？"

"我是弗莱伯！"

或者该说那发音听起来像弗莱伯。弗莱施（Flesch）这个姓氏的发音为 flæsk，l 为轻音，æ 为长音，中间的 s 只是轻轻带过。但是用较重的卑尔根腔念起来，就变成了弗莱伯（Flab）。将自己的名字念成菲莱伯的彼得·弗莱施气喘吁吁、说话大声、彬彬有礼。能和人谈天他感到开心；是的，他贩卖各种古董，只要是小古董他都卖，但他专攻烟斗、打火机、笔、真皮公文包和信纸。他的商品有些是二手的，有些是全新的。他的顾客多半是常客，年龄和他相仿。

哈利问起河野纸，弗莱施用遗憾的语气说他们已经不卖这种纸了。的确，他进河野纸已经是好几年前的事。

"我想问的事可能有点强人所难，"哈利说，"我知道你的顾客大部分是常客，不知道你记不记得以前有谁跟你买过河野纸？"

"可能记得一些人，有姓莫勒的，还有来自慕兰的老基卡森。我们不做记录的，不过我老婆的记忆力很好。"

"可不可以请你写下你记得的那些顾客的全名、大概年龄和地址，寄电子邮件到……"

哈利的话被喷喷声给打断，"我们这里不用电子邮件，年轻人，以后也不会用，你最好给我传真号码。"

哈利给了他警署的传真号码。这时哈利忽然犹豫了一下，他突然有个灵感，灵感总是毫无来由可言。

"你几年前不会刚好有个顾客叫葛德·拉夫妥吧？"哈利问。

"你是说铁面人拉夫妥？"弗莱施笑说。

"你听过这个人？"

"城里每个人都知道拉夫妥，他不是我的顾客。"

前任队长莫勒总是说，为了找出可能性，你必须排除所有的不可能，这就是为什么当警探排除一条无法导向结论的线索时，不该感到绝望，反而应该感到高兴。再说，反正这也只是突发奇想而已。

"好吧，还是谢谢你，"哈利说，"祝你有美好的一天。"

"他不是顾客，"弗莱施说，"我才是。"

"哦？"

"对，他常会带一些小东西来给我，像是银打火机、金笔之类的。有时候我会跟他买，对，在我还没发现那些东西是来自……"

"来自哪里？"

"难道你不知道吗？他会从犯罪现场偷东西。"

"他没跟你买过东西吗？"

"他不需要我们卖的这种东西。"

"那纸呢？每个人都需要纸不是吗？"

"嗯，请稍等一下，我问问我老婆。"

一只手捂上了话筒，但哈利仍然可以听见吼声，接着是比较低声的对话。然后那只手移开，弗莱施兴高采烈地用卑尔根腔高声说："她说我们打算停卖河野纸的时候，拉夫妥把剩下的全都拿走了，她说他是拿一个坏了的银笔架来换的。你知道我老婆的记忆力真是超好的。"

哈利挂上电话，知道自己即将出发，再度前往卑尔根这个城市。

晚上九点，奥斯陆布尔斯巷六号的一楼依然灯火通明。从外观看来，这栋六层建筑和一般的复合式商业大楼没有两样，外墙由现代化红砖和灰色钢材构成。这栋建筑物的内部也和一般商业大楼相同，里面有四百多名员工，包括工程师、信息科技专家、社会科学家、化验员、摄影师等等。然而这栋大楼却是"打击组织犯罪和其他重大犯罪的国家单位"，旧称是Kriminalpolitisentralen，也就是"警察犯罪中心"的意思，简称克里波。

艾斯本·列思维克在听取命案调查进度后解散组员，灯光直射且刺眼的会议室里只剩下两个人。

"进度好像有限。"哈利说。

"你说得客气了，应该是等于零吧。"艾斯本说，用拇指和食指按摩眼皮，"要不要去喝杯啤酒，顺便告诉我你有什么发现？"

艾斯本驾车前往市中心的悠思提森餐馆，两人从那里回家都顺路。他们在热闹的餐馆深处找了张桌子坐下。这家餐馆的常客包括爱喝啤酒的学生，以及更爱喝啤酒的律师和警察。

"我考虑带卡翠娜·布莱特去卑尔根，而不是史卡勒，"哈利说着，从瓶中啜饮一口苏打水，"我出来之前查过她的工作记录，她还很菜，可是档案上说她在卑尔根做过两起命案的讯问工作，我记得你好像被派去那里带领他们。"

"布莱特，对，我记得她。"艾斯本咧嘴而笑，伸出食指，又点了一杯啤酒。

"你对她满意吗？"

"非常满意，她……非常……有能力。"艾斯本对哈利眨眨眼。哈利见艾斯本三杯啤酒下肚之后，脸上已露出疲惫警探的呆滞表情。

"如果不是我们都已经结婚，我一定会疯狂地爱上她。"

艾斯本将啤酒一饮而尽。

"我想知道的是你认为她稳不稳定？"

"稳定？"

"对，她有点……我不知道该怎么说，有点激烈。"

"我知道你的意思。"艾斯本缓缓点头，尽量将视线聚焦在哈利脸上，"她的工作记录毫无瑕疵，不过，私下告诉你，我在卑尔根的时候听见一个小伙子说过她跟她丈夫的事。"

艾斯本在哈利脸上寻找促使他说下去的鼓励神情，却未找到，但还是继续往下说。

"像是……你知道的……像是皮革、橡胶、性虐待之类的，他们会去那种俱乐部，有点变态。"

“这我不在意。”哈利说。

“不不不，我也不在意！”艾斯本高声说，举起双手做出防卫姿态，“只不过是谣言而已，还有你知道吗？”艾斯本发出窃笑，俯身越过桌面，令哈利闻到他喷出的酒气，“她随时都可以来支配我。”

哈利发现自己眼神中肯定流露出某种神色，因为艾斯本似乎立刻对自己的坦诚感到后悔，退到桌子另一边，用谈公事的口吻继续说。

“她专业、聪明、激烈、投入。我记得我帮她处理过几宗悬案，她十分坚持，态度有点强烈，可是完全不会不稳定，恰好相反。她是比较封闭、阴沉那一类的人。对，我觉得你们搭档应该正好。”

哈利对艾斯本的讽刺言语微微一笑，站了起来：“谢谢你的建议，列思维克。”

“那你的建议呢？你跟她……有什么进展吗？”

“我的建议是，”哈利说，在桌上丢了一百克朗钞票，“你最好不要开车回家。”

14 卑尔根市

第九日

　　八点二十六分，DY604 班机的轮胎着陆在卑尔根机场湿漉漉的柏油跑道上，降落力道猛烈，令哈利在一瞬间完全清醒过来。

　　"睡得好吗？"卡翠娜问。

　　哈利点点头，揉揉眼睛，望向窗外滂沱大雨中的黎明。

　　"你刚刚说梦话。"她露出微笑。

　　"嗯。"哈利不想问自己说了什么梦话，而是立刻回想刚才的梦境。他不是梦到萝凯，他好几个晚上没梦见她了，他已将她放逐。在他们的关系中，她已被放逐。他梦到的是他的前任上司兼良师益友莫勒。莫勒步行至卑尔根高原，两星期后在列弗田湖里被人发现。莫勒之所以做出这个决定，是因为他认为生命不再值得活下去，就和大拇指发炎的古希腊哲学家芝诺一样。拉夫妥是否也归纳出了相同结论呢？还是他依然活在某个地方？

　　"我联络过拉夫妥的前妻，"卡翠娜说，两人正穿过入境大厅，"她和她女儿都不想再跟警察说话，她们不想重新揭开旧伤疤。不过没关系，有当时的报告已经很足够了。"

　　他们在航站外搭上出租车。

　　"回家的感觉很好吧？"哈利高声问，外头大雨哗啦哗啦地落下，雨刷规律地摆动。

　　卡翠娜表情冷淡，耸了耸肩："我讨厌下雨，我讨厌卑尔根人说这里不下雨的日子跟挪威东部人做爱的日子一样多。"

出租车经过丹麦广场，哈利抬头望向厄里肯山顶，山顶为白雪覆盖，看得见移动中的缆车。车子穿过犹如蛇行般弯曲湿滑的道路，来到市中心。对游客来说，经过路上单调乏味的景致后，来到市中心总是感到惊喜。

他们走进港口前方布里根码头旁的SAS饭店。哈利问过卡翠娜是否要回父母家，但卡翠娜答说回去只睡一晚压力太大，麻烦太多，而且她根本没和父母说她要回来。

两人拿了客房钥匙卡，走进电梯，默然无语。卡翠娜看着哈利，微微一笑，仿佛电梯里的静默是个含蓄的笑话。哈利垂下双眼，希望自己的身体并未发出错误的信息，或发出真正的信息。

电梯门终于打开，她摇摆着臀部，走进走廊。

"五分钟后柜台见。"哈利说。

六分钟后，他们坐在大厅里。"时间怎么安排？"哈利问。

卡翠娜坐在深扶手椅中，倾身向前，翻动真皮日志。她换上了优雅的灰色套装，显然已立刻融入这家饭店的商务房客中。

"你去见失踪人口和暴力犯罪组组长克努特·穆勒尼森。"

"你不一起去吗？"

"我去的话就得跟每个人打招呼话家常，等于浪费一天，你最好连我的名字都不要提，如果我没去打招呼，他们一定会生气。我去厄休史路找最后看见拉夫妥的证人问话。"

"嗯，这个证人是在哪里看见拉夫妥的？"

"在码头旁边，证人看见拉夫妥下车，走进诺德勒斯公园。拉夫妥的车一直停在原地没人去开，那个地区也进行过地毯式搜索，但什么线索都没发现。"

"然后我们要做什么？"哈利用拇指和中指抚摸下巴，心想出门前应该刮胡子。

"你跟调查过这件案子而且还留在署里的警探一起去看旧报告，掌握他们的调查状况，看能不能用不同的角度来看这件案子。"

"不行。"哈利说。

卡翠娜从日志上抬起头来。

"当时参与调查的警探都做出了他们的结论，而且会捍卫那些结论，"哈利解释说，"我比较想回奥斯陆，在安静不受打扰的环境里自己读报告，花点时间多了解拉夫妥这个人。有地方能看他的私人物品吗？"

卡翠娜摇摇头："他的家人把他的东西全都捐给救世军了，他的东西不多，只是一些家具和衣服。"

"那他住过的地方呢？"

"他离婚后一个人住在颂维根区的公寓里，那间公寓很早以前就卖掉了。"

"嗯，他的家族没有童年故居、乡间农舍或小屋之类的吗？"

卡翠娜微一迟疑："报告中提到他在费迪厄的芬岛警察避暑别墅区有个小屋，在这种状况下，那间小屋应该还是为他的家族所有，也许我们可以过去看看。我有拉夫妥前妻的电话，我会打电话给她。"

"她不是不跟警察说话吗？"

卡翠娜对哈利眨眨眼，露出狡狯的微笑。

哈利向饭店柜台借了一把伞，才走到海港鱼市的所在地"水产广场"，伞就被一阵狂风吹翻。他低着头，慢慢跑到卑尔根警署门口，看起来活像一只翅膀打结的蝙蝠。

哈利站在警署柜台前等候POB穆勒尼森时，卡翠娜打电话来说芬岛那间小屋依然为拉夫妥家族持有。

"但自从那件案子发生以来，拉夫妥的前妻一步也没踏进去过，她认为她女儿应该也没进去过。"

"我们去那里看看好了，"哈利说，"我这里一点钟就会结束。"

"好，我去找一艘船，你去萨扎里斯码头跟我碰面。"

穆勒尼森喜欢咯咯笑，外形像只泰迪熊，有一双爱笑的眼睛，手掌有如网球拍那么大。办公桌上的文件堆积如山，让他看起来像是被雪埋在桌子里。他那双有如网球拍的大手抱在脑后。

穆勒尼森先跟哈利解释说，卑尔根不下雨的日子和挪威东部人做爱的日子一样多，然后才说："拉夫妥啊，嗯。"

"看起来警察似乎容易从你指缝间溜走。"哈利说，大腿上放着一份报告，他从里头拿出一张拉夫妥的照片看了看。

"哦，是吗？"穆勒尼森问，眼望哈利。哈利现在坐的这张纺锤式靠背椅，是他从办公室里没放文件的角落拉过来的。

"毕悠纳·莫勒。"哈利说。

"嗯……"穆勒尼森说，语气迟疑，显然他想不起此人是谁。

"那个在弗拉扬山失踪的警官。"哈利说。

"哦对！"穆勒尼森拍了额头一掌，"真是不幸，他来这里的时间很短，所以我还没能……根据分析他可能是迷路了对不对？"

"的确是。"哈利说，看向窗外，想起莫勒从理想主义走向堕落、莫勒的善意出发点、那个不幸的错误。这些事其他人永远不会知道，"关于拉夫妥，你有什么事可以告诉我吗？"

这个人简直就像我在卑尔根的分身，哈利听完穆勒尼森对拉夫妥的描述之后，心里这样想。穆勒尼森说拉夫妥有不健康的饮酒习惯，脾气暴躁，是个独行侠，为人不可靠，品行令人怀疑，不良记录一箩筐。

"可是他有优秀的分析能力和直觉，"穆勒尼森说，"还有钢铁般的意志力。他似乎是被……某种东西所驱使，我不知道该怎么说才好，拉夫妥是个很极端的人。呃，既然我们已经知道发生了什么事，这一点就不用多说了。"

"到底发生了什么事？"哈利问，在文件堆中看见一个烟灰缸。

"拉夫妥是个暴力的人，我们知道欧妮·黑德兰失踪前，拉夫妥去过她家，欧妮可能握有杀害莱拉·奥森的凶手的线索。另外，他在欧妮遇害后就失踪了，要说他投海溺毙也不无可能。总之，我们认为没有展开大规模调查的必要。"

"他不可能潜逃出国吗？"

穆勒尼森露出微笑，摇了摇头。

"为什么？"

"关于这件案子，我们掌握了一项优势，那就是我们很了解嫌犯。虽然在理论上他有可能离开，但他不是那种会离开卑尔根的人，就这么简单。"

"后来有亲友报案说见过他吗？"

穆勒尼森摇摇头："他的双亲都去世了，他也没多少朋友，他跟前妻之间关系紧张，所以也不可能跟她联络。"

"那他女儿呢？"

"他们很亲密，她是个聪明的好女孩，以她的成长背景来说，结果却能长得这么好，对不对啊？"

哈利注意到穆勒尼森那种"你应该知道"的口气。"对不对啊？"这句话在小警局里经常可以听见，因为他们认为你应该对大部分的事都了如指掌。

"拉夫妥在芬岛有个小屋是吗？"哈利问。

"对，他当然很可能躲在那里一段时间，经过再三考虑，然后……"穆勒尼森用他的大手在喉咙前划了一刀，"我们带警犬去搜索过小屋和芬岛，也在水里打捞过，但一无所获。"

"我想去那里看看。"

"没什么可以看的，我们在铁面人拉夫妥的小屋对面也有一间小屋，可惜年久失修。他老婆不肯交还那间小屋真是不要脸，她又不去。"穆勒尼森朝时钟望了一眼，"我得去开会了，负责这件案子的一位资深警官会跟你说明报告内容。"

"我不需要。"哈利说，看着大腿上的照片。突然间拉夫妥的面容变得异常熟悉，仿佛很久以前见过。会不会是某人乔装打扮？会不会是街上擦肩而过的路人？会不会是某个不起眼的小角色所以没引起他的注意？会不会是苏菲街上鬼鬼祟祟的交通管理员？还是酒品专卖店的店员？哈利放弃思索。

"所以你不叫他葛德？"

"你是说……？"穆勒尼森说。

"你叫他铁面人拉夫妥，你只称呼他姓氏，不叫他名字？"

穆勒尼森以暧昧的神情看了哈利一眼，发出咯咯笑声，最后露出苦笑："对，我想我跟他还没有那么熟。"

"好，谢谢你的协助。"

哈利朝警署大门走去时，听见穆勒尼森在背后叫唤，便转过身。穆勒尼森站在走廊尽头的办公室门口，拉开嗓门对哈利说话，声音在走廊墙壁间形成短暂的振动回音。

"我想拉夫妥应该也不喜欢我叫他名字。"

哈利来到警署门外，站在原地，看人们弯着腰，艰难地走在风雨中。那种感觉就是不肯散去。他一直觉得某种东西或某个人就在他附近，就在他的活动圈之内，他只要去看就能看见，但是他必须在恰当的光线下用恰当的眼光去看。

一如约定，卡翠娜在码头驾船载哈利。

"这艘船是我跟朋友借的。"她一边说，一边驾驶一艘长六米多的所谓岩礁吉普船，驶出狭窄的海港出口。吉普船绕行诺德勒斯半岛时，一种声音传来，听得哈利头晕目眩。就在此时，他看见了一根图腾柱，图腾柱上的木刻脸孔张开嘴巴，正对他发出刺耳尖叫。一阵冷风吹过船身。

"那是水族馆的海豹叫声。"

哈利将外套裹得更紧了些。

芬岛是座小岛，这座被雨水摧残的小岛上，除了石楠以外看不见其他种类的植物。岛上设有一个码头，卡翠娜熟练地把船停靠在码头边。别墅区共有六间小木屋，建筑比例有如玩具房屋，让哈利联想到他在南非索韦托见过的矿工小屋。

卡翠娜带领哈利走上小屋间的碎石路，来到一栋小屋前。那栋小屋外墙油漆斑驳，还破了一扇窗户，十分显眼。卡翠娜踮起脚，伸长了手，抓住前门上方的壁灯，开始旋转。壁灯内部传出刮擦声。她旋开圆形灯罩，昆虫尸体纷纷飘落下来，一把钥匙也掉了出来。她在半空中抓住钥匙。

"拉夫妥的前妻喜欢我。"卡翠娜说着，将钥匙插入门锁之中。

屋内弥漫着发霉和潮湿木头的气味。哈利盯着昏暗的空间，听见电灯开关发出轻弹声，接着灯就亮了起来。

"她虽然不来这里，却也没让这里断电。"他说。

"这是国有财产，"卡翠娜说，缓缓环视四周，"警方会付钱。"

小屋占地共二十五平方米，内有一个客厅兼餐厅和卧室。料理台和客厅桌上摆满空啤酒罐。墙上没挂任何东西，窗台上没有装饰品，书架上没有书。

"还有个地下室，"卡翠娜说，指着地上一扇活板门，"这是你的专业领域，现在我们要做什么？"

"搜查。"哈利说。

"搜查什么？"

"最好别去想要搜查什么。"

"为什么？"

"因为你如果一心要找某个特定的东西，就会错过重要的东西。清空你的脑袋，当你看见的时候，就知道你在找的是什么了。"

"好。"卡翠娜说,语调慢得夸张。

"你从这里开始找。"哈利说,走到活板门前,拉起嵌入式铁环,将活板门拉开,只见一道狭窄楼梯通往下方的幽暗空间。他暗自希望卡翠娜没发觉他心生犹豫。

哈利走下潮湿阴暗的地下室,早已死亡的蜘蛛所结的干枯蜘蛛网粘上他的脸,泥土和腐木的气味扑鼻而来。地下室完全建于地底下。他找到电灯开关,按下去,但没有反应。地下室唯一的光源来自墙边一台冰箱上方的红色小灯。他按亮小手电筒,一道光束射在储藏室的门板上。

他打开门时,铰链发出尖鸣。门内是个小隔间,摆满各式木工工具。这个储藏室属于一个除了逮到杀人凶手之外,尚有野心做一番事业的人,哈利心想。

那些工具看起来没用过几次,也许拉夫妥最后发现自己对其他事情都不在行。他不是那种会做东西的人,而是懂得收拾残局的人。突然一个声音传来,哈利立刻转身,随即松了口气,原来是冰箱的恒温装置启动了风扇。哈利走进第二间储藏室,看见里头的东西都被一张毯子盖住。他拉开毯子,潮湿和发霉的气味窜了出来。他在手电筒的光线照射下,看见一把腐烂的洋伞、一张塑料桌、一堆冰箱抽屉、几张褪色的塑料椅和一套游戏槌球。地下室里别无他物。他拉开毯子时,一个抽屉滑落到门口,他打算用脚把抽屉推回去,却在手电筒的光芒下看见抽屉内部有几个浮凸文字,那是"伊莱克斯"的品牌标志。他走到墙边的冰箱,听见冰箱风扇仍在嗡嗡旋转。那台冰箱正是伊莱克斯牌。他抓住门把,拉动冰箱门,门却动也不动。他在门把下方发现一个锁,明白冰箱被锁住了。他走进工具储藏室,拿起一根铁撬杠,转身出来时,卡翠娜正好走下楼梯。

"上面什么都没有,"她说,"我想我们可以走了。你在干吗啊?"

"闯空门。"哈利说着,将铁撬杠顶端嵌入冰箱门锁上方之处,用尽全力扳动铁撬杠另一端,冰箱门依然不动。他调整双手握住的位置,伸出一脚抵住楼梯，再用力扳。

"妈的……"

冰箱门传出干涩的啪的一声，荡了开来，哈利一头往前跌了出去。他听见手电筒掉落砖地的声音，同时感觉一股寒意袭来，犹如冰河的吐息。他在地上摸寻手电筒，耳中却听见卡翠娜发出尖叫声。那是一种渗入骨髓的凄厉叫声，发自喉咙深处，过了一会儿，叫声转变为歇斯底里的呜咽，听起来仿佛笑声。她吸了口气，安静几秒，又再度开始发出相同的尖叫声，既长且久，犹如女性分娩时发出规律的、仪式性的痛苦歌声。这时哈利也已看见一切，明白了卡翠娜为何发出尖叫。

她之所以尖叫是因为经过十二年后，那台冰箱依然运作良好，冰箱内的小灯照亮了塞在里头的尸体。尸体的手臂位于前方，膝盖弯曲，头部被压到一旁。尸体表面覆盖着白色冰晶，犹如一层以啃食尸体维生的白色霉菌；尸体的扭曲模样正好是卡翠娜尖叫声的可视化显现。但令哈利胃部翻搅的并不是这幕情景。冰箱门打开后不久，尸体便往前倒，额头撞上门边，撞得脸上冰晶纷纷跌落，犹如瀑布般洒落地面，这就是为什么哈利会看见葛德·拉夫妥正在对他们咧嘴而笑。然而拉夫妥的笑容并不是由嘴巴形成的，他的嘴唇被类似粗麻绳的绳线一进一出、曲曲折折地缝了起来，笑容横越下巴，呈弧形上扬至双颊，最后被一排黑色钉子固定住；看那模样，那排钉子只可能是被钉进去的。吸引哈利注意的是鼻子。哈利尽力将上涌的胆汁逼回胃里。拉夫妥脸上的鼻骨和软骨一定是事先就被挖除了。红萝卜的色泽已被冻气吸食殆尽。雪人已然完成。

第三部

15 数字 8

第九日

晚上八点，路人走在格兰斯莱达街上，可以看见奥斯陆警署六楼依然灯火通明。

K1 会议室里，侯勒姆、麦努斯、艾斯本、哈根和总警司坐在哈利面前。这时距离他们在芬岛发现拉夫妥的尸体已过了六小时，距离哈利从卑尔根打电话回奥斯陆召开会议，再驾车前往机场已过了四小时。

哈利汇报他们发现尸体。卑尔根警方将犯罪现场的照片用电子邮件寄来，哈利将照片拿给总警司看，即使是总警司，看了照片都不寒而栗。

"验尸报告还没出来，"哈利说，"不过死因很明显，他的嘴巴被塞入枪管，子弹穿过上颚，从后脑穿出。第一现场就是陈尸处，卑尔根的警察在储藏室的墙壁上发现了子弹。"

"血迹和脑浆呢？"麦努斯问。

"没有发现。"哈利说。

"都经过这么多年了，"艾斯本说，"老鼠、昆虫……"

"可能还有残余物，"哈利说，"可是我跟病理学家谈过了，并且达成共识，我们认为拉夫妥可能提供协助，让现场不会搞得一团糟。"

"什么？"麦努斯说。

"啊！"艾斯本相当惊愕。

麦努斯似乎恍然大悟，同时因为心生恐惧而垮下了脸，"哦，我的天啊……"

"抱歉，"哈根说，"可以跟我解释你们在说什么吗？"

"有时候我们会在自杀案件里看见这种情况，"哈利说，"可怜的死者在开枪前先吸出了枪管里的空气，枪管变成真空之后可以让现场……"哈利找寻适当的说法，"……比较不容易弄脏。也就是说，拉夫妥可能被要求吸出枪管里的空气。"

艾斯本摇摇头："像拉夫妥这样的警察，一定知道为什么要这样做吧。"

哈根脸色发白："可是要怎么……要怎么样才能让一个人自愿吸出……"

"凶手可能给了他选择，"哈利提出看法，"可能有比朝嘴巴里开枪更可怕的死法。"众人因为这句话而大受冲击，陷入沉默。哈利让静默填满整个空间，才继续往下说。

"目前为止我们一直没找到失踪者的尸体，拉夫妥的尸体也是被藏了起来，如果不是因为他的家人都不去那间小屋，他的尸体应该早就被发现才对，这让我相信拉夫妥并不在凶手的杀人计划中。"

"你认为凶手是连环杀手？"总警司的语气不带轻蔑意味，只是想获得确认。

哈利点点头。

"如果拉夫妥不在所谓的杀人计划中，那凶手杀害他的动机是什么？"

"目前还不清楚，不过当一个警探遇害，我们自然而然会觉得是因为他对凶手构成威胁。"

艾斯本咳了一声："有时候尸体被对待的方式也可以告诉我们杀人动机，比如说，在这件案子里，红萝卜取代了鼻子，也就是说，凶手把拇指放在鼻子上对着我们。"

"他在嘲笑我们？"哈根问。

"会不会是要我们不要多管闲事？"侯勒姆迟疑地说。

"没错！"哈根喊道，"警告其他人不要靠得太近。"

总警司垂下头，斜眼看着哈利："那缝起嘴巴呢？"

"传达的信息是：闭上你的嘴。"麦努斯得意地说。

"没错！"哈根高声说，"如果拉夫妥是个贪腐的警察，那凶手在某种程度上可能是他的同伙，而拉夫妥威胁说要揭发他。"

众人望向哈利，哈利对这些说法不置可否。

"怎么样？"总警司咆哮道。

"你们说的当然可能都对，"哈利说，"但我认为凶手想传达的信息只是雪人去过那里，而且他喜欢堆雪人，就这样而已。"

众人快速交换眼色，但无人提出异议。

"我们手上还有另一个问题，"哈利说，"目前卑尔根警方已发出声明说芬岛发现一名死者，仅此而已，我请他们暂时保留细节两天不要公布，让我们趁雪人还不知道拉夫妥的尸体被发现之前寻找线索。遗憾的是实在不太可能争取到两天时间，没有一家警局能把消息封锁得密不透风。"

"明天一早拉夫妥的名字就会出现在媒体上，"艾斯本说，"我认识《卑尔根时报》和《卑尔根日报》的人。"

"不对，"一个声音从后方传来，"TV2夜间新闻今天晚上就会播报这则命案新闻，他们不只会指名道姓，还会提到命案现场的细节以及命案跟雪人的关联。"

众人纷纷回头。卡翠娜·布莱特站在门口，脸色苍白，但看在哈利眼里，卡翠娜的脸色已不像她驾船离开芬岛时那样苍白。当时卡翠娜先行离去，留下他独自等待卑尔根警方来到。

"你认识TV2的人？"艾斯本问，斜嘴而笑。

"不是，"卡翠娜说着，坐了下来，"我知道卑尔根警署的运作方式。"

"你跑哪里去了，布莱特？"哈根问道，"你离开了好几个小时。"

卡翠娜瞥了哈利一眼，哈利对她非常轻地点了点头，清了清喉咙："布莱特去办几件我交代的事。"

"一定是很重要的事了，说来听听，布莱特。"

"这不必拿出来讨论。"哈利说。

"我只是好奇而已。"哈根执意道。

妈的，你这位纸上谈兵先生、准时先生、简报先生，哈利心想，你就不能放过她吗？难道你看不出这个女人的心情还没平复吗？你自己看照片时不也脸色发白？她就算是跑回家抛开一切小睡一下，那又怎样？现在她不是回来了吗？你应该拍拍她肩膀才对，而不是当着同事的面羞辱她。这些话大声且清楚地流过哈利脑际，他试着和哈根目光相对，用眼神告诉他。

"怎么样，布莱特？"

"我去查了几件事。"卡翠娜抬起下巴说。

"原来如此，比如说……？"

"比如说当莱拉·奥森遇害以及欧妮·黑德兰和拉夫妥失踪的时候，费列森还在念医学院。"

"这有关联吗？"总警司问。

"有关联，"卡翠娜说，"因为他念的是卑尔根大学。"

K1会议室陷入静默。

"医学院学生？"总警司望向哈利。

"为什么不可能？"哈利说，"后来他选择整形外科，他说他喜欢雕塑别人的容貌。"

"我查过他当实习医生受训和后来工作的地方，"卡翠娜说，"这些地方不符合据信已丧生在雪人手下的女性的失踪地点，不过年轻的医生时常会到处旅行、参加会议或短期外派。"

"可惜孔恩那家伙不让我们讯问费列森。"麦努斯说。

"没关系，"哈利说，"我们会逮捕费列森的。"

"用什么罪名？"哈根说，"因为他在卑尔根念过书吗？"

"因为他企图和未成年儿童进行性交易。"

"有什么证据？"总警司问。

"我们有证人：莱昂旅馆的老板。我们也有照片证明费列森去过莱昂旅馆。"

"我很不想泼冷水，"艾斯本说，"可是我知道莱昂旅馆那个老板，他绝对不可能出面指认的。这个罪名没办法成立，最后你一定得在二十四小时之内释放他。"

"我知道，"哈利说，看了看表，计算驾车到比格迪半岛需要多久时间，"一个人在二十四小时内可以供出来的事可是多到令人意外。"

哈利又按了一次门铃，觉得眼前这个情境仿佛儿时暑假：大家都出去玩了，只有他一个人被留在奥普索乡。当他站在爱斯坦家门口或其他人家门口按门铃时，心里总是盼望奇迹出现：有人在家，他们没去哈尔登市找祖母，或去颂恩镇的小屋，或去丹麦露营。他再度按下门铃，直到他知道可能性只剩下一种：崔斯可。他和爱斯坦从不跟崔斯可玩，但崔斯可依然阴魂不散缠着他们，等候他们改变心意，暂时接受他，让他脱离受冷落的处境。崔斯可一定是特别相中哈利和爱斯坦，因为他们不是最红的人物，崔斯可认为如果要加入团体的话，他们的可能性最大。现在崔斯可的机会来了，因为镇上小朋友只剩他而已；而且哈利知道崔斯可总是在家，因为他家没钱出游，他也没有其他可以一起玩的朋友。

哈利听见门内传来拖鞋的曳步声，大门打开了一条缝。只见门内那女子的脸庞亮了起来，就跟崔斯可的母亲脸庞亮了起来一样，因为她看见了哈利。她没邀请哈利进门，只是呼唤崔斯可，回屋内找他，责骂他一顿，替他胡乱套上丑陋的连帽外套，将他推到门外的台阶上，让他站在那里闷闷不乐地看着哈利。哈利知道崔斯可心里明白。他们朝小摊贩走去时，哈利感觉得到崔斯可默然的憎厌，但是没关系，起码可以打发时间。

"伊达不在家，"费列森太太说，"你要不要进来等他？他说他只是开车出去兜兜风。"

哈利摇摇头，不知道费列森太太是否看见他身后的街道上，比格迪半岛的黑夜透着一抹蓝光。一定是麦努斯打开了蓝色警示灯，那个白痴。

"他什么时候出门的？"

"快五点的时候。"

"那已经过好几个小时了，"哈利说，"他有没有说要去哪里？"

她摇摇头："他什么都不说的，你来评评理，他要做什么连自己的母亲都不说。"

哈利道谢，说晚点会再来。他走下碎石径和台阶，朝小栅门走去。他们在诊所或莱昂旅馆都没找到费列森，冰壶俱乐部也大门深锁，漆黑一片。哈利在身后关上小栅门，朝警车走去。制服警察按下车窗。

"把蓝灯关掉，"哈利说，转头望向后座的麦努斯，"她说费列森不在家，说的可能是实话。你得在这里守着，看他会不会回来，然后打电话给值班警察，叫他们搜捕费列森，不要用警用无线电，明白吗？"

回家路上，哈利打电话给挪威电信总机，总机说托西森下班了，警方想知道费列森的手机位置必须明天早上通过正式渠道才行。哈利挂上电话，将滑结乐团唱的《朱砂》（Vermilion）这首歌调大声点，却发现没心情听，于是按下取出键，打算换上美国爵士钢琴手吉尔·埃文斯的CD，这张CD是他从置物柜深处翻出来的。他烦躁地翻动CD封面，NRK（挪威广播电视公司）二十四小时新闻台正快速地播报新闻。

"目前警方正在寻找一名住在比格迪半岛的男性医生，这名医生现年三十多岁，被认为和雪人命案有关。"

"靠！"哈利大骂，将吉尔·埃文斯的CD盒朝风挡玻璃掷去，塑料盒的碎片四下飞溅，CD片滚到了车内脚下的空间。哈利沮丧不已，大脚踩下油门，超越左线一辆油槽车。二十分钟。才二十分钟就搞得人尽皆知，警署怎么不干脆装一支麦克风，要做什么事都实况转播算了？

警署员工餐厅已经打烊，空空荡荡，哈利在里头找到了卡翠娜。她坐在双人桌前，桌上摆着三明治。哈利在她对面坐下。

"谢谢你没跟别人说我在芬岛情绪失控。"她柔声说。

哈利点点头："你去做什么了？"

"我退房后赶上三点的班机，我必须离开那里，"她低头看着茶杯，"我……很抱歉。"

"没关系，"哈利说，看着她弯下的纤细颈部、盘起的头发和搁在桌上的小手。他看她的眼光转变了，"狠角色一旦崩溃，一定会崩溃得很精彩。"

"为什么？"

"也许是因为他们很少练习如何失控吧。"

卡翠娜点点头：依然看着茶杯，茶杯上印有警察运动代表队的标志。

"你也是个控制狂，哈利，难道你都不会情绪失控吗？"

她抬起双眼，哈利觉得她的眼瞳一定是射出了强烈的光芒，才使得眼白散放蓝色微光。他在身上摸寻香烟："我做过大量的练习，其实我没受过什么训练，只是常常练习被吓坏而已，所以我算得上是情绪失控的黑带高手。"

她露出一丝微笑作为响应。

"有人测量过资深拳击手的脑部活动，"哈利说，"你知道他们在比赛中会失去意识好几次吗？这里一下子，那里一下子，但他们还是有办法站在台上，就好像身体知道这只是暂时的，先接管一切，维持站立，等大脑恢复意识。"哈利拍出一根烟，"我在那间小屋里也吓坏了，不同的是经过这么多年，我的身体知道我会恢复过来。"

"可是你是怎么办到的？"卡翠娜问，抚摸着垂在面前的一缕头发，"怎么样才能不被第一击给打倒？"

"学拳击手那样，跟着对手的攻击摆动，不要反抗。如果工作上发生的事冲击到你，你就让自己受冲击，反正你也不可能长期都把可能冲击到你的事挡在外面。一点一点地承受，然后像水坝泄洪一样释放它，不要把它憋在心里，不然水坝会出现裂痕。”

他将未点燃的香烟放到嘴边。

“对，我知道，这些你在警校念警察心理学时都学过，可是我想说的重点是：就算你在现实生活中释放冲击，你也必须去感觉它对你造成的影响，感觉它是不是在摧毁你。”

“好，”卡翠娜说，“如果你感觉到它在摧毁你怎么办？”

“那就换工作。”

她瞪着哈利好一会儿。

“那你都怎么做呢，哈利？当你感觉到它在摧毁你的时候，你是怎么做的？”

哈利轻咬滤嘴，感觉柔软干燥的纤维摩擦牙齿，心想卡翠娜就好像他妹妹或女儿一样，他们两人的内心都是由相同的坚韧材质构成，仿佛坚实、沉重、不肯退让的建材，上面爬着大裂痕。

“我忘了要换工作。”哈利说。

她笑逐颜开。“你知道吗？”她轻声说。

“什么？”

她伸出手，抓下他嘴上叼的烟，俯身越过桌面。

“我想……”

员工餐厅大门突然砰的一声打开，侯勒姆冲了进来。

“TV2，”他说，“上新闻了，拉夫妥和费列森的姓名和照片都上新闻了。”

紧接而来的是混乱。尽管已是晚上十一点，新闻播出后不到半小时，警署休息室就挤满了记者和摄影师，他们都在等待克里波首长、艾斯本·列思维克、犯罪特警队队长哈根、总警司、警察署长或随便一个人下来跟他们说几句话。他们彼此咕哝着说，警察必须了解记者有责任让社会大众知道如此严重、令人震惊，而且能促进报纸销量的事。

　　哈利站在中庭栏杆旁低头看着那群记者，看见他们就像焦躁的鲨鱼，在那里彼此商量、彼此愚弄、彼此帮助、虚张声势、探听消息。有没有人听说了什么？今晚会举行记者会吗？费列森是不是已经在前往泰国的路上？截稿期限逐渐逼近，一定得有什么事情发生才行。

　　哈利听说期限的英文词"deadline"源自美国内战期间的战场，当时没有地方可以用来关战俘，只好把战俘集中在一处，在他们周围的土地上画一条线，称之为"死线"——Dead Line，任何人只要踏出死线就会被枪杀。休息室的那些新闻战士就跟被死线约束的战俘一模一样。

　　哈利和其他人朝会议室走去时，他的手机响起，是马地亚打来的。

　　"我的留言你听过了吗？"他问。

　　"我没时间听，这里闹得沸沸扬扬，"哈利说，"可以晚点再说吗？"

　　"当然可以，"马地亚说，"不过是跟伊达有关的事，我在新闻上看见他被通缉。"

　　哈利将手机贴上另一只耳朵："那现在就把事情告诉我。"

　　"伊达早些时候打过电话给我，问我关于卡纳卓赛的事。他常常打电话来问我药品的事，因为药学不是他的强项，所以我当时也没想太多。我打电话给你是因为卡纳卓赛是一种非常危险的药，只是想告诉你这件事而已。"

　　"没问题，"哈利说着，在口袋里摸寻，摸出了一支咬烂的铅笔和一张电车车票，"卡纳……？"

　　"卡纳卓赛，它含有鸡心螺的毒液成分，通常用来作为癌症或艾滋病患者的止痛剂，比吗啡的效力强上一千倍，只要轻微过量就可以立刻令肌肉麻痹，让呼吸器官和心脏停止作用，使人立刻死亡。"

　　哈利记了下来："好，他还说了什么？"

　　"没了，他听起来很沮丧，跟我道谢之后就挂断了电话。"

"你知道他从哪里打电话给你吗？"

"不知道，可是声音听起来很奇怪，他肯定不是在诊所打电话的，听起来像是在教堂或洞穴里，你明白我的意思吗？"

"我明白，谢谢你，马地亚，如果我们需要更多信息会再打给你。"

"我很乐意……"

哈利并未听见马地亚接下来说什么，他已按下结束通话键，电话断线。

K1会议室里，调查小组的每位成员都坐在桌前，面前摆着一杯咖啡，一壶新鲜咖啡正搁在咖啡机上冒着热气，夹克都挂在椅子上。麦努斯刚从比格迪半岛回来，汇报说他和费列森的母亲谈过话，费列森太太不断重复说她什么都不知道，这整件事一定是天大的误会。

卡翠娜打过电话给费列森的助理包格希·莫恩，她的说法也差不多。

"有需要的话明天把她们叫来讯问，"哈利说，"目前我们恐怕有一个更迫切的问题。"

另外三人看着哈利，听他讲述刚刚他和马地亚的对话重点，见他看着电车车票背面念出"卡纳卓赛"这几个字。

"你认为凶手是费列森？"侯勒姆问道，"用的是这种会令人麻痹的药？"

"这样就说得通了，"麦努斯插口说，"这说明了他为什么要把尸体藏起来，不然验尸结果如果发现这种药，就会追查到他身上。"

"目前我们只知道一件事，"哈利说，"那就是费列森已经失控了，如果他真的是雪人，那他已经打破了作案模式。"

"问题是，"卡翠娜说，"他现在要杀的人是谁？一定有人很快就会死在这种药的手里。"

哈利揉揉脖子："卡翠娜，你打印出费列森的通讯记录了吗？"

"打印出来了，我拿到每通电话的拨出者和接听者姓名，也和包格希做过确认，大部分是患者，有两通是跟他的律师孔恩通的电话，还有一通你刚刚说过是打给马地亚·路海森的，另外有一个号码是登记在拍普出版社名下。"

"目前我们手上没有线索可以追查，"哈利说，"我们可以坐在这里喝咖啡，猛抓我们的笨脑袋，或者我们可以回家休息，明天再带着这颗同样笨、可是却不这么疲倦的脑袋回来。"

其他人只是盯着他瞧。

"我不是开玩笑，"哈利说，"都给我滚回家吧。"

哈利驾车载卡翠娜回家，她住基努拉卡区，这个地区过去是工人居住的区域。哈利依照她的指示，将车子停在塞路斯街一栋四层楼的旧公寓前。

"哪一间？"他问道，倾身向前。

"二楼右边那间。"

他往上看去，只见每扇窗户都黑沉沉的，也没看见窗帘，"看来你先生好像不在家，不然就是已经上床睡觉了。"

"也许吧，"她说着，却不移动，"哈利？"

他面带疑惑看着她。

"刚刚我说：问题是雪人现在要杀的人是谁，你知道我的意思吗？"

"可能吧。"他说。

"我们在芬岛发现的并不是临时起意的行凶杀人，拉夫妥并不是因为知道太多才引来杀机的，凶手要杀拉夫妥早就已经计划好了。"

"什么意思？"

"意思是说，假使拉夫妥真的盯上凶手，那么凶手也早就算到了这一点。"

"卡翠娜……"

"先听我说。拉夫妥是卑尔根最优秀的警探，你是奥斯陆最优秀的警探，凶手可以预料到这些命案将会由你来负责调查，哈利，这就是你为什么会收到那封信的原因，我只是想提醒你小心一点。"

"你是想让我害怕吗？"

她耸耸肩："如果你感到害怕的话，你知道这代表什么吗？"

"不知道？"

卡翠娜打开车门："这代表你得换工作了。"

哈利打开家门，脱下靴子，站立在客厅门槛前。客厅墙壁已被完全拆除，看起来如同反向的建屋过程。

月光照射在光秃秃的红砖墙上，墙上似乎沾有某种白色的东西。他踏进客厅。那白色的东西是用粉笔写的一个数字8。他伸手去摸。那个8一定是霉菌清除员写的，可是它代表什么意思？是不是某个代码，告诉他这里要涂上某种液体？

后半夜，哈利为噩梦侵扰，在床上翻来覆去。他梦见嘴里被塞进某样东西，使得他必须通过某种开口才能呼吸，才不会窒息而死。那东西的味道尝起来有如油、金属和火药。最后开口里再也没有空气，只剩下真空。他将那样东西吐了出来，发现不是枪管，而是一个8，刚刚他就是透过这个8来呼吸。8是由上面一个小圈和下面一个大圈组成，大的在底部，小的在顶端。慢慢地，这个8的上方出现第三个圆圈，一个更小的圆圈。一颗头。希薇亚的头。希薇亚想大叫，想告诉他事发经过，但她不能，她的嘴唇被缝了起来。

他醒来时，双眼被眼屎粘在一起，头痛欲裂，嘴唇上附着一层东西，尝起来有如粉笔和胆汁。

16 冰壶

第十日

这天早晨比格迪半岛冷飕飕的。上午八点，艾丝妲·约翰森和往常一样打开冰壶俱乐部大门，这名即将迈入七十岁的寡妇一星期来这里打扫两次，如此便足以让俱乐部维持整洁，因为这是个小型私人场地，只有寥寥几个男人会来使用，况且这里也没有冲澡设备。她打开灯。俱乐部的木墙是以雄榫拼接而成，上头挂着奖牌、文凭、写拉丁文的奖旗、黑白照片。照片中的男人留着胡子，身穿粗呢衣服，脸上带着高尚的表情。艾丝妲觉得这些男人看起来相当滑稽，如同英国电视、电影中上流社会的那些猎狐人士。她走进通往冰壶练习场的门，只觉得寒气扑面而来，于是她知道他们又忘了调高练习场恒温装置的温度，为了省电他们通常都会这么做。艾丝妲打开电灯开关，日光灯管闪闪烁烁，挣扎着不知该不该开工。她戴上眼镜，看见冷却缆线的恒温装置温度确实调得太低，便将温度调高。

灯光照射在灰色冰面上。她透过老花眼镜，瞥见练习场另一端有个东西，于是摘下眼镜。眼前事物逐渐聚焦。那是人吗？她想越过冰面，却又心生犹豫。艾丝妲绝对不是神经过敏的人，但她害怕自己有一天会在冰上跌断腿，只能躺在原地直到那些猎狐人士来发现她。她抓起倚在墙边的一支刷子，拿它当手杖，一小步一小步蹒跚地越过练习场。

那男人动也不动地躺在练习场另一端，头部正好位于圆环中央，日光灯的蓝白色光线照在他僵硬扭曲的脸庞上。他的容貌看起来有点面熟，不知道是不是名人？呆滞的眼神似乎看着她背后的遥远之处，因抽搐而扭曲的右手握着一个空的塑料针筒，里面残留着红色物质。

艾丝妲冷静地判断自己无法帮助那个男人，于是往回走，专心越过冰面，朝附近的电话走去。

她报了警，警察来到，于是她回家，饮用晨间咖啡。

她打开《晚邮报》，才知道原来自己发现的就是那个人。

哈利蹲在地上检视费列森的靴子。

"病理学家说死亡时间是什么时候？"哈利询问侯勒姆。侯勒姆站在哈利身旁，身穿牛仔夹克，夹克衬里犹如白色泰迪熊的绒毛，他脚下的蛇皮靴子踩在冰面上几乎不会发出声音。这时距离艾丝妲报警还不到一小时，但警方拉起的红色封锁线外，一大群记者已聚集在人行道旁。

"他说很难判断，"侯勒姆说，"他只能猜想当尸体躺在冰面上，处在一个比较温暖的房间内，体温降得会有多快。"

"那他做出猜测了没有？"

"可能在昨晚五点到七点之间。"

"嗯，死亡时间在电视播出他的新闻之前。你查看过门锁了对不对？"

侯勒姆点点头："标准的耶鲁牌门锁，清洁妇来的时候是锁着的。我看到你在检查靴子，刚刚我检查过脚印了，我可以确定这些脚印和我们在苏里贺达村发现的一样。"

哈利细看靴底花纹："所以你认为他就是凶手对不对？"

"我会这样认为，对。"

哈利点点头，陷入沉思："费列森是不是左撇子？"

"应该不是吧，你看他是用右手拿针筒的。"

哈利点点头："的确，不过还是去查一下。"

每当哈利侦办的案子告一段落，案情水落石出，宣告侦破，他很少感到喜悦。查案之时，破案是他的目标，可是一旦达到目标，他就知道自己尚未抵达旅程的尽头，或这不是他想象的终点，或终点改变了，他改变了，或天知道到底是怎么了。重点是他感到空虚，成功并不如预期那般甜美，逮到犯人总会引来一个疑问：那又怎样？

早上七点，证人已完成讯问，刑事鉴识证据采集完毕，记者会也开完了，犯罪特警队的走廊上弥漫着狂欢的气氛。哈根叫了蛋糕和啤酒，召集艾斯本和哈利的小组成员去K1会议室庆祝破案。

哈利坐在椅子上，看着某人放在他大腿上的一块大蛋糕，聆听哈根说话，聆听众人的笑语和掌声。有人从他身旁经过，在他背上轻轻一推，但大部分的人都不去吵他。他的周围环绕着喊喊喳喳的说话声。

"那混蛋是窝囊废，一知道我们锁定他就畏罪自杀。"

"那家伙骗我们，他作弊。"

"骗我们？你是说骗你列思维克吧……？"

"如果我们活捉到他，法官可能会判定他精神异常……"

"我们应该高兴才对啊，怎么说我们都没掌握到决定性的证据，只有间接证据而已。"

艾斯本·列思维克的声音在房间另一头隆隆响起："好了，大家安静！刚刚我们提出一项临时动议并且通过，八点钟大家在芬利斯酒馆集合，痛饮一番，这是命令，听见了吗？"

众人大声欢呼。

哈利放下蛋糕，站了起来，这时一只手轻轻搭上他的肩膀，原来是侯勒姆。

"我查过了，跟我说的一样，费列森惯用右手。"

二氧化碳从刚被打开的啤酒罐里嘶嘶冒出，微有醉意的麦努斯勾着侯勒姆的肩膀。

"他们说右撇子对生命的期待比左撇子高，用在费列森身上却不正确，不是吗？哈哈哈！"

麦努斯跑去跟其他人分享这个智能新发现，侯勒姆问哈利说："你要回家了吗？"

"我去散散步，晚点可能会去芬利斯酒馆跟你们碰面。"

哈利刚到门边，手臂就被哈根抓住。

"谁都别先走，"哈根静静地说，"署长说他会下来说几句话。"

哈利看着哈根，随即发现自己眼中一定绽射出某种东西，以至于哈根立刻放开他的手臂，仿佛他全身着火。

"我只是去厕所。"哈利说。

哈根微微一笑，点了点头。

哈利回到办公室，拿了夹克，缓缓走下楼梯，走出警署大门，踏上格兰斯莱达街。空中疏疏落落飘着雪花，艾克柏山闪着点点亮光，一声警笛冲天响起，随即又如同遥远的鲸鱼歌声般消逝。两名巴基斯坦人在附近的商店前温和地争辩，一名步履蹒跚的醉鬼在格兰斯莱达广场高唱水手之歌。哈利感觉得到惯于在夜间活动的野兽正在嗅闻空气，以判断出来活动是否安全。天哪，他爱极了这座城市。

"你怎么在这里？"

艾莉惊讶地看着儿子特里夫，特里夫坐在厨房餐桌前正在看杂志，收音机在一旁单调地低低响着。

她原本想问特里夫怎么没和父亲一起坐在客厅里，但旋即想到儿子会想来跟她聊聊天也很自然。然而特里夫并不是来跟她聊天的。她倒了一杯茶，坐了下来，静静看着他。他长得非常好看。她总是认为自己会觉得他丑，但是她错了。

收音机里某人正在说男人已不再是造成女人无法挤进挪威企业董事会的阻碍，企业正在努力制订女性席位的合法数量，因为大多数男人似乎都不喜欢被分派到可能招致批评、在专业上受到挑战，或无法躲藏在别人背后的职位。

"他们就像小孩一样一直哭闹，吵着要开心果吃，一旦吃到了又把它吐出来，"那声音说，"看了就让人厌烦，也该是时候让女人负起一些责任、展现一些胆识了。"

没错，艾莉心想，也该是时候了。

"今天在 ICA 超市有人来跟我说话。"特里夫说。

"是吗？"艾莉说，一颗心几乎跳到了喉间。

"那人问我说，我是不是你跟爸的儿子。"

"嗯哼，"艾莉柔声说，声音极轻极柔，她感到晕眩，"你怎么回答？"

"你怎么回答？"特里夫从杂志上抬起头来，"我当然回答说是啊。"

"问你这句话的人是谁？"

"怎么了，妈？"

"什么怎么了？"

"你的脸色好苍白。"

"没什么，亲爱的，那个男人是谁？"

特里夫的视线回到杂志上："我刚刚好像没说那个人是男的吧？"

艾莉站了起来，将收音机的音量调小。收音机里的女性声音正在感谢工业部长和亚菲·史德普做出这么精彩的辩论。她望入黑暗，看见几片雪花四处回旋飞舞，漫无目标，完全不受地心引力和自己的重量影响。当机会来临，雪花就会降落，融化消失。她看着雪花飘飞，心里似乎受到抚慰。

她咳了一声。

"什么？"特里夫说。

"没什么，"她说，"天气好像变冷了。"

哈利在奥斯陆街头漫无目的地游荡，脑中没有一个特定目的地。当他站在莱昂旅馆外，才明白自己要来这里。妓女和毒贩已在附近街道上各就各位，开始做生意。这时是高峰时段，客人喜欢在午夜前完成性和毒品交易。

哈利走到接待柜台前，老板韩森一看见他就面露惊恐之色。

"我们说好的！"韩森高声尖叫，抹去眉上汗水。

哈利心想为什么这些靠他人原始欲望为生的人，身上总是裹着一层闪闪发亮的汗水，像是为自己的无耻穿上一件虚假的羞愧外衣。

"给我费列森医生那个房间的钥匙，"哈利说，"他今天晚上不会来了。"

客房的三面墙壁贴着七十年代的壁纸，壁纸上画着褐色和橘色的迷幻花纹，浴室墙壁漆成黑色，灰泥剥落之处布满黑色裂缝和污渍。双人床中央下陷，坚硬的地毯感觉有如针头。可以防水防精液吧，哈利心想。他拿开床尾一张椅子上的老旧手巾，坐了下来，聆听城市发出的隆隆噪声，这些噪声正期待着刺激来临。他感觉到嗜酒的狗儿回来了，它们高声吠叫，拉扯铁链，喊说：一杯就好，一小杯就好，这样我们就不会吵你，这样我们就会安静地趴在你的脚下。哈利没有笑的心情，却还是笑了。恶魔必须被驱除，痛苦必须被淹没。他点燃香烟，烟雾袅袅上升，飘浮到宣纸灯旁。

费列森曾和什么样的恶魔格斗？他是不是曾将恶魔带来这里？抑或这里是他的圣域，或是庇护所？也许他发现了一些答案，但并未得到所有的解答。想要得到所有的解答是不可能的，好比说疯狂和邪恶是不是两种不同的实体？又或者是不是当我们不再了解毁灭的目的，就称之为疯狂？我们能了解为什么有人把原子弹丢在无辜百姓聚集的城市里，却无法了解为什么有人会在伦敦陋巷里，将散播疾病和堕落的妓女开膛剖腹，因此我们称前者为务实，后者为疯狂。

天啊，他多么需要来一杯，只要一杯就好，好去除痛苦和这一天一夜带来的极度不适。

门外传来敲门声。

"来了。"哈利大喊，被自己怒气冲冲的声音吓了一跳。

房门打开，一张黝黑脸孔浮现在门后。哈利将她全身上下打量一遍。她在美丽强健的头颈之下穿着一件短夹克，夹克非常短，露出紧身裤头上方的一圈肥肉。

"医生呢？"她用英语问，第二音节的重音流露出法国腔。

哈利摇摇头，她看了他一会儿，关门离去。

几秒钟后，哈利从椅子上站起来，走到门口。女子已走到走廊尽头。

"等一下！"哈利用英语大喊，"请你回来。"

她停下脚步，满怀戒心看着哈利。

"两百克朗。"她说，重音落在最后一个音节。

哈利点点头。

她在床上坐下，聆听哈利提出的问题，一脸困惑。哈利的问题是关于医生、关于那个邪恶的男人、关于他跟好几个女人杂交、关于他想带进房间的儿童。每个问题她都摇头表示不懂，最后她问他是不是警察。

哈利点点头。

她皱起双眉："你为什么要问这些问题？医生呢？"

"医生会杀人。"哈利说。

她狐疑地看着他。"不是真的。"她终于说。

"为什么？"

"因为医生是好人，他帮助我们。"

哈利问医生如何帮助她们，然后坐着聆听黑人女子述说医生每星期一和星期四都会带着他的包来，坐在这个房间里，叫她们去厕所采集尿液样本，替她们抽血，检验她们是否感染性病。如果她们染上一般性病，他就替她们治疗和开药；如果她们染上艾滋病，他就给她们医院地址；如果她们罹患其他疾病，医生也会开药。他从不收费，只要求一件事，那就是她们必须答应不把他的事说出去，只能告诉她们在街上的同行。有些女人带她们生病的小孩来给他看，但旅馆老板不准小孩上来。

哈利边听边抽烟。这就是费列森的嗜好？这个嗜好是不是邪恶的另一端？是不是必要的平衡？还是它突显了邪恶，让邪恶有空间喘口气？纳粹集中营的门格勒医生据说就非常喜欢小孩。

他的舌头在嘴里不断肿起；他再不快点找酒来喝，很快就会窒息而死。

黑人女子说到这里停了下来，用手指抚摸两百克朗的钞票。

"医生还会来吗？"最后她问。

哈利张口想回答，但舌头阻碍了他。手机响起，他接了起来。

"我是哈利。"

"哈利？我是欧妲·保森，还记得我吗？"

他不记得，反正她的声音听起来很年轻。

"我是 NRK 的工作人员，"她说，"上次我邀请过你，请你来上波塞脱口秀。"

原来是那个研究员，是美人计。

"请问你明天愿不愿意来参加我们的节目？我们想听听你是如何成功侦破雪人案的。对，我们知道凶手死了，但我们还是想知道这种人的脑袋里究竟在想些什么。如果他被称为……"

"不要。"哈利说。

"什么？"

"我不想上你们的节目。"

"这可是波塞脱口秀啊，"欧妲说，语气中带有由衷的困惑，"是在NRK 电视频道哦。"

"不要。"

"听着，哈利，谈谈这些不是很有趣吗……？"

哈利将手机掷向黑色墙壁，一片灰泥掉了下来。

他将头埋进双手中，试着稳住情绪，不让自己爆发。他必须喝点什么，什么都好。他再抬起头时，房里只剩下他一个人。

倘若芬利斯酒馆不供应酒类，倘若金宾威士忌不是摆在酒保背后的架子上，用嘶哑且带着麻醉和赦免的威士忌嗓音大喊："哈利！快来缅怀一下往日时光，聊聊我们驱散的那些可怕幽魂和不眠的夜！"那么他也许可以避免破戒。

但话又说回来，破戒也许终究难免。

哈利几乎认不出他的同事，他们也完全没注意到他。当他踏进这家装潢华丽、充满丹麦渡船风味的红色酒馆时，他们正喝得兴高采烈，彼此勾肩搭背，彼此喊叫，满口酒气，随同美国黑人歌手史蒂维·旺德一同高唱"我只是打电话来说我爱你"。简而言之，他们看起来、听起来就像是一支刚赢得冠军奖杯的足球队。史蒂维·旺德唱到末尾，说他只是想表达心底深处的爱意时，哈利面前的吧台放上了第三杯酒。

第一杯酒麻木了所有感官，他无法呼吸，也无法思索注射卡纳卓赛到体内会是什么感觉。第二杯酒几乎让他的胃翻了过来。但他的身体克服了第一波冲击，知道它吸收到长久以来一直渴求的东西，现在身体正以幸福的低语作为响应，热流冲刷着他全身，犹如抚慰灵魂的乐音。

"你在喝酒？"

卡翠娜站到他身旁。

"这是最后一杯，"哈利说，他的舌头不再肿胀，感觉平滑柔软。酒精增进了他的发音能力。他只要醉到一定程度，人们就会几乎难以察觉到他喝醉了，这就是为什么他能保住这份工作。

"这不是最后一杯，"卡翠娜说，"这是第一杯。"

"这是戒酒协会的格言，"哈利抬头望着她，看着那双热烈的蓝色眼眸、秀气的鼻孔、润泽的嘴唇。天啊，她看起来真美。"你是酒鬼吗，卡翠娜·布莱特？"

"我爸爸是。"

"嗯，这就是你去卑尔根却不去探望他们的原因？"

"你会因为人家生病而避免去探望吗？"

"我不知道，说不定你因为父亲的关系，有个不快乐的童年。"

"他不可能让我不快乐，我生下来就是这样。"

"生下来就不快乐？"

"可能吧，你呢？"

哈利耸起肩膀："这还用得着说吗？"

卡翠娜啜饮一口调酒，她喝的是某种闪亮亮的调酒。是闪亮亮的伏特加而不是灰蒙蒙的金酒，哈利心想。

"你为什么不快乐呢，哈利？"

他来不及思索，话已从口中说出："因为我爱上一个爱我的人。"

卡翠娜仰头大笑："可怜的家伙。你的人生是不是一开始很和谐，个性也很开朗，后来却走味了？还是你要走的路老早就铺好了？"

哈利看着杯中的金褐色液体："有时我也会有这个疑惑，但是不常，我试着去想其他的事。"

"比如说？"

"就是其他的事。"

"你有时会想到我吗？"

有人撞到了她，她朝哈利踏近一步，她的香水味混入了金宾威士忌的芳醇气味。

"从来没想过。"他说，抓起酒杯，一饮而尽。他直视前方，在洋酒架后方的镜子里看见卡翠娜·布莱特和哈利·霍勒站得过于靠近。她倾身向前。

"哈利，你说谎。"

他转头望向她。她的眼眸里似乎闷烧着黄色火焰，模糊难辨，犹如迎面驶来的汽车雾灯。她鼻孔歙张，呼吸浓重。哈利闻到一股气味，她喝的伏特加里头似乎加了朗姆。

"你一五一十地告诉我，现在你想做什么，哈利，"她声音沙哑地说，"全都说出来，这次可别说谎。"

他的脑子回想起艾斯本提过的流言，回想起卡翠娜和她丈夫的癖好。胡扯，他脑子里的思绪并未往回跑，他大脑皮质里的念头向来都跑在第一线。他吸了口气："好吧，卡翠娜，我是个简单的男人，有着简单的需求。"

她的头向后倾，有些动物会用这个姿势来表示顺服。他举起酒杯："我的需求就是酒。"

卡翠娜以难以置信的神情看着哈利，这时一名同事脚步不稳，从后面撞上她，使她向前扑跌，哈利伸出空着的那只手抓住她的左侧身躯，她的脸因为疼痛而皱成一团。

"抱歉，"他说，"有没有受伤？"

她按着肋骨："好险，没怎么样，不好意思。"

她转过身，挤入人群，朝同事们走去。他看见几名年轻男子的视线紧跟着她。她走进了厕所。哈利扫视酒馆，和艾斯本四目相接，艾斯本移开视线。他不能待在这里，他可以和金宾去别的地方聊天。他付了钱，正准备离去，却看见杯底仍有残酒，然而艾斯本和另外两名同事正在酒馆另一端盯着他瞧。这只是自我控制力的问题而已。哈利想移动双脚，双脚却像是粘在地板上。他拿起酒杯，凑到嘴边，喝下残酒。

冰冷的夜晚空气轻抚他灼热的肌肤，感觉真棒，他想亲吻这座城市。

他回到家，想在浴缸里自慰，结果却吐了一地。他看着橱柜钉子上挂着的月历，那是几年前圣诞节萝凯送他的，上面印有他们三人的照片，一个月一张。十一月。萝凯和欧雷克对着他笑，背景是秋日黄叶和淡蓝色天空，萝凯穿的洋装跟天空一样蓝，上面缀有白色小花。那是她第一次穿那件洋装。他决定今天晚上他要梦见自己飞向天际。他打开料理台下的橱柜，推开可乐空罐，罐子咣当咣当纷纷倒落。有了，就在最里面，那里有一瓶未开封的金宾威士忌。即使是在他戒酒戒得最干净的时期，他也从不曾冒险不在家里摆酒，因为他知道自己一旦开了酒戒，为了拿到酒一定会不择手段。他的手抚摸酒瓶上的标签，仿佛在拖延不可避免之事的发生。他打开瓶盖。到底要多少才算足够？费列森手中的针筒在注射有毒药剂后，里头仍附着一层红色物质，显示针筒曾是满的。红得有如洋红。我亲爱的，洋红。

他吸了口气，举起酒瓶，瓶口凑上唇边，身体感觉紧绷。他打起精神准备迎接冲击，然后将酒灌了下去，贪婪地，饥渴地，像是赶紧交差了事似的。他的喉头每吞一口酒所产生的咕嘟声，听起来都仿佛是啜泣。

17 好消息

第十四日

甘纳·哈根快步走在走廊上。

这天是星期一，距离雪人案破案已经四天。照理说这四天应该是愉快的四天，而这四天也着实愉快，时时可以听见恭贺之声，主管对他微笑，媒体发表正面评论，连外国报社都来问他们是否可以提供整个背景故事，以及从头到尾的侦查过程。问题就是从这里开始的：能给哈根详述破案经过的人不在。四天过去了，没人看见哈利，也没人有他的消息。原因很明显。同事曾在芬利斯酒馆看见他喝酒。哈根并未张扬此事，但流言已传到总警司耳中，今天早上哈根就被叫去总警司办公室。

"甘纳，不能再这样下去了。"

哈根说一定有其他原因，哈利去别的地方查案常常不会及时报到，雪人案虽然找到了凶手，但还有许多细节得调查清楚。

但总警司已做出决定："甘纳，我们已经没有路给哈利走了。"

"他是我们最优秀的警探，托列夫。"

"也是最糟糕的表率，你希望我们的年轻警察有这样的榜样吗，甘纳？那家伙是酒鬼，署里每个人都知道他在芬利斯酒馆开了酒戒，那天之后他就没来上班了。如果我们容许这样，就等于是将标准降得非常低，会造成难以弥补的伤害。"

"可是有必要开除吗？我们能不能……？"

"不要再玩警告那套把戏了，有关公职人员和酗酒的规定全都写得一清二楚。"

哈根再度敲响总警司办公室的门，脑海里依然回荡着这段对话。

"有人看到他了。"哈根说。

"看到谁？"

"看到哈利，李打电话跟我说，他看见哈利走进他的办公室，关上了门。"

"好，"总警司说，站了起来，"我们马上去找他谈。"

两人踏着沉重步伐，穿过警署六楼犯罪特警队的红区。队上人员察觉异状，纷纷探头到办公室外，望着总警司和队长脸上有如罩了一层寒霜，并肩前行。

他们来到上头写着616的办公室门前，停下脚步。哈根深深吸了口气。

"托列夫……"他开口说，但总警司已握住门把，推开了门。

他们突然呆立不动，双眼圆睁，满脸不可置信。

"我的天啊！"总警司低声说。

哈利身穿T恤，坐在办公桌前，前臂绑着一条橡皮带，头向前倾。一支针筒插在橡皮带下方的肌肤里，针筒里的液体是透明的。他们虽然站在门口，仍可清楚看见针头插入乳白色手臂处的周围还有好几个红点。

"你这是在干什么，老兄？"总警司怒斥，将哈根推到前方，关上了门。

哈利的头猛然抬起，表情漠然。哈根看见他手中拿着一只秒表。突然间哈利拔出针筒，看了看里头剩下的液体，丢弃针筒，在纸上记录。

"这……这样一来就更容易办了，哈利，"总警司结结巴巴地说，"我们有坏消息要告诉你。"

"我才有坏消息要告诉你们，"哈利说着，从一个袋子里撕出一团棉花，轻轻按在手臂上，"费列森不可能是自杀的，我想你们应该知道这代表什么意思吧？"

哈根突然觉得有股想笑的冲动，眼前的情况极度荒谬，他的头脑无法想出其他更恰当的反应了。哈根从总警司脸上的表情看得出他也不知该如何是好。

哈利看了看表，站了起来。"一小时后来会议室，你们就会知道原因，"他说，"现在我得先去办几件事。"

哈利从惊讶万分的两名长官身旁快步走过，打开了门，迈开坚定步伐，消失在走廊上。

一小时又四分钟后，甘纳·哈根偕同总警司和警察署长，走进安静的K1会议室，会议室里坐满艾斯本和哈利的调查小组成员，里头只听得见哈利的说话声。他们在会议室后方找到站立的空间。费列森的照片投射在屏幕上，照片中是他陈尸在冰壶练习场上的样子。

"大家可以看到，费列森的右手握住针筒，"哈利说，"他是右撇子，所以并不奇怪，可是他的靴子引起我的好奇，你们看这里。"

投影机播放另一张照片，是靴子的特写。

"这双靴子是我们唯一握有的直接证据，但是有这项证据就够了，因为这双靴子的鞋印符合我们在苏里贺达村的雪地里发现的鞋印。不过呢，请大家看看鞋带的地方。"哈利用指示棒指出鞋带的位置，"昨天我用自己的靴子做试验，结果发现要绑出这样的鞋带，我必须反过来绑才行，就好像我是左撇子一样。另一种可能是我站在靴子前面，替另一个人绑鞋带。"

不安的情绪在会议室里如涟漪般荡漾开来。

"我是右撇子，"艾斯本的声音响了起来，"我绑的鞋带也是像这样啊。"

"呃，也许这只是个人的特殊习性吧，不过呢，这种事会引起一定的……"哈利看起来像是在选择字眼前先斟酌一下，"……不安。这种不安会促使你提出其他疑问：这双靴子真的是费列森的吗？大家都可以看到，这双靴子是便宜货。我昨天去拜访过费列森的母亲，她同意我查看费列森的鞋子，结果我发现他的鞋子都很贵，没有一双例外。还有，就跟我想的一样，他也和其他人一样有时不解开鞋带就脱下鞋子。这就是为什么我可以说……"哈利将指示棒砰的一声打在屏幕上，"我知道费列森不会把鞋带绑成这样。"

哈根瞥了总警司一眼，看见他眉头深蹙。

"问题来了，"哈利说，"会不会是有人帮费列森穿上这双靴子，而这双靴子正好就是嫌犯在苏里贺达村穿过的？那么这背后的动机当然是要让我们以为费列森就是雪人。"

"鞋带和廉价靴子？"艾斯本小组的一名警探高声说，"这个变态家伙想跟儿童从事性交易，他还认识奥斯陆的两名被害人，而且证据显示他去过犯罪现场，你现在说的只是推测而已。"

哈利点了点他那颗平头："就之前的证据来看是这样没错，但现在我发现了新实证，这项新实证是关于费列森用针筒注射卡纳卓赛到静脉里自杀这件事。验尸报告指出，他血液中的卡纳卓赛浓度非常高，推算起来应该注射了二十毫升到手臂里，从针筒里的残存药剂可以推测出针筒原本是满的。据我们所知，卡纳卓赛是一种会造成麻痹的物质，只要很少的剂量就能致命，因为它会让心脏和呼吸器官瞬间瘫痪。病理学家指出，一个成人如果在静脉里注射这么高剂量的卡纳卓赛，顶多三秒钟就会毙命，这也是费列森的死因，可是这么一来却完全说不通。"

哈利拿起一张纸挥了挥，哈根看见那张纸上用铅笔写了许多数字。

"我拿费列森用的那种针筒来做过测试，将含水比例和卡纳卓赛相当、至少百分之九十五的生理食盐水注射到我自己的静脉里，同时一边计时，结果不论我把针筒按得多么用力，都不可能在八秒内把细长针筒里的液体全部注射进去，因此……"哈利等待无可逃避的结论浮现，才继续说，"费列森注射到三分之一的时候，全身就会瘫痪，简而言之，他不可能自己把针筒里的药剂全部注射完，除非有人帮忙。"

哈根吞了口口水，看来今天会比他预期的更糟。

　　会议结束后，哈根看见署长在总警司耳畔低声说了几句话，接着总警司就倾身过来。

　　"叫哈利和他的调查小组立刻去我的办公室，还有，对艾斯本和他的小组下达封口令，一个字都不准泄露出去，明白吗？"

　　哈根十分明白。五分钟后，他们都坐在总警司那间阴郁的大办公室里。

　　卡翠娜关上门，最后一个坐下。哈利瘫坐在椅子上，面对总警司的办公桌伸直两条长腿。

　　"我就长话短说吧，"总警司说，用一只手抹了抹脸，仿佛想抹去他所看见的：这支调查小组又回到了原点。"你有什么好消息可以报告吗，哈利？在你神秘失踪的这段时间，我们已经对媒体发布说，在警方不屈不挠的辛勤努力下，雪人已经畏罪自杀了，如果你有好消息的话，起码可以平衡一下目前我们面临的尴尬处境。"

　　"呃，我们可以假设费列森知道某些不该知道的事，而凶手发现我们十分接近和他有关的线索，所以才下手除掉费列森，以免自己身份曝光。如果真是这样，费列森的确是因为我们不屈不挠的辛勤努力才会死于非命。"

　　总警司的双颊因为压力而泛红："我说的好消息不是指这种，哈利。"

　　"对，好消息是我们离凶手更近了，如果不是这样，雪人不会大费周章布置这一切，让我们以为费列森就是我们要找的人。他希望我们结束调查，相信这件案子已经水落石出。简而言之，他有了压力，这也是像雪人这种杀人凶手会开始犯错的时候。除此之外，这也代表他暂时不敢轻举妄动，再开杀戒。"

　　总警司口中喷了几声，反复思索："这就是你的看法吗，哈利？还是说你只是这样希望？"

　　"呃，"哈利说，在牛仔裤的破口处伸展膝盖，"是你要我报告好消息的，长官。"

哈根呻吟一声。他看出窗外，天空乌云密布，气象预报说即将下雪。

菲利普低头看着尤纳斯，尤纳斯坐在地板上，双眼盯着电视屏幕。自从碧蒂失踪后，尤纳斯每天下午都这样坐在电视机前，一坐就是好几个小时，仿佛电视机开了扇窗，通向更美好的世界：在这个世界里，只要他找寻得够努力，就可以找到妈妈。

"尤纳斯。"

尤纳斯乖乖抬头看着父亲，一脸漠然。他一看见刀子，脸上表情就因为恐惧而僵硬。

"你要割我吗？"尤纳斯问。

尤纳斯的脸部表情和尖细声音如此滑稽，使得菲利普几乎爆出大笑。咖啡桌上方的灯光照得精钢刀身闪闪发亮。他打电话给费列森之后，就去史多罗商场的一家五金店买了这把刀。

"只割一点点，尤纳斯，一点点就好。"

刀子划了下去。

18 景观

第十五日

下午两点，卡米拉·罗西斯从健身中心驾车返家。今天她和往常一样，驱车穿过市区，前往奥斯陆西区的竞技公园健身中心。她之所以去那边，并不是因为那里的器材不同于她家附近提维塔区的健身中心，而是因为那里的人和她比较气味相投。他们同样都是西区人。搬去提维塔区是他和艾瑞克的结婚条件之一，她必须将这点视为婚姻的一部分。她驾车转上他们住的那条街，看见邻居窗户亮着灯光。她会跟这些邻居打招呼，却从不会和他们深入交谈——他们和艾瑞克是同类。她踩下刹车。提维塔区这条街上有双车库的人家不只他们，但只有他们的车库设有电动门。艾瑞克对这种事很讲究，她却一点兴趣也没有。她按下遥控器，电动门向上倾斜，升了起来。她放开手刹，驾车驶入。正如她所料，车库里不见艾瑞克的车，他还在公司。她朝前座倾身，拿起运动包和ICA超市的袋子，袋子里装有刚买的东西。她下车前，习惯性地朝后视镜看了自己一眼。她气色很好，朋友如此说，还不到三十岁，就拥有独栋洋房、第二辆车和法国尼斯附近的乡间度假别墅。朋友还问说在东区生活习惯吗？破产后她的父母还好吗？真是怪了，他们的脑子竟然会自动把这两个问题连在一起。

卡米拉又看了看后视镜。朋友说得对，她气色真的很好。她在后视镜的角落似乎看见有个影子晃过，不对，那只是电动门正在关上。她下了车，找寻大门钥匙，突然想起手机还插在车上的手机座里。

卡米拉一转身，吓得发出一声短促的尖叫。

男子就站在她背后。她惊恐不已，后退一步，一手按在嘴上。她想微笑道歉——不是因为真有什么事需要道歉，而是因为那男子看起来毫无恶意——却立刻看见男子手上拿着一把枪，枪口正对着她。她脑子里闪过的第一个念头是那把枪看起来像玩具手枪。

"我叫菲利普·贝克，"男子说，"我打过电话，你家没人。"

"你想干吗？"她问道，努力控制自己，不让声音发颤，因为直觉告诉她，千万不能露出恐惧的神情，"你这是做什么？"

男子嘴角闪过一丝假笑："找乐子。"

静默之中，哈利看着哈根。他走进哈利的办公室，打断他们的小组会议，为的是重申总警司的命令：无论碰到任何情况，关于费列森命案的"理论"都不得泄露出去，即使是伴侣、夫妻或亲友都不得泄露。最后哈根望向哈利。

"呃，我要说的只有这些。"他迅速地做了个总结，离开办公室。

"请继续。"哈利对侯勒姆说。侯勒姆正在汇报他们在冰壶练习场的犯罪现场有什么发现，但是确切说来，他们什么发现也没有。

"费列森被判定为自杀的时候，我们在现场做过初步检视，没发现任何刑事鉴识证据，现在现场已经被污染了。我今天早上去那边看过，恐怕已经没什么可以查的了。"

"嗯，"哈利说，"卡翠娜？"

卡翠娜低头看着笔记："对，呃，根据你的推断，费列森和凶手是在冰壶俱乐部碰面，他们应该是事先约好的，应该会通过电话，所以你叫我去查通话记录。"

她翻动资料："我从挪威电信那里拿到费列森的诊所电话和手机通话记录，然后拿去包格希家。"

"拿去她家？"麦努斯问。

"当然啊，她已经没工作了。她说费列森生前最后两天没有访客，只有去看病的患者，这是患者名单。"

他从档案里拿出一张纸，放在他们中间的桌上。

"跟我想的一样，包格希相当清楚和费列森有公事和社交往来的人，她帮我辨别出通话记录上几乎所有的人。我们把这些人分为两类：公事联络人和社交联络人，两者都显示了通话号码、时间和日期，也标明来电或拨出，还有通话时长。"

众人双手交叠，细看那张通话记录。卡翠娜的手稍微触碰到哈利的手，他并未察觉她有任何尴尬情绪，也许她在芬利斯酒馆提出暗示的那件事只是一场梦。重点在于哈利喝酒后是不做梦的，这就是他之所以喝酒的主因，然而他隔天醒来时脑中浮现的想法，一定是在他一步步将威士忌喝得瓶底朝天以及残酷的短暂清醒之间形成的。那个想法是关于洋红色和费列森那支装满药剂的针筒，正因为这个想法，他才没在醒来后直奔特雷塞街的酒品专卖店，也才有返回工作岗位的动力。正所谓一药治一病。

"那是谁的电话？"哈利问。

"哪一个？"卡翠娜说，倾身向前。

哈利指着社交联络人的其中一组号码。

"你为什么要特别问这个号码？"卡翠娜问，好奇地看着他。

"因为这通电话是这个人打给他，而不是他打出去的。这个杀人计划是凶手布置的，所以应该是凶手打电话给他。"

卡翠娜核对这个号码和名单："抱歉，这个人同时属于公事和社交两类，所以也是患者。"

"好吧，总得起个头，这个人是谁？男的还是女的？"

卡翠娜露出苦笑："绝对是个男的。"

"什么意思？"

"男人味十足的意思，这个人是亚菲·史德普。"

"亚菲·史德普？"侯勒姆冲口而出，"那个鼎鼎大名的亚菲·史德普？"

"把他放在拜访名单的第一顺位。"哈利说。

讨论结束时，他们列出了七通必须深入调查的电话，这七通电话大部分都查得到对应的姓名，只有一通除外：这通电话是在费列森遇害当天早上，从史多罗商场的公共电话拨出的。

"上面有通话时间，"哈利说，"这部公共电话旁边有没有监视器？"

"我想应该没有，"麦努斯说，"但我知道商场入口有一台监视器，我可以去问保安公司有没有录影。"

"仔细查看这通电话前后半小时内出现的所有面孔。"

"这可是个大工程。"麦努斯说。

"猜猜看你要去找谁帮忙。"哈利说。

"贝雅特·隆恩。"侯勒姆说。

"没错，替我跟她问好。"

侯勒姆点点头。哈利觉得受到良心谴责。麦努斯的手机响起，铃声唱的是拉氏乐队（The La's）的《她出现了》（There She Goes）。

众人看着麦努斯接起手机。哈利想起自己拖了很久没打电话给贝雅特。夏季贝雅特刚生产后，哈利去探望过她一次，之后就再也没跟她碰面。他知道哈福森因公殉职之事贝雅特并不怪他，但这一切有点令哈利难以承受，包括看见哈福森的孩子，知道年轻的哈福森警官没能看亲生孩子一眼；而且哈利心底深处清楚地知道贝雅特对这件事认知错误：他可以——也应该——救哈福森一命。

麦努斯挂上电话。

"提维塔区有个男人报案说妻子失踪了，她叫卡米拉·罗西斯，二十九岁，已婚，没有小孩。报案电话是几小时前打来的，可是现场状况有点令人忧心：购物袋放在料理台上，里面的东西没放进冰箱，手机还留在车上，他说他老婆一定会随身携带手机。有个邻居告诉那个先生说她看见一名男子在他家和车库前徘徊，好像在等人。那名丈夫说他搞不清楚家里有没有东西不见，好比说化妆品或行李箱之类的。在尼斯有别墅的人都这样，东西多到根本搞不清楚是不是弄丢了，明白我的意思吗？"

"嗯，"哈利说，"失踪组怎么说？"

"他们说她应该会再出现，会跟我们保持联络。"

"好，"哈利说，"那我们继续。"

之后再也没人对这起失踪案发表意见，但哈利感觉得到这件案子徘徊不去，犹似远方的隆隆雷声，也许会——或也许不会步步进逼。分配好电话名单的调查工作后，会议结束，众人离开哈利的办公室。

哈利回到窗前，低头看着公园。夜晚来得越来越早了；白昼离开后，夜晚的降临似乎是摸得到的。他想起他跟费列森的母亲说，费列森晚上会去替非裔妓女义诊，那是费列森太太第一次脱下面具——并非出自悲痛，而是出自愤怒——她尖叫说哈利说谎，她儿子绝不会跑去治疗黑鬼妓女。也许还是说谎比较好。哈利想起昨天他跟总警司说屠杀可能暂时停止。黑暗慢慢聚拢在他周围，只有窗外景物依稀看得见。幼儿园的小朋友常在这座公园里玩耍，尤其是下雪的时候，而昨晚就下了雪。至少今天早上他来上班时，觉得自己应该没有眼花才对，因为他看见公园里伫立着一个灰白色的大雪人。

自由杂志社位于阿克尔港一栋大楼，大楼顶楼可以眺望奥斯陆峡湾、阿克修斯堡垒和奈索坦根村，顶楼占地两百三十平方米，是全奥斯陆单价最高的私人豪宅。这套豪宅的主人是《自由杂志》发行人兼总编辑亚菲·史德普，或只要称呼他亚菲就好了，因为哈利按门铃时看见名牌上是这样写的。楼梯和楼梯间走机能性极简风，橡木大门两旁各摆了一个手绘瓷壶。哈利心想：如果抱走一个不知道可以卖多少钱？

他按了两次门铃，终于听见门内传出说话声，其中一个声音叽叽喳喳、活泼开朗，另一个深沉而冷静。门打开，银铃般的女子笑声流泻而出。她头戴白色毛皮帽——哈利猜想应该是人造毛皮——帽子下方是金色长发。

"我很期待啰！"她说，转过身来，正好和哈利面对面。

"哈啰，"她说，语调平板，过了片刻，她认出哈利，立刻热情地说："呃，嗨！"

"嗨。"哈利说。

"你好吗？"她问道，哈利见她记起了上次他们的对话结束在莱昂旅馆的黑色墙壁上。

"你认识欧姐？"史德普说，他双臂交抱站在玄关，打着赤足，身穿T恤，上头隐约可见路易·威登标志，下半身的绿色亚麻长裤倘若换作别的男人来穿，肯定娘味十足。他的身高和哈利相仿，个头差不多魁梧，一张脸有着美国总统候选人梦寐以求的轮廓：坚毅的下巴，男孩般的蓝色眼眸，眼角带有笑纹，一头白发相当浓密。

"我们只是打个招呼，"哈利说，"我上过一次他们的脱口秀。"

"两位，我得走了。"欧姐说，边走边丢了个飞吻，脚步声沿着楼梯噔噔噔一路响了下去，仿佛逃命似的。

"对，她来找我也是为了那该死的节目，"史德普说着，请哈利进屋，握住哈利的手，"我的表现癖已经可悲得无以复加，这次我连主题是什么都没问就答应去上节目。欧姐是为了节目内容先来对稿的，呃，你上过节目，知道是怎么回事。"

"他们只是打电话给我而已。"哈利说，跟史德普握过的那只手余热未散。

"你在电话里的语气听起来很严肃，霍勒警监，我这个卑劣的新闻人能帮上什么忙吗？"

"这件事跟你的医生兼冰壶同好伊达·费列森有关。"

"啊哈！当然当然，请进来吧。"

哈利扭动双脚脱下靴子，跟着史德普穿过走廊，走进客厅。客厅比屋内其他地方低了两个台阶。进了客厅，只消看上一眼就知道费列森那家诊所的候诊室装潢灵感是从哪里来的，只见窗外的奥斯陆峡湾在月光照耀下波光粼粼。

"你是不是在进行'由因及果'的调查？"史德普说，啪嗒一声坐在一张塑料模型椅上，那是客厅里最小的一件家具。

"你的意思是？"哈利说着，在沙发上坐下。

"就是从结果开始反推回去，寻找原因。"

"'由因及果'是这个意思吗？"

"天知道，我只是喜欢这个名词而已。"

"嗯，你对我们发现的结果有什么看法？你相信吗？"

"我？"史德普大笑，"我什么都不相信，不过这是我的职业病，只要某件事开始接近既定真相，我的工作就是提出反对意见，这就是自由主义。"

"那这件案子呢？"

"呃，我看不出费列森有任何合理的杀人动机，或者疯狂到可以公然蔑视标准定义。"

"所以你不认为费列森是杀人凶手？"

"反对世界是圆的并不代表相信世界是平的，我想你手上应该握有证据吧——需要酒类饮料吗？咖啡？"

"咖啡，麻烦你。"

"我是逗你的，"史德普微笑道，"我这里只有水和葡萄酒，不对，我说错了，我还有一些阿贝迪恩农场生产的甜苹果酒，不管你愿不愿意都得尝一尝。"

史德普快步走进厨房，哈利站起来观察四周环境。

"你这间房子很漂亮，史德普。"

"这是三间房子打通的，"史德普在厨房喊说，"第一间属于一个事业成功的船东，他因为穷极无聊而上吊自杀，大概就在你现在坐的地方。

第二间是我现在站的这里，原本属于一个证券经纪人，他因为内线交易而锒铛入狱，却在监狱里得到心灵解脱，把这间房子卖给我，钱都捐给了奉行内在使命运动的牧师。

不过这应该也算是某种内线交易，你懂我的意思吧？我听说这个人现在快乐多了，所以有何不可？"

史德普走进客厅，手中拿着两个杯子，里头是淡黄色液体。他递了一杯给哈利。

"第三间房子原本属于厄斯坦修区的一个水电工，他们在计划建造阿克尔港区的时候，他就下定决心将来要住这里，我猜那应该代表他想爬上社会顶层吧。后来他进出黑市外加索取超额工资，攒钱攒了十年，终于买下这间房子。可是他几乎花光了所有的钱，所以没钱请搬家公司，只好找来几个朋友自己搬家。他有个保险箱重达四百公斤，我猜应该是用来装那些从黑市赚来的钱。就在他们快到最后一个楼梯间、只剩下十八级台阶的时候，那个可怕的保险箱突然滑动，把水电工给拖了下去。他摔断背脊，全身瘫痪，现在住在老家附近的疗养院，看着厄斯登士凡湖的风景。"史德普站在窗边，喝着杯中的酒，若有所思地眺望奥斯陆峡湾，"虽然只是一座湖，但也算得上是景观。"

"嗯，我们想知道你跟费列森有什么交情。"

史德普夸张地转过身，动作跟二十岁少年一样灵敏。"交情？这是个很强烈的字眼。他是我的医生，我们正好一起打冰壶；也就是说，我们打冰壶，伊达最多只是把石头推来推去和清理冰面而已。"他轻蔑地挥挥手，"对对对，我知道，他人都死了，可是事实就是如此。"

哈利将他那杯苹果酒放在桌上，一滴未沾："你们都聊些什么？"

"多半是在聊我的身体。"

"嗯哼？"

"我的老天，他是我的医生啊。"

"你想替身体整形？"

史德普放声大笑："我才不需要那些呢。当然了，我知道费列森会动整形手术，像是抽脂什么的，可是我认为预防胜于整形。我是会运动的人，霍勒警监。你不喜欢喝苹果酒吗？"

"里面有酒精。"哈利说。

"真的？"史德普说，注视着自己的酒杯，"这么一点哪算？"

"你们都讨论身体的哪个部位？"

"手肘，我有网球肘，打冰壶很碍事。他开了止痛药要我在上场前服用，那个白痴，止痛药也会抑制发炎，害我每次都拉伤肌肉。呃，我想我也不用提出医疗警告了，反正他都死了。不过吃药来止痛是不应该的，疼痛是好事，如果没有痛感我们就无法生存，我们应该感谢疼痛。"

"是吗？"

史德普用食指轻敲玻璃窗，那玻璃非常厚，将城市的噪声完全隔绝在外，"如果你问我，我会觉得峡湾和湖水的景观不能相提并论，或者其实可以？霍勒警监，你说呢？"

"我家没景观。"

"是吗？应该要有比较好，景观让人有视野。"

"说到视野，挪威电信给了我们一份费列森最近的通话记录，他死亡那天你跟他在电话里说了些什么？"

史德普以疑惑的眼神注视哈利，脖子一仰，喝完那杯苹果酒，满足地深深吸了口气："我几乎都忘记我们通过电话了，我想应该是谈论手肘的问题吧。"

崔斯可曾说扑克选手如果打算要以虚张声势的功力来赢得牌局，那么注定会输。的确，人在说谎时都会表现出轻浮的行为；然而，崔斯可认为，除非你冷静且刻意记下每个选手的行为模式，否则很难看穿虚张声势的高手正在故弄玄虚。哈利倾向于认为崔斯可的看法是正确的，所以他并未根据史德普的表情、声音或肢体语言来判断史德普说谎。

"费列森死亡当天四点到八点你在哪里？"哈利问。

"嘿！"史德普扬起双眉，"嘿！关于这件案子，我和读者是不是有什么应该知道的？"

"你在哪里？"

"你说话的语气像是你们还没逮到雪人，是不是这样？"

"我希望你能让我发问，史德普。"

"好，我跟……"

史德普突然住口，他的脸突然亮了起来，露出孩子气的微笑。

"不对，等一等，你是在暗示我跟费列森的死有关；如果要我回答这个问题，我想先知道这个问题是以什么条件作为前提。"

"要我记录你拒绝回答问题是很简单的，史德普。"

史德普举起酒杯做敬酒状："很常见的反制招数，霍勒警监，我们新闻人每天都在用，所以我们才叫新闻人，英文是 Press People，也就是'逼迫别人'。可是请注意，我不是拒绝回答，霍勒警监，我只是克制自己不要立刻回答而已，也就是说，我要想一想。"他走回窗边，站在那里对自己点头。"我不是不肯讲，只是还没决定要不要回答，以及要回答什么，所以现在你必须等一等。"

"我有的是时间。"

史德普转过身来："我不是要浪费时间，霍勒警监，但我曾宣告说《自由杂志》唯一的资产和生产工具是我个人的诚信正直，希望你能体谅我身为新闻从业人员有义务利用现在这个状况。"

"利用？"

"别闹了，我知道我现在就坐在独家新闻的小型原子弹上，目前应该还没有报社发现费列森的死有可疑之处吧。如果我现在就回答你，可以洗清我的嫌疑，可是这样一来我就摊牌了，没有办法在回答问题之前问出相关消息。我说的对吗，霍勒警监？"

　　哈利察觉到这段对话正往什么方向发展，以及史德普这个王八蛋比他预料的还要聪明。

　　"你需要的不是消息，"哈利说，"你需要的是被告知故意妨碍警方执行公务是会遭到起诉的。"

　　"说得好，"史德普大笑，态度明显变得热烈，"但是身为新闻从业人员和自由主义者，我必须考虑我的原则。现在的问题是，我身为公开的反现存社会体制看门犬，是不是该对宰治政权的法规和秩序无条件提供我的服务。"他丝毫不加掩饰自己话中带有的讽刺意味。

　　"你的先决条件是什么？"

　　"当然是背景数据的独家消息。"

　　"我可以给你独家，"哈利说，"同时我也可以禁止你把数据传播给别人。"

　　"嗯，呃，这样我们还是没有交集，真可惜。"史德普将双手插进亚麻长裤的口袋，"不过这些就已经够我质问警方是不是抓到真凶了。"

　　"我警告你。"

　　"谢谢，你已经警告过了。"史德普叹了口气，"想想看你对付的是谁吧，霍勒警监。这星期六我们将在广场饭店举办一场盛会，六百名宾客将一同庆祝《自由杂志》创刊二十五周年。对一本总是挑战言论自由界限、每天都航行在被合法污染的海水中的杂志来说，这样算很不错了。二十五年啊，霍勒警监，而且我们在法庭上没打输过一场官司。我会把这件事拿去请教我们的律师尤汉·孔恩，我想警方应该认识他吧，霍勒警监？"

　　哈利闷闷地点点头。史德普慎重地朝门口摆动手臂，表示这次访谈已经结束。

　　"我保证我一定会尽力协助警方，"史德普站在玄关说，"只要警方也协助我们。"

"你很清楚我们不可能跟你谈这种条件。"

"你不知道我们已经谈了什么条件，霍勒，"史德普微微一笑，打开了门，"你真的不知道。我希望很快就可以再见到你。"

"我没料到这么快就会再见到你。"哈利说，扶着开了的门。

萝凯快步踏上通往他家的最后一级台阶。

"有，你料到了。"她说，投入他怀中。她推他入内，用高跟鞋踢上门，双手抓住他的头，贪婪地亲吻他。

"我恨你，"她说，松开他的皮带，"我现在的生活不需要这些。"

"那就走啊。"哈利说着，解开她的外套纽扣，脱下她的上衣。她的裤子侧边有条拉链，他拉开拉链，伸手进去，直抵脊椎尾端，触碰冰凉柔滑的丝质内裤。玄关十分安静，只听得见他们的呼吸声和她的高跟鞋发出咔嗒一声，她挪动一只脚，让他进入。

事后两人躺在床上共享一根烟，萝凯指责哈利贩毒。

"他们不是都用这种手法吗？"她说，"第一次免费，结果一次就上瘾了。"

"然后就得付钱。"哈利说着，朝天花板吐了一个大烟圈和一个小烟圈。

"付很多很多钱。"萝凯说。

"你来这里只是为了性，"哈利说，"对不对？我只知道是这样。"

萝凯抚摸着他的胸膛："你变得好瘦哦，哈利。"

他不接话，只是等待。

"我跟马地亚不是很顺利，"她说，"也就是说，他的部分很好，简直完美，是我的部分不好。"

"你们有什么问题？"

"我要是知道就好了。当我看着马地亚，心想这就是我心目中的梦幻情人，他点燃了我心中的火，而我试着想点燃他的，我几乎都要攻击他了，因为我需要一点欢愉，你明白吗？那会很棒，感觉很对，可是我就是没办法……"

"嗯，我有点难以想象这个画面，可是我在听。"

她用力拉扯他的耳垂："我们总是渴求对方，并不一定就代表我们的关系有质量保证。"

哈利看着小烟圈追上大烟圈，形成一个 8 。对，那是 8 ，他心想。

"我开始找借口，"她说，"比如说马地亚从他父亲那里遗传来的奇特身体构造。"

"什么身体构造？"

"没什么特别的啦，只不过他自己很难为情。"

"别这样，快跟我说。"

"不行不行，没什么大不了的。起初我觉得他的难为情很可爱，现在我开始觉得有点烦，好像我想拿这种小地方来挑剔马地亚，作为借口……"她陷入沉默。

"作为来这里的借口。"哈利接口说。

她用力抱了抱他，起身下床。

"我不会再来了。"她噘嘴说。

萝凯离开哈利家时已接近午夜。毛毛细雨静静落下，柏油路面在街灯照耀下闪闪发亮。她拐弯走上史登柏街，她的车就停在这条街上。她坐上车，正要发动引擎，忽然看见雨刷下夹着一张纸条，上面有手写字迹。她把车门打开一条缝，伸手将那张纸拿进来。纸上字迹已几乎被雨洗去，她试着辨认模糊的字迹。

我们都得死，淫妇。

萝凯心头大惊，环顾四周，但四下无人，街上只见其他停在路边的车

辆。其他车上也夹了纸条吗？她并未看见。一定是碰巧；不可能有人知道
她把车停在这里。她按下车窗，用两根手指夹着纸条，然后放开，发动引擎，
驾车离去。

车子快到伍立弗路尽头时，她突然感觉有人坐在后座看着她，她往后视
镜看去，竟看见一个小男孩的脸孔。那不是欧雷克的脸孔，而是个陌生小男孩。
她猛然踩下刹车，橡胶轮胎摩擦柏油路面发出尖鸣，接着就听见后面的车辆
发出愤怒的喇叭声，大响三次。她看着后视镜，胸口剧烈起伏，只见后方车
上坐着一个年轻男子，一脸惊魂未定。她浑身发抖，继续驾车前进。

艾莉站在玄关里，双脚像是粘在地板上，手中依然拿着话筒。原来她
不是心理作用，完全不是。

安利亚叫了她两声，她才回过神来。

"是谁打来的？"

"不知道，"她说，"打错了。"

他们上床睡觉时，她想偎依在他身边，但她做不到，她没办法靠近他，
她是不洁的。

"我们都得死，"电话里那声音说，"我们都得死，淫妇。"

19 电视

第十六日

隔天早上调查小组集合开会时，卡翠娜那份七人名单当中的六个已经清查完毕，只剩一个人尚未清查。

"亚菲·史德普？"侯勒姆和麦努斯同时发出疑问。

卡翠娜默不作声。

"好吧，"哈利说，"我跟孔恩律师通过电话，他清楚地表示史德普不想回答他有没有不在场证明或其他问题。我们可以逮捕史德普，但他完全有权利不发表任何意见。要是我们逮捕他，只不过是跟全天下昭告说雪人依然逍遥法外而已。重点在于史德普说的究竟是实话，还是他只是在演戏。"

"可是那么有名的人会杀人吗？"麦努斯做个鬼脸，"有谁听过吗？"

"O.J.辛普森（O.J. Simpson）、"侯勒姆说，"菲尔·斯佩克特[①]、马文·盖伊[②]的父亲。"

"菲尔·斯佩克特是谁啊？"

"跟我说说你们的想法吧，"哈利说，"不用深思熟虑，想到什么就说。史德普有什么需要隐藏的吗？侯勒姆？"

[①] 菲尔·斯佩克特（Phil Spector, 1939— ），美国摇滚乐制作人，涉嫌在自家豪宅枪杀一名女演员，被判二级谋杀罪。

[②] 马文·盖伊（Marvin Gaye, 1939—1984），美国摩城唱片著名灵魂乐歌手，和父亲在自家发生争执而遭父亲枪杀。

侯勒姆揉揉他腮边的肉排形鬓胡："他不肯正面回答费列森死亡的时候他在哪里，的确可疑。"

"布莱特？"

"我认为史德普只是觉得自己被怀疑很有趣而已，对他的杂志来说，这根本算不了什么，相反的是这件事正好强化了《自由杂志》那种局外人的形象，史德普就好像伟大的烈士独自对抗舆论的洪流。"

"我同意，"侯勒姆说，"我靠边站，他如果有罪的话不可能冒这种风险，他图谋的一定是独家新闻。"

"史卡勒？"哈利问。

"他在虚张声势，这些根本都是胡扯，有人真的了解媒体和言论自由这种东西吗？"

没人回答。

"好吧，"哈利说，"假设多数人的看法是正确的，他说的是实话，那我们就应该尽快把他剔除，继续调查其他线索。我们可以想到费列森死亡时有什么人可能跟史德普在一起吗？"

"想不出来，"卡翠娜说，"我打电话问过一个我认识的女性友人，她在自由杂志社上班，她说史德普在闲暇时间并不勤于社交，多半都独自待在阿尔克港的那间房子里，当然女人除外。"

哈利看着卡翠娜，联想到过度热心的学生，总是抢先老师一步。

"两个以上的女人吗？"

"据我这个朋友说，史德普一向喜欢招蜂引蝶，而且恶名昭彰。就在她拒绝他进一步求欢之后，他直截了当告诉她说她不够格当记者，应该转换跑道。"

"这个表里不一的王八蛋。"麦努斯不屑地说。

"她跟你有同样的看法，"卡翠娜说，"但事实上她真的是个烂记者。"

侯勒姆和哈利爆出大笑。

"去问你这个朋友能不能列出史德普的情人名单，"哈利说，站了起来，"然后再打电话去问杂志社员工同样的问题，我要他觉得我们紧迫盯人。去干活吧！"

"那你呢？"卡翠娜问，并未移动。

"我？"

"你没跟我们说你觉得史德普是不是在虚张声势。"

"这个嘛，"哈利微微一笑，"他讲的话绝对不是句句属实。"

其他三人看着他。

"他说他不记得他跟费列森的最后一通电话说过些什么。"

"然后呢？"

"如果你发现昨天跟你通过电话的人是连环杀手，而且还自杀了，你会不会立刻仔细回想你们的对话，问自己有没有察觉到什么？"

卡翠娜缓缓点头。

"我纳闷的另一件事是雪人寄一封信叫我去找他，"哈利说，"也就是说他应该早就料到我会去追查他，可是我一接近，他怎么就立刻急着脱身，设下骗局，要我们以为费列森是雪人？"

"说不定他老早就这样计划好了，"卡翠娜说，"说不定他跟费列森宿怨未了，早就有意栽赃，打一开始就这样引导你。"

"又或者他想借由这件事来打击你，"侯勒姆提出看法，"逼迫你犯错，然后在一旁安静地享受胜利。"

"得了吧，"麦努斯不以为然地说，"你说的好像雪人跟哈利之间有什么个人仇恨似的。"

另外三人沉默地看着他。

麦努斯眉头一皱："真的有吗？"

哈利从衣架上拿起他的夹克："卡翠娜，我要你再去找包格希一次，就说我们有搜查令，可以查看患者病历，出事的话责任我来扛，看你能不能挖出什么关于史德普的事来。我要走了，还有什么要说的吗？"

"提维塔区的那个女人，"侯勒姆说，"卡米拉·罗西斯，她依然下落不明。"

"你去查一下，侯勒姆。"

"你要去干吗？"麦努斯问。

哈利微微一笑："去学打扑克牌。"

哈利站在维格兰广场上唯一一栋公寓的六楼、崔斯可家门前，觉得自己好像回到了小时候：奥索普乡每个人都度假去了，在按过所有其他人家的门铃后，这是最后的去处、绝望的行动。本名叫阿斯比·崔斯卓的崔斯可打开门，绷着一张脸看着哈利，因为他跟小时候一样知道，哈利来找他纯粹是因为别无他法可想。

崔斯可家的大门直通三十平方米的空间，说好听点，这叫作有开放式厨房的起居空间；说难听点，这叫作套房。房里的恶臭令人避之唯恐不及，那是细菌滋生在潮湿脚掌和污浊空气中所产生的气味，挪威语称之为 Tåfis，意思是"脚趾放的屁"。崔斯可那双容易流汗的双脚遗传自父亲，他的绰号"崔斯可"也是从父亲那里继承来的。崔斯可的挪威文为 Tresko，意思是木鞋，他经常穿这种四不像的鞋子，以为木头会吸收他的脚臭。

崔斯可的脚臭如果有什么优点可言，就是它掩盖了水槽里堆积如山的未洗餐具的气味、满溢出来的烟灰缸的气味、吸饱汗水挂在椅背上晾干的 T 恤的气味。哈利忽然想到在拉斯韦加斯世界扑克冠军锦标赛总决赛上，崔斯可过关斩将时，他那双汗津津的脚掌很可能将对手一个个都给逼疯了。

"好久不见。"崔斯可说。

"对啊，很高兴你有时间见我。"

崔斯可大笑，仿佛哈利说了个笑话。哈利不想在这间套房里多待片刻，直接切入正题。

"为什么打扑克牌只是在分辨对手是不是说谎？"

崔斯可似乎一点也不介意哈利直接跳过寒暄的部分。

"大家都认为扑克牌跟统计数据或概率有关，可是一旦你打到最高阶，面对的每一位选手都对概率了如指掌，那么战争就变成在别的地方开打。一流高手之所以能胜出是因为他们有能力读出其他选手的心思。在我前往赌城之前，我就知道跟我较量的会是一流高手。我家的卫星电视可以收看博弈频道播出的高手赛事，我把赛事录下来，仔细研究每个选手虚张声势的行为，用慢动作播放，记录他们脸上最细微的变化、他们的言行举止、重复的动作。我研究一段时间之后，发现了某些重复出现的行为，比如说有个选手会搔右鼻孔，有个选手会抚摸牌背。离开挪威的时候，我有把握自己会赢，结果惨的是我有个更明显的习惯：脸部会抽搐。"

崔斯可的阴森笑声听起来仿佛啜泣，连他那软趴趴的身体也为之震动。

"如果我找一个人来讯问，你可以分辨出他是不是在说谎吗？"

崔斯可摇摇头："没那么简单。第一，我需要录像。第二，我必须看到牌面才知道他什么时候在虚张声势，然后我才能倒带，分析他唬人时会出现什么异常的行为。这是不是有点像校准测谎机？开始测谎之前，你会先叫受测者说一些显然为真实的事，像是他的名字，然后再叫他说一些显然为谎言的事，之后你看报表才有参考的基准。"

"显然为真实的事，"哈利喃喃地说，"还有显然为谎言的事，录成影片。"

"不过呢，就像我在电话里说的，我什么都没办法保证。"

哈利在痛苦之屋找到贝雅特·隆恩，她在抢案组工作时，在这个房间里花费最多时间。痛苦之屋是个没有窗户的办公室，里头摆满各类器材，可以查看和剪辑闭路电视影片，放大影像，辨识粒状影像中的人物或模糊电话录音中的声音。如今贝雅特已晋升为鉴识中心主任，而且正在请产假。

机器发出吱吱声，喷出的热气令她苍白且几乎透明的脸颊泛起红晕。

"嗨。"哈利说着，让铁门在他身后关上。

娇小灵敏的贝雅特站起来跟他抱了抱，两人都觉得有点不自在。

"你变瘦了。"她说。

哈利耸耸肩："一切……都还好吗？"

"克雷格该睡的时候睡，该吃的时候吃，几乎都不哭闹，"她微笑说，"现在对我来说他就是全世界。"

哈利觉得该说些关于哈福森的话，表示他没遗忘，但找不到适当的话语。贝雅特似乎明白，反过来问他好不好。

"很好、不错、糟透了，"他说，在椅子上坐下，"看你问的是什么时候。"

"今天呢？"她打开电视屏幕，按下按键，画面中的人开始退回到史多罗商场门内。

"我有偏执症状，"哈利说，"我觉得我追捕的这个人在操弄我，每件事都很混乱，我完全被他玩弄在手掌心，你知道这种感觉吗？"

"知道，"贝雅特说，"我都叫他克雷格。"她停止倒带，"想看看我发现了什么吗？"

哈利将椅子推近了些。众所周知，贝雅特天赋异禀，她脑部的梭状回特别发达且敏锐，梭状回是脑部储存和辨认人类五官的部位，也因此她等于是活的罪犯档案库。

"我看过所有涉案人士的照片，"她说，"包括丈夫、小孩、证人等等，我当然也知道我们的老朋友长什么样子。"

她一格一格移动影像。"那里。"她说，停了下来

画面停格，上面显示的是由黑白颗粒组成的一群人，焦距模糊。

"哪里？"哈利说，觉得自己比以前跟贝雅特一起研究影像时还来得愚笨。

"那里，那就是照片中的人。"她从档案里拿出一张照片。

"跟踪你的会不会就是这个人，哈利？"

哈利惊愕地看着那张照片，缓缓点头，拿起电话，两秒钟后卡翠娜就接起电话。

"穿上外套，到楼下车库跟我碰面，"哈利说，"我们去兜风。"

哈利驾车走上乌朗宁堡路，再转入麦佑斯登路，避开玻克塔路的红绿灯。

"贝雅特确定是他吗？"卡翠娜说，"监视器的影像质量……"

"相信我，"哈利说，"如果贝雅特说是他，那就铁定是他。打电话去查号台，问出他家电话。"

"我存在手机里了。"卡翠娜说，拿起手机。

"存？"哈利瞥了她一眼，"你把见过的每一个人都存在手机里？"

"对，编为群组，结案后就整个删掉。你应该试试看的，按删除键的那种感觉真是美妙无比，真的…… 很有感觉。"

哈利在贺福区那栋黄色大宅对面停好了车。

大宅每一扇窗户都黑沉沉的。

"菲利普·贝克，"卡翠娜说，"真没想到。"

"记住我们只是去找他聊聊天，他打电话给费列森可能有非常合理的原因。"

"以至于他要用史多罗商场的公共电话？"

哈利看了卡翠娜一眼。她的颈部肌肤很薄，脉搏跳动显而易见。他移开视线，望向那栋大宅的客厅窗户。

"走吧。"他说，手刚握上车门门把，手机就响了起来，"哪位？"

手机那头的声音听起来相当兴奋，但仍以简短扼要的句子汇报。哈利在对方的一长串报告声中只说了两声"嗯"，一声惊讶的"什么？"还有一句"什么时候？"

对方的声音终于停了下来。

"打电话给重案指挥室，"哈利说，"请他们派附近两辆警车到贺福路，叫他们不要开警笛，还有叫他们停在住宅区的两端……什么？……因为里面有个小男孩，我们不要把菲利普搞得更紧张好吗？"

对方显然说好。

"是侯勒姆打来的。"哈利倚向卡翠娜，打开置物柜，翻寻了一会儿，找出一副手铐，"他的手下在卡米拉·罗西斯家车库里的车上发现好几枚指纹，拿去跟涉案人士比对。"

哈利从点火装置上拔下一串钥匙，弯下腰从座椅下方拿出一个金属箱，将钥匙插进金属箱的锁头，打开箱子，拿出一把黑色的短管史密斯威森左轮手枪："风挡玻璃上的一枚指纹比对吻合。"

卡翠娜的嘴唇做出无声的"哦"，朝黄色大宅侧过了头，面带询问的表情。

"对，"哈利回答说，"就是菲利普·贝克教授的指纹。"

他看见卡翠娜睁大眼睛，但声音跟往常一样冷静，"我有预感我很快就会按下删除键了。"

"也许吧。"哈利说，推开左轮手枪的旋转弹筒，查看里头是否装满子弹。

"不可能有两个男人都用这种手法绑架女人。"她把头侧过来又侧过去，仿佛在为拳击比赛做暖身运动。

"很合理的假设。"

"我们第一次来这里的时候就应该知道了。"

哈利看着她，心想自己怎么没跟她一样兴奋？逮捕犯人的那种亢奋感跑哪里去了？是不是因为他知道亢奋感很快就会被来得太迟的空虚感取代，最后他只能像消防队员那样翻看废墟？是的，但不尽然如此，而是另有原因，现在他感觉到了：因为他心中有个问号。指纹和史多罗商场的监视影像在法庭上一定可以作为如山铁证，可是这些证据来得太容易了，真凶不是这种人，他不会犯下这种平庸的错误。菲利普不是那个在雪人顶端摆上希薇亚头颅的人，不是那个将拉夫妥警探塞进冰箱的人，不是那个写信给哈利的人，信中写道：你应自问："谁堆了雪人？"

"我们该怎么做？"卡翠娜问，"自己逮捕他？"

哈利从她口气中听不出这句话是不是问句。

"我们先在这里等待，"哈利，"等支援人手就位，再去按门铃。"

"如果他不在家呢？"

"他在家。"

"哦？你怎么……？"

"你看客厅的窗户，仔细看。"

她望向那扇窗户，只见大型观景窗内白光闪动。他看见她明白了，那是电视发出的光线。

他们在静默中等待。四周一片宁静。一只乌鸦发出一阵尖锐叫声后，一切又回复宁静。哈利的手机响起。

支持警力已经就位。

哈利简明扼要地对警察下达命令，他不想看见任何制服警察出现，除非他们接到命令或听见枪声或叫声。

"把手机切换到静音。"卡翠娜在哈利挂上电话之后说。

他微微一笑，照她的话做，偷偷瞄了她一眼，想起那扇冰箱门打开时她脸上的表情。现在她脸上并未出现恐惧或紧张，只有专注。他将手机放进夹克口袋，听见手机撞到手枪发出铿的一声。

他们下车，穿过马路，打开栅栏门。湿润的小石子贪婪地吸着他们的鞋底。哈利的眼睛紧盯那扇大窗，查看是否有影子出现，或有任何东西朝白色墙壁移动。

他们来到门口站定，卡翠娜看了哈利一眼，见他点了点头。她按下门铃，门内传出深沉、犹豫的叮咚声。

他们等待着，大门旁的椭圆形波浪纹窗玻璃上并未出现人影。

哈利向前移动，将耳朵贴在玻璃上，这是一种查探屋内状况极为简单而有效的方法。但他什么声音也没听见，连电视的声音都没有。他后退三步，抓住门前台阶上方突出的屋檐，再用双手抓住排水管，将自己拉了上去，直到高度可以让他透过窗户看见整间客厅：客厅地上坐着一个人，双腿交叠，背对着他，身穿灰色外套，一副大耳机罩在头上，仿佛一个黑色光环，耳机上的电线延伸到电视上。

"他听不见我们按门铃，因为他戴着耳机。"哈利说，落下地来，正好看见卡翠娜握住门把。门框周围的橡胶条发出吻合声。

"看来我们受到欢迎。"卡翠娜轻声说，走进门内。

哈利吃了一惊，心中暗骂，跟在她后头迈开大步走了进去。卡翠娜已走到客厅门前，打开了门，站在那里等待哈利走到她身旁。她后退一步，却撞上一个台座，台座上的花瓶惊险地左摇右摆，最后又回到直立的位置。

他们和那人距离至少六米，那人依然背对他们坐在地上。

电视屏幕上一个小宝宝握着一名微笑妇人的食指，正在试着走路。DVD 播放器的蓝色光芒在电视机下方亮着。哈利突然觉得眼前这一幕似曾相识，同时意识到惨剧即将重演。一切都一模一样：寂静、家庭影片播放天伦之乐、过去和现在的强烈对比，悲剧已然上演，如今只差结局。

卡翠娜伸手一指，但哈利已经看见。

一把枪放在那人背后，就在完成一半的拼图和 GameBoy 游戏机之间，看起来像玩具手枪。格洛克 21 手枪，哈利猜想。他全身进入警戒状态，感觉有点反胃，更多肾上腺素释放到血液中。

他们有两个选择：其一是留在门口，大喊菲利普的名字，冒着可能必须面对持枪恶徒的风险；其二是在菲利普发现他们之前，先夺去他的枪械。哈利将手放在卡翠娜肩膀上，将她推到背后，心中计算着菲利普转过身、拿起手枪、瞄准、击发，总共要花多久时间。他只要四大步就能走到手枪旁边，背后没有光线会将他的影子投射到前方，电视屏幕的光线太强，不会映照出他的身影。

哈利深深吸口气，开始行动，尽量将脚轻轻踏上木质拼花地板。那人的背影并未移动。他的第二步才跨出一半，就听见背后传来碎裂声，他凭直觉知道是那个花瓶掉下来了。就在此时，他看见那人转过身来，也看见菲利普脸上痛苦的神情。哈利僵在原地，两人互相对望。菲利普背后的电视屏幕陷入漆黑，他张开嘴巴似乎想说什么，眼白布满红色河川般的血丝，双颊肿胀，像是刚刚哭过。

"那把枪！"

发出大吼的是卡翠娜。哈利本能地抬起双眼，在黑色电视屏幕上看见她的身影。只见她站在客厅门口，双腿张开，双臂向前伸直，双手握着一把左轮手枪。

时间似乎慢了下来，变成无形的浓稠物质，只有他的感官实时运作。

一个像哈利这样训练有素的警察遇上这种状况，应该本能地趴到地上，拔出枪来，但另有一样晚于他的直觉却更有力的东西在运作。起初他认为自己是因为另一个似曾相识的经验才会有如此的反应，但后来他有了不同看法。那个似曾相识的画面是一个男子被警方的子弹击中，死在地上，因为男子知道自己已走到路的尽头，再也没有能量去和更多鬼魂缠斗。

哈利向右跨出一步，挡住卡翠娜的射击线。

他听见背后传来上过油般滑顺的咔嗒声，那是扣扳机的手指松开后，左轮手枪的击锤回到原位的声音。

菲利普的手按在手枪附近的地面上，手指和指间的肌肉泛白，这表示他的身体重量压在手上。他的另一只手——左手——拿着遥控器。倘若菲利普要以现在这个坐姿用右手去拿枪，肯定会失去平衡。

"不要动。"哈利大声说。

菲利普唯一的动作是眨眼两下，像是想抹去哈利和卡翠娜的身影。哈利冷静而迅速地向前移动，弯腰捡起地上那把枪，只觉得异常地轻。事后回想，那把枪轻到让他觉得弹匣内不可能有子弹。

哈利将那把枪塞进夹克口袋，就放在他自己的左轮手枪旁，然后蹲下。他在电视屏幕上看见卡翠娜举枪对准他们，紧张地不断变换身体重心。哈利朝菲利普伸手过去，他像只胆小的动物般向后退缩，哈利除下他头上的耳机。

"尤纳斯呢？"哈利问。

菲利普怔怔地看着哈利，仿佛搞不清楚眼前状况，也听不懂哈利说的语言。

"尤纳斯呢？"哈利又说一遍，然后大喊，"尤纳斯！尤纳斯，你在家吗？"

"嘘，"菲利普说，"他在睡觉。"他的声音恍恍惚惚，像是吃了镇静剂。

菲利普指了指耳机："不要吵醒他。"

哈利吞了口口水："他在哪里？"

"哪里？"菲利普侧过了头，看着哈利，仿佛这时才认出他来，"当然在床上，小孩都要睡在自己的床上啊。"他的声音抑扬顿挫，像是在唱一句歌词。

哈利将手伸进另一边夹克口袋，取出手铐。"把手伸出来。"他说。

菲利普又眨了眨眼。

"这是为了你自己的安全着想。"哈利说。

这是一句常用的话，警校的训练会让人把这句话深深印在脑子里，这句话主要是设计用来让被捕者放松下来。然而当哈利听见自己说这句话时，他立刻知道自己为什么要挡住卡翠娜的射击线，而原因并不是鬼魂。

菲利普像是哀求般举起双手，钢制手铐铐上他细长多毛的手腕。

"待在这里，"哈利说，"她会负责照顾你。"

哈利直起身来，走到门口卡翠娜站立的位置。她已把枪放下，对他微笑，眼中闪烁着奇特的光芒，眼眸深处似乎有火在焖烧。

"你没事吧？"哈利低声问道，"卡翠娜？"

"当然没事。"她笑说。

哈利迟疑片刻，然后继续向前走，爬上楼梯。他记得尤纳斯的房间在哪个位置，却先打开其他房门，想拖延可怕时刻的到来。菲利普的卧房虽然没开灯，但还是看得出双人床的轮廓，床上另一边的单人被已被移走，仿佛他已知道她不会再回来。

接着哈利来到尤纳斯的房门口。他先清除脑中所有的思绪和影像，然后才打开门。黑暗中传来一种杂乱又不和谐的细致叮叮声，虽然他看不见任何东西，但他知道开门所产生的气流扰动了一小排细金属管；欧雷克的卧室天花板也挂着同样的金属风铃。哈利走进房内，模糊中看见有个人或有个东西盖在被子下。他聆听是否有呼吸声，却只听见风铃持续的震动声，迟迟不肯散去。他将手放在被子上，突然间全身因为恐惧而麻木。虽然这个房间里没有东西呈现出实质上的危险，但他知道自己恐惧的是什么。他的前任上司莫勒替他指出过这一点：他恐惧的是自己的人性。

他小心翼翼掀开被子，露出下方的躯体。那是尤纳斯。黑暗之中，尤纳斯看起来真的在睡觉，只不过他双眼微睁，瞪着天花板。哈利注意到尤纳斯的前臂贴着一片护创胶布。哈利俯身到他半张的嘴巴前，触摸他的额头，竟吓了一大跳，因为哈利的手触摸到温暖的肌肤，耳际感到一丝热气吹过，接着便听见一个昏沉的声音说："妈咪？"

哈利对自己的反应毫无准备，或许是因为他心里想的是欧雷克，或许是因为他心里想的是自己小时候从床上醒来，以为母亲尚在人世，便冲进他们奥索普乡老家的父母卧房，却只看见双人床上孤零零地只剩一边的被子。

哈利不能自己，眼里突然涌出泪水，直到尤纳斯的影像在眼前变得模糊。泪水滚落脸颊，留下温热的痕迹，顺着纹路流到嘴角。他尝到了咸涩的滋味。

第四部

20 太阳眼镜

第十七日

早上七点，哈利打开拘留所二十三号囚室。菲利普·贝克衣着整齐坐在铺位上，一脸空洞望着哈利。哈利将他从值班室拿来的椅子放在囚室中央。这间囚室占地五平方米，专供过夜人犯或警署的关押罪犯使用。哈利跨坐在椅子上，拿出一包皱巴巴的骆驼牌香烟，拍出一根，朝他递去。

"在这里抽烟是违法的吧？"菲利普说。

"如果是我坐在这里等待被判无期徒刑，"哈利说，"我想我会冒这个险。"

菲利普只是盯着哈利瞧。

"来一根嘛，"哈利说，"要偷偷抽烟的话，没什么地方比这里更过瘾了。"

菲利普冷冷一笑，接过哈利拍出的烟。

"尤纳斯没事，在这种情况下也难为他了，"哈利说，拿出打火机，"我跟班狄森夫妇谈过了，他们同意照顾他几天，社区工作人员还来跟我争论，不过最后还是答应了。警方还没公布你被捕的消息。"

"为什么？"菲利普问，将烟凑上打火机，小心翼翼吸了一口。

"我等一下再回答这个问题，不过你应该知道如果你不合作，我就没办法再压住这个消息。"

"啊哈，你是来扮白脸的，昨天讯问我的那个是黑脸对不对？"

"没错，贝克，我是来扮白脸的，可是我想私下问你几个问题，你告诉我的事不会也不能用来对付你，你明白我的意思吗？"

菲利普耸耸肩。

"昨天讯问你的警官叫艾斯本·列思维克，他认为你说谎。"哈利说，朝天花板的烟雾警报器吐出一口蓝烟。

"说什么谎？"

"你说你跟卡米拉·罗西斯只在车库里说了几句话，然后就走了。"

"我说的是真的，你认为呢？"

"我的想法和艾斯本昨天跟你说的一样，我认为你绑架卡米拉，杀死了她，然后把尸体藏起来。"

"太扯了吧！"菲利普插口说，"我们只是讲几句话而已，真的！"

"那为什么你拒绝透露你跟她说了些什么？"

"因为那是私事，我跟你们说过了。"

"你承认你在费列森死亡那天打过电话给他，我想你应该也把你们在电话里说的话视为私事吧？"

菲利普环视四周，像是以为某个地方会有烟灰缸："听着，我没做任何犯法的事，如果没有律师在场的话，我不想再回答任何问题了，我的律师今天晚点才会来。"

"昨天晚上我们提供了一个律师给你，这个律师可以马上就来。"

"我想找一个像样的律师，而不是那种……地方政府员工。你们是不是也该告诉我，为什么你们认为我杀害了这个姓罗西斯的太太？"

哈利听了菲利普的措辞后颇为错愕，也就是说，哈利听了菲利普称呼卡米拉"姓罗西斯的太太"甚是惊讶。

"如果她失踪了，你们应该逮捕艾瑞克·罗西斯才对啊，"菲利普继续说，"犯人不通常是丈夫吗？"

"的确，"哈利说，"可是艾瑞克有不在场证明，卡米拉失踪的时候他在公司。你之所以会坐在这里是因为我们认为你是雪人。"

菲利普的下巴掉了下来，眨了眨眼，就跟昨晚他在贺福区的自家客厅里一样。哈利指着菲利普指间螺旋上升的烟雾说："你得抽几口，不然我们会触动警铃。"

"雪人？"菲利普冲口而出，"雪人不是伊达·费列森吗？"

"不是，"哈利说，"我们知道不是。"

菲利普的眼睛眨了两下，接着爆出大笑，笑声又干又涩，听起来像是咳嗽："原来如此，这就是为什么你们还不对媒体发布消息的原因，你们不能让媒体发现你们搞错人了，同时你们又急于追捕真凶，或可能是真凶的人。"

"没错，"哈利说，吸了一口自己的烟，"目前这个真凶是你。"

"目前？我以为你这个白脸是要让我以为你们什么都知道，我才有可能立刻招供。"

"可是我并不是什么都知道。"哈利说。

菲利普眯起一只眼："这是陷阱吗？"

哈利耸耸肩："这只是我的直觉，我需要你说服我你是清白的，昨天的讯问草草结束只是更让人觉得你隐瞒了很多事而已。"

"我没什么事好隐瞒的，我只是不明白如果我没做出什么犯法的行为，为什么要什么事都告诉你。"

"你仔细听好了，贝克，我不认为你是雪人，也不认为你杀了卡米拉，而且我认为你是个有理性有想法的人，你应该明白如果你现在就把那所谓的私事告诉我，绝对会把伤害降到最低，否则你明天就会在报纸上看见斗大标题写着：菲利普·贝克教授涉嫌犯下挪威最令人发指的命案。你应该知道就算你是清白的，后天就被释放，名字也会永远跟这些头条新闻扯上边，你儿子也是。"

哈利看着菲利普的喉结在长出胡楂儿的脖子里上下移动，看着他的脑袋归纳出符合逻辑的简单结论。接着菲利普将他的私事说了出来，语调极其痛苦，起初哈利还以为那是因为菲利普不习惯抽烟的缘故。

"我老婆碧蒂是个淫妇。"

"什么?"哈利尽量不让心中的讶异表现出来。

菲利普将烟丢在地上,倾身向前,从后口袋拿出一本黑色笔记本:"她失踪后我发现了这个,就放在她的抽屉里,她连藏都懒得藏。乍看之下你会觉得没什么,只是常见的备忘录,拿来写些电话号码什么的,可是我拿去比对电话簿之后才发现并没有这些号码,这些是密码。可是我老婆不擅长写密码,我不到一天就把它破解了。"

艾瑞克·罗西斯是李特费利搬家公司的老板,这家公司之所以能在利润相当有限的搬家市场里找到利基,是由于定价低、采用侵略性营销策略、雇用廉价外籍劳工、搬家合约上要求物品一旦全搬上货车,客户就得在货车出发前往目的地之前付现。他从来没在任何一个客户身上赔过钱,主要是因为合约上有一行小字,注明任何有关损害和偷窃的申诉都必须在两天内提出,而实际上百分之九十的申诉都来得太晚,因此不予受理。至于那剩下的百分之十,艾瑞克自有一套办法对付,不是避不见面,就是使出拖延战术,那些等离子电视遭窃或钢琴被砸坏的苦主,最后都被他搞得精疲力竭而不了了之。

艾瑞克很年轻就投入了搬家业,在李特费利搬家公司上班,这家公司的老板是艾瑞克父亲的朋友,他会进这家公司就是通过父亲的安排。

"这小鬼要他去上课安静不下来,要他去当混混又太聪明,"他父亲说,"你能收留他吗?"

艾瑞克去当了业务员,赚取佣金,很快就以自身的魅力、效率和蛮横闯出一片天。他遗传了母亲的褐色眼珠、父亲的浓密鬈发和运动员体格,很多女性客户遇上他都当场签下合约,不再询问其他搬家公司的报价。他很聪明,对数字也很有一套,偶尔公司需要投标大案子时,他也能提供策略:价格压低,损害自付额拉高。五年后,公司获利可观,艾瑞克成了老板经营公司的左右手。某年圣诞节前夕，老板将一张桌子搬到艾瑞克的新办公室，就在他二楼的办公室旁边。这只是一项相当简单的搬运工作，但他突然心脏病发，倒地身亡。接下来几天，艾瑞克安慰老板的妻子说他有办法——而且是非常有办法——扛起这家公司。丧礼过后一星期，艾瑞克和她敲定了一笔几乎只是象征性的经营权转移费用，这个金额反映了艾瑞克强调的所谓"这是一家市场利润有限且风险高、利润率几乎等于零的小公司"。他坚决主张，对他而言最重要的是有人能继续经营她丈夫打拼了一辈子的事业。他说这些话时，褐色眼眸里闪着一滴泪光，她伸出一只颤抖的手放在他手上，说他应该亲自来跟她报告公司状况。就这样，艾瑞克成了李特费利搬家公司的老板，他上任的第一件事是将所有的申诉信件丢进垃圾桶，重拟搬家合约，发传单给富裕的奥斯陆西区每一户人家，因为那里的居民最常搬家，而且对价格极为敏感。

艾瑞克三十岁那年，拥有的财富已足以购入两辆宝马、法国夏纳北部的一栋避暑别墅、提维塔区占地五百平方米的独栋洋房。他是在提维塔区的公寓长大的，这里的公寓不会挡住阳光。简而言之，他负担得起卡米拉·桑丹。

卡米拉来自西奥斯陆布明贺区的破产制衣贵族，布明贺区对艾瑞克这个工人之子而言，就和现在他在提维塔区自家地下室堆积一米高的法国葡萄酒一样陌生。当他走进桑丹家那栋华丽的宅邸，看见那些即将被搬走的家具时，他才发现自己尚未拥有什么，同时下定决心一定要拥有，那就是品味、风格、昔日的辉煌和自然散发的优越感，这种优越感只会被礼貌和微笑更为强化。而所有这些特质全都体现在桑丹家的女儿卡米拉身上——她脸上戴着一副太阳眼镜，坐在阳台上眺望奥斯陆峡湾。艾瑞克知道那副太阳眼镜可能是在当地加油站买的，但是戴在她脸上就成了古驰、杜嘉班纳，或其他那些不知道该如何发音的名牌。

现在他知道那些名牌要如何发音了。

除了几幅要卖掉的画，他替桑丹一家人搬走所有东西，运到一个较不时尚的地点、一间较小的房子。他还偷偷扣下一样东西，而且从未接到他们的遗失申诉。当卡米拉站在提维塔教堂外成为她的新娘，该区的公寓成为他们婚礼的无言见证时，卡米拉的父母并未对女儿的选择噘嘴不表苟同，也许是因为他们看见艾瑞克和卡米拉在某种程度上是互补的：他缺乏教养，她缺乏金钱。

艾瑞克将卡米拉捧在手心像公主，她也让他这样做。她要什么他都给她，房事方面若她兴趣缺乏，他绝对不会去烦她，他唯一的要求是当他们一同出门或邀请"跟他们友好的夫妇"来家里吃饭时，她必须打扮漂亮，而所谓"跟他们友好的夫妇"不外乎是他的童年友人。卡米拉有时会纳闷，不知道艾瑞克是否真心爱她，但她逐渐对这个雄心勃勃、精力旺盛的东区男子产生深厚的感情。

对艾瑞克而言，他觉得开心无比，他从一开始就知道卡米拉不是个热情的女人；事实上在他眼中，卡米拉的这个特质，正是其他那些他习以为常的女人通通都比不上的。至于他的生理需求，只要通过他和客户的接触就能解决。艾瑞克认为搬家这种事总令人多愁善感、忧愁伤心、容易对新体验敞开心扉。总之，他搞上单身女子、分手女子、同居女子、已婚女子，地点在餐桌上、楼梯间、包着塑料套的床垫上、刚清洁过的拼花地板上，四周高高低低堆满已用胶带封妥的纸箱。当他们的叫声在光秃的四壁间回绕，他心里想的是接下来该买什么东西给卡米拉才好。

这种安排的美妙之处在于他很自然地不必再见到这些女人，因为她们都会搬到其他地方，消失无踪，几乎每个都是如此，只有一个例外。

碧蒂·欧森有一头深色头发，脸蛋甜美，身材惹火有如《阁楼》女郎。她比他年轻，高亢的声音和话语使她显得更加年轻。当时她已怀有两个月身孕，准备从艾瑞克居住的提维塔区和孩子的准爸爸搬去贺福区，她也即将嫁给那个西区男子。艾瑞克十分认同碧蒂搬去贺福区高级地段的这个决定，但当他和碧蒂在空房间的一张纺锤式靠背椅上亲热之后，他发觉他们之间的性事对他而言是不可或缺的。

简而言之，艾瑞克棋逢敌手。

的确，他一想到碧蒂就觉得自己是男人，他在她面前不必假装，因为她就是要他本来的样子，那就是把她干得欲仙欲死，从某个角度来看，他们在一起做的也只有这件事。无论如何，他们开始在屋主即将迁入或搬出的空屋里碰面，一个月至少一次，每次都冒着可能被发现的刺激感。他们动作快，效率高，模式固定，没有变化。然而艾瑞克期盼这种幽会的到来，仿佛小孩期盼圣诞节一样，也就是怀抱着真诚不复杂的喜悦之情，而这种心情会被一种确定感所提升，因为他确定一切都会相同，他的期盼会被满足。他们过着没有交集的生活，生活在没有交集的世界里，这对他们两人而言都是非常恰当的安排。因此他们继续碰面，只有在她生产——幸好是剖腹产，过长假，他得性病时才中断。他得的性病是无害的，来源已不可考，他也无心追究。一晃眼十年过去了，现在艾瑞克在土萨区一间半空的公寓里，面前纸箱上坐着一名高大的平头男子，男子的声音仿佛割草机，问他是否认识碧蒂·贝克。

艾瑞克的喉头像是哽住似的，说不出话。

平头男子说他叫哈利·霍勒，是犯罪特警队的警监，但这个叫哈利的看起来比较像他手下的搬家工人，而不像警监。艾瑞克报案卡米拉失踪后，曾有失踪组的警察来找过他，因此当这个平头警监来找他并亮出警察证时，艾瑞克脑子里闪现的第一个念头是他们有卡米拉的消息了。由于他面前的这个平头警监并未事先打电话给他，而是直接找来这里，因此他担心自己听见的会是坏消息。他叫搬家工人通通出去，请平头警监坐下，自己掏出一根烟，准备承受打击。

"怎么样？"平头警监说。

"碧蒂·贝克？"艾瑞克重复一次，试着点燃香烟，快速思索该如何回答才好，可是他既点不燃香烟，也答不出话——老天，他的脑袋连慢下来都不行。

"我了解你必须让自己镇定下来,"平头警监说,拿出一包烟,"没关系,慢慢来。"

艾瑞克看着平头警监点燃一根骆驼牌香烟,倾身向前,将打火机凑过来。

"谢谢。"艾瑞克咕哝说,用力吸了一口,吸得香烟噼啪作响。烟灌满了他的肺脏,尼古丁注入他的血管,扫除了所有障碍。他总觉得这件事迟早会东窗事发,警察迟早会发现他和碧蒂的关系,来找他问话。

先前他只担心要如何对卡米拉隐瞒这件事,但现在的情势截然不同,而且是从现在这一刻起才变得截然不同,因为他从没想过警方可能会将两件失踪案联系在一起。

"碧蒂的丈夫菲利普·贝克找到一本笔记本,碧蒂在里头写了一些很容易破解的密码,"平头警监说,"写的是电话号码、日期和简短信息,毫无疑问,碧蒂跟许多男人定期保持联络。"

"许多男人?"艾瑞克脱口而出。

"不知道这算不算安慰,可是贝克认为碧蒂最常见的人是你,而且据我了解,你们碰面的地方数都数不清。"

艾瑞克仿佛坐在一艘船上漂流,看着浪潮从地平线那端升起。他默不作声。

"所以菲利普才查出你家地址,带着他儿子的玩具枪,一把做得惟妙惟肖的格洛克21手枪,前往提维塔区等你回家。他说他想在你眼中看见恐惧,逼你说出一切,好让他把你的名字告诉我们。他跟着车子进入车库,却发现开车的人是你老婆。"

"那他……他……"

"对,他把一切都告诉了你老婆。"

艾瑞克从纸箱上站了起来,走到窗边。这间房子有景观,可以看见土萨公园和沐浴在早晨阳光中的奥斯陆。他不喜欢有景观的老公寓,因为有景观代表楼梯高；景观越好，楼梯就越高，而越稀有的公寓就代表货物越沉重越昂贵、损害赔偿金越高、他的手下生病请假的天数越多。但这就是维持低价位所伴随而来的风险：你总是可以击败对手，赢得最烂的工作。随着时间推移，所有风险都必须付出代价。艾瑞克深深吸了口气，听见平头警监在木质地板上拖着脚走路，他知道任何拖延战术都无法耗尽这名警监的耐心，这份损害报告他没办法丢进垃圾桶了事，如今已冠夫姓贝克的碧蒂·欧森将是令他赔钱的第一个客户。

"然后他告诉我说他和碧蒂的婚外情长达十年，"哈利说，"他们第一次见面而且发生性关系的时候，碧蒂就已经怀了她先生的身孕。"

"应该说怀了她先生的孩子，"萝凯纠正他，将枕头拍平，好让自己能看着他，"或是说怀有身孕。"

"嗯，"哈利说，用手臂撑起自己，伸手越过她，去拿床头桌上那包烟，"这次不是那百分之二十。"

"什么？"

"广播节目说百分之十五到二十的北欧儿童，父亲另有其人，"他从那包烟里摇出一根，凑向百叶窗透入的午后阳光，"一起抽一根？"

萝凯点点头，不发一语。她不抽烟，但这是他们做爱完会一起做的事：共享一根烟。萝凯第一次说想尝尝看抽烟的滋味，是因为她想感受一下他的感受，想跟他一样受到毒害和刺激，尽可能靠近他。他想到的则是他所见过的每个吸毒女子，都因为这个同样的白痴理由而第一次尝试吸毒，因此断然拒绝。但她说服了他，最后这演变成一种仪式，做爱之后，他们会缱绻着缓慢地抽一根烟，仿佛这根烟是做爱的延伸。有时这感觉像是在搏斗之后抽一管象征和平的烟斗。

"可是碧蒂失踪的那整个晚上，艾瑞克都有不在场证明，"哈利说，"他在提维塔区参加男性聚会，六点开始，聚会持续一整个晚上，至少有十个证人承认他们大部分都只是在浪费时间，可是早上六点以前不准有人回家。"

"为什么不能泄露费列森不是雪人的消息？"

"只要真正的雪人认为警方以为凶手已经落网，他就会保持低调，暂时不再犯案，当然这只是我们的希望而已。而且如果他以为我们已经停止追查，就会放下戒心，那么我们就可以安静地、悠哉地接近他……"

"怎么我觉得你的语气有点酸？"

"可能吧。"哈利说，将烟递给她。

"你不太相信事情会这样发生喽？"

"我认为我们的上司有很多理由隐瞒费列森不是真凶的事实，总警司和哈根庆祝破案时举行过记者会……"

萝凯叹了口气："我有时还是会想念警署。"

"嗯。"

萝凯凝视着香烟："你曾经不忠吗，哈利？"

"请定义不忠。"

"跟伴侣以外的人发生性关系。"

"有。"

"我是说跟我在一起的时候。"

"你知道我不能完全确定。"

"好吧，说你清醒的时候就好。"

"没有，一次都没有。"

"那我现在在这里，你对我有什么看法？"

"你这是陷阱式问题吗？"

"我是认真的，哈利。"

"我知道，我只是觉得我不想回答。"

"那烟就不给你抽。"

"嗯，好吧，我认为你心里要的是我，但你却希望要的是他。"

这两句话萦绕着他们，仿佛烙印在黑暗之中。

"你真是他妈的……超然。"萝凯怒声说，将烟递给哈利，双臂交叠胸前。

"也许我们不该讨论这个话题吧？"哈利提出建议。

"但我必须讨论这个话题！你难道不明白吗？不然我会疯掉的，我的天，我来这里已经是疯了，现在还……"她把被子拉到下巴。

哈利翻了个身，倚到她身旁，尚未触碰她，她就闭上眼睛，头往后倾。他在她微张的双唇间听见她呼吸加速，心想：她是怎么办到的？一转眼就能从羞愧转换到放纵？她怎么可以这么……超然？

"你认为……"他说，看见她睁开双眼，眼神流露出惊讶和沮丧，看着天花板，心想他的爱抚怎么还没来到。"会不会是良心不安让我们变得淫荡？我们之所以不忠并不是因为不顾羞愧，而是因为羞愧不已？"

她的眼睛眨了好几下。

"有点这个意思，"她终于说，"但不是全都如此，至少这次不是。"

"这次？"

"对。"

"我以前问过你一次，当时你说……"

"我说谎，"她说，"我曾经不忠。"

"嗯。"

他们沉默地躺在床上，聆听彼斯德拉街传来遥远的下午高峰时间的车流声。今天她下班后直接就来找他，他知道萝凯和欧雷克的时间表，知道她很快就要离去。

"你知道我恨你什么吗？"她终于说，拧他耳朵，"你他妈的又骄傲又顽固，甚至连问我背叛的人是不是你都问不出口。"

"呃，"哈利说，接过那根抽了一半的烟，欣赏她跳下床的赤裸胴体，"我为什么要知道？"

"跟碧蒂的老公一样啊，为了拆穿谎言，让真相大白。"

　　"你认为真相可以减少菲利普·贝克的不快乐吗？"

　　她从头顶套上毛衣，那是件黑色紧身粗羊毛衣，直接贴在她柔嫩的肌肤上。哈利忽然想到，如果他真要嫉妒的话，那么会是嫉妒那件毛衣。

　　"你知道吗，霍勒先生？作为一个以发掘真相为工作的人，你真的很喜欢活在谎言里。"

　　"好，"哈利说，将烟按熄在烟灰缸里，"那你就说吧。"

　　"那是在莫斯科，我跟费奥多尔交往的时候，对象是和我一起受训的挪威大使馆专员，我跟他完完全全坠入爱河。"

　　"然后呢？"

　　"当时他也有女朋友，可是当我们准备跟各自的情人分手时，他的女朋友抢先一步，说她怀孕了。整体来说，我对男人的品位还算不差……"她拉上靴子，噘起上唇，"所以我爱上的这个男人当然不会抛弃他应尽的责任，他申请调回奥斯陆，我再也没见过他，后来我就和费奥多尔结婚了。"

　　"结婚后你很快就怀孕了？"

　　"对，"她扣上外套扣子，低头看着他，"有时我会纳闷我跟费奥多尔结婚是不是为了忘记他？欧雷克会不会不是爱的结晶，而是相思的结晶？你觉得欧雷克会是相思的结晶吗？"

　　"我不知道，"哈利说，"我只知道他是个很棒的结晶。"

　　她低头对他露出感激的微笑，弯腰在他额头上轻轻一吻："我们不会再见面了，哈利。"

　　"当然不会。"他说，在床上坐起来，看着光秃的墙壁，直到听见楼下大门发出沉重的砰的一声。然后他走进厨房，扭开水龙头，从上方橱柜里拿下一个玻璃杯。等待自来水转凉时，他的视线落在月历那张照片上，欧雷克和身穿天蓝色洋装的萝凯。接着他的视线来到地面。油地毯上有两个湿的靴子脚印，一定是萝凯留下来的。

　　他穿上外套和靴子，正要离开，却又转过身，从衣柜上方拿起他那把史密斯威森佩枪，塞进外套口袋。

　　做爱的感觉依然留存在他体内，犹如幸福的颤动、温和的中毒。他走到院子栅门前，突然听见咔嗒一声，他立刻转过身，朝院子里比街上更黑暗的地方望去。他原本打算继续往前走，正要提步前进，却在地上看见脚印，那脚印跟油地毯上的靴子脚印一模一样，于是他往院子里走去。头上窗户透出的黄色光线照在残雪之上发出亮光，这些残雪因为位于太阳照不到的地方，所以尚未融化。而它就伫立在地下储藏室门口，身形歪曲，头斜向一边，双眼是卵石，笑容是小碎石，对着他笑。无声的笑声回荡在砖墙之间，融入歇斯底里的尖叫声中。他听见那是他自己的尖叫声，在此同时，他已抓起地下室楼梯旁的雪铲，狂暴地挥舞。雪铲尖锐的金属边缘插入头部下方，将雪人的头铲了起来，湿漉漉的冰雪飞溅到墙上。接着又是猛力一铲，雪人的身躯被劈成两半。第三铲则让剩下的部分溃散在院子中央的黑色柏油地上。哈利站在原地不住喘气，这时他又听见背后传来咔嗒一声，犹如左轮手枪扣动扳机的声音。他迅速转身，丢下铲子，拔出黑色左轮手枪，动作一气呵成。

　　只见木围墙旁的老桦树下站着穆罕默德和萨尔玛，他们睁着带有稚气和恐惧的大眼睛，无言地看着眼前这位邻居。他们手上拿着干枯的树枝，看起来可以作为雪人优雅的手臂，但萨尔玛出于惊吓，已不小心将树枝折成两半。

　　"我们……的雪人。"穆罕默德结巴地说。

　　哈利将左轮手枪放回外套口袋，闭上双眼，暗暗咒骂自己，吞了口口水，命令自己的脑子让手放开枪托。然后他张开眼睛，看见萨尔玛的褐色眼珠里已盈满泪水。

　　"抱歉，"哈利低声说，"我再帮你们堆一个。"

　　"我要回家。"萨尔玛低低地、口齿不清地说。

　　穆罕默德牵起小妹的手，陪她走回家，远远避开哈利。

哈利感觉着握在手中的枪托。他以为那个咔嗒声是击锤拉起的声音，但显然他判断错误；这阶段的击发程序是不会发出声音的。他听见的是击锤回到原位的声音、子弹未被击发的声音、活着的声音。他又拔出佩枪，指向地面，扣动扳机。击锤并未移动，直到他将扳机压到剩下不到三分之一的位置，心想子弹就要发射时，击锤才升了起来。他放开扳机，击锤回到原位，发出金属咔嗒声。就是这个声音。于是他明白，曾有人将扳机扣到那么后面的位置，使得击锤升起，准备击发。

哈利抬头往二楼他家的窗户望去，只见窗户里黑魆魆的，这时他脑子里闪过一个念头：他完全不知道自己不在时，家里发生了什么事。

艾瑞克·罗西斯无精打采地瞪着办公室窗外，陷入沉思，想着他对碧蒂那双褐色眼眸里究竟发生了什么事知道得那么少；想着他得知碧蒂曾和其他男人上床，比起得知她失踪甚至可能死亡的消息还令他难过；想着他宁愿卡米拉死在杀人犯手下，都比在这种情况下失去她来得好。但艾瑞克想的大部分是他一定爱过卡米拉，而且依然爱着她。他打过电话给她父母，但他们也没有她的消息。也许她跑去住在奥斯陆西区的女性友人家了，虽然他只耳闻过这些女性友人而从未见过。

他看着傍晚的幽暗逐渐笼罩格鲁谷，黑暗越来越浓，逐渐抹去事物的轮廓。今天的公事都已办完，但他不想回家，不想回到那栋太大、太空洞的房子里，现在还不想。他身后的壁橱里有个箱子，里头放着各式烈酒，他称之为福利品，是从他们搬过的各类酒柜里搜刮来的。可是壁橱里没有搅拌器。他在咖啡杯里倒了些金酒，啜饮一小口，这时桌上电话响起。他认出来电号码上的法国国码，这个号码不在申诉名单上，于是他接起电话。

他一听呼吸声就知道是妻子打来的，虽然她连一句话都没说。

"你在哪里？"他问道。

"你说呢？"她的声音听起来很遥远。

"你是在哪里打电话的？"

"凯丝比。"

凯丝比是一家餐馆，距离他们在法国的别墅大约三公里。

"卡米拉，警察在找你。"

"是吗？"

她听起来像是在凉椅上打瞌睡，感觉百无聊赖，正在激起感兴趣的心情，语气礼貌、疏离、冷淡，正是她多年前在布明贺区的阳台上让他一见倾心的那种态度。

"我……"他开口说，却又打住。他又能说什么呢？

"我觉得我应该在我们的律师打电话给你之前，先知会你一声。"她说。

"我们的律师？"

"我家族的律师，"她说，"他恐怕是这类律师中的佼佼者。他会直接将财产分成两半。我们要房子，而且一定会到手，我也不会隐瞒我要卖掉它。"

这还用说，他心想。

"五天后我就会回家，我想到时候你应该已经搬出去了。"

"这个通知也太突然了吧。"

"你办得到的，我听说没有人比李特费利搬家公司更快更便宜了。"

她说到"李特费利搬家公司"这几个字时，语气透露出极度的嫌恶，以至于他全身紧缩起来，就好像他和霍勒警监说话时那样。他就像一条毯子，用太高的水温洗涤之后缩水了，对她而言变得太小，不再适用。此刻他十分确定这一点，也十分确定自己比以前都更爱她。他已失去了她，毫无挽回余地，没有任何和解机会。她挂断电话时，他看见了她眯起双眼眺望蔚蓝海岸，脸上戴着一副用二十欧元买来的太阳眼镜，但是戴在她脸上，那副太阳眼镜看起来仿佛是标价三千克朗的古驰、杜嘉班纳，或……他忘了其他那些名牌要如何发音了。

哈利驾车来到奥斯陆西区的霍尔门科伦山，把车子停在运动中心空荡的大停车场里，爬上霍尔门科伦滑雪跳台。他站在滑雪跳台旁的观景崖上，那里只有他和几个不合时节的游客。他们站在看台上，露出空虚的笑容，看着两旁的着陆山坡、下方的池塘、延伸进入峡湾的城市——那座池塘在冬季是干涸的。景观可以带来视野。他们手上没有证据。雪人是如此接近，感觉像是伸手就能抓住。但雪人又再度从他们手中溜走，犹如狡猾的职业拳击手。哈利觉得寒冷、沉重、笨拙。一名游客朝他看来。他的佩枪放在外套里沉甸甸的，使得外套右下角沉了下去。还有尸体，雪人究竟是把尸体藏到哪里去了？尸体就算埋在地下都会再度出现，他会不会是用盐酸销毁尸体？

哈利觉得放弃的感觉开始袭击他。不行，妈的他不会放弃！在 FBI 研习营里，他们讨论过侦查十年以上最后逮到凶手的案子，破案关键是看起来毫不起眼的小细节。然而真正的破案关键是他们从不放弃，他们彻底打完十五回合，如果对手仍屹立不摇，他们会大声高喊加开延长赛。

黄昏的薄暮从山下的城市向上蔓延，周围的灯火逐一亮起。

他们必须从已知的地方着手调查，这是个平凡但重要的程序规则，将已经掌握线索的地方视为起点。以现在的情况来看，他们得从最难以调查的人开始下手，并且用他想过的最糟、最疯狂的主意。

哈利叹了口气，拿出手机，回溯电话列表。列表上的电话没几通，所以号码还在，那个曾在莱昂旅馆跟他短暂通话的号码还在。他按下 OK 键。

波塞脱口秀研究员欧妲·保森立刻接起电话，语气活泼快乐，像是每通电话她都视为带来刺激的新机会。这一次，就某方面来说，她料对了。

21 候诊室

第十八日

这是个令人神经紧绷的房间，也许这就是为什么有人称之为"候诊室"的原因——坐在这里就像是在等候牙医看诊；也有人称之为"前厅"，仿佛一号摄影棚那两张沙发之间的厚重大门，可以通往某个重要甚或神圣的地方。但是在这栋位于马伦利斯区的 NRK 国营电视台大楼的平面图上，这个房间只是无趣地被标注为"一号摄影棚休息室"。然而，这是欧姐所知最刺激的一个房间了。

参加波塞脱口秀晚间节目的来宾大部分都到齐了，一如往常，最不知名、出场时间最短的来宾最早到棚。现在来宾坐在沙发上，上好了妆，闲谈时脸颊因紧张而发红，各自啜饮茶或红酒，眼睛不可避免地看向监视器屏幕，屏幕上显示的是门内的摄影棚全景。观众已经入场，舞台监督正在指导观众如何拍手、大笑、欢呼。屏幕上还可以看见主持人的椅子和四张来宾的椅子，椅子是空的，正在等候人物、内容、娱乐。

欧姐喜欢现场播出前这种紧张兴奋的时刻。每周五的这四十分钟节目是最接近世界中心的地方，也是最能够触及全挪威民众的地方。这个时间有百分之二十到二十五的挪威人口会观赏这个节目，对脱口秀而言这个收视率高得疯狂。参与这个节目的人员不只是在这里做节目，他们本身就是节目。这个节目是名人的磁北极，吸引了每件事、每个人。由于名人就如同令人上瘾的毒品，何况除了磁北极之外，罗盘指针只有另一个端点，那就是向下沉沦的磁南极，因此这里的每一位工作人员都紧抓住这份工作不放。像欧妲这样的非固定员工必须"达成使命"才能在下一季还留在团队里，这就是为什么她如此开心的原因。她是为自己感到开心，因为昨天傍晚编辑会议开始前她接到一通电话，主持人波塞·艾根还对她微笑，说这可是个大独家。这可是她挖到的大独家。

今天晚上的主题是成人游戏。这是典型的波塞脱口秀主题，严肃得恰到好处，又不会过于沉重，所有来宾都有些许发表看法的资格。来宾中有一名女性心理学家曾写过一篇关于这个主题的论文，主要来宾则是亚菲·史德普——他隔天就要庆祝《自由杂志》二十五周年纪念。欧妲上次去史德普家跟他对稿时，他并未排斥将他视为爱玩的大人或花花公子的观点。当欧妲提出一把年纪的《花花公子》杂志创办人休·赫夫纳在自家豪宅里身穿睡袍、抽着烟斗参加永远的单身派对，并拿赫夫纳来和他相提并论时，史德普只是乐得大笑。她发觉史德普的眼光好奇地打量、观察她，直到她问起他是否对没有小孩可以继承帝国而感到遗憾。

"你有小孩吗？"史德普反问道。

当欧妲回答说没有时，她惊讶地发现史德普突然对她和他们的谈话失去兴趣。因此她很快地提醒他注意事项，好让谈话告一段落。这些事项包括：抵达时间、梳妆时间、最好不要穿条纹的衣服、节目主题、来宾可能临时更换，因为这是时事节目等等。

史德普从梳妆室里走出来，直接进入一号摄影棚休息室，一双蓝色眼睛充满热切之情，浓密白发经过特别梳理，头发长度正好可以让发梢恣意地上下飞扬，展现叛逆风格。他身穿素色灰西装，每个人都知道这样一套西装价格不菲，但没有人说得出为什么知道。他伸出一只晒黑的手，问候坐在沙发上享用花生和红酒的那位女心理学家。

"我不知道世界上有这么美丽的心理学家，"他对她说，"希望观众可以注意到你说的话。"

欧妲眼见她迟疑片刻，她虽然很清楚史德普的赞美话语只是开玩笑，但还是面露喜色。欧姐看见她眼中冒出火花,知道这两句话正中下怀。

"嗨,各位好,谢谢你们的光临!"波塞大摇大摆地走进来,从左侧的来宾开始一一握手,直视对方双眼,表示对方肯来上节目令他十分开心,说明他们如果想问其他来宾问题或发表意见,可以随时打断他的谈话,这样会让节目更加活泼生动。

制作人盖伯向史德普和波塞打个手势,请他们到小房间讨论主要访谈的结构和节目开场。欧姐看了看表。距离现场播出只剩八分三十秒,她开始担心起来,心想要不要打电话去前台问问看他是不是在那里,因为他才是今天节目真正的主要来宾,也是今天的大独家。她一抬起双眼,就在面前看见了他,旁边跟着一名节目助理。她感觉心脏停了一拍。他看起来算不上英俊,甚至有点丑,但她可以毫不害羞地公开宣告,自己在他身上感受到某种吸引力,而这种吸引力和他目前是北欧各家电视台最炙手可热的来宾人选有关,因为他就是逮到雪人的警察,而雪人案是多年来最轰动挪威的犯罪新闻。

"我说过我会迟到。"哈利先开口说。

她嗅闻他的口气。上次他来上节目显然是喝醉了,而且让全国民众觉得反感,或至少让百分之二十到二十五的民众觉得反感。

"很高兴你来上节目,"她激动地说,"你第二个出场,然后坐在来宾席上直到节目结束,其他人会轮流上场。"

"好。"他说。

"带他去梳妆室,"欧姐对助理说,"叫古莉替他化妆。"

古莉不只是个快手快脚的化妆师,还懂得运用各种简单和复杂的化妆技巧,让一张憔悴的脸孔上得了电视镜头。

他们离去后,欧姐深深吸了口气。她爱极了这种最后关头的焦急感,一切似乎看起来一团混乱,最后又可以一一就位。

波塞和史德普从小房间回来,她对波塞比出大拇指。她听见摄影棚大门滑动关闭，观众开始拍手。她在屏幕上看见波塞坐上位子，知道舞台监督已开始倒数，接着开场音乐响起，节目正式播出。

欧妲发觉某个地方不太对劲。目前为止节目进行得十分顺畅，史德普妙语如珠，波塞也聊得正起劲。史德普说他被视为社会精英是因为他就是精英人士，而且除非他真正失败一两次，否则不会被世人记住。

"好的故事从不是关于一连串成功，而是关于辉煌的失败，"史德普说，"虽然挪威极地探险家罗阿尔·阿蒙森赢得了最先到达南极的竞赛，可是挪威以外的全世界记得的却是英国的罗伯特·斯科特[1]。没有人记得拿破仑的胜利，只记得他在滑铁卢战败。塞尔维亚的国家尊严是建立在一三八九年对抗土耳其人的科索沃战役上，在这场战役中塞尔维亚人输得轰轰烈烈。再看看耶稣！他是人类的象征，宣称战胜了死亡，他的形象应该是站在自己的坟墓外，双手朝天高举才对，可是你看在基督教的历史中，众人喜欢的却是他辉煌的失败，那就是他挂在十字架上，几近放弃。最感动我们的总是关于失败的故事。"

"你想做出像耶稣那样的事？"

"不是，"史德普回答说，低头微笑，台下观众哈哈大笑，"我是个懦夫，我想达成的是难以被遗忘的成功。"

史德普意外露出讨喜的一面，甚至是谦逊的一面，而不是他恶名昭彰的傲慢自大。波塞问他在当了这么多年的单身汉之后，是否渴望身边有个女伴。当史德普回答说是，欧妲知道将有数不清的女人如雪崩般拥来向史德普求婚。观众以温暖持续的掌声作为回应。这时波塞突然宣布："欢迎永远在搜捕犯人的奥斯陆独行侠警官——哈利·霍勒警监上场。"镜头停留在史德普脸上一秒钟，欧妲似乎看见他脸上露出讶异之色。

---

① 罗伯特·斯科特（Robert Scott, 1868—1912），英国极地探险家，和挪威极地探险家罗阿尔·阿蒙森（Roald Amundsen）共同角逐第一个抵达南极的殊荣，最后虽不幸落败且命丧南极，身后留下的日记却激励人心。

波塞显然很喜欢刚才关于固定女伴的问题所得到的响应，因此他试着延续这个话题，问哈利是否渴望身边有个女伴，因为哈利也是单身。哈利冷冷一笑，摇了摇头。波塞不想让话题冷却，继续问哈利是否在苦苦等候某个特别的人？

"没有。"哈利回答，简短扼要。

通常这种拒绝性回答只会激使波塞进一步追问，但他知道不应该偏离主题。重点是雪人。因此他问哈利是否可以谈谈现在轰动全挪威的案子，挪威出现的第一个连环杀手。哈利在椅子上蠕动，仿佛椅子太小，容不下他高大的身躯。他以简明扼要的句子对一连串事件做了概述：最近几年挪威发生的多起失踪案都有明显的共同点，所有失踪女性都有伴侣和小孩，而且尸体下落不明。

波塞敛起笑容，露出严肃表情，表示现在不是谈笑时间。

"今年碧蒂·贝克在奥斯陆贺福区的自家失踪，这件案子就符合这些条件，"哈利说，"不久之后，希薇亚·欧德森在奥斯陆市郊的苏里贺达村遇害身亡，这是我们第一次发现尸体，或至少是部分的尸体。"

"是的，你发现了她的头颅对不对？"波塞插口说，谨慎地告知那些还不知情的观众，而对那些已经知情的观众而言，这句话有洒狗血的作用。他是如此专业，使得欧姐情绪高昂，满意无比。

"后来我们又在卑尔根市郊发现一名失踪警官的尸体，"哈利继续说，"这名警官已经失踪了十二年。"

"铁面人拉夫妥。"波塞说。

"葛德·拉夫妥。"哈利纠正说，"几天前我们在比格迪半岛发现伊达·费列森的尸体，目前我们发现的尸体只有这些。"

"你认为这件案子最严重的地方在哪里？"欧姐在波塞口中听见不耐烦，可能是"头颅"的诱饵并未让哈利上钩，哈利也没如大家期盼地对杀人犯做出骇人听闻的描述。

"我们竟然经过了这么多年，才发现这些失踪案之间互有关联。"

又是一个沉闷的回答。舞台监督对波塞打手势，表示他必须开始思考如何接到下一个主题。

波塞十指相触。"现在案子破了，你再度成为众人瞩目的焦点，哈利，你有什么感觉？有没有收到粉丝寄来的电子邮件啊？"他露出和蔼可亲的微笑，这表示他们进入谈笑时间了。

哈利缓缓点头，专注地舔了舔嘴唇，仿佛如何回答这个问题至关紧要。

"这个嘛，今年入秋的时候我收到一封信，不过我相信史德普可以告诉我们更多关于这封信的内容。"

画面上出现史德普的特写，他只是带着淡淡的好奇表情看着哈利。太长了，节目上只要多沉默几秒都显得太长。欧姐咬住下唇。哈利这句话是什么意思？波塞赶紧插口，收拾残局。

"是的，史德普当然会收到很多仰慕者和粉丝的电子邮件，你是不是也有仰慕者呢，霍勒警监？警察是不是还跟以前一样拥有很多狂热的仰慕者？"

观众发出拘谨的笑声。

哈利摇摇头。

"少来了，"波塞说，"新来的女警一定偶尔会来请你给她们补补习或搜搜身吧？"

摄影棚内笑成一团，十分热闹。波塞得意地咧嘴而笑。

哈利脸上不见一丝笑容；他一脸意兴阑珊，朝出口看去。有那么一个疯狂的片刻，欧姐仿佛看见哈利站起来，扬长而去。不料哈利却转过头，看着坐在旁边的史德普。

"你会怎么做呢，史德普？当你在特隆赫姆市结束讲课，一个女人来跟你说她只剩下一边的乳房，但是想跟你上床，你会邀请她去你的饭店房间给她补补习吗？"

观众席突然一片死寂，波塞看起来也茫然不知所措。

只有史德普认为这个问题很有意思。"不会，我不认为我会这样做，不是因为跟只有一边乳房的女人上床没意思，而是因为特隆赫姆市的饭店床铺太小了。"

观众笑了，只是笑得不很确定，他们的笑多半出于松了口气，幸好这段对话没有演变得更加难堪。波塞介绍那名女心理学家进场。

他们开始谈论爱玩的大人，欧姐注意到波塞尽量不把对话带到哈利身上，他一定是认为古怪的哈利今天状况不佳，因此镜头多半落在绝对处于良好状态的史德普身上。

"你都怎么玩呢，史德普？"波塞用清纯的表情问出不那么清纯的问题。欧姐感到欣喜，这一题是她写的。

但是在史德普还没回答之前，哈利倾身向前，大声且清楚地问说："你会堆雪人吗？"

就在此时，欧姐发觉某个地方不太对劲。哈利的语气独断且愤怒，肢体语言也充满攻击性；史德普诧异地扬起一道眉毛，神情退缩且紧张。波塞也停止说话。欧姐不知道发生了什么事，但在心中默数了四秒，这四秒对实况转播而言简直如同永恒。接着欧姐发现波塞十分清楚自己在做什么。波塞虽然觉得他有责任替来宾营造良好氛围，但他最优先的任务是提供娱乐，而最能娱乐观众的莫过于来宾发怒、失控、哭泣、崩溃，或以其他方式在广大观众面前表露出自己的情感。因此他放开主导权，只是看着史德普。

"我当然会堆雪人，"四秒钟后史德普说，"我会在我家屋顶游泳池旁边的阳台堆雪人，把它们堆得像皇室成员，然后期待当春天来临，可以看着这些不讲道理的皇室成员融化和消失。"

这是今晚头一遭史德普说的话并未赢得笑声和掌声，欧姐心想史德普应该知道反皇室的言论基本上得不到支持。

波塞毫不胆怯，打破沉默，介绍一名流行歌手出场，说她要来谈谈最近她在舞台上崩溃的事，并在节目结尾献唱一首即将在星期一发行的新单曲。

"刚刚那是怎么回事？"制作人盖伯问，走过来站在欧姐后方。

"可能他还是喝醉了吧。"欧姐说。

"我的天啊，真是个他妈的警察！"

欧姐忽然想起他是她的大独家："可是，天啊，他能达成使命吗？"

制作人并未回话。

流行歌手谈起她的心理问题，说明它们是遗传性的。欧姐看了看表。四十秒。对周五夜晚而言这个话题太严肃了。四十三秒。波塞在第四十六秒插话。

"那你呢，亚菲？"节目接近尾声时，波塞通常会直呼来宾名字，"你有没有发疯的经验？还是有严重的遗传疾病？"

史德普微微一笑："没有，波塞，我没有。除非渴望完全的自由算是一种疾病，事实上这是我们家族的弱点。"

节目来到总结的时刻，波塞只要在介绍歌曲前和每位来宾进行总结式的对话就行了。心理学家最后说人生是好玩有趣的。然后轮到哈利：

"既然雪人已经不在了，我想接下来你应该有时间去玩乐几天吧，哈利？"

"没有，"哈利说，在椅子上瘫坐下来，两条长腿几乎碰到那名流行歌手，"雪人还没落网。"

波塞皱起眉头，面带微笑，等待哈利继续往下说，也等待压轴的精彩话语出笼。欧姐向上帝祷告，希望这个压轴比波塞的开场白所承诺的还要精彩。

"我从来没说过费列森就是雪人，"哈利说，"相反，所有证据都指出雪人依然逍遥法外。"

波塞轻笑几声，这是他用来替来宾冷笑话解危的惯用伎俩。

"希望你是在开玩笑，不然我老婆会吓得没办法睡美容觉。"波塞俏皮地说。

"我不是开玩笑。"哈利说。

欧姐看着表，知道舞台监督正站在摄影机后方，急得直跳脚，一只手在喉咙前划个不停，告诉波塞谈话必须到此结束，这样才赶得及在歌手唱第一句歌词时上人名表。但波塞可是主持界第一把交椅，他知道全世界的新单曲都比不上现在这个话题来得重要。因此他不理会乐队指挥的指挥棒已高高举起，坐在椅子上倾身向前，准备向那些还搞不清楚状况的观众说明清楚。大独家登场了，这个大独家将轰动社会，就在他的、他们的节目上播出。他说话声中的颤抖听起来就跟真的一样。

"你是在告诉我们说，警方一直在说谎吗，哈利？雪人还逍遥法外，还会再杀更多人吗？"

"不是，"哈利说，"我们没有说谎，我们只是发现了新证据。"

波塞转过椅子，欧姐仿佛听见技术指导对一号摄影机高声狂吼，接着波塞的特写出现在画面上，眼睛直盯着观众。

"我想今天的夜间新闻将会告诉我们更多关于警方发现的新证据，波塞脱口秀下周五准时跟大家见面，谢谢观赏。"

欧姐闭上双眼，乐队奏起新单曲。

"天啊，"欧姐听见制作人在她背后咻咻喘息，接着又说，"妈的我的天啊！"欧姐只想大声号叫，兴高采烈地号叫。这里，她心想，这里就是磁北极，我们不是做节目的人，我们就是节目。

22 吻合

第十八日

甘纳·哈根站在施罗德酒馆大门内，扫视整家酒馆。三十二分钟前，他看见波塞脱口秀上跑的人名表，打了三通电话之后，就离开了家门。他在苏菲街的公寓、艺术人之家和办公室都没找到哈利，侯勒姆建议他可以去哈利家附近的施罗德酒馆找找看。和艺术人之家那群年轻、美丽、光鲜的客人相比，施罗德酒馆这些游手好闲的贪杯客显得不堪入目。酒馆后方角落的窗户旁，哈利坐在桌前，面前摆着一大杯酒。

哈根走到哈利桌前。

"我一直打电话找你，哈利，你的手机是不是关机了？"

哈利抬起头来，目光迟钝："因为太麻烦了，一大堆该死的记者突然都跑来找我。"

"NRK 电视台的人说，波塞脱口秀的工作人员和来宾在节目结束后，通常都会去艺术人之家狂欢。"

"记者就站在外面等我，所以我开溜了。你找我有什么事，长官？"

哈根在椅子上重重坐下，看着哈利举起杯子，凑到唇边，将金黄色液体从口中灌入。

"我跟总警司谈过了，"哈根说，"这件事很严重，哈利，把雪人还没落网的消息泄露出去，等于直接违背他的命令。"

"没错。"哈利说，又喝了一口。

"没错？你想说的只有这句话吗？看在老天分儿上，哈利，你到底为什么这么做？"

"民众有权利知道，"哈利说，"我们的民主政治是建立在坦诚之上的，长官。"

哈根在桌上猛捶一拳，隔壁几桌酒客投来鼓励的眼光，一名女服务生抱着好几个半公升酒杯经过，投以警告的眼神。

"你别来搞我，哈利，我们已经对社会大众宣布说案子侦破了，你这样做等于是让警方处于非常不利的情势，你知道吗？"

"我的工作是逮到凶手，"哈利说，"不是要处于有利的情势。"

"这是一个铜板的两面，哈利！我们的工作环境端赖社会大众怎么看待我们，媒体尤其重要！"

哈利摇摇头："媒体从来没有阻碍或帮助我侦破任何一起案件，媒体只对那些想站在聚光灯下的人重要而已。你的上司只关心能不能拿出好成绩，让他们在媒体前有个好形象，再不然就是极力避免破坏自己的形象；而我只想逮到雪人，就是这样而已。"

"你的举动会危害到同事，"哈根说，"你知道这点吗？"

哈利似乎仔细思索了这句话，缓缓点头，喝个杯底朝天，再对女服务生打个手势表示续杯。

"我刚刚跟总警司和署长谈过了，"哈根说，双手交抱胸前，"他们要我立刻找到你，叫你封口，就从现在这一刻开始，明白吗？"

"好，长官。"

哈根讶异地眨眨眼，但哈利脸上并未显露任何情绪。

"从现在开始，每件事都要经过我这里，每件事都要，"队长说："我要你定时向我回报，不过我知道你办不到，所以我已经交代卡翠娜·布莱特了，由她负责向我回报，你有任何意见吗？"

"完全没有，长官。"

哈根心想哈利一定喝得比表面上更醉。

"布莱特跟我说，你派她去找费列森的助理，要查看史德普的病历，却不经过检察官同意，你他妈的是在干吗？你知道这件事万一真的被史德普发现，我们会遭受什么样的谴责吗？"

哈利倏地抬头，犹如一头机警的野兽："你说万一真的被他发现是什么意思？"

"幸好史德普没有病历，费列森的助理说他们不保留他的病历。"

"哦？为什么不保留？"

"我怎么知道，哈利，我只是觉得松了口气，现在我们可不想再惹出更多麻烦。亚菲·史德普啊，我的天啊！无论如何，从现在开始，布莱特会盯着你，好跟我回报。"

"嗯，"哈利说。女服务生在他面前又放了一杯酒，他对她点点头，"你不是早就叫她这样做了吗？"

"什么意思？"

"她刚来的时候，你跟她说我是她的……"哈利突然住口。

"她的什么？"哈根厉声问道。

哈利摇摇头。

"怎么回事？有什么不对劲吗？"

"没什么，"哈利说，一口气喝光半杯酒，在桌上放了一百克朗纸钞，"祝你有美好的夜晚，长官。"

哈根坐在桌前，直到哈利离开酒馆，这时他才注意到桌上那个半满的玻璃杯里没有二氧化碳气泡。他斜眼朝周围瞄了瞄，小心翼翼拿起杯子凑到嘴边。里头的液体尝起来有如水果馅饼，原来是无酒精苹果酒。

哈利穿过寂静街道，步行回家。老旧矮公寓的窗户在夜色中闪闪发光，犹如猫的眼睛。他有股冲动想去找崔斯可，想知道事情进行得如何，但决定还是依照约定今晚让他独自处理。他拐了个弯，踏上苏菲街，街上空荡无人。他朝公寓走去，这时忽然看见人影闪动和一丝亮光，那是光线照在眼镜上所产生的折射。有人站在人行道旁停放的一排车辆前，显然正努力想打开一辆车的车门。哈利知道会停在街道这端的车子有哪几辆，而那辆沃尔沃 C70 并不在内。

天色太黑，哈利无法看清楚那人的面孔，但从那人头部转动的方向来看，对方正在留意他的行踪。会不会是记者？哈利走过那辆车，在另一辆车的侧边后视镜里瞥见车子之间转出一条人影，从后头跟了上来。

哈利毫不迟疑，手伸进外套，耳中听见对方急匆匆的脚步声逐渐靠近。他在心中默数到三，倏然转身，后方那人在柏油路上陡然停步。

"你找我吗？"哈利大吼，举起了枪，踏步向前。哈利抓住那男子的衣领，将他往旁边猛力一拖，令他脚下失去平衡，跟着扑上前去，将对方压制在一辆车的引擎盖上。哈利的前臂抵住对方的喉咙，用枪口对准一边的眼镜镜片。

"你找我吗？"哈利嘶声说。

男子的回答被经过车辆的喇叭声给掩盖，喇叭声淹没了整条街。男子想挣脱，却被哈利紧紧扣住，只好放弃。男子的头靠上引擎盖，发出一声闷响，街灯的光芒洒在男子脸上。哈利随即放手。男子弓起身子，不断咳嗽。

"搞什么鬼。"哈利厉声大吼，抓住男子腋下，将他拖离马路，打开公寓大门，把他推了进去。

"你跑来这里干吗？"哈利说，"你怎么知道我住这里？"

"我打你给我的手机号码打了一整个晚上，最后只好去问查号台，查出你家地址。"

哈利看着男子，只见对方的脸色奇差无比，即使是在拘留所，菲利普·贝克教授的脸色看起来都好多了。

"我不得不把手机关机。"哈利说。

哈利领着菲利普走进他家，打开家门，踢掉靴子，走进厨房，开启电水壶。

"我今天晚上在波塞脱口秀上看到你，"菲利普说，跟进厨房，依然穿着外套和鞋子，面如槁灰，毫无生气，"你很勇敢，所以我想我也应该勇敢一点，我欠你的。"

"欠我？"

"那时候没有一个人相信我，只有你相信我，你让我免于在大众面前蒙羞。"

"嗯。"哈利拉过一张椅子给贝克教授坐，但他摇摇头。

"我待一下就走，我只是想告诉你一件没人知道的事，我不确定这件事跟案子有没有关系，是有关尤纳斯的事。"

"嗯哼？"

"我去找卡米拉·罗西斯的那天，我采集了一些尤纳斯的血液。"

哈利记起尤纳斯前臂贴的护创胶布。

"再加上口腔黏膜，一起送到法医学研究所亲子鉴定部进行DNA鉴定。"

"嗯哼？这种鉴定不是要经过律师同意吗？"

"以前是，现在只要花钱谁都能做，想快点得到结果的话，只要再多付点费用就好了，所以我就申请了快速鉴定。鉴定报告今天出来了，尤纳斯……"菲利普顿了顿，深深吸口气，"尤纳斯不是我的儿子。"

哈利缓缓点头。

菲利普踌躇蹒跚地后退几步，仿佛要助跑似的。

"我请他们比对数据库里的所有数据，结果发现一份完全吻合的资料。"

"完全吻合？尤纳斯在数据库里？"

"对。"

哈利陷入沉思，他开始明白菲利普的意思了。

"也就是说，曾经有人送尤纳斯的检体去鉴定DNA，"菲利普说，"他们跟我说上次鉴定的时间是七年前。"

"他们确认那份鉴定报告是尤纳斯的？"

"没有，那份报告是匿名的，可是他们有申请人的名称。"

“申请人是谁？”

“是一家已经歇业的医学中心，”哈利在菲利普说出来之前就已经知道答案，“叫马伦利斯诊所。”

“伊达·费列森。”哈利说，侧过了头，像是在看照片挂得正不正。

“没错。”菲利普说，双手一拍，露出虚弱的微笑，“就是这样，我想说的就是……我没有儿子。”

“我很遗憾。”

“事实上我有这种感觉已经很久了。”

“嗯，你为什么要赶来告诉我这件事？”

“我不知道。”菲利普说。

哈利默然等待。

“我……我今天晚上一定得做点什么事，就像这样，如果我不去做点什么事，我不知道自己会做出什么事来，我……”贝克教授迟疑片刻，才继续说，“现在我是孤单一个人，我的生命已经失去意义，如果那把枪是真的……”

“不要，”哈利说，“连想都别想，你越去想它，它就越有吸引力。而且你忘了一件事，即使你的生命对你而言没有意义，对其他人还是有意义，比如说尤纳斯。”

“尤纳斯？”菲利普苦笑几声，“那个小傻瓜？还说什么‘不要去想它’，这是警校教你的吗？”

“不是。”哈利说。

两人直视彼此。

“算了，”菲利普说，“反正现在你知道了。”

“谢谢。”哈利说。

菲利普离开后，哈利仍坐在椅子上，侧着头，像是在看照片是否挂正，没注意到水已煮开，电水壶的开关已自动关闭，“开”按键上的红色光点逐渐消逝。

23 马赛克

第十九日

哈利踏上维格兰区那栋公寓的六楼走廊，毛茸茸的浓密云层遮住了黎明。崔斯可的套房房门微微开着，哈利推门而入，看见崔斯可双脚搁在咖啡桌上，屁股坐在沙发上，左手拿着遥控器。电视画面上倒带的影像化为数位马赛克。

"不来罐啤酒吗？"崔斯可又说了一次，举起喝了一半的啤酒，"今天是星期六啊。"

哈利觉得自己似乎看得见空气中充满细菌的气体。房里的两个烟灰缸都插满了烟屁股。

"不了，谢谢，"哈利说，坐了下来，"结果怎么样？"

"呃，我只看了一个晚上，"崔斯可说，停止 DVD 播放，"我通常都要看好几天的。"

"那家伙又不是职业扑克选手。"哈利说。

"别这么笃定，"崔斯可说，喝了口酒，"他虚张声势的技巧比大多数的扑克选手都厉害多了。这就是你问他问题的地方，你认为他应该会用谎言来回答对不对？"

崔斯可按下播放键，哈利看见自己出现在电视台摄影棚的样子。他身穿瑞典品牌的细直条纹西装外套，有点太紧，里头是萝凯送的黑色 T 恤，下半身是迪赛牌牛仔裤和马丁靴。他以一种不舒服的怪姿势坐着，仿佛椅背长了钉子。他问的问题透过电视喇叭听起来有点空洞。"你会邀请她去你的饭店房间给她补补习吗？"

"不会，我不认为我会这样做。"史德普回答。崔斯可按下暂停键，画面冻结。

"你认为这里他说谎？"崔斯可问。

"对，"哈利答道，"他搞上了萝凯的一个女性朋友，女人通常不喜欢吹牛，你有没有看出什么？"

"如果在计算机上播，就可以放大他的眼睛，可是我不需要，你可以看见他的瞳孔放大了。"崔斯可伸出指甲被咬烂的食指，指着屏幕，"这是承受压力的典型征兆，再看看他的鼻孔，你有没有看见他的鼻孔微微张开？一个人承受压力就会这样，大脑需要更多氧气。但这不表示他说谎；很多人在说真话的时候有压力，或是在说谎话的时候没有压力。比如说，你可以看见他的手是静止的。"

哈利注意到崔斯可的声音变了，刺耳的嗓音不见了，取而代之的是柔和且近于喜悦的声音。哈利看着屏幕，看着史德普的双手静静放在大腿上，左手置于右手之上。

"天底下没有永恒不变的说谎征兆，"崔斯可继续说，"每个扑克选手都不一样，所以你要做的就是认出不同之处，找出一个人说谎话和说真话之间的不同处，就好像三角测量一样，需要两个固定点。"

"一个假的回答和一个真的回答，听起来很简单。"

"说'听起来'就对了。如果我们假设他在谈论杂志创办过程和他为什么痛恨政客的时候，说的是真话，那我们就找到了第二个点。"崔斯可倒转影片，然后播放，"你看。"

哈利看着屏幕，但完全不知道要看些什么，于是摇摇头。

"他的手，"崔斯可说，"你看他的手。"

哈利看着史德普晒黑的手放在椅子扶手上。

"他的手没在动。"哈利说。

"对，可是他没有把手藏起来，"崔斯可说，"差劲的扑克选手如果拿了一手烂牌，典型的征兆是会努力把牌藏在手底下，当他们要虚张声势的时候，喜欢把手若有所思地按在嘴巴上，隐藏自己的表情，我们称呼这种人为隐藏者。另有一种人在虚张声势的时候会夸大动作，像是在椅子上坐得直挺挺的，或是靠着椅背，试图让自己看起来比较巨大，这种人叫作虚张者。史德普是个隐藏者。"

哈利倾身向前。"难道你……？"

"对，"崔斯可说，"他的行为模式整场都是这样，当他说谎的时候，他的双手会离开椅子扶手，然后把右手藏起来——我会猜他是右撇子。"

"当我问他堆不堆雪人的时候，他有什么反应？"哈利一点也不隐藏自己的急躁。

"他在说谎。"崔斯可说。

"哪个部分说谎？是对堆雪人这件事说谎？还是对在他家屋顶堆雪人这件事说谎？"

崔斯可发出呼噜一声，哈利知道这是他的笑声。

"这又不是精密科学，"崔斯可说，"就像我说过的，他是个不差的扑克玩家。你问他问题之后，前几秒他的双手放在扶手上，像是在考虑要不要说实话，同时他鼻孔微张，像是在承受压力，但紧接着他改变主意，藏起右手，说出谎言。"

"就是这样，"哈利，"这表示他有所隐瞒对不对？"

崔斯可扁了扁嘴，表示这是个微妙的问题："这也可能代表他选择说出一个他知道可能会被看穿的谎言，来隐藏他其实大可以说真话的事实。"

"什么意思？"

"当职业扑克选手拿到一手好牌，有时他们不会一股脑儿提高赌注，而是在第一次下大注时透露出细微的征兆，显示他在虚张声势，用来钓上经验不足的选手，让他们自以为看出他在唬人，于是也跟着下注。基本上史德普使出的就是这种招数，这是个假冒的虚张声势。"

哈利缓缓点头："你是说他要我以为他有所隐瞒？"

崔斯可看看空啤酒罐，又看看冰箱，做出一个懒洋洋的姿势，像是试着想让他庞大的躯体离开沙发，又叹了口气。

"就像我说过的，这不是精密科学，"他说，"你可以帮我……？"

哈利站了起来，朝冰箱走去，心中暗暗咒骂。当他打电话给波塞脱口秀的欧姐时，就算准了自己一定上得了节目，他也知道自己可以不受阻拦地询问史德普问题，因为这个节目的形式就是如此，而摄影机会以特写或中景来拍摄回答问题的来宾，所谓中景就是来宾的上半身，这些镜头正好可以给崔斯可进行分析。但他们失败了。这是最后的希望，是最后一个可以揭露线索的地方，其余都是无法揭露的黑暗。也许经过十年的摸索和祈求好运之后，他们才可能有意外的发现，或找出某个有所疏漏的地方。

哈利看着冰箱里一罐罐堆叠整齐的林内斯啤酒，只觉得冰箱里的整齐和套房里的混乱形成滑稽对比。他迟疑片刻，拿了两罐出来。啤酒罐非常冰，刺痛他的手掌。冰箱门晃了回去。

"我唯一可以很确定史德普说谎的地方，"崔斯可在沙发上说，"是他回答说他的家族没有发疯或遗传疾病的病史。"

哈利倏地伸出一只脚勾住冰箱门，冰箱门缝的亮光映照在没有窗帘的漆黑窗户上。

"你再说一次。"

崔斯可又说了一次。

二十五秒后，哈利走下楼梯，崔斯可咕噜咕噜喝下哈利抛给他的啤酒。

"对了，还有一件事，哈利，"崔斯可咕哝说，"波塞不是问你是不是在苦苦等候某个特别的人，你回答说没有吗？"他打了个嗝，"你最好别打扑克牌，哈利。"

哈利在车上拨打手机。

他还没报出名字，对方就说："嗨，哈利。"

可见马地亚不是认得他的号码，就是将他的号码存在手机里，这让哈利感到厌恶。他听见背景里有萝凯和欧雷克的声音。今天是周末，家族聚会日。

"我想请教一个关于马伦利斯诊所的问题，不知道这个诊所还有没有病历留下来？"

"应该没有了吧，"马地亚说："我记得规定是如果没人接手经营诊所，病历就要全数销毁。如果这件事很重要，我可以帮你查。"

"谢谢。"

哈利驾车经过芬伦电车站，往日情景突然从眼前闪过。飞车追逐、猛烈冲撞、同事身亡，流言说驾驶人是哈利，说他应该做呼气酒测。那是很久以前的事了，宛如桥下的流水、肌肤下的疮疤、灵魂上的斑斓色彩。

十五分钟后，马地亚回电。

"我问过马伦利斯诊所的所长葛雷克森了，恐怕所有病历都已经销毁，不过我想有些人带走了他们的患者病历，包括伊达在内。"

"那你呢？"

"我知道我不会自己开业，所以什么都没拿。"

"你还记得费列森的那些患者姓名吗？"

"可能记得一些吧，但是不多，那是很久以前的事了，哈利。"

"我知道，总之谢啦。"

哈利挂上电话，依循国立医院的指标驾车驶去。前方矮丘上矗立着一群建筑物。

葛黛·倪维克是个体型丰满的温柔女子，年约四十五岁，是这个周六在国立医院法医学研究所亲子鉴定部值班的唯一人员。她在接待处和哈利碰面，带他入内。这个地方一点也看不出是追缉挪威重刑犯的重镇，明亮空间里居家风格的摆设，显示这里的工作人员绝大多数是女性。

哈利来过这里，很清楚 DNA 鉴定的程序。平日上班时间的鉴定室窗户里可以看见许多女子身穿白色外套、头戴罩帽、手上戴着丢弃式手套，埋首于各类溶剂和机械装置之间，忙着进行各种神秘的鉴定程序，比如毛发准备、血液准备和核酸扩增，最后写成一份短短的报告，上面注明十五个不同基因标记的数值。

他们经过一个房间，里头全是架子，架上放着许多厚厚的褐色信封，上头写着全国各地的警局名称。哈利知道这些信封里装的是衣服、毛发、家具罩、血液或其他有机物质，寄来这里进行分析，只为了取得可以代表神秘 DNA 的基因位点数值，判定主人身份，准确率高达百分之九十九点很多个九。

葛黛的办公室大小适中，正好容纳得下几个书架和一张办公桌，书架上放着档案夹，办公桌上放着一台计算机、几叠文件和一张大照片，照片里是两个微笑的小男孩，一人拿着一个滑雪板。"你儿子？"哈利问，坐了下来。

"应该是吧。"她微微一笑。

"什么？"

"这是我们所里的玩笑话啦。你提到有人来申请过 DNA 鉴定？"

"对，我想知道某家诊所申请的所有 DNA 鉴定，追溯期到十二年前，还有受检者是谁。"

"了解，是哪一家诊所？"

"马伦利斯诊所。"

"马伦利斯诊所？你确定？"

"为什么这样问？"

她耸耸肩："通常来申请亲子血缘鉴定的不是法院就是律师，不然就是个人亲自来申请。"

"这些鉴定跟血缘官司无关，而是为了判定是否有罹患遗传疾病的危险。"

"啊哈，"葛黛说，"那都在数据库里。"

"你能现在马上查吗？"

"要看你有没有时间等……"葛黛看了看表，"三十秒。"

哈利点点头。

葛黛敲打键盘，同时说出她键入的字："马—伦—利—斯—诊—所。"

她靠向椅背，等待计算机运作。

"今年秋天的天气很糟对不对？"她说。

"对啊。"哈利心不在焉地答道，耳中仔细聆听硬盘运作的吱吱声，仿佛那声音可以透露出答案是不是他心中希望的那个。

"阴沉的天气会影响人的情绪，"她说，"希望很快就会下雪，这样至少可以让天气明亮一点。"

"嗯。"哈利说。

吱吱声停止了。

"有了。"她说，看着计算机屏幕。

哈利深深吸了口气。

"是的，马伦利斯诊所曾经是我们的客户，可是很久没来了。"

哈利试着回想费列森离开马伦利斯诊所的时间。

葛黛蹙起眉头："可是看得出以前很常来。"

她迟疑一会儿，哈利等待她继续往下说。她接着说："我会说对一家诊所而言，这数量未免也太多了。"

哈利有个预感：他们走这条路可以离开迷宫，或者说，可以进入迷宫，进入黑暗的核心。

"你们有受检人的姓名或个人资料吗？"

葛黛摇摇头："通常会有，可是这家诊所显然采用匿名的方式。"

靠！哈利闭上眼睛，陷入沉思。

"可是还有鉴定报告对不对？我是说这些鉴定报告会指出某人是不是父亲对不对？"

"对，是的。"葛黛说。

"那报告怎么说？"

"我没办法立刻回答你，我必须进入每一笔数据，这得花更多的时间。"

"好，那你们会不会把鉴定过的基因图谱储存下来？"

"会。"

"这些鉴定报告跟用在刑事案件上的报告一样详细吗？"

"更为详细，要确定血缘关系，我们需要更多的基因标记，而半数的基因来自母亲。"

"所以你是说我可以采集某人的口腔黏膜，送来这里，让你们比对这个人的基因跟马伦利斯诊所送来的基因是不是一样喽？"

"答案是可以。"葛黛说，语气中透露出她想知道为什么要这样做。

"很好，"哈利说，"我的同事会送来一些口腔黏膜，这些口腔黏膜是近几年失踪妇女的丈夫和小孩的，请你比对他们的基因是不是曾经被鉴定过。我会取得最高优先级的授权。"

葛黛的双眼突然亮了起来："我知道我在哪里见过你了！你上过波塞脱口秀，这件事是不是关于……？"

即使办公室里只有他们两人，她还是压低声音，仿佛人们替那极恶之徒取的绰号受到诅咒，是污秽之语，具有魔力，不可以大声说出口。

哈利打电话给卡翠娜，请她去圣赫根区的爪哇咖啡馆跟他碰面。他将车子停在一栋老公寓前，公寓入口设有一个标志，威胁说停放此处的车辆将被拖吊——尽管那入口的宽度只跟一台割草机差不多。伍立弗路人潮汹涌，人们匆匆来去，趁着星期六外出采买日用品。冰冷的北风吹过圣赫根区，吹进救主墓园，吹走了正在鞠躬的出殡队伍头上的黑帽子。

哈利点了一杯双份意式浓缩咖啡和一杯康塔多调味咖啡，用外带杯盛装，在人行道上找了一张椅子坐下。对街池塘里有一只孤单的白天鹅正静静漂游，颈部弧线有如一个问号。哈利看着那只白天鹅，想起那个捕狐陷阱的名称。北风吹来，在池塘水面吹起一阵涟漪。

"那杯康塔多还热不热？"

卡翠娜在他对面坐下，伸出了手。

哈利将外带杯递给她，两人朝他的车子走去。

"星期六早上你能工作真好。"他说。

"星期六早上你能工作真好。"她说。

"我单身，"他说，"星期六早上对我们这种人来说没有半点价值，可是你呢？你应该要有自己的生活才对。"

他们走到哈利的车子旁，一个老头站在那里怒目瞪视哈利的车。

"我已经打电话叫拖吊车来了。"老头说。

"我听说拖吊车很热门，"哈利说，打开门锁，"只不过拖吊车要找地方停可麻烦得很。"

两人坐上车，一个布满皱纹的指关节叩了叩车窗。哈利按下车窗。

"拖吊车就快来了，"老头说，"你得留在这里。"

"是吗？"哈利说，亮出警察证。

老头对警察证视若无睹，怒目看了看表。

"你那个空间太窄了，根本算不上是入口，"哈利说，"我会派交通局的人来拆掉你违法设置的标志，你可能得付一大笔罚金。"

"什么？"

"我们是警察。"

老头夺过警察证，一脸狐疑，看看哈利，又看看警察证。

"这次就算了，你们可以走了。"老头咕哝说，满脸失望，递还警察证。

"不能就算了，"哈利说，"我现在就打电话给交通局。"

老头的双眼像是要喷出火来。

哈利转动钥匙，发动引擎，让引擎怒吼一声，又转头望向老头："你得留在这里。"

车子开走时，两人都在后视镜里看见老头张口结舌的表情。

卡翠娜笑说："你很坏啊！人家是老人家。"

哈利瞥了她一眼，她脸上的表情甚是奇怪，仿佛笑起来会痛似的。矛盾的是，芬利斯酒馆的事件反而让她在哈利身旁更加轻松，也许美丽的女子就是有这种奇特心理，拒绝她们反而可以赢得她们的尊敬，让她们更信任你。

哈利的嘴角泛起微笑。今早他醒来时脑子里还残留着梦境片段，梦中卡翠娜坐在芬利斯酒馆的厕所洗手台上，双腿张开，他正在干她，干得那么用力，震得水管咯吱作响，马桶溅出水来，日光灯管发出吱吱声，明明灭灭。他每冲刺一次，臀部就触碰到冰冷的陶瓷表面一次。他们的臀部、背部、大腿撞击着水龙头、烘手机、肥皂架，她背后的镜子震动得如此厉害，以至于他的影像模糊不清，他们停下来后，他才看见镜中那张脸并不是他。哈利心想，他做这个梦要是被她知道，不知道她会有什么反应？

"你在想什么？"她问道。

"繁衍后代。"哈利说。

"哦？"

哈利递给她一个小包裹，她打了开来，看见里头最上方是一张纸，标题写着：DNA 口腔黏膜采集包使用说明。

"这件案子好像跟亲子血缘关系很有关联，"哈利说，"我只是还不知道如何有关和为何有关。"

"那我们是要去……？"卡翠娜问，拿起一小包棉花棒。

"苏里贺达村，"哈利说，"去采集那对双胞胎的口腔黏膜。"

农场周围的野地上，冰雪正在撤退，但依然盘踞在乡野间的灰色冰雪十分湿滑。

罗夫·欧德森站在门口等他们，随后端上咖啡。他们脱下外套，哈利表明来意。罗夫没问原因，只是点点头。

双胞胎正在客厅里打毛线。

"你们要打什么呢？"卡翠娜问。

"围巾，"双胞胎同时说，"阿姨在教我们。"

她们朝奥娜比了比，奥娜坐在摇椅上，也正在打毛线，对卡翠娜微笑说："很高兴再见到你。"

"我只是要采集一些她们的口水和黏膜，"卡翠娜爽朗地说，举起棉花棒，"张开嘴巴。"

双胞胎咯咯嬉笑，放下手中毛线。

哈利跟着罗夫走进厨房，厨房内一个大水壶里的水已烧滚，里头弥漫着热咖啡的香气。

"所以你们搞错了，"罗夫说，"那个医生不是凶手。"

"可能吧，"哈利说，"也可能他毕竟还是跟案子有点关联，我可以再看一次农仓吗？"

罗夫比个手势，请哈利自便。

"可是奥娜整理过了，"他说，"里面没什么可以看的了。"

农仓里的确整理得很干净。哈利记得那晚侯勒姆采集样本时，鸡血溅得满地都是，又浓又黑，但现在都已清理干净。曾被血迹渗入的木地板呈粉红色。哈利站在砧板前，看着门口，想象希薇亚站在这个位置杀鸡时，雪人走了进来。她是不是十分惊讶？她已经杀了两只鸡，不对，是三只。他为什么认为是两只？两只加一只，为什么是加一只？他闭上双眼。

当时有两只鸡躺在砧板上，鸡血洒在锯木屑上，这是杀鸡的正常方法。

但第三只鸡躺在一段距离外，鸡血沾染了地板，这是外行人的手法。血液凝结在第三只鸡的喉咙被切断的地方，就跟希薇亚的喉咙一样，他记得侯勒姆曾对此加以说明。他知道自己脑海中这时浮现的念头不是新的，它跟其他未成形、未经过仔细思考、有如梦呓般的想法混杂在一起。第三只鸡和希薇亚一样是被电切环杀死的。

他走到渗入血迹的地板旁，蹲了下来。

如果是雪人杀了最后一只鸡，为什么他要用电切环而不是用小斧头？原因很简单，因为小斧头消失在森林深处，所以雪人是在杀了希薇亚之后，才回来杀鸡，他大老远跑回来就是为了杀这只鸡，可是为什么？难道是某种巫毒仪式？还是他突然心血来潮？胡扯，这个杀人魔会按照计划进行，他有自己的一套模式。

一定有个原因。

为什么？

"为什么要采集这些东西？"卡翠娜问。

哈利没听见她进来。她站在农仓门口，单颗电灯泡放出的光芒照射在她脸上，她手中拿着两个塑料袋，里头放着棉花棒。哈利看见她站在门口，扬起手中塑料袋朝他晃了晃，就跟在贝克家的情景相仿，但他看见了不一样的东西，有了不一样的发现。

"我说过了，"哈利咕哝说，细看粉红色血迹，"我想这件案子跟血缘关系的关联，在于凶手想隐藏某些事情。"

"是谁？"卡翠娜问，朝他走来，靴子鞋跟咔嗒咔嗒踩在木地板上。"你脑子里想的凶手是谁？"

她在他旁边蹲了下来，她的男性化香水自温暖的肌肤表面散入冷空气，朝他飘送而来。

"我一点头绪也没有。"

"我不是说你的逻辑思考，我是说你的想法，你心里有个理论。"她直截了当指出，右手食指在锯木屑上乱画。

哈利愣了愣："连理论都还称不上。"

"快点，说出来。"

哈利深深吸了口气："亚菲·史德普。"

"他怎么样？"

"根据史德普自己所说，他去找费列森治疗网球肘，但包格希却说费列森不保留史德普的病历，我一直在问自己原因是什么。"

卡翠娜耸耸肩："可能史德普去治疗的不只是网球肘，可能他怕自己动整形手术留下记录。"

"如果费列森同意不替害怕留下整形记录的患者保留病历，那他的档案里会连一个名字也没有，所以我认为这里头一定另有隐情，而且这件事一定见不得人。"

"比如说？"

"史德普在波塞脱口秀上说谎，他说他的家族没有发疯或遗传疾病的病史。"

"而事实上有？"

"先假设有，拿来当作理论。"

"那个称不上理论的理论？"

哈利点点头："费列森是挪威最不为人知的法氏症候群专家，连他的助理包格希都不知道，那么希薇亚和碧蒂怎么会找上他？"

"对啊，怎么会？"

"先假设费列森的专长不是遗传疾病而是保密好了，毕竟是他亲口说他的事业是建立在保密上的，因此有个患者兼朋友去找费列森，说他罹患法氏症候群，这个诊断是别处一个真正的法氏症候群专家做出来的，可是这个专家不具备费列森的保密专长，这件事却又必须保密，于是这名患者坚持要费列森保密，也愿意支付额外的钱，他也有财力负担这么庞大的金额。"

"史德普？"

"对。"

"但既然他已经被别人诊断出来了，那消息就可能会泄露啊？"

"史德普最害怕的不是这点，他最害怕的是被别人知道他跟他的孩子去做过检查。他想知道他的孩子是不是也罹患这种遗传疾病，但这件事必须非常秘密地进行，不能让别人知道他是孩子的生父，因为有些人以为自己才是这些小孩的父亲，好比说菲利普就以为自己是尤纳斯的父亲，还有……"哈利朝农庄点点头。

"罗夫？"卡翠娜低声说，呼吸急促，"那对双胞胎？你认为……？"她扬起塑料袋，"她们有史德普的基因？"

"有可能。"

卡翠娜看着他："失踪妇女……其他的小孩……"

"如果 DNA 鉴定结果显示史德普是尤纳斯和双胞胎的父亲，星期一我们就对其他失踪妇女的小孩进行鉴定。"

"你是说……史德普在挪威各地跟一大堆女人上床？让她们怀孕，等到她们生下小孩之后，又杀了她们？"

哈利耸耸肩。

"为什么？"她问道。

"如果我的理论是正确的，那我们面对的当然是非常疯狂的行径，可是这纯粹只是猜测而已，疯狂行径的背后通常都有一个非常清晰的逻辑。你有没有听过贝豪斯海豹？"

卡翠娜摇摇头。

"公贝豪斯海豹冷血而且理性，"哈利说，"当母海豹生下它们的后代，从第一个关键期存活下来后，公海豹会试图杀死母海豹，因为公海豹知道它再也不会跟这只母海豹交配了，而公海豹不希望其他小海豹来跟它自己的后代竞争。"

卡翠娜听了似乎有点难以消化。

"这太疯狂了吧，"她说，"可是我不知道究竟哪个比较疯狂，是某人跟海豹有同样的思维？还是认为某人跟海豹有同样的思维？"

"我说过了……"哈利站了起来，膝盖发出咯吱一声，清晰可闻，"这称不上是理论。"

"你说谎，"她说，眼望着他，"你已经确定史德普是这些孩子的父亲了。"

哈利以苦笑作为响应。

"你就跟我一样疯狂。"她说。

哈利以锐利的眼神看着她："我们走吧，法医学研究所在等你的棉花棒。"

"星期六？"卡翠娜抚平她在锯木屑上头的涂鸦，"他们没有自己的生活吗？"

他们将塑料袋送到了法医学研究所，得到保证说今晚或明天一早就会收到鉴定结果，随后哈利驾车送卡翠娜返回她位于塞路斯街的住所。

"窗户里没亮灯，"哈利说，"只有你一个人？"

"像我这样的美女，"她微笑着，握住门把，"怎么可能一个人呢？"

"嗯，你为什么不希望我跟你在卑尔根警署的同事说你去了卑尔根？"

"什么？"

"你认为他们听说你在首都奥斯陆侦办大谋杀案，会觉得很好笑吗？"

她耸耸肩，打开车门："卑尔根人才不认为奥斯陆是首都呢，晚安。"

"晚安。"

哈利驾车朝桑纳街驶去。

他不甚确定，但他觉得自己刚刚看见卡翠娜愣了一下。不过他可以确定什么呢？他连个咔嗒声都不能确定，他原本以为是扣动扳机的声音，结果只是小女孩萨尔玛因为吓坏了而折断手中枯枝的声音。但他无法再假装下去了，他不能再假装自己不知道了。那天晚上，卡翠娜举起左轮手枪指着菲利普背后，当他挡住她的射击线时，他听见了咔嗒声，也就是萨尔玛折断枯枝时，他以为自己听见的那种咔嗒声。那是上油的左轮击锤被放开的咔嗒声。这表示击锤曾经升起，卡翠娜曾经将扳机扣到超过三分之二的位置，子弹随时可能击发。那时她想射杀菲利普·贝克。

不行，他不能再假装下去了，因为在农仓门口，当光线洒落在她脸上时，他认出了她，而且他也跟她说了，这件案子和血缘关系有关。

POB 克努特·穆勒尼森喜欢英国女演员朱莉·克里斯蒂，简直爱死了她，以至于他从不敢对妻子坦白以告。不过自从他怀疑妻子和埃及男演员奥马尔·谢里夫搞精神外遇后，每当他坐在电视机前用眼睛贪婪地看着朱莉·克里斯蒂，他心里就不再浮现罪恶感。唯一美中不足之处，是他的朱莉这时正和谢里夫激情地抱在一起。客厅桌上的电话响起，他接了起来，妻子按下 DVD 暂停键，他们最爱看的电影《日瓦戈医生》中，这既美妙又令人难以忍受的一幕立刻凝结在他们眼前。

"呃，晚上好，霍勒，"穆勒尼森听见哈利自报姓名后说，"我想你最近一定很忙。"

"你现在方便说话吗？"电话那头传来嘶哑但温和的声音。

穆勒尼森看着茉莉颤抖的红唇和迷蒙的双眼："方便，哈利。"

"那天我去你的办公室，你给我看一张拉夫妥的照片，我好像认出了什么。"

"哦，是吗？"

"你还说了一些关于他女儿的事，你说她'长得这么好，对不对啊？'，这句'对不对啊？'好像在说我应该早就知道这件事一样。"

"是啊，她真的长得很好不是吗？"穆勒尼森说。

"看你从哪个角度来看。"哈利说。

24 图翁巴

第十九日

　　一如预期，广场饭店桑雅赫尼厅的水晶灯下，弥漫着喊喊喳喳的热闹说话声。史德普站在饭店门口迎接贵宾，下巴因为不停微笑而酸痛，虚假的热烈招呼让他的网球肘再度发作。负责宴会技术层面的一名公关公司年轻女员工走到他身旁，微笑着说宾客都已入席。她身穿中性黑西装，头戴耳机，耳麦不仔细看难以察觉，她的这身装扮让史德普联想到电影《碟中谍》①中的女间谍。

　　"我们要进场了。"她说，用和善且近乎温柔的动作替他调整领结。

　　她朝桑雅赫尼厅走去，史德普看见她手上戴了婚戒，臀部在他面前左摇右摆。她是不是生过小孩？她的黑裤子十分合身，紧贴着充分锻炼过的臀部。史德普想象着她赤裸着俏臀躺在他位于阿克尔港豪宅床铺上的模样。但她看起来太专业了，他得花太多工夫、费尽唇舌才能钓到她。他在门边一面大镜子中和她目光交接，知道自己被逮到了，便堆满笑容，表示抱歉。她禁不住笑了，双颊有点不专业地泛起红晕。不可能的任务？算不上不可能，只是今晚不行。

　　他进厅时，八人座的主桌前每个人都站了起来。他的晚宴搭档是他的女副主编，这是个无趣却必要的选择。女副主编已婚，有小孩，一张脸因为每天工作十二到十四个小时而饱受蹂躏。她的孩子颇为可怜，但要是哪天她发现人生不是只有《自由杂志》，可怜的人就变成他了。史德普的目

①　电影《碟中谍》英文原名为Mission: Impossible，即下文提到的"不可能的任务"。

光扫视整间桑雅赫尼厅，众人都向他举起酒杯说 Skål（干杯）。亮片、珠宝和微笑的眼睛在水晶灯下闪烁光芒，各类洋装争奇斗艳，露肩、露背、无肩带，无耻。

音乐响了起来，《查拉图斯特拉如是说》交响诗澎湃辽阔的音色从喇叭流泻而出。史德普和公关公司开会时，曾指出这样的进场方式不太有创意，十分浮夸，让他想到上帝造人，公关公司人员说这正是他们想营造出来的气氛。

一位电视名主持人在烟雾和灯光效果中踏上大舞台，他开价六位数字来主持这场庆祝会，也如愿以偿。

"各位女士先生！"他对着大型无线麦克风说，那麦克风令史德普联想到硕大而勃起的阳具，"欢迎！"名主持人的嘴唇几乎触碰到那根黑色阳具，"欢迎参加今晚的盛会，我保证这绝对会是个特别的夜晚！"

史德普已开始期待庆祝会结束。

哈利看着他办公室书架上已故警察俱乐部的照片，他试着思考，但脑子转个不停，无法找到立足点，无法看见整体画面。他一直觉得似乎有某个人熟知内情，某个人很清楚他打算做什么，但他没预料到事情会变成这样，变得如此难以想象地简单，同时又不可思议地复杂。

穆勒尼森告诉他说，卡翠娜一直被视为卑尔根警署犯罪特警队最大有可为的警探，是一颗明日之星，从来不惹麻烦。是的，的确有一起事件导致她申请转调性犯罪小组。一名侦查终结案件里的证人打电话去警署申诉，说卡翠娜·布莱特依然会去他家询问新的问题，即使他明白地告诉卡翠娜说他已经向警方提出正式的证词，她还是穷追不舍。这下子大家才发现原来卡翠娜在没告知上司的情况下，已独立查案查了好几个月。她在下班时间进行私下调查，通常这不会造成问题，但卑尔根警方正好不希望这件案子再被挖出来。卡翠娜被告知卑尔根警方对这件案子的态度，她的响应是指出当时的调查有好几个瑕疵,但她并未得到同情,沮丧之余,她申请转调。

"她好像着魔一样非常执着于那件案子,"这是穆勒尼森说的最后一句话,"我记得她丈夫就是在那个时候离开她的。"

哈利挂上电话,踏进走廊,来到卡翠娜的办公室。按照规定,她的办公室上了锁。他继续往前走,来到影印室,从一包书写纸旁边的矮架子上,拉出一台裁纸机。裁纸机的底座以铁铸成,又大又重,上头附有一支裁刀。他记得这台大裁纸机从来没人用过。他抱着裁纸机踏上走廊,回到卡翠娜的办公室门前。

他将裁纸机高举过头,瞄准目标,挥动双臂奋力砸下去。

裁纸机击中门把,将门锁给敲进了门框,门框发出巨大的噼啪声。

哈利在裁纸机落地前赶紧移开双脚。裁纸机发出一声闷响,落在地上。他大脚一踢,门板爆出许多碎裂木片,弹了开来。他将裁纸机从地上抬起来,搬了进去。

卡翠娜的办公室和他昔日跟哈福森警官共享的办公室十分相似,整整齐齐、没有摆设、没有照片、没有任何私人物品。办公桌的顶层抽屉有个简单的锁,控制所有的抽屉。裁纸机砸了两次之后,顶层抽屉和锁就被砸烂。哈利在抽屉里翻寻,将文件推到一旁,仔细搜查塑料档案夹、打洞机和其他办公用品,在其中发现了一把小刀。他拔起刀鞘,看见刀锋前端有锯齿,这绝对不是童军刀。哈利将刀锋往小刀下方那叠文件压了下去,小刀像是切入一堆棉花似的,毫无阻碍地切到了底。

下面一格抽屉里放着两盒未开封的左轮配枪子弹。哈利找到的私人物品只有两枚戒指,其中一枚镶着宝石,在桌灯照耀下闪动灿烂光芒。他曾经见过这枚戒指,他闭上双眼,在记忆中找寻曾在哪里见过。一枚大而俗丽的戒指。镶有各色宝石。拉斯韦加斯风格。卡翠娜绝不可能戴这种戒指。他想起自己在哪里见过了。他感觉脉搏猛烈跳动:强劲,但稳定。他曾在一间卧室里见过这枚戒指——那是贝克家的卧室。

桑雅赫尼厅的晚餐已经结束，餐桌皆已收走。史德普倚着大厅后方的墙壁，看着舞台，只见宾客聚集在舞台前，痴迷地看着舞台上的乐团表演。乐团发出震耳欲聋的音乐声，这是非常昂贵的音乐声，也是妄自尊大的音乐声。史德普原本对这种做法有所怀疑，但公关公司的人说服他说营造这种体验是一种投资，可以用来收买员工的忠诚、自尊和热情，让他们为公司打拼。花钱购买一点成功的国际形象就等于是强调《自由杂志》的成功，同时建立《自由杂志》的品牌，让广告客户愿意和《自由杂志》这项成功商品沾上边。

乐团主唱将手指按在耳麦上，飙上最高音，唱出他们的八十年代全球畅销金曲。

"没有人能像莫滕·哈克特那样，唱走音听起来还那么美。"史德普身旁传来一个声音。

他一转头，立刻知道自己见过这名女子，因为美丽的女子他过目不忘。他开始逐渐记不得的是身份、地点和时间。她身材苗条，身穿素色黑洋装，侧边开衩，令他想起某人，令他想起碧蒂，碧蒂也有这样一件洋装。

"真丢脸。"他说。

"那个音很难唱上去。"她说，目光一直在乐团主唱身上。

"真丢脸，我记不起你的名字，我只知道我见过你。"

"我们没正式见过面，"她说，"你只是看过我一眼而已。"她拨开垂落面前的黑发。她十分有魅力，散发着一种坚毅、古典的风格，有英国超级名模凯特·莫斯的味道，碧蒂则有加拿大性感演员帕梅拉·安德森的味道。

"那还情有可原。"他说，觉得自己正在苏醒，血液开始在体内窜流，将香槟带到了脑中的部分区域，使他放松下来，而不是感到困倦。

"你是谁？"

"我叫卡翠娜·布莱特。"

"哦，对，你是我们的广告客户吗，卡翠娜？还是银行专员？房东？自由摄影师？"

卡翠娜对每个问题都微笑摇头。

"我是不速之客，"她说，"你们的一个女记者是我的朋友，她告诉我晚宴后是哪个乐团会来演唱，说我可以穿洋装溜进来。你想赶我走吗？"

她举起香槟杯，凑到唇边。她的唇不是他喜欢的那种丰满唇型，但颜色深红而且湿润。她依然盯着舞台看，因此他可以恣意地观察她的侧面轮廓，也就是全身的侧面轮廓，观察她露出的背部和乳房的完美弧线，她的乳房不需要硅胶，也许穿一件合适的胸罩就行了，但这对乳房可以哺乳吗？

"我正在考虑，"他说，"你有异议吗？"

"威胁可以吗？"

"也许可以。"

"我在外面看见狗仔队正在守候你的宾客，等他们出去时出其不意地拍照。如果我告诉狗仔队说，我那个记者朋友拒绝你的求欢之后，你就跟她说她在《自由杂志》以后别想混下去呢？"

史德普从心底放声大笑，他发觉他们吸引了其他宾客的好奇目光。他朝她倚身过去，闻到她身上的香水味和他自己使用的古龙水味道一样。

"第一，我不怕坏名声，尤其是我手下乱报料的烂八卦。第二，你的朋友是个没用的记者。第三，她说谎，我干了她三次，你大可以去跟狗仔队说。你结婚了吗？"

"对，"那陌生女子说，转头望向舞台，挪动身体重心，让洋装露出一条缝，可以瞥见里头的蕾丝胸罩。史德普只觉得嘴唇发干，于是啜饮一口香槟，眼睛看着聚在舞台前方踮起脚的女宾客，鼻子专注吸气。他可以从站立处闻到女性阴部的气味。

"你有小孩吗，卡翠娜？"

"你希望我有小孩吗？"

“对。”

“为什么？”

“因为透过创造生命，女人学会臣服于大自然，让她们比其他女人和男人对生命有更深刻的洞见。”

“胡扯。”

“不对，创造生命让你们女人降低找男人来代替父亲的渴望，你们只是喜欢享受这场游戏而已。”

“好吧，”她笑说，“那我有小孩，你想玩什么游戏？”

“哇呜，”史德普说，看了看表，“动作太快了吧。”

“你想玩什么游戏？”

“每种游戏都想玩。”

“太好了。”

乐团主唱闭上双眼，双手抓住麦克风，唱出歌曲的渐强段落。

“这个派对无聊死了，我要回家了。”史德普将空酒杯放在一台被嗖嗖推过的推车里，“我住在阿克尔港，和自由杂志社同一栋大楼，不过是在顶楼，最高的楼层，金字塔的顶端。”

她微微一笑：“我知道在哪里，你需要多少准备时间？”

“给我二十分钟。答应我在你离开之前，你不会跟任何人说话，连你那个女性朋友也不行，可以吗？卡翠娜·布莱特？”

他看着她，希望自己说对了她的名字。

“相信我，”她说，他看见她眼中放出奇异的微光，犹如天空闪现一丝森林大火的迹象，“我跟你一样希望这件事只有你我知道。”她举起酒杯，“对了，你干了她四次，不是三次。”

史德普享受她看他的最后一眼，然后朝出口走去，他背后的乐团主唱依然在水晶灯下用假声发出几乎难以辨别的颤音。

一扇门重重甩上，兴奋而响亮的说话声在塞路斯街回荡，四名年轻人正要前往基努拉卡区的酒吧。他们经过停在人行道旁的一辆车，没注意到里头坐着一名男子。他们转过街角，街上再度安静下来。哈利朝风挡玻璃倾身，抬头往卡翠娜家的窗户看去。

他大可以打电话给哈根，或是发出警报，带麦努斯和警车一起来，但他有可能判断错误。他必须事先确定，因为他和她都有太多东西必须顾虑。

他下了车，来到大门前，按下没标示名牌的三楼门铃，等待一会儿，接着又按了一次。他走回车子，从后备厢里拿出撬棒，回到大门，按下二楼门铃。一名男子用昏沉的声音问道："谁？"背景是吵闹的电视声。十五秒后，男子下楼开门，哈利亮出警察证。

"我没听见有人家里发生争执，"男子说，"是谁打电话报警的？"

"我自己去找就好了，"哈利说，"谢谢你的协助。"

三楼门前一样没有名牌。哈利敲了敲门，将耳朵贴在冰冷的木门上聆听，然后将撬棒顶端嵌入门框间的缝隙，门锁的正上方。塞路斯街的公寓是盖给奥克西瓦河沿岸的工厂工人住的，采用的是最便宜的建材。哈利在一小时内进行的第二次强行进入，三两下就成功了。

他站在走廊的黑暗中聆听片刻，先不打开电灯，低头看着面前的鞋架。鞋架上有六双鞋，没有一双鞋的大小属于男性。他拿起一双卡翠娜今天稍早穿的靴子，看见鞋底依然是湿的。

哈利走进客厅，按亮手电筒，并没打开天花板上的灯，以免被她在街上发现家里有不速之客。

光束扫过磨损的松木地板，木板间钉着大钉子。客厅里摆着素色白沙发、矮书架、一组英国高级音响品牌 Linn（莲）的喇叭。墙边有个凹室，床铺窄小整齐，小厨房里有炉子和冰箱。这间屋子给人的感觉是简朴、有秩序和整洁，就跟他家一样。光束照射到一张脸，那张脸用僵硬的神情看着他，接着又照到另一张，然后又是一张。那是三张黑色木制面具，上头有刻纹和彩绘。

他看了看表。十一点。他让光束再往里头射去。

屋内只有一张桌子，桌子旁的墙壁上钉着剪报，从地板到天花板钉满整片墙壁。他走近了些，视线掠过一张张剪报，感觉脉搏犹如盖格计数器般开始强烈跳动。

墙壁上钉的全都是命案剪报。

而且是很多宗命案的剪报，应该有十到十二宗，有些年代久远，剪报都已发黄，但哈利清楚记得这些命案，因为它们都有一个共同点：这些都是他带头调查的命案。

桌上的计算机和打印机旁放着一叠档案夹，里头是命案报告。他打开其中一个档案夹，里头并不是他侦办过的命案报告，而是厄里肯山发生的莱拉·奥森命案报告，另一个档案夹里是菲雷希恩区的欧妮·黑德兰失踪案报告。第三个档案夹里是卑尔根发生的一宗警察暴力事件，申诉对象是葛德·拉夫妥。哈利翻看报告，发现一张他在穆勒尼森的办公室里见过的照片。他看着那张照片，觉得一切都再明显不过。

打印机旁是一叠纸，最上方那张纸画了些东西，看起来像是外行的铅笔素描，但主题十分清楚。纸上画的是雪人。雪人的脸颊长，仿佛融化了一般；炭黑色的眼睛死气沉沉，红萝卜鼻子又细又长，朝地上指。

哈利翻看那叠纸，看见有好几张素描，全都是雪人，大部分都只有脸。是面具，哈利心想，是死亡面具。其中一张脸有嘴喙，旁边是小小的人类手臂，下方是鸟类的脚。另一个面具长着猪鼻子，戴一顶礼帽。

哈利开始搜索房子另一头，在心中告诉自己他在芬岛对卡翠娜说过的话：清空脑袋里的预期，只要看，不要找。他打开所有的纸箱和抽屉，翻动厨房用具、清洁用具、衣物、外国的洗发精、卧室里的奇特乳霜。她的香水味浓浓地弥漫在卧室里。淋浴间的地上是湿的，洗脸盆上放着一根棉花棒，上头沾了睫毛膏。他从浴室走了出来。他不知道自己要找什么，只知道那样东西不在这里。他直起身来，环顾四周。

不对。

那样东西在这里，他只是还没找到而已。

他拿下架上的书，打开储水槽，检查地上和墙上是否有松动的木板，翻开凹室里的垫子。然后就检查完了。每个地方他都搜过了。他没能成功找到那样东西，但任何搜索行动最重要的前提是：你没找到的东西和你找到的东西同样重要。现在他知道自己没找到什么东西了。哈利看了看表，开始收拾。

他将抽屉放回原位时，突然想到自己没检查打印机。他拉开打印机的纸匣，看见最上面一张纸已然泛黄，而且比一般打印纸还来得厚。他拿起那张纸，闻到上面有一种独特的气味，仿佛浸过香料或被烧过。

他打开桌灯，将那张纸凑到灯光前，找寻记号。他找到了。那张纸的右下角有个水印，只有高级纸张才会有这种水印，凑到灯泡前就清晰可见。他喉咙的血管似乎鼓起，血液突然开始奔流，脑部大声呼喊需要更多氧气。

哈利打开计算机，又看了看表，凝神细听，等待计算机开机，开机速度非常慢，仿佛花了永恒的时间。他直接进入搜索功能，键入关键词，用鼠标按下"搜索"。一只小狗跑了出来，跳上跳下，无声吠叫，好让人排遣搜索时间。哈利盯着被搜索文件的名称闪过，最后视线移到一排文字上：没有符合搜索的项目。他检查自己是否打错关键词：图翁巴。他闭上眼睛，听见计算机发出深沉的吱吱声，犹如一只深情款款的猫。电脑停了下来。哈利张开眼睛。找到一个项目。

哈利将光标移动到 Word 标示上，一个黄色方块跳了出来。修改日期：九月九日。他用颤抖的手指按了两下鼠标键。白色背景和几行字出现在屏幕上。毋庸置疑，上面的文字和雪人寄来的一模一样。

25 死线

第二十日

史德普躺在床上。这张床是在大阪的密索谷工厂依照定制规格缝制并组装完成，然后再运送到印度金奈的鞣皮厂，因为泰米尔纳德邦的法律禁止直接出口这种皮革。这张床从下订单到收到货品，足足花了六个月，但值得等待。这张床就像艺妓一样，完全符合他的身体曲线，在必要处给予支撑，还能调整任何高度和方向。

他看着天花板上的柚木扇叶缓缓转动。

她正搭电梯上来找他。他透过对讲机说他在卧室等，将门微微打开。沁凉的丝质短内裤贴在他因喝酒而微微发热的身体上。《海洋咖啡馆》CD 的乐音从 Bose（博士）音响系统的精巧喇叭传出——喇叭藏在房子里的每个房间角落。

他听见她的高跟鞋咔嗒咔嗒踏过客厅地板，缓慢而坚定，光听这声音就让他硬了起来，要是她知道等着她的是什么……

他的手在床底下搜寻，手指找到了他要找的。

她的身影出现在房门口，峡湾上空洒下的月光映照出她的身体轮廓。她嘴角含笑看着他，解开黑色真皮长外套的腰带，外套落在地上。他倒抽一口气，但她外套里依然穿着洋装。她走到床前，递了一件橡胶制品给他，那是一张面具，粉红色的动物面具。

"戴上这个。"她用冷静的公事口吻说。

"哇，"他说，"一张猪脸。"

"照我的话做。"她眼中再次闪动奇异的黄色微光。

"Mais oui，madame.（是，小姐。）"

史德普戴上面具，面具盖在他整张脸上，气味闻起来有如洗涤手套，他只能透过眼部的细小缝隙看着她。

"那我要你……"他开口说，听见自己的声音被面具蒙住，变得陌生而奇怪。他话只说到这里就感觉左眼一阵刺痛。

"你给我闭嘴！"她喊道。

他这才缓缓意识到自己被打了。他知道自己不该如此反应，这样会扫了她玩角色扮演的兴致，但他实在忍俊不禁，因为这一切实在太过荒谬了。猪面具！冷冷黏黏的粉红色橡胶面具，上头还有猪耳朵、猪鼻子和猪嘴巴。他粗声大笑。下一拳击中他的腹部，力道凶猛，使他屈起身体，发出呻吟，倒在床上。他并未发觉自己停止了呼吸，直到眼前陷入一片黑暗。他在紧贴的面具里拼命喘息，同时感觉到她将他的手臂扭到背后。氧气终于抵达他的脑部，疼痛也同时来到，怒意随之升起。他妈的死贱人，她以为自己在干吗？他奋力挣脱，想抓住她，却发现双手无法动弹——他的双手被牢牢固定在背后。他抖动双手，感觉手腕被某种东西锐利地嵌住了。是手铐？这个变态的死贱人。

她将他推到坐姿。

"你看见这是什么了吗？"他听见她低声说。

但他脸上的面具歪到一旁，眼睛什么也看不见。

"我不用看见也能闻到你的屎味。"他说。

他的太阳穴受到一记重击，令他的听觉就好像 CD 跳针一样。听觉恢复时，他还直挺挺坐在床上。他感觉到某种液体沿着面具边缘流下脸颊。

"你用什么东西打我？"他大喊，"我在流血，你这个疯女人！"

"这个。"

史德普感觉到某种坚硬的东西压上了他的鼻子和嘴巴。

"闻闻看啊，"她说，"味道很好闻对不对？这是钢铁和擦枪油的味

道。史密斯威森左轮手枪闻起来很特别对不对？无烟火药的气味会更好闻，
到时候如果你还闻得到的话。"

这只是个暴力游戏，史德普告诉自己，这只是角色扮演。但她的声音
有点异样，这整个情况有点异样，使得他对此刻发生的事产生了不同观点。
他长久以来不曾有过的感觉浮上心头，他已经太久没有这种感觉，必须回
溯到童年才记得起来，以至于他一下子认不出来——这种感觉叫恐惧。

"我们不发动引擎吗？"侯勒姆话声发颤，将身上的皮夹克裹得更紧
了些，"亚马逊这款车推出的时候是以暖气功能强大著称的啊。"

哈利摇摇头，看了看表。一点半。侯勒姆的亚马逊停在卡翠娜的公寓外，
他们已经坐在里头等了一个多小时。夜是蓝灰色的，街上空寂无人。

"这辆车原本是加州白，"侯勒姆继续说，"沃尔沃色码四十二号，
前任车主把它漆成黑色，算得上是老式汽车，每年只要付三百六十五克朗
的道路税，一天只要一克朗……"

侯勒姆看见哈利露出警告的神情，便住了口，伸手将美国歌手大卫·罗
林斯和吉莉安·韦尔奇的歌声调大了些，这是他唯一能忍受的新近音乐。
他将 CD 转录到卡带上，不只是为了能用车上新安装的卡带播放器聆听，
也因为他属于极少数不妥协的音乐发烧友，认为 CD 无法产生卡带那种独
特而温暖的音质。

侯勒姆知道自己话太多，因为他相当紧张。哈利只跟他说卡翠娜必须
从一些讯问工作中除名，还说如果他不知道细节，接下来几星期的日常工
作会轻松一点。侯勒姆是个爱好和平、喜欢悠哉的聪明人，不爱惹麻烦，
但这不表示他喜欢现在这个状况。他看了看表。

"她去某个男人家了。"

哈利有了反应："你怎么会这么想？"

"你刚刚不是说她恢复单身了吗？现在的单身女人跟我们这些单身汉

是差不多的。"

"你这话的意思是?"

"四个步骤:出门,观察对象,选定最弱的猎物,攻击。"

"嗯,你需要四个步骤?"

"前三个步骤,"侯勒姆说,调整后视镜,整理自己的头发,"我只挑起人家的欲望,不会真的下手。"侯勒姆考虑过擦发油,却又觉得有点过了,但从另一方面来说,也许那正是他需要的,放手去做。

"靠!"哈利冲口说,"妈的真该死!"

"怎么了?"

"湿的淋浴间、香水、睫毛膏,你说对了。"哈利拿出手机,疯狂地按了几个号码,对方几乎立刻接了起来。

"请问是葛黛·倪维克吗?我是哈利·霍勒,你还在进行鉴定吗?……好,有没有什么初步发现?"

侯勒姆看着哈利咕哝了两声"嗯"和三声"是"。

"谢谢,"哈利说,"还有请问今天晚上有没有其他警官打电话问你同样的……什么?……我知道了。对,鉴定完成后请通知我。"

哈利切断电话:"你可以发动引擎了。"他说。

侯勒姆转动点火装置上的钥匙:"现在是怎样?"

"我们去广场饭店,卡翠娜今天晚上打电话去研究所问过鉴定结果了。"

"今天晚上?"侯勒姆踩下油门,驾车右转朝松内广场驶去。

"她们正在进行初步化验,确认血缘关系的可能性达到百分之九十五,然后再逐渐推高到九十九点九。"

"然后呢?"

"现在已经百分之九十五确定史德普是欧德森双胞胎和尤纳斯的父亲。"

"我的老天爷。"

"我想卡翠娜一定是照你说的遵行周六夜四步骤去行动了，猎物是史德普。"

哈利打电话给重案指挥室，请求支持。经过整修的老引擎发出怒吼，亚马逊在夜色中穿过基努拉卡区的宁静街道。车子经过奥克西瓦急诊室，驶过主街的电车轨道时，出风口果真吹出了强劲的暖气。

《世界之路报》记者奥丁·纳肯站在广场饭店外的人行道上要冻僵了，心中诅咒这个世界和世界上的人，尤其诅咒他的工作。根据他的判断，最后一批宾客正要离开《自由杂志》庆祝会。依照惯例，最后离开的宾客是最有趣的，也是最上得了隔天头条的人。但截稿期限正逐渐进逼；再过五分钟他就必须离开，回到数百米外位于奥克许街的办公室，开始写信。这封信是要写给编辑的，写说他已经是个成人，受够了站在派对外面像个青少年，鼻子贴在窗玻璃上，看着里头，希望有人能出来跟他说谁和谁跳舞、谁买了酒请谁、谁和谁拥抱；同时也写说这是他的辞呈。

八卦流言正在外头流传，内容棒到不可思议，但他们自然不可能将这种东西印在报纸上。可以写些什么是有限度的，而且有不成文的规定，至少他这一代的记者必须遵守这些规定，无论那些规定是什么。

纳肯评估现场状况，只剩下几个记者和摄影师还在现场撑着，他们和他的《世界之路报》一样有名人八卦的截稿期限。这时一辆沃尔沃亚马逊朝他们直冲而来，发出刺耳的刹车声，停在人行道旁。

前座跳下一个人，纳肯立刻认出那人，他对摄影师打个手势，跟着那名警官奔进门内。

"哈利·霍勒，"纳肯追了上去，气喘吁吁地问，"警方为什么要来这里？"

眼睛布满血丝的哈利转头望向纳肯："去参加派对，纳肯，派对在哪里？"

"二楼的桑雅赫尼厅，可是恐怕已经结束了。"

"嗯，有没有看见史德普？"

"史德普提早回家了，你找他有什么事？"

"没事，他一个人离开的吗？"

"表面上看起来是这样。"

哈利陡然停下脚步，转头看他："你这句话是什么意思？"

纳肯侧过了头，他不知道发生了什么事，但可以肯定绝对出事了。

"有流言说他搭上了一个正妹，那个正妹的眼神挑逗无比。很可惜，这种事不能发稿。"

"然后呢？"哈利吼道。

"然后有个符合这个描述的女人在史德普离开二十分钟后，搭出租车离去。"

哈利立刻转头沿原路奔了回去，纳肯紧跟在后。

"你有没有跟踪她，纳肯？"

纳肯完全忽略哈利的讽刺口吻，现在无论什么口气对他都全然不起作用。

"她不是名人，霍勒。这样说好了，名人搞上非名人不算新闻，当然除非这个女人愿意站出来发表声明，不过她早就走了。"

"她长什么样子？"

"苗条，深色头发，长得很美。"

"穿什么衣服？"

"长的黑色皮外套。"

"谢了。"哈利跳上亚马逊。

"嘿，"纳肯大喊，"我的回报咧？"

"一夜的好眠，"哈利说，"因为有你的协助，本市更加安全。"

纳肯苦着一张脸，看着那辆饰以跑车条纹的老车发出低沉洪亮的笑声，加速驶离。该离开这一切了。该递辞呈了。该长大了。

"截稿期限要到了，"摄影师说，"我们得回去写这些烂东西啦。"

纳肯死心地叹了一口气。

史德普盯着面具里的黑暗，心想不知道她想干吗？她拉着手铐将他拖进浴室，用她声称是左轮手枪的东西抵着他的肋骨，命令他跨进浴缸。她在哪里？他屏住呼吸，听见自己的心跳声和某种电子嗡鸣声。是不是浴室的一根日光灯管快要坏了？太阳穴渗出的血已流到嘴角，他的舌尖尝到强烈的金属甜味。

"碧蒂·贝克失踪的那天晚上你在哪里？"她的声音从浴缸旁传来。

"我在家里，在这里。"史德普回答，试着思考。她说她是警察，他旋即记起自己在冰壶练习场见过她。

"只有你一个人？"

"对。"

"希薇亚·欧德森遇害的那天晚上呢？"

"也是一样。"

"整个晚上都一个人在家，没跟人讲过话？"

"对。"

"所以没有不在场证明？"

"我说过我在这里了。"

"很好。"

很好？史德普心想。为什么他没有不在场证明很好？她到底要什么？要逼他招供吗？为什么她走得越近，那个电子嗡鸣声就越大？

"躺下来。"她说。

他乖乖躺下，冰冷的陶瓷浴缸表面令他背部和大腿感到刺痛。他的气息在面具内凝结成水气，使得他更难以呼吸。她的声音再度传来，这次距离很近。

"你想怎么死？"

死？她疯了，精神错乱了，头壳烧坏了。还是她其实没有疯？他告诉自己保持头脑清醒，她只是想吓唬他而已。这一切是不是那个哈利·霍勒在背后搞鬼？他是不是低估了那个酒鬼警察？但他全身颤抖，抖到可以听见手上的豪雅腕表不断敲击浴缸，仿佛他的身体已经接受了头脑尚不愿意接受的事实。他用头部摩擦浴缸底部，试图将猪面具弄正，好让他能从小缝里看出去。他就要死了。

这就是她要他躺进浴缸的原因，这样才不会搞得一团糟，而且所有证据都可以轻易除去。胡扯！你是亚菲·史德普，她是警察，他们哪里知道什么。

"好，"她说，"抬起你的头。"

面具。终于要拿下面具了。他照她的话做，感觉她的手触碰他的额头，然后是背部，但她并未取下面具。有个又细又坚韧的东西套上了他的脖子。搞什么鬼？那是绞索！

"不要……"他开口道，才说两个字就戛然而止，因为绞索勒住了他的气管。手铐抵着浴缸底部不断摩擦，咯咯作响。

"他们都是你杀的，"她说，绞索又收紧了些，"你就是雪人，亚菲·史德普。"

她说出来了，她大声说出来了。脑部缺氧使他感到晕眩，他猛烈地摇头。

"对，你就是雪人，"她说，猛力一拉，他感觉自己的头像是要被切断似的。"你被指认了。"

黑暗突然降临。他抬起一条腿，又让腿落下，脚跟虚弱地敲上浴缸，发出空洞的砰的一声，在浴室里缭绕。

"你知道这种上涌的感觉是什么吗，史德普？这是脑部得不到充分氧气的感觉，很美妙对不对？我前夫以前就喜欢我勒住他脖子，让他自慰。"

他想大叫，想将身体里残存的一点空气挤过铁绞索，但完全无法办到。老天，难道她连自白都不要吗？接着他感觉到死亡，他的脑子发出轻微的沙沙声，宛如香槟气泡的嘶嘶声。难道死亡就是这样发生的吗？这么简单？他不希望死亡来得这么简单。

"我要把你吊在客厅里，"她在他耳边说，深情地拍了拍他的头，"面对峡湾，这样你就有风景可以看。"

他听见细微的哔哔声。好像电影里的心律监测仪警告声，他心想。当曲线变为一条直线，心脏就停止跳动。

26 缄默

第二十日

哈利又按了一次史德普家的门铃。

一只找不到猎物的猫头鹰在运河路桥上行走，低头看着那辆黑色亚马逊停在阿克尔港空无车辆的广场中央。

"他家如果有女人的话，他一定不会开门。"侯勒姆说，抬头看着三米高的玻璃门。

哈利按下其他门铃。

"那些只是办公室，"侯勒姆说，"我在报纸上读过史德普一个人住在顶楼。"

哈利环顾四周。

"不行，"侯勒姆说，他猜出哈利在动什么念头，"用撬棒也不行，钢化玻璃是打不破的，我们得等管理员……"

哈利已朝亚马逊走了回去，这次侯勒姆猜不透哈利在想什么，直到哈利坐上驾驶座，侯勒姆才想到钥匙还插在点火装置上。

"不行，哈利！不行！不要……"

侯勒姆的呼喊声淹没在引擎怒吼声中。车轮在被雨打湿的路面上空转几圈，接着就起步加速。侯勒姆挡在路中央挥舞双臂，一看见方向盘后哈利的眼神，立刻跳到一旁。那辆亚马逊的保险杆撞上玻璃门，发出一声闷响。玻璃门瞬间化为白色水晶状，并未发出一丝声音，在空中停留片刻之后，才丁零当啷碎落一地。侯勒姆还没来得及目测损害程度有多大，哈利已下车，大步走进缺了玻璃门的入口。

侯勒姆急忙跟上，一边不住咒骂。哈利拉了一个种了两米高棕榈树的大花盆，拖到电梯前，按下按钮。闪亮亮的铝制电梯门打开，他用那盆棕榈树卡住电梯门，然后指向一扇设有绿色逃生口标志的白色大门。

"你走逃生梯，我走主楼梯，这样就能包围所有脱逃的路径。六楼见，侯勒姆。"

侯勒姆爬上狭窄铁梯，才爬到三楼就已汗如雨下。他的身体和头脑对这种需要体力的行动都毫无准备，天啊，他可是个鉴识员！他的任务是重建现场状况，而不是创造现场。

他稍作停留，只听见自己的脚步声和喘息声在楼梯间回荡。如果他碰上某个人，该怎么办？哈利的确叫他带着自己的配枪前往塞路斯街，难道哈利的意思是说他会用得着这把枪吗？侯勒姆扶着栏杆，继续往上跑。倘若换作美国乡村歌手汉克·威廉斯，他会怎么做？他会埋首痛饮。性手枪乐团贝斯手锡德·维舍斯呢？他会比中指，然后逃走。那埃尔维斯呢？埃尔维斯·普雷斯利，也就是猫王呢？对了，侯勒姆用手握住自己的左轮配枪。

楼梯来到尽头，他打开门，看见哈利背倚在走廊尽头一扇褐色大门旁的墙壁上，一手拿着左轮手枪，另一手的食指按在嘴唇上。哈利看着侯勒姆，对褐色大门指了指。那扇大门微微开着。

"我们依序清查每个房间，"侯勒姆来到身旁之后，哈利压低声音说，"你查左边，我查右边，保持同样的速度，互相掩护，还有别忘了呼吸。"

"等一下！"侯勒姆低声说，"如果卡翠娜在里面怎么办？"

哈利看着他，等待他往下说。

"我是说……"侯勒姆继续说，试着将他的想法说出来，"如果发生最坏的状况，我要对……同事开枪吗？"

"如果发生最坏的状况，"哈利说，"同事会对你开枪。准备好了吗？"

来自史盖亚村的年轻鉴识员侯勒姆点点头，答应自己如果这次任务顺利完成，他回去一定要擦那该死的发油。

哈利轻轻将门拨开，踏进一只脚。他立刻感觉到一阵气流流过，那是风。他走到右边第一扇房门前，左手抓住门把，右手举枪向前指，推开门，走了进去。门内是书房，空荡无人，桌子上方挂着一大张挪威地图，上面钉有许多图钉。

哈利回到玄关，侯勒姆在外头等他。哈利对侯勒姆比个手势，要他时时举起手枪。

他们轻手轻脚搜查整间屋子。

厨房、藏书室、健身室、温室、客房，全都空无一人。

他们走进客厅时，哈利觉得温度骤降，也看见了原因。通往露台和游泳池的拉门完全开着，白色门帘在风中神经质地飘动。客厅两边各有一条小走廊，各自通往一扇门。哈利指示侯勒姆去打开右边那扇门，他自己则走到左边那扇门前面。

哈利吸了口气，弓起身体，尽量不让自己成为太大的目标，然后打开门。

他在黑暗中看见床铺、白色床单和看起来可能是尸体的东西。他举起左手在门内摸索电灯开关。

"哈利！"是侯勒姆的声音，"快来，哈利！"

侯勒姆的声音相当亢奋，但哈利充耳不闻，专注于眼前的黑暗。他的手找到开关，顿时，整个房间都沐浴在天花板聚光灯洒下的光芒中。房内空荡荡的。哈利查看衣柜，转身离开。侯勒姆站在右边那扇房门外，举枪指着门内。

"他不动了，"侯勒姆低声说，"他死了，他……"

"那你就不用叫我叫得那么急。"哈利说，走到浴缸旁，在裸体男子身旁蹲了下来，取下猪面具。男子的脖子上有一条红色细痕，脸部苍白肿胀，眼睛在眼皮下爆凸。亚菲·史德普的脸已完全变了样。

"我打电话给现场勘察组。"侯勒姆说。

"等一等。"哈利伸出一只手到史德普嘴巴前方，然后将手放在史德普肩膀上，摇了摇他。

"你在干吗？"

哈利摇得更大力了。

侯勒姆将手搭在哈利肩上："可是哈利，难道你看不出来……？"

侯勒姆大惊失色，只见史德普张开眼睛，大口吸气，犹如浮出水面的潜水员，痛苦地深深吸气，喉咙发出咯咯声。

"她在哪里？"哈利说。

史德普的眼睛无法聚焦，只是喘息不已。

"侯勒姆，你在这里等着。"

侯勒姆点点头，看着哈利离开浴室。

哈利站在史德普家的露台边，二十米下是闪闪发亮的黑色运河。他在月光下可以看见水中桥墩上的女性雕像和空荡的路桥。而那里……就在起伏不定的河面上，漂浮着某个闪烁亮光的东西，看起来像是死鱼的肚腹。那是一件皮外套的背面。她跳了下去。她从六楼跳了下去。

哈利踏上空花盆之间的露台边缘，脑际闪过许多画面：厄斯马卡区，从山上俯冲潜入赫肯湖的爱斯坦，哈利和崔斯可将爱斯坦拖上岸，爱斯坦躺在国立医院，颈部围着一圈看似支架的东西。哈利从这个经验中学到的是，如果要从非常高的地方入水，你必须用跳跃的方式，而不是直接俯冲。另外必须记得双臂紧贴身体，这样才不会摔断锁骨。但最重要的是在你往下看之前就必须做出决定往下跳，否则恐惧会袭击你的正常判断力。这就是为什么当哈利的夹克发出轻轻的啪一声，跌落在露台地面时，他人已在半空中，耳际充满轰轰声响，黑的有如柏油路的黑色水面朝他急速进逼。

他并拢脚跟，下一刻就觉得体内的空气似乎全被挤了出去，又好像有只大手想剥去他全身衣服。所有的声音都消失了。紧接而来的是令他全身麻木的寒意。他踢动双脚，浮出水面，分辨方向，找到那件皮外套，开始向前游去。他的双脚已逐渐失去知觉，他知道自己的身体在这种温度下，再过几分钟就会停止运作。他也知道如果卡翠娜的喉头反射正常，并在她接触水面时闭锁，瞬间的温度骤降可以救她一命，使她的身体停止新陈代谢，身体细胞和器官进入冬眠状态，让重要功能以最少的氧气维持运作。

哈利在浓密沉重的河水中朝闪亮的皮外套游去。

他来到皮外套旁，抓住了她。

他的潜意识冒出的第一个念头是她已芳魂杳然，被恶魔吞噬，因为在水中载浮载沉的只有那件皮外套而已。

哈利咒骂一声，在水中掉头，抬头朝露台看去。露台的屋檐旁是金属水管和斜屋顶，一直延伸到大楼另一侧，也延伸到其他大楼的露台和逃生梯及信道，这些信道通向迷宫般的阿克尔港建筑物。他用已无觉的双腿踢着水，确定卡翠娜完全没有低估他；他落入了书上最古老的诡计。他脑子里突然冒出一个疯狂的念头，想淹死在水里；那感觉应该很愉悦。

凌晨四点，哈利面前那张床上坐着身穿睡袍、全身颤抖的史德普。史德普的古铜色肌肤似乎褪了色，身体缩成一团变成老人，但他的眼珠已回复正常大小。

哈利冲了个热水澡，坐在椅子上，身上穿着侯勒姆的毛衣，宽松的运动裤是向史德普借的。他们在客厅里可以清楚地听见侯勒姆正通过手机派遣警力追捕卡翠娜。哈利指示侯勒姆请重案指挥室发出全面警戒，加勒穆恩机场的驻守警察必须提防她搭上清晨班机，戴尔塔特种部队负责查抄她的住处，虽然哈利很确定他们在那里一定找不到她。

"所以你认为这不是性爱游戏，而是卡翠娜想杀你？"哈利问。

"认为？"史德普说，牙齿咬得咯咯直响，"她想把我勒死！"

"嗯，她还问你命案发生的时候你有没有不在场证明？"

"我已经说过三次了，对！"史德普呻吟一声。

"所以她认为你是雪人喽？"

"天知道她是怎么想的，那女人显然是疯了。"

"也许吧，"哈利说，"不过这不代表她说得不对。"

"什么说得不对？"史德普看了看表。

哈利知道孔恩律师正在前来这里的路上，孔恩一到就会立刻叫史德普保持缄默。

哈利做出决定，倾身向前："我们知道你是尤纳斯和欧德森双胞胎的父亲。"

史德普的头猛然抬起。哈利必须冒险一试。

"这件事只有费列森一个人知道，是你把他送到瑞士去上法氏症候群的课程，费用也是你出的对不对？法氏症候群就是你的遗传疾病。"

哈利看见史德普瞳孔扩张，知道自己出手射中的位置没有偏离红心太远。

"我猜费列森告诉你说我们在问你的事，"哈利乘胜追击，"也许你害怕他会撑不住，又或许他反过来利用这个情势向你索取一些好处？比如说跟你要钱。"

史德普不可置信地瞪着哈利，摇了摇头。

"不过呢，史德普，如果你跟这些小孩的血缘关系曝光，显然你蒙受的损失会非常大，足以让你有动机杀害那些可能会让这件事曝光的人——包括孩子的母亲和费列森。我说得正不正确？"

"我……"史德普的眼神开始四处飘移。

"你怎样？"

"我……我没什么好说的。"史德普垂下了头，将脸埋在双手之中，"你去找孔恩谈。"

"好，"哈利说，时间所剩不多，不过他还有最后一张牌，一张好牌，

"我会跟他们说你这样说。"

哈利静静等待。史德普依然低着头，动也不动，过了一会儿才抬起头来。

"'他们'是谁？"

"当然是媒体记者，"哈利以闲聊的语气说，"他们应该会来拷问你吧，对不对？你们这行的人不是都称之为独家内幕？"

史德普心头一惊。"你这是什么意思？"他问道，但语气透露出他已知道答案是什么。

"一个名人以为自己钓了年轻女子回家，结果没想到正好相反，"哈利说，看着史德普背后墙上的画作——画中似乎是个走钢索的裸体女人，"年轻女子叫名人戴上猪面具，他还以为这是场性爱游戏，最后警方发现他的时候，他戴着猪面具，全身赤裸，躺在浴缸里哭泣。"

"你不能告诉他们这些事！"史德普勃然大怒，"这……这样会打破保密原则不是吗？"

"呃，"哈利说，"应该说这样会打破你替自己建立起来的形象吧，史德普。不过呢，这并不违反任何保持缄默的义务，正好相反。"

"正好相反？"史德普几乎要大吼，他的牙齿已停止打战，脖子恢复红润。

哈利咳了一声："我唯一的资产和生产工具是我个人的诚信正直，"哈利顿了顿，让史德普品尝自己说过的话，"而我身为警察，必须让民众保有知情的权利，同时又不至于影响调查工作。在这件案子里，这是可行的。"

"你不能这样做。"史德普说。

"我可以，而且我会这样做。"

"那……那会毁了我。"

"那不就跟《自由杂志》每星期用头版毁掉一个人一样吗？"

史德普张开嘴又闭上，仿佛水族箱里的鱼。

"不过呢，一个人即使诚信正直，还是有可以妥协的空间。"哈利指出。

史德普的双眼紧盯着哈利。

"希望你能谅解，"哈利说，哑了哑嘴，仿佛在回忆确切的字句，"我身为警察有义务利用现在这个状况。"

史德普缓缓点头。

"从碧蒂·贝克开始说吧，"哈利说，"你是怎么认识她的？"

"我想我们应该就此打住。"一个声音说。

两人同时转头朝门口望去，尤汉·孔恩律师看起来还抽了时间冲澡、刮胡子、烫衬衫。

"好，"哈利说，耸了耸肩，"侯勒姆！"

侯勒姆那张生了雀斑的脸出现在孔恩背后的走廊里。

"打电话给《世界之路报》的记者奥丁·纳肯，"哈利说，望向史德普，"我晚点再把衣服还你可以吗？"

"等一下。"史德普说。

客厅安静下来。史德普举起双手，用手背摩擦额头，像是在促进血液循环。

"尤汉，"最后史德普说，"你走吧，我自己可以处理。"

"亚菲，"孔恩律师说，"我不认为你……"

"回家睡觉吧，尤汉，我晚点再打电话给你。"

"身为你的律师，我必须……"

"身为我的律师，你必须闭嘴，回家睡觉，尤汉，知道了吗？"

孔恩挺起腰杆，似乎想维护他受伤的律师尊严，但一看见史德普的表情便改变主意，迅速点了点头，转身离去。

"我们说到哪里了？"史德普问。

"一开始。"哈利说。

27 开端

第二十日

亚菲·史德普第一次看见碧蒂·贝克是在奥斯陆的一个寒冷冬日，那天他在中心礼堂替一家公关公司举办的活动担任讲师。那次举办的是激励研讨会，通常企业会将他们疲惫不堪的员工送去这类研讨会进行所谓的"充电"，也就是叫他们去听课，好让他们回来之后更卖命工作。根据史德普的经验，来这种研讨会担任讲师的都是些事业小有成就却没什么创意的生意人、冷门运动项目的大型运动会金牌得主，或是将上山下山当成事业并分享经验的登山家。这些人的共同点是声称他们的成功来自特别的意志力和斗志，他们懂得激励自己，而他们的故事应该可以激励人心。

史德普是最后一个上台的讲师，他总是要求主办单位将他排在最后，这是他来讲课的条件，这样他就能遂行他贪婪的自我中心主义，痛斥其他讲师，将他们分成上述三种类型，并将自己排在他们之上——他才是有原创经营理念的成功人士。他还说企业花在这种激励研讨会的钱其实都浪费了，因为坐在讲台下的学员绝对不可能达到那种成功，因为他们都很幸运，缺少了激使在台上讲课的那些人——包括他自己在内——迈向成功的不正常驱动力。他说他的驱动力来自父亲缺乏感情，因此他不得不从其他人身上寻求爱和赞美。他原本应该可以成为演员或音乐家，只是他缺乏这方面的才华。

这时讲台下的学员已从讶异转为发笑，还有同情。史德普知道这些情绪最后终将提升为敬佩，因为他站在台上是那么光芒万丈，而他之所以散发光芒是因为他和其他人都知道，无论他怎么说，他都是成功的，没有人可以辩驳这一点。他强调幸运是成功最重要的因素，他贬低自己的才干，强调挪威企业常见的无能和懒散绝对可以让凡人有出头的机会。

最后他站在台上接受热烈掌声。

他面带微笑，看着第一排的深发美女，后来他得知她名叫碧蒂。他一进场就注意到她。他知道细长双腿和丰满乳房的组合通常是硅胶隆乳的同义词，但他并不反对女人整形。擦指甲油和隆乳，从根本上有何不同？热烈掌声敲击着他的耳膜，他只是走下台，沿着第一排开始和学员一一握手。这是一种愚庸的姿态，美国总统都容许自己这样做，但他不在乎，一点也不在乎；他以惹恼别人为乐。他走到深发美女面前，只见她双颊红润，热烈地看着他。他握上她的手，她行了个屈膝礼，像是对皇室成员行礼。他感觉到自己的名片边角刺痛手掌，因为他握手时将名片往她手心贴了上去。她则细看他手上是否戴了婚戒。

她的婚戒毫无光泽，她的右手小而苍白，却意外地紧紧握住他的手。

"我叫希薇亚·欧德森，"她说，脸上露出傻傻的微笑，"我好仰慕你，所以非要跟你握手不可。"

他就是这样认识希薇亚的。那是个炎炎夏日，地点是她在奥斯陆开的那家"非洲风"小店。她的长相十分平庸，而且已婚。

史德普抬头观看非洲面具，问了几个问题，缓和现场的尴尬情况。他自己是不觉得尴尬，但他注意到他身旁的女子在希薇亚跟他握手时，脸色沉了下去。女子名叫玛莉妲，不对，是叫玛莉塔，她坚持要带史德普来这家店看斑马纹抱枕，因为玛莉塔——还是玛莉妲？——认为这些斑马纹抱枕非常适合他们才刚离开不久的那张床，说他一定要买。他那张床上现在还残留着几根金色长发，他暗暗记住必须将那几根头发清理掉。

"斑马纹的已经没有了，"希薇亚说，"要不要看看这些？"

她走到窗边的架子前；阳光照射在她的身体曲线上，他记得她的身材还不赖，但她的平凡褐发蓬松散乱且死气沉沉。

"这是什么？"那个名字以"玛"字开头的女子问。

"那是仿牛羚皮。"

"仿的？"玛女哼了一声，将金发甩到肩膀后方，"等你们进斑马皮的时候我们再来好了。"

"斑马皮也是仿的呀。"希薇亚说，脸上的微笑像是在跟小朋友解释说月亮不是吉士做的哦。

"原来如此，"女子说，红艳艳的嘴唇做出刻薄的微笑，伸手挽住史德普的手臂，"谢谢你让我们参观。"

史德普不喜欢女子提出的这个出门买抱枕的主意，也不喜欢她向众人炫耀他俩在一起，更不喜欢现在她挽住自己手臂的这个动作。走出店门时，她可能注意到史德普的不悦，总之她放开了手。他看了看表。

"哦，"他说，"我还有个会要开。"

"不吃午餐了？"她用惊讶的表情看着他，高明地掩饰心里十分受伤。

"看看吧，我再打给你。"他说。

她打了电话给他。这时距离他站在礼堂舞台上只过了三十分钟，他坐在出租车上，前方一辆扫雪机正把污秽的冰雪扫到路边。

"我就坐在你面前，"她说，"我想谢谢你为我们上课。"

"希望我没有看你看得太明显。"他开心地高声说，盖过金属刮擦柏油路面的声音。

她咯咯轻笑。

"你今天晚上有事吗？"他问道。

"呃，"她说，"都可以另作安排……"她的声音很美，用词很美。

之后的午后时光他满脑子想的都是她，他想象自己在走廊的五斗柜

上干她，她的头撞击着他从柏林买来的德国视觉艺术家格哈德·里希特
（Gerhard Richter）的画作。这段等待的时光总是最美好的。

八点钟，她按下楼下门铃。他站在玄关，听着电梯的机械运转声在楼
梯间回荡，犹如上了膛的武器。一阵嗡鸣声逐渐往上升起，血液在他下体
里鼓动。

她出现在门口。他觉得脸上好像被掴了一掌。

"你是谁？"他说。

"史迪娜，"她说，胖嘟嘟的脸上除了微笑之外，还有一丝讶异蔓延开来，
"我跟你通过电话……"

他将她从头到脚打量一番，思索其中的可能性；他偶尔会被平庸且毫
无魅力可言的女子激起性欲，但他感觉得到自己的勃起正在消退，于是打
消这个念头。

"抱歉，我一直找不到你，"他说，"我临时得去开个会。"

"开会？"她说，一点也无法掩饰内心的受伤。

"是紧急会议，看看吧，我会再打给你。"

他站在玄关，听着外面的电梯门打开又关上，接着便开始大笑，直到
他发觉自己可能再也见不到第一排的那个深发美女了。

一小时后他又见到了她。他在一家名叫"酒吧餐馆"的餐厅独自吃了
午餐，这家餐厅取的名字十分符合餐厅的风格。他还去"神风"买了一套
西装，并且立刻穿上。他第二次经过非洲风的店门口。非洲风位于阴凉处，
并未受到炙热的阳光照射。第三次经过时，他走了进去。

"你又来了，这么快？"希薇亚微笑道。

她就和一小时前一个人在这家凉爽阴暗的小店里一模一样。

"我喜欢那些抱枕。"他说。

"对，很优雅。"她说，抚摸着仿牛羚皮。

"你还有什么可以给我看的吗？"他说。

她一手叉腰，侧过了头。她知道他的意思，他心想，她闻得出来。

"要看你想看什么。"她说。

他回答时听见自己声音发颤："我想看你的屄。"

她让他在里头的房间干她，甚至连店门都懒得锁。

史德普几乎立刻就高潮了，平庸且毫无魅力可言的女子偶尔会激起他强烈的性欲。

"我丈夫星期二和星期三会来看店，"他离开时她说，"星期四怎么样？"

"看看吧。"他说，看见自己在神风买的西装已经弄脏了。

碧蒂打电话来时，雪花正在阿克尔港的办公大楼之间慌乱地旋转。

她说她认为他既然给了名片，就代表她可以打电话给他。

有时史德普会自问，他为什么要有这些女人？要体验这些快感？要发生这些性关系？因为这些性关系不过是要女性屈从的仪式罢了，他生命中体验到的征服感难道还不够多吗？还是他害怕变老？他是不是认为插入这些女人可以从她们身上窃取一些青春？为什么要这么急，好像发狂似的？也许是因为他确定自己罹患了那种病，再过不久，他就无法再像以往那样展现男性雄风。他不知道答案究竟是哪一个，再说就算知道了又怎么样？当天晚上，他就听见碧蒂发出有如男人般的深沉呻吟声，她的头撞击着他从柏林买来的格哈德·里希特画作。

史德普射出带有疾病基因的精液，这时店门的铃铛愤怒地响起，警告他们有人走进了非洲风。他想离开，但希薇亚咧嘴而笑，紧紧扣住他的臀部。他用力挣脱，拉起裤子。希薇亚滑下柜台，调整夏裙，身子一晃，弯过转角，前去迎接客人。史德普急忙走到摆设装饰品的架子前，背对店面，扣上裤门。他听见背后传来男子的声音，频频道歉说来晚了，停车位很难找。希薇亚用尖锐的嗓音说他应该知道停车位不好找才对，暑假已经结束了。她还说她要去跟妹妹碰面，已经迟到了，叫他接替她服务店里的客人。

史德普听见男子的声音从背后传来，"请问需要帮忙吗？"

史德普一转身就看见一个骨瘦如柴的男子，圆圆的眼镜后方是大得不自然的眼珠，身穿法兰绒衬衫，脖子令他联想到鹳鸟。

他越过男子肩膀，看见希薇亚走出店门，裙子折边翘了起来，膝盖后方有液体流下。这时他才惊觉，原来她早就知道这名应该是她丈夫的枯瘦男子会来店里，她想要她丈夫发现他们在一起。

"没关系，谢谢，我已经得到我要的了。"他说，朝门口走去。

有时史德普会在脑子里想象，如果有女人跑来告诉他说怀了他的孩子，他会如何反应？他会坚持要对方堕胎？还是希望对方把孩子生下来？他唯一可以确定的是他绝对会坚持其中一种——将选择权留给对方不符合他的本性。

碧蒂跟他说他们不需要采取避孕措施，因为她不孕。三个月后，经过六次性交，她兴高采烈地通知他说原来她还是可以怀孕，他一听就知道她一定会将宝宝生下来。他十分惊慌，坚持要她考虑另一个选项。

"我可以联络最好的医生，"他说，"在瑞士，没有人会知道。"

"这是我当妈妈的机会，亚菲，医生说奇迹可能不会发生第二次。"

"那我再也不想见到你或你的孩子，你听见了吗？"

"这孩子需要父亲，亚菲，还有一个安稳的家。"

"你在这里找不到的，我罹患了一种可怕的遗传疾病，你明白吗？"

碧蒂明白，她是个简单但机灵的女子，从小跟着酒鬼父亲和精神崩溃的母亲长大，很习惯靠自己，因此她做了她必须做的事，她替孩子找了个父亲和安稳的家。

菲利普·贝克不敢相信这个他追了这么久却无动于衷的美丽女子，竟然会突然臣服，将一颗芳心交给他。由于他不相信，因此怀疑的种子早已播下。她献身给他一星期后，她就宣布说怀了他的孩子；这时怀疑的种子仍埋藏在深处。

碧蒂打电话给史德普说尤纳斯出生了，而且长得跟他好像一个模子刻出来的。他站在那里，电话贴在耳朵上，双眼瞪着空气。他跟她要了一张照片。照片寄来了。两星期后，她按照约定，坐在一家咖啡馆里，尤纳斯坐在她的大腿上，她手上戴着婚戒。史德普坐在另一张桌子前，假装正在看报。

当天晚上他在床上翻来覆去，心里想的全是那种病。

这件事一定要处理得非常谨慎才行，必须找一个可信赖而且口风很紧的医生。简而言之，冰壶俱乐部那个个性软弱又爱逢迎谄媚的蠢医生是最适当的人选，那个蠢医生就是伊达·费列森。

他和费列森联络，当时费列森在马伦利斯诊所上班。蠢医生费列森答应了这份工作，答应了史德普给的价码，也答应由史德普花钱让他前往日内瓦上课。每年法氏症候群的顶尖专家都会在欧洲聚会开课，提出他们的研究结果和令人沮丧的新发现。

尤纳斯的第一次检查显示身体健康，即使费列森不断提醒史德普说这种病通常要到成年之后才会显现，史德普自己就是到四十岁才出现法氏症候群的症状，但史德普依然坚持尤纳斯必须每年检查一次。

史德普看着希薇亚的大腿流下他的精液走出店门，也走出他的生活。两年过去了，后来他不再跟她联络，她也没跟他联络，直到现在。他一接到她打来的电话，立刻就说要去开一个紧急会议，但她长话短说，用了四句话简单交代：显然他的精液并未全部流干净，她已产下一对双胞胎，她丈夫以为双胞胎是他的孩子，现在他们需要好心的投资者让非洲风维持下去。

"我已经在那家店投注得够多了。"史德普说，他面对坏消息总是会说些俏皮话。

"我为了凑钱，也可以去找《视听杂志》，他们都很喜欢这种'我孩子的爸爸是名人'的故事不是吗？"

"少唬人了，"他说，"你有太多必须顾虑的，不可能这样做。"

"现在不一样了，"她说，"等我凑足了钱，我就要出钱叫罗夫放弃股份，我要离开他了。这家店的问题是地点不好，我可以和《视听杂志》交换条件，叫他们一定要删除非洲风的照片，增加曝光度。你知道有多少人会看《视听杂志》吗？"

史德普知道，每六名挪威成人就有一人会看《视听杂志》。他从不反对偶尔来点足以让他炫耀的花边新闻，但难道他要被人用这么卑劣的手段，塑造成一个玩弄单纯已婚妇女的登徒子，大肆消费他的知名度吗？这样一来，亚菲·史德普正直无畏的形象会被粉碎，《自由杂志》的道德怒吼将蒙上虚伪的阴影，况且希薇亚又不美。这样不好，一点都不好。

"你说的数目是多少？"他问道。

达成协议后，他打电话给马伦利斯诊所的费列森，告诉他又多了两个新患者。他们做了和尤纳斯相同的安排，替双胞胎鉴定DNA，将样本送到法医学研究所确定亲子血缘关系，然后开始检查双胞胎是否遗传到那种不宜说出口的疾病。

挂上电话后，史德普靠在高背皮椅上，看着阳光照耀在泪滴形比格迪半岛和斯堪的纳维亚半岛上，心想自己应该陷入深深的沮丧。然而他并不沮丧。他感到兴奋。是的，他几乎是快乐的。

当费列森打电话给史德普说，报上写道在苏里贺达村被割下头颅的女子据信名叫希薇亚·欧德森时，史德普脑子里冒出的第一件事是那遥远的快乐记忆。

"先是尤纳斯的母亲失踪，"费列森说，"现在那对双胞胎的母亲又被杀了，我不是计算概率的高手，可是我觉得我们得跟警方联络，亚菲，警方正急着想找出关联。"

近几年来，费列森替名人整形赚了不少钱，但在史德普眼中，费列森仍是个——或说结果还是个——蠢蛋。

"不行，我们不能跟警方联络。"史德普说。

"哦？那你得给我一个好理由。"

"好，你想要多少钱？"

"我的天，亚菲，我不是要勒索你，我只是不能……"

"多少？"

"够了，你到底有没有不在场证明？"

"我没有不在场证明，可是我有很多钱。告诉我，你要多少个零？"

"亚菲，如果你没什么事好隐瞒……"

"我当然有事要隐瞒，你这个娘炮！你以为我想被媒体形容为人妻杀手和杀人嫌犯吗？我们得见面好好谈一谈。"

"那你们见面了吗？"哈利问。

史德普摇摇头。卧室窗外可以看见远处地平线透出一线曙光，但奥斯陆峡湾仍漆黑一片。

"我们还没谈到那里，他就死了。"

"我第一次来的时候，你为什么不告诉我这些事？"

"这不是很明显吗？我不知道任何对警方有用的事，那我干吗要介入？你别忘了，我得照顾我的品牌和名声，这个标签是《自由杂志》唯一的资产。"

"我好像记得你说你个人的诚信正直是《自由杂志》唯一的资产。"

史德普不高兴地耸耸肩："诚信正直，标签，还不都一样。"

"所以说，如果某样东西看起来诚信正直，那它就诚信正直了？"

史德普冷冷地看着哈利："这是《自由杂志》的卖点，人们只要觉得有人告诉他们真相，他们就满足了。"

"嗯，"哈利看了看表，"那你觉得我现在满足了吗？"

史德普默然不答。

28 疾病

第二十日

侯勒姆驾车载哈利从阿克尔港前往警署。哈利换回了他的湿衣服，每当他改变坐姿，人造皮就发出嘎吱声。

"戴尔塔小队二十分钟前突袭卡翠娜的住处，"侯勒姆说，"她不在那里，他们留下了三个人守门。"

"她不会回去了。"哈利说。

哈利回到六楼办公室，换上挂在衣帽架上的警察制服——自从哈福森的丧礼过后，他就再也没穿过这套制服。他看着镜中的自己，只见夹克松垮垮地挂在身上。

哈根收到通知，立刻赶来办公室，他坐在自己的办公桌前，聆听哈利做简报。由于事发经过太过于戏剧化，他完全忘了要挑剔哈利那身皱巴巴的制服。

"雪人是卡翠娜·布莱特。"哈根缓缓复述，仿佛将这句话说出口会比较容易理解似的。

哈利点了点头。

"你相信史德普说的话吗？"

"相信。"哈利说。

"有人能证实他说的话吗？"

"能证实的人都死了，碧蒂、希薇亚、费列森，全都死了。他有可能是雪人，这就是卡翠娜想知道的。"

"卡翠娜？你不是说她就是雪人，为什么她要……？"

"我的意思是说她想知道史德普有没有可能'成为'雪人，她想找个代罪羔羊。史德普说当他回答命案发生当时他都没有不在场证明，她说'很好'，然后告诉他，他被指认为雪人了，随即勒住他脖子，直到她听见车子撞上楼下大门，知道我们来了，于是才逃走。她的计划可能是要让我们发现史德普死在自己家里，看起来像是上吊自杀，那大家就会松一口气，认为找到了真凶，就好像她杀了费列森一样。当我们在逮捕菲利普·贝克的时候，她企图射杀他……"

"什么？她企图……？"

"她的手枪指着菲利普，击锤升起，当我踏进她的射击线时，我听见她松开击锤。"

哈根闭上眼睛，用指尖按摩太阳穴："我听见你说的话了，但目前这些全都只是猜测对不对，哈利？"

"还有那封信。"哈利说。

"那封信？"

"雪人寄来的那封信。我在她家计算机里找到一个档案，修改时间早在我们知道雪人的事之前，我还在打印机里发现了河野纸。"

"我的天！"哈根的手肘砰的一声重重敲上桌面，一张脸埋进双手之中，"是我们雇用她的！你知道这代表什么吗，哈利？"

"呃，天大的丑闻、全体警察士气低落、高层人事大地震。"

哈根的手指张开一条缝，露出眯着的眼睛看着哈利："谢谢你说明得这么详细。"

"乐意之至。"

"我会向总警司和署长报告这件事，在此同时，我要你和侯勒姆暂时保密。史德普呢？他会泄露这件事吗？"

"不太可能，长官，"哈利露出假笑，"他已经消耗完了。"

"消耗完什么？"

"诚信正直。"

上午十点，哈利透过办公室窗户，看着慢吞吞的苍白日光爬上屋顶，以及格兰区的静谧星期日。卡翠娜消失在史德普家已经六小时了，警方的搜索到目前为止毫无斩获。当然她可能还在奥斯陆，但如果她已做好撤退的计划，那么可能早就在山的另一头，在遥远的他方。哈利确信她一定早有准备，这一点毋庸置疑。

就如同现在他确信她就是雪人一样，毋庸置疑。

首先，证据确凿：那封信和她试图杀害史德普的事实。他所有的直觉都被证实：他觉得自己被近距离观察的感觉、他觉得有人渗透他的生活的感觉。墙上的简报、命案报告。卡翠娜十分了解他，因此可以预料到他的下一步动作，可以在她的游戏中利用他。如今她成了他血液里的病毒、他脑袋里的间谍。

他听见有人走进办公室，却没转头。

"我们追踪了她的手机，"麦努斯的声音说，"她在瑞典。"

"嗯哼？"

"挪威电信营运中心说信号正在往南移动，地点和速度符合七点零五分从奥斯陆中央车站发车前往哥本哈根的列车。我和赫尔辛堡警方联络过了，他们需要正式申请才能进行逮捕，列车一个半小时后就会抵达赫尔辛堡车站，我们该怎么做？"

哈利缓缓点头，仿佛是在对自己点头。一只海鸥张开硬挺的翅膀在空中滑翔，突然硬生生转了个弯，朝公园里的树木俯冲而下。也许它看见了什么，也许它临时改变心意，就好像人类一样。

早晨七点钟的奥斯陆车站。

"哈利？她可能会去丹麦，如果我们不……"

"请哈根联络赫尔辛堡警方。"哈利说着，转了个身，抓下衣帽架上的夹克。

麦努斯惊讶地看着哈利迈开果断的步伐，踏进走廊。

警署枪械室的欧勒警官看着平头警监哈利，一脸诧异，复述说："CS？是催泪瓦斯吗？"

"两罐，"哈利说，"还有一盒左轮手枪的子弹。"

欧勒警官有气无力地走进枪械室，口中念念有词。大家都知道这个姓霍勒的家伙是个疯子，可是他要催泪瓦斯干吗？如果是局里其他人要催泪瓦斯，他会猜测是要跟伙伴去参加男性聚会，可是据他所知，霍勒这家伙没有朋友，至少在署里没有朋友。

欧勒回来时，哈利咳了一声说："犯罪特警队的卡翠娜·布莱特有没有来这里申请领过武器？"

"你是说从卑尔根警署来的那个女警官？规则手册里只写了一条规定。"

"这条规定是？"

"调离时将所有武器和未使用的子弹交还给原单位，前往新单位领取新的左轮手枪和两盒子弹。"

"所以她手上没有比左轮手枪更强大的武器？"

欧勒摇摇头，一脸不解。

"谢谢。"哈利说着，将两盒子弹放进黑色包里，就放在两罐绿色圆筒旁，圆筒内装的是刺激性胡椒味催泪瓦斯，这个配方是由本·科森（Ben Corson）和罗杰·斯托顿（Roger Stoughton）在一九二八年调制而成的。

欧勒并未回话，直到哈利在签收簿上签了名字，他才咕哝说："祝你有个平安的星期天。"

哈利坐在伍立弗医院的候诊室里，黑色的包放在身旁。空气中飘浮着酒精、老人和死亡的气味。一名女性患者在哈利对面坐了下来，眼睛盯着他瞧，仿佛想在他脸上认出别人：一个她认识的人、一个从未出现的情人、一个她以为她认得的儿子。

哈利叹了口气，看了看表，想象警察在赫尔辛堡拥上火车的画面。列车长接到指示，在到站前一公里处停下火车。持枪警察分散在列车两侧，和警犬一起待命。车厢、包厢、厕所都被仔细搜索。旅客看见荷枪实弹的警察上车盘查，惊恐万分，毕竟这副景象在北欧这片梦幻土地极少出现。妇女用颤抖的手摸索一番，拿出身份证。警察弓起肩膀，紧张中又带有期待。他们焦急、怀疑、恼怒，最后失望、绝望，只因他们没找到目标。最后如果他们幸运而且够能干，就会找到基站接收到的信号发送源，并破口大骂。卡翠娜的手机终于在厕所垃圾桶里被寻获。

一张微笑的脸庞出现在哈利面前："你可以去见他了。"

哈利跟着木底鞋的咔咔声响和穿着白裤子、活力十足的大屁股向前走。她推开一扇门："不要待太久，他需要休息。"

史戴·奥纳躺在单人病房里，他那张原本圆滚滚的红润脸庞凹了下去，脸色苍白到几乎和枕头融为一体。孩子般的稀疏头发覆盖在犹如六岁孩童的丰满额头上。如果不是那双和之前一样锐利、乐观的眼睛，哈利会以为躺在床上的是这位犯罪特警队特约精神科医师兼他个人精神顾问的尸体。

"我的天啊，哈利，"奥纳说，"你看起来骨瘦如柴，好像一副骷髅似的，你生病了吗？"

哈利必须微笑。奥纳露出有点痛苦的表情，坐了起来。

"抱歉没有早点来看你，"哈利说，将一张椅子拖到床边，"因为医院……那个……我也不知道。"

"医院让你想起你母亲和小时候，没关系的。"

哈利点点头，视线落在自己的双手上："他们对你好不好？"

"这种话是去监狱里探监说的，哈利，不是来探病说的。"

哈利又点点头。

奥纳叹了口气："我知道你担心我，哈利，可是我太了解你了，所以我知道你不是来探病的。来吧，说来听听。"

"也不急。他们说你不是很好。"

"好是一种相对的状况，相较之下，我好得很呢！你应该看看我昨天的样子，也就是说，你不应该看见我昨天的样子。"

哈利对着自己的双手微笑。

"是不是雪人的事？"奥纳问。

哈利点点头。

"终于，"奥纳说，"我在这里无聊死了，快说吧。"

哈利吸了口气，开始叙述案情概要，去除旁枝末节，只挑重点说。奥纳只打断几次，问了几个简洁的问题，除此之外，他只是安静地、专注地聆听，脸上露出近乎着迷的神情。哈利说完时，病恹恹的奥纳似乎精神大振；他的脸颊有了血色，在床上坐得挺直。

"很有意思，"奥纳说，"可是你已经知道犯人是谁了，为什么还来找我？"

"那个女人疯了是不是？"

"犯下这类案子的人每个都疯了，没有一个例外，但不是从犯罪的角度来看。"

"可是关于她有一两件事我不太明白。"哈利说。

"天啊，关于人我只明白一两件事，你这个心理学家比我还厉害呢。"

"她在卑尔根杀害那两个女人和拉夫妥的时候才十九岁，这么疯狂的人怎么可能通过警校的心理测验，而且值勤这么多年却没有人发现？"

"问得好，也许她这个案例是鸡尾酒案例。"

"鸡尾酒案例？"

"就是她什么都有一点。精神分裂到足以幻听,可是又能隐瞒病情不让周围的人知道。患有强迫症,又有强烈的偏执狂,这会对她的所处情境创造出妄想,她也会想出逃避的办法,但外界只会认为她是保持缄默而已。你所描述的在命案发生当时出现的残暴怒意,符合边缘人格的特质,只不过她可以控制怒意。"

"嗯,换句话说,你也没有头绪?"

奥纳大笑,笑声最后转为一阵咳嗽。

"抱歉,哈利,"他发牢骚地说,"大部分的案例都像这样。这就好像心理学会用牛来做比喻,我们设了许多畜栏,可是牛只却不肯一群一群乖乖进入畜栏。它们只是厚颜无耻、忘恩负义、头脑不清的动物,想想看我们在它们身上做了多少研究!"

"还有一件事。当我们意外发现拉夫妥的尸体时,卡翠娜真的吓到了,我是说,她不是演出来的,我看得出她真的受到惊吓,即使我用手电筒照射她的脸,她的瞳孔依然放大而且黑漆漆的。"

"啊哈!这就有趣了。"奥纳将自己撑起来,坐高了些,"为什么你要用手电筒照她的脸?难道当时你就有所怀疑吗?"

哈利默然不语。

"你可能是对的,"奥纳说,"她可能在心里把命案压抑了下来,这非常典型。你说她对调查工作帮了很大的忙,没有搞破坏,这可能表示她怀疑自己,而且真的想找出真相。你对梦游症知道多少?"

"我知道有人可以一边睡觉一边走路,或是在梦中说话、吃东西、穿衣服,甚至出门和开车。"

"没错。英国指挥家哈里·罗森塔尔(Harry Rosenthal)在指挥整首交响乐曲和以人声模仿乐器声音时都是在睡梦中;另外,世界上至少有五起命案的凶手被宣判无罪,是因为法官判定凶手罹患睡眠时异常行动症(Parasomniac),也就是有睡眠障碍。几年前加拿大有个男子晚上睡到一半醒来，开车到二十公里外，停好车，杀害跟他关系良好的岳母，还几乎勒死岳父，然后再开车回家，上床睡觉。最后他被无罪释放。"

"你是说卡翠娜可能在睡梦中杀人？她是睡眠时异常行动症的患者？"

"这种疾病有很多争议，不过你可以想象有人经常进入类似冬眠的状态，因此无法清楚地记得他们做过什么，他们对事情有模糊、片段的影像记忆，像是梦境一样。"

"嗯。"

"我们可以推测这个女人在调查过程中，开始发现自己做过些什么。"

哈利缓缓点头："而且她发现为了脱罪，必须找个代罪羔羊。"

"可以理解，"奥纳做个鬼脸，"可是就人类心理而言，大部分事情都是可以理解的，问题在于我们看不见这种睡眠障碍，我们只能根据症状来假设它存在。"

"就好像霉菌一样。"

"什么？"

"什么原因可以导致这个女人在心理上产生这么严重的疾病？"

奥纳呻吟一声："什么都有可能！或者其实没有原因！可能是先天因素加上后天环境吧。"

"一个暴力的酒鬼父亲？"

"对对对，这样就有九十分，再加上一个有精神病的母亲，童年发生过一两个创伤事件，这样就大概有一百分了。"

"如果说她变得比她那个酗酒的暴力父亲更强壮，她有没有可能企图伤害父亲，或甚至杀害父亲？"

"绝对有可能，我记得一个……"奥纳说到一半陡然停顿，瞪着哈利，然后倾身向前，眼中闪烁着跃动的光芒，低声说，"你刚刚说的跟我想的是一样的吗？"

哈利看着自己的指甲："我去卑尔根警署的时候看见了一张照片，我一看就觉得照片上的人很面熟，好像我曾经见过他一样，现在我才知道原因。那是因为血缘关系。卡翠娜·布莱特婚前的姓氏是拉夫妥，葛德·拉夫妥是她的父亲。"

哈利前去搭乘机场快速列车时，接到麦努斯打来的电话。他料错了，赫尔辛堡警方没在厕所发现卡翠娜的手机，而是在一节车厢的行李架上发现的。

八十分钟后，哈利被一团灰云包围。机长广播说卑尔根市上空布满低空乌云，正在下雨，能见度为零。哈利心想，他们现在完全靠仪器的指引在天空飞行。

失踪组警官托马斯·海勒按下门铃后不久，大门就被猛然打开。门铃旁的名牌上写的是"安利亚、艾莉和特里夫·基瓦勒"。

"感谢上主，你来得真快，"站在托马斯面前的男子朝他背后看去，"其他警察呢？"

"只有我一个人来。还是没有你太太的消息吗？"

托马斯猜想他面前这个男子应该就是安利亚·基瓦勒。先前安利亚打过电话去警署，这时面带惊讶地看着托马斯："她失踪了，我跟你们说过了。"

"我们知道，可是他们通常都会回来。"

"谁是'他们'？"

托马斯叹了口气："我可以进来吗，基瓦勒先生？外面下雨……"

"哦，抱歉！请进……"年约五十的安利亚让到一旁，托马斯在安利亚背后的阴暗室内看见一个二十来岁的深发青年。

托马斯决定在玄关办完公事。今天警署里警力不足，要应付民众的报案电话显得有点吃力；今天是星期日，值班警察全都出动去搜索卡翠娜·布莱特，也就是他们的自己人了。上级要求保密，但流言已传了开来，说卡翠娜可能涉及雪人案。

"你怎么发现她失踪的？"托马斯问，准备记录。

"特里夫和我去诺玛迦区露营，今天刚回来，我们去了两天，没带手机，只带钓竿。我们回家的时候她不在家，也没有留言，就像我在电话里说的，家里大门也没锁。她总是会锁门，就算她在家也会锁门，我太太是个很容易焦虑的人。还有她的外套都还在，鞋子也是，只有她的拖鞋不在，现在又是这种天气……"

"你有没有打电话问过她的朋友？包括邻居？"

"当然有，大家都说没跟她联络过。"

托马斯在笔记本上记了下来。他心头浮现一种感觉，一种熟悉的感觉——失踪者是妻子兼母亲。

"你说你太太是个容易焦虑的人，"他说，"那她可能会给谁开门？可能会让谁进门？"

他看见那对父子交换眼神。

"这种人不会很多，"安利亚确定地说，"一定是她认识的人。"

"会不会是她觉得不会受到威胁的人，"托马斯说，"比如说小孩或女人？"

安利亚点点头。

"或者是有正当原因才开门，比如说电力公司人员来查电表。"

安利亚迟疑地说："有可能。"

"在你家附近有没有发现什么异常状况？"

"异常？什么意思？"

托马斯咬住下唇，做好心理准备："比如说像是……雪人？"

安利亚朝儿子看去，他儿子特里夫用力摇摇头，显然惊慌失措。

"我这样问是因为这是例行问题。"托马斯以闲谈的语气说。

特里夫喃喃地说了一句话。

“什么？”托马斯问。

“他说雪已经融化光了。”

“对，雪当然已经融化光了。”托马斯将笔记本塞回夹克口袋，“我会通知警车，如果她今天晚上还没出现的话，我们会加强寻找。百分之九十九的失踪者晚上就会回家了，这是我的名片……”

托马斯感觉到安利亚的手搭上他的前臂。

“有一样东西我想请你看一下，警察先生。”

托马斯跟着安利亚穿过玄关尽头的门，走下通往地下室的楼梯。安利亚打开一扇门，门内的房间有肥皂的气味，还可以看见湿衣服晾在晒衣绳上。房间角落放着一台老式衣物绞干机，旁边是一台伊莱克斯牌的老式洗衣机。陶砖地面缓缓朝中央的排水孔倾斜，地面是湿的，墙壁也有水痕，像是最近才用地上那条绿色水管冲洗过。但吸引托马斯注意的不是这些，而是晒衣绳上挂着的一件衣服，那件衣服的两侧肩膀都用晒衣夹夹住。仔细一看，可以看见那件衣服只剩一半，胸部以下已被切断，衣服下端歪七扭八，上头还有黑色的烧焦痕迹和一丝丝皱缩的棉絮。

29 催泪瓦斯

第二十日

天空落下滂沱大雨，整个卑尔根市都笼罩在蓝色的午后薄暮中。哈利搭乘的出租车在租船公司门口停下，他订的船已在普德峡湾大桥旁的码头待命。

租船公司准备的是一艘历尽沧桑的八米多长的芬兰游艇。

"我要去钓鱼，"哈利说，指了指航海图，"如果我去这里的话，需不需要注意暗礁什么的？"

"芬岛？"租船公司的男子说，"那你要带附有铅锤和旋转钓钩的钓竿，不过那里钓不到什么鱼。"

"等一下就知道钓不钓得到鱼了。这玩意儿要怎么发动？"

哈利在引擎轧轧声中经过诺德勒斯海角，朝前方的阴郁海域行进，他在诺德勒斯公园的光秃树林中看见那根图腾柱。海面在大雨中十分平静，雨水拍击海面，激荡出许多泡沫。哈利将舵轮旁的控制杆用力向前推，船头翘了起来，游艇向前疾射而去，他必须后退一步才能保持平衡。

十五分钟后，哈利将控制杆推回原位，驾船靠向码头。码头位于芬岛另一端，拉夫妥的小屋看不见这里。他将船停泊在码头，拿出钓竿，聆听雨声。他对钓鱼向来不感兴趣。旋转钓钩很重，底下被勾住了，哈利一拉钓竿，就把缠在上头的海草一起拉了起来。他除去钓钩上的海草，将钓钩清理干净，再丢进水里，但滚动条内部有个东西卡住了，使得钓饵垂挂在钓竿顶端下方二十厘米处，无法卷起或放下。哈利看了看表。如果有人被游艇引擎声惊动，现在应该已经放松下来。他必须在天黑之前完成这件事。他将钓竿放在座椅上，打开包，取出手枪，打开一盒子弹，将子弹装进弹筒，再将那两罐犹如保温瓶的催泪瓦斯放进口袋，下船上岸。

他花了五分钟走到这座荒凉小岛的丘陵顶端，然后往下走，朝丘陵另一侧那些已钉上木板准备过冬的小屋走去。拉夫妥的小屋就伫立在前方，黑沉沉的不欢迎别人靠近。他在二十米外的地方找到一块岩石，站在上面，正好可以看清楚小屋的所有门窗。雨水早已渗入他身上那件绿色军用夹克的肩部。他拿出一罐催泪瓦斯，拔下插销。五秒钟后，弹簧阀就会弹开，开始发出嘶嘶声，释放出催泪瓦斯。他朝小屋奔去，扬起手臂，将那罐催泪瓦斯朝窗户猛力掷去。玻璃碎裂，发出细微的叮叮声响。哈利退到那块岩石上方，举起手枪。他在雨声之间听见催泪瓦斯发出嘶嘶声，看见窗内逐渐变成灰色。

如果她在里头，绝对撑不了几秒钟。

他举枪瞄准，看着小屋，严阵以待。

两分钟后，依然没有任何动静。

哈利又等了两分钟。

他将第二罐催泪瓦斯准备好，朝小屋门口走去，举起手枪，试了试门把。门是锁着的，不过这扇门不堪一击。他后退四步，再向前冲去。

那扇门连同铰链一起被撞开，他右肩朝前冲进烟雾弥漫的房间里。催泪瓦斯立刻攻击他的双眼。哈利屏住呼吸，在黑暗中摸到地下室活板门，掀了开来，将第二罐催泪瓦斯丢进去，然后跑出屋外。他找到一池清水，跪了下来，这时他已鼻涕和眼泪齐流。他睁开双眼，将头埋进水池里，尽量压到深处，直到鼻子摩擦到石头，如此浸洗了两次。他的鼻子和上颚依然疼痛不已，但眼睛已能清楚地视物。他再度举起手枪，指着小屋，等待又等待。

"出来啊！快出来，你这个贱人！"

但没有人出来。

十五分钟后，等烟雾不再从窗户破洞里冒出来，哈利回到小屋前，踢开了门，一边咳嗽，一边朝屋内看了最后一眼。整座荒岛已被雾气所笼罩。犹如只靠仪器在天空飞行。靠！他妈的！

他朝游艇走去，天色相当昏暗，他知道自己将会遭遇能见度不足的问题。他解开系船的绳索，走上甲板，抓住发动杆，脑子里突然闪过一个念头：他已经将近三十六小时没睡觉了，而且自从清晨以来就没吃东西，现在还搞得一身湿淋淋的，准备赶回卑尔根，两手空空毫无斩获。要是引擎敢不在第一次发动时就启动，他一定会朝船身击发点三八的铅制子弹，然后游泳上岸。就在他准备将发动杆往前推的时候，他看见了她。

她就站在他前方通往下方船舱的楼梯上，冷冷地倚着门框，黑色洋装外穿了一件灰色毛衣。

"手举起来。"她命令道。

这句话听起来十分幼稚，有如笑话一般，但指着他的左轮手枪不是笑话，接下来的威胁之语更不是笑话，"如果你不照我的话做，我就朝你的腹部开枪，哈利，这样子弹会击穿你的背部神经，让你瘫痪，然后再往你的脑袋上补一枪。不过还是先从腹部开始好了……"

枪管朝下移动。

哈利放开舵轮和发动杆，举起双手。

"麻烦你后退。"她说。

她踏上台阶，这时哈利看见了她眼中的微光，就和他们逮捕菲利普那晚还有他们在芬利斯酒馆时，他看见的微光一模一样。但现在她颤动的虹膜里跃动着火花。哈利往后退，直到船尾的座椅顶到双腿。

"坐下。"卡翠娜说，关上引擎。

哈利重重坐下，坐在了钓竿上，感觉塑料椅垫上的水浸湿裤子。

"你是怎么找到我的？"她问道。

哈利耸耸肩。

"别这样，"她举着手枪说，"满足我的好奇心，哈利。"

"呃，"哈利答道，试着解读她苍白扭曲的脸庞。但这是未知的领域；眼前这女人的脸不属于他所了解的那个卡翠娜，他原本还自以为了解她。

"每个人都有一套行为模式，"他听见自己说，"每个人都有一套游戏计划。"

"原来如此，我的模式是什么？"

"声东击西。"

"哦？"

哈利感觉到右夹克口袋里左轮手枪的重量。他抬起臀部，移动钓竿，右手依然放在座椅上。

"你写了一封信寄给我，署名是雪人，几星期后就从容不迫地进了警署。你来了以后，第一件事就是跟我说哈根要我照顾你，可是哈根从来没这么说过。"

"目前为止都正确，还有呢？"

"你朝史德普家前面的运河里丢下外套，然后朝屋顶的另一个方向逃跑，因此你的模式就是当你把手机放在朝东行驶的火车上，其实你会往西脱逃。"

"精彩，那我是怎么脱逃的？"

"当然不是搭飞机，你知道警方一定会加强监视加勒莫恩机场。我猜你早在列车出发之前就把手机放在奥斯陆车站，然后到对面的巴士站，搭上往西行驶的早班巴士。我猜你一定把这段旅程拆成好几段，一直换巴士。"

"我先搭诺托登直达车，"卡翠娜说，"再搭卑尔根巴士，在佛斯市下车买衣服，然后搭巴士到伊特勒安纳村，再坐当地巴士到卑尔根，然后在萨扎里斯码头付钱请渔夫载我来这里。猜得不错嘛，哈利。"

"不是很难猜，我们两个人很像。"

卡翠娜侧过了头："既然你这么确定，为什么还一个人来？"

"我不是一个人来，穆勒尼森和他的手下正搭船过来。"

卡翠娜大笑。哈利移动他的手，朝夹克口袋靠近了些。

"我同意我们很像，哈利，可是提到说谎，我可比你强多了。"

哈利吞了口口水。他的手感觉冰冷，手指不听使唤。"对，我确定说谎对你而言比较简单，"哈利说，"就像杀人一样。"

"哦？你现在看起来像是要把我杀了一样，你的手离你的夹克口袋越来越近了。站起来，脱下夹克，慢慢来，然后丢到这里来。"

哈利在肚里咒骂，但仍乖乖照做。他的外套砰的一声落在她面前。她的目光紧盯哈利，伸手抓起外套，丢到船外。

"反正你也该换一件新外套了。"她说。

"嗯，"哈利说，"你是说一件可以搭配我脸部正中央那根红萝卜的外套吗？"

卡翠娜的眼睛眨了两下，哈利在她眼中似乎看见了困惑。

"听着，卡翠娜，我是来这里帮助你的，你需要协助。你生病了，卡翠娜，是你的疾病让你杀了他们的。"

卡翠娜缓缓摇头，她朝陆地指了指。

"我坐在船屋里等你等了两个小时，哈利，因为我知道你会来。我研究过你，哈利，你总是可以找到你要找的，这就是为什么我选上你的原因。"

"选上我？"

"选上你去替我找出雪人，这就是为什么我寄给你那封信。"

"你为什么不自己去找雪人？你用不着找得太远。"

她摇摇头。"我试过了，哈利，我试了好多年。我知道我一个人一定办不到，一定要你才行，只有你成功逮到过连环杀手。我需要哈利·霍勒。"她露出悲哀的微笑，"最后一个问题，哈利，你是怎么发现我骗了你的？"

哈利在脑中想象自己最后的下场会是什么，是额头中弹？电切环伺候？

还是出海死于溺毙？他吞了口口水。在这种情况下他应该感到恐惧，恐惧
到无法思考，恐惧到倒在甲板上啜泣，哀求她放他一条生路，然而他为什
么不害怕？不可能是因为自尊心作祟，他早已将自尊心连同威士忌吞下肚，
然后再呕出来好几次了。有可能是因为理性头脑的运作，头脑知道恐惧于
事无补，正好相反，恐惧只会让他的生命提早结束。最后他判断应该是由
于疲倦的缘故，他全身上下都感觉到深深的疲惫，使得他希望这件事早早
了结。

　　"我内心深处一直知道，这件事从很早以前就开始进行了，"哈利说，
注意到自己不再感到寒冷，"这整件事都经过细心策划，而且在背后主导
的这个人设法进入了我的脑袋。可以办到这种事的人没几个，卡翠娜，所
以当我一看见你家那些剪报的时候，我就知道是你。"

　　哈利见她眨了眨眼，露出迷惘的神色，他则感觉到一股怀疑钻进了他
的思绪之中，钻进了他一直看得十分清晰的逻辑之中；难道他一直都看得
十分清晰吗？难道这其中没有一丝怀疑存在吗？蒙蒙细雨这时转为倾盆大
雨，雨水朝甲板猛烈拍击而下。他看见她嘴唇微张，手指扣住扳机。他抓
住身旁的钓竿，紧盯着枪管。这就是他最后的下场，死在西海岸的一艘船
上，现场没有证人、没有证据。他的脑际突然闪现一幅景象：那是欧雷克，
孤零零的欧雷克。

　　他手一挥，鱼竿立刻朝卡翠娜甩去。这是孤注一掷的攻击，是试图扭
转情势、挣脱命运之手的可悲之举。钓竿尖端打中卡翠娜的脸颊，力道甚轻，
让她几乎感觉不到。这一击没伤害到她，也没令她失去重心。事后回想起来，
哈利记不起当时发生的事究竟是完全在他计算之中，还是他事先料到了一
半，抑或纯粹是误打误撞。旋转钓钩的加速度使得那二十厘米长的钓鱼线
迅速朝卡翠娜头部缠绕了上去，钓钩持续旋转，最后击中她微张嘴唇内的
门齿。接着哈利握住钓竿奋力猛拉，钓钩立刻发挥它应有的作用：勾住肌肉。
钓钩勾进了卡翠娜的右嘴角。哈利险中求生，奋力一搏，力道自然非同小可。

卡翠娜的头部被巨大的力道向右后方扯去，在那一刻，哈利觉得他似乎是将她的头从她身上扭开，就好像扭开瓶盖似的。在一阵极微小的停顿之后，她的身体也跟随头部扭转，先向右转，随即就向哈利的方向扑来。她的身体跌落在甲板上，但依然在转，一直滚到哈利面前。

哈利立刻往下跪去，膝盖朝下，朝她的两侧锁骨直压下去。他知道他已让她双臂动弹不得。

他从她瘫软的手中扭下手枪，将枪管压在她一只瞳孔扩张的眼睛上。手枪感觉颇轻，他看见金属枪管压在她柔软的眼球上，但她并未眨眼。恰好相反，她脸上露出笑容，咧嘴而笑。雨水打在她撕裂的嘴角和沾了鲜血的牙齿上，逐渐洗去血迹。

30 代罪羔羊

第二十日

哈利驾驶游艇抵达普德峡湾大桥时，穆勒尼森已亲自来到桥下的码头。穆勒尼森、两名警察和值班精神科医师一起进入船舱，来到床边。卡翠娜在床上躺着，被手铐铐在床铺上。他们替她注射抗精神病镇静剂，将她抬上在码头等候的车辆。

穆勒尼森向哈利道谢，感谢他同意低调处理此事。

"这件事尽量保密，"哈利说，抬头看着落下大雨的天际，"如果事情公开了，奥斯陆方面会希望掌控情势。"

"当然。"穆勒尼森点头道。

"我叫夏丝迪·罗斯摩，"一个声音说，他们同时回头，"我是精神科医师。"

哈利面前那名女子大约四十来岁，留着一头蓬乱的淡色头发，身穿亮红色宽大羽绒衣，手里夹着一根烟，似乎并不在意雨水打湿她自己和那根烟。

"过程是不是很激烈？"她问道。

"不，"哈利说，感觉卡翠娜的左轮手枪插在腰际，贴着他的肌肤，"她没有反抗就投降了。"

"她说了什么？"

"什么也没说。"

"什么也没说？"

"一句话也没说，你的诊断是什么？"

"显然是罹患了精神病，"夏丝迪毫不犹疑地说，"这并不表示她疯了，只是表示头脑用它的方式来处理它无法处理的状况而已，很像是当剧痛发生时大脑会选择昏厥一样。我推测她应该长期处于极大的压力下，是不是这样？"

哈利点点头："她可以再说话吗？"

"可以，"夏丝迪说，不悦地看着被雨淋熄的香烟，"可是我不知道她什么时候才能再说话，现在她需要休息。"

"休息？"穆勒尼森哼了一声，"她可是连环杀手。"

"而我是精神科医师。"夏丝迪说，抛开手中香烟，朝一辆红色小思域走去，那辆思域在大雨中看起来依然脏兮兮的。

"你现在呢？"穆勒尼森问道。

"我要赶最后一班飞机回家。"哈利说。

"不会吧，你看起来好像一副骷髅。警署和丽卡旅馆有签约，我们可以载你过去，替你送几件干的衣服，旅馆里也有餐厅。"

哈利登记住房后，站在窄小单人房的浴室镜子前，心里想着穆勒尼森说过的话，想着他说他看起来好像一副骷髅，想着自己曾离鬼门关多么近；或者真有那么近吗？他冲了个澡，去空荡的餐厅吃了顿饭，回到房间，试着入睡。但他无法入睡，只好打开电视。电视台播的尽是些烂节目，除了NRK2正在播映电影《记忆拼图》。他看过这部电影，故事是从一名男子的观点来叙述的：男子脑部受创，只剩下和金鱼一样的短期记忆；一名女子遭人杀害，主角将凶手的名字写在一张拍立得相片上，因为他知道自己转眼就会遗忘，问题是他能否信任自己写下的这个名字？哈利踢开被子。电视机下方的迷你酒吧设有一扇褐色小门，上头没有门锁。

他应该搭飞机回家的。

他正要下床，手机在房里某个地方响了起来。他将手伸进湿裤子的口袋里，裤子正挂在电暖器旁的椅子上晾干。电话是萝凯打来的，她问他人在何处，说他们得谈一谈，不是在他家谈，而是找个公共场所谈。

哈利躺回床上，闭上眼睛。

"你是要告诉我说我们不能再碰面了？"哈利问。

"我是要告诉你说我们不能再碰面了，"她说，"我没办法再继续这样下去了。"

"那在电话里告诉我就够了，萝凯。"

"不行，这样不够，这样不够痛。"

哈利呻吟一声。她说得对。

他们约好明天早上十一点在比格迪半岛的极地探险博物馆碰面，那家博物馆是旅游胜地，一走进去就会被德国和日本观光客淹没。她问他去卑尔根做什么，他告诉了她，并叫她保守秘密，直到几天后事情见报为止。

两人挂上电话。哈利躺在床上，盯着迷你酒吧。《记忆拼图》继续以倒叙方式进行着。他差点丢了性命，他的挚爱不想再见他，他认为这是他人生中最悲惨的一刻了；或者真是如此吗？穆勒尼森问他为什么要独自去追捕卡翠娜，他没有回答，现在他知道原因了。是因为怀疑，或者说希望。他极度希望事实和它所呈现出的模样是不同的，但事实就是事实，依旧摆在眼前。如今希望已然破灭、沉没。够了吧，他已经有了三个好理由，再加上胃里那群嗜酒的狗儿正在疯狂吠叫，仿佛着了魔似的，何不干脆就打开那个迷你酒吧？

哈利站了起来，走进浴室，打开水龙头，将嘴凑了上去，咕嘟咕嘟地喝水，让水流喷射在他脸上。他直起身子，看着镜子。好像一副骷髅。为什么骷髅不能喝酒？他大声地、轻蔑地对着镜中的自己说出答案："因为这样不够痛。"

甘纳·哈根十分疲累，连他的灵魂都疲惫不堪。他环顾四周。时间将近午夜，他所在的地方是奥斯陆市中心一栋建筑物的顶楼会议室。这里的一切都是闪闪发亮的褐色，包括船舱木地板，设有聚光灯的天花板，墙上挂着的前任俱乐部会长兼这栋建筑物主人的肖像，十平方米大的桃花心木会议桌，坐在会议桌旁十二名男子面前的真皮吸墨垫。一小时前，总警司打电话叫他来这个地方。会议室里有些人他认识，例如警察署长，其他人则在报纸上见过照片，但不记得正确身份。警察署长向众人报告最新状况。雪人原来是卑尔根市的一名女警官，已经在格兰区的犯罪特警队工作了一段时间，她蒙蔽了他们所有人，如今她落网了，他们很快就得向社会大众公布这个丑闻。

警察署长报告完之后，会议室里的静默有如雪茄烟雾那般浓重。

雪茄烟雾在会议桌尽头冉冉升起，该处坐着一名白发男子，男子靠着椅背，脸容藏在阴影之中。这是白发男子首次一声不吭，他只轻轻叹了口气。哈根发现目前为止发言过的人全都朝白发男子看去。

"太冗长了吧，托列夫，"白发男子说，声音意外地高，声调甚是阴柔，"这件事很有伤害性，警察系统受到蒙骗，我们是最高阶的长官，这表示……"白发男子呼出雪茄烟雾，整间会议室里的人都屏息以待。"有人得被砍头，问题是谁？"

警察署长清清喉咙："您有任何建议吗？"

"还没有，"白发男子说，"但我想你跟托列夫有建议，说吧。"

"依照我们的看法，应该是任命警察和追踪背景的阶段出了错，这是人为疏失，不是系统瑕疵，因此直接问题不是出在管理阶层。我们建议将责任和过失清楚地划分开来，管理阶层负起责任，以谦卑……"

"这些废话就省省吧，"白发男子说，"你想找谁当代罪羔羊？"

总警司整了整衣领，哈根看得出他非常局促不安。

"哈利·霍勒警监。"总警司说。

会议室再度陷入静默。白发男子点燃雪茄。打火机发出咔嗒声，接着又是咔嗒一声，阴影中传来吸吮的声音，烟雾再度冉冉飘起。

"不错的主意，"白发男子用偏高的嗓音说，"如果你找的人不是霍勒，我可能会请你再找层级高一点的，对一只要拿来牺牲的羔羊来说，警监可不够肥。不错，我可能会请你考虑你自己，托列夫。不过呢，霍勒算是一号人物，他上过脱口秀，颇受欢迎，又是个小有名气的警监。是的，这会被视为一场公平的游戏，但是他会合作吗？"

"交给我们来办，"总警司说，"是不是，甘纳？"

哈根只觉得喘不过气。这时他脑子里冒出来的竟是他老婆，他老婆做出那么多牺牲，为的就是成全他的事业。他们结婚之后，她就辍了学，无论特种部队——后来是警察单位——派他去哪里，她都和他一起举家迁移。她是个聪明有智慧的女子，在大多数的领域都和他实力相当，有些方面甚至比他优秀。由于有妻子的支持，他同时追求事业和品德上的进步。她总是给他良好的建议，然而他一直未如两人预期，成就飞黄腾达的事业。但如今他前途看好，坐上了犯罪特警队队长这个位子，注定将步步高升，问题只在于他不能踏错任何一步。这原本不应该是太困难的一件事。

"怎么样，甘纳？"总警司又说了一次。

只是他实在太疲累了，连灵魂都疲惫不堪。这是为你做的，他心想，换作是你也会这样做，亲爱的。

31 南极

第二十一日

哈利和萝凯站在极地探险博物馆的前进号探险船木制船头旁，看着一群日本观光客一边拍摄船绳和桅杆的相片，一边微笑点头，完全忽略导游解释说一八九三年挪威探险家弗里乔夫·南森曾搭乘这艘船远征南极，希望成为第一个到达南极的人，最后却宣告失败。一九一一年，罗阿尔·阿蒙森同样也搭乘这艘船前往南极，这次他打败了苏格兰探险家，赢得了南极竞赛。

"我的表忘在你家桌上了。"萝凯说。

"这招太老套了吧，"哈利说，"这表示你得回来拿。"

她将手放在他握住栏杆的手上，摇头说："那是马地亚送我的生日礼物。"

我都忘了，哈利心想。

"我们晚上要一起出去，如果我没戴的话他一定会问表在哪里，你知道我说谎会是什么样子，所以可不可以请你……？"

"我四点以前拿去你家。"他说。

"谢谢，那个时间我还在上班，请你放在门边墙上的鸟屋里，那……"

她不用再多说。过去每当她就寝之后，如果他要去她家，她总会将钥匙留在那里。哈利拍了栏杆一掌。"史德普说阿蒙森的问题出在他赢得了南极竞赛，史德普认为最棒的故事讲述的都是失败者。"

萝凯默然不语。

"我想这应该可以带来安慰吧，"哈利说，"我们走了好吗？"

来到博物馆大门外，只见天空飘下雪花。

"所以一切都结束了？"萝凯说，"直到再有下一次？"

他瞥了她一眼，确定她说的是雪人案而不是指他们两人。

"我们还不知道尸体的下落，"他说，"今天早上去机场前我去囚室看过卡翠娜，她一句话都不说，只是瞪着空气好像那里有人。"

"你没有跟任何人说你要独自去卑尔根？"她突然问。

哈利摇摇头。

"为什么？"

"呃，"哈利说，"我可能判断错误，这样我就可以静静地回来，不必丢脸。"

"这不是真正的原因。"她说。

哈利又看了她一眼。她看起来比他更受够了。

"老实说，我也不知道，"他说，"也许我终究希望雪人不是她。"

"因为她喜欢你？因为你也可能变成雪人那种人？"

哈利甚至不记得曾跟萝凯说他和卡翠娜很相像。

"她看起来好孤单、好害怕，"哈利说，雪花飘落到他眼里，刺痛他的眼睛，"好像迷失在黄昏里。"

靠，真该死！他眨了眨眼，感觉泪水涌上，喉头似乎有个握紧的拳头硬是要冲出来。他是不是要崩溃了？萝凯温暖的手抚上他的脖子，他全身僵直。

"你不是她，哈利，你是不一样的。"

"是吗？"他露出一丝微笑，移开她的手。

"你不会杀害无辜的人，哈利。"

萝凯说要载哈利一程，哈利婉拒了，搭上公交车。他看着车窗外飘落的细雪和奥斯陆峡湾，心想萝凯竟然在最后一分钟说出了"无辜"两个字。

　　哈利回到苏菲街自家门前，正要开门，忽然想起家里的速溶咖啡喝完了，便步行十五米前往转角的尼亚基杂货店。

　　"很少在这个时间看见你。"阿里说，接过了钱。

　　"今天放假。"哈利说。

　　"天气真糟糕对不对？气象报告说接下来二十四小时会降下半米深的雪。"

　　哈利不安地玩弄手中那罐速溶咖啡："那天在院子里我不小心吓到了萨尔玛和穆罕默德。"

　　"我听说了。"

　　"很抱歉，我只是压力有点大而已。"

　　"没关系，我只是怕你又开始喝酒了。"

　　哈利摇摇头，露出虚弱的微笑。他喜欢巴基斯坦人的直接。

　　"很好，"阿里说，手中数算要找的钱，"你家重新装潢好了吗？"

　　"重新装潢？"哈利接过找的钱，"你是说那个霉菌清除员？"

　　"霉菌清除员？"

　　"对啊，那个来检查地下室有没有霉菌的家伙，他的名字好像是叫史督曼。"

　　"地下室有霉菌？"阿里露出惊吓的表情。

　　"你不知道吗？"哈利说，"你是住户委员会会长，我以为他跟你说过这件事了。"

　　阿里缓缓摇头："说不定他是跟毕尔说的。"

　　"谁是毕尔？"

　　"毕尔·亚斯比森啊，他在一楼住了十三年了，"阿里说，用责备的眼光看着哈利，"他是委员会副会长，任期跟我一样久。"

　　"哦，对，毕尔，"哈利说，假装记起这个名字。

　　"我会去问问看。"阿里说。

　　哈利上楼回到了家，脱下靴子，直接走进卧房，倒头就睡。他在卑尔根的旅馆里几乎没怎么睡。他醒来时，嘴巴干燥，胃部疼痛。他下床喝了些水，走进走廊，却陡然停步。

他回来时没注意，这时才发现墙壁全都恢复原状了。

他每个房间都去看了一圈。真是太神奇了。墙壁恢复得完美无比，好像从来不曾被拆掉过一样，墙上看不见钉孔，也没有一条线歪斜不正。他摸了摸客厅墙壁，确定这不是他的幻觉。

客厅靠背椅前方的桌子上放了一张黄色的纸，上头有手写的字迹，那封信写得十分工整，不可思议地散发出一种美感。

霉菌清除完毕。你不会再见到我了。史督曼。

P.S.：我得把一块木壁板翻过来用，因为我割伤了，血滴到上面。未加工的木材沾上血是洗不掉的，唯一的办法是把墙壁漆成红色。

哈利在靠背椅上坐了下来，欣赏平滑的墙面。

等他走进厨房，才发现这个完美奇迹缺了一角。萝凯和欧雷克的月历不见了。那件天蓝色洋装。他大声咒骂，疯了似的翻寻垃圾桶，连院子里的大垃圾箱都翻遍了，最后只好承认他这一生最快乐的时光，已经连同霉菌一起被连根拔除。

对精神科医师夏丝迪·罗斯摩来说，今天绝对是个很不一样的工作日，不只是因为太阳难得在卑尔根市的天空露脸。阳光透过窗户照射进来，窗内是颂维根区霍克兰医院精神部门的走廊，夏丝迪在走廊上匆匆走过。霍克兰医院改过太多次名字，以至于很少有卑尔根人知道它现在的正式名称是颂维根医院。然而隔离病房依然被称为隔离病房，除非有人宣称这个名称有误导之嫌或有污辱之意。

对于即将来临的看诊时间，夏丝迪既害怕又期待。这名患者被安置在隔离病房，就她记忆所及这是精神科用过的最高规格的安全措施。院方和克里波刑事调查部的艾斯本·列思维克，以及卑尔根警署的克努特·穆勒尼森，在道德尺度和执行程序上达成协议。这名患者是精神病患，因此不能接受警方侦讯。夏丝迪是精神科医师，所以有权和患者说话，但她是为患者的最大利益着想，和警方侦讯的目的有所不同。最后还牵涉保密原则的问题。夏丝迪必须自行评估她们谈话时出现的信息是否对警方十分重要，再决定是否深入了解。反正这些信息在法庭上不具效力，因为话是从一名精神病患口中说出来的。简而言之，他们是走在法律和道德的地雷区，即使走错一小步都可能带来灾难性的后果，因为她所做的每件事都将被司法系统和媒体放大检视。

诊察室外站着一名看护员和一名制服警察。夏丝迪指了指别在她白色医师袍上的证件，那名警察打开了门。

他们同意请看护员随时留意诊察室内的状况，一有异样立刻发出警报。

夏丝迪在椅子上坐下，仔细检视患者，很难想象这样一名女子竟然会是危险人物。患者身形娇小，头发垂落面前，嘴角撕裂处有黑色缝线，圆睁的双眼似乎瞪着深不可测、但夏丝迪看不见的恐怖事物。这名女子看起来如此缺乏行为能力，让人觉得似乎只要对她吹一口气，她就会消散无踪。这样一名弱女子竟然可以冷血杀害许多人，实在难以想象，然而这类案例总是如此。

"哈啰，"夏丝迪说，"我叫夏丝迪。"

没有回应。

"你认为你的问题是什么呢？"她问道。

这个问题出自精神病患者对话手册，另一种问法是：你认为我能怎么帮助你呢？

依然没有响应。

"你在这个房间很安全，没有人会伤害你，我不会伤害你，你是绝对安全的。"

　　根据手册，这段可靠的陈述应该可以让精神病患者感到放心，因为精神病主要是一种无止境的恐惧。夏丝迪觉得自己像是空姐，在飞机起飞前进行逃生安全示范，机械性地重复同样的例行工作，即使飞机即将飞越世界上最干燥的沙漠地区，仍必须示范如何使用逃生背心。夏丝迪必须说这些话，因为这些话说出了精神病患者想听的事：你可以放心感到害怕，我们会照顾你。

　　该检查患者对现实的感知能力了。

　　"你知道今天星期几吗？"

　　一阵静默。

　　"看看那边墙上的时钟，你能告诉我现在几点吗？"

　　她得到的回答是空洞的瞪视。

　　夏丝迪等待又等待。时钟上的分针规规矩矩移动一格，微微颤动。

　　看来是没希望了。

　　"我要走了，"夏丝迪说，"有人会来带你离开，你在这里很安全。"

　　她往门口走去。

　　"我必须跟哈利说话。"她的声音十分低沉，几乎像是男人的声音。

　　夏丝迪转过身来："谁是哈利？"

　　"哈利·霍勒，这件事很紧急。"

　　夏丝迪想和她有目光接触，但她的眼睛只是瞪视远方，处在自己的世界里。

　　"你得告诉我哈利·霍勒是谁，卡翠娜。"

　　"奥斯陆犯罪特警队的警监，如果你要说我的名字，请用我的本姓，夏丝迪。"

　　"布莱特？"

　　"拉夫妥。"

"了解，不过你可以告诉我你想跟哈利说什么吗？这样我就可以传话……"

"你不明白，她们都要死了。"

夏丝迪慢慢坐回椅子上："我明白的，为什么你认为她们都要死了呢，卡翠娜？"

她们终于目光相对。夏丝迪看见的眼神让她想起她在度假小屋玩大富翁游戏时抽到的红卡：你的房屋和饭店全烧毁了。

"你们什么都不明白，"那低沉、男性化的声音说，"凶手不是我。"

下午两点，哈利驾车来到霍尔门科伦路，在萝凯那栋原木大宅下方的人行道旁停车。雪停了，他心想还是别在她家车道上留下可能泄露秘密的胎痕比较好。他朝大宅走去，白雪在靴子底下发出柔软而乏味的嘎吱声，大宅上有如太阳眼镜的墨黑窗户反射着刺眼的阳光。

他走上台阶，来到正门口，打开鸟屋的小门，将萝凯的手表放进去，再将小门关上。他转身正要离去，身后大门突然打开。

"哈利！"

哈利转过了身，吞了口口水，硬是挤出微笑。他面前站着一名全身赤裸只在腰际围了浴巾的男子。

"马地亚，"哈利慌乱地说，盯着马地亚的胸部瞧，"吓我一跳，我以为这个时间你在上班。"

"抱歉，"马地亚笑说，赶紧将手臂交抱在胸前，"我昨天工作到很晚，今天休假。我正要去洗澡，听见门外有声音，还以为是欧雷克，他的钥匙怪怪的，有时打不开门。"

怪怪的，哈利心想。那表示欧雷克现在用的钥匙是他以前用的，而马地亚拿了欧雷克的钥匙。女人的心思呀。

"有什么需要帮忙的吗，哈利？"哈利注意到马地亚交抱在胸前的手臂很不自然，位置太高，仿佛想遮掩什么。

"没有，"哈利若无其事地说，"我只是开车经过，想拿个东西给欧雷克。"

"你怎么不敲门？"

哈利吞口口水："因为我突然想到他还没放学。"

"哦？你怎么知道？"

哈利对马地亚点点头，仿佛认为他问的这个问题十分恰当而给予肯定。马地亚那张友善、坦诚的脸上没有一丝猜疑，只有想弄清楚不解之事的真诚表情。

"雪。"哈利说。

"雪？"

"对，两小时前雪就停了，楼梯上却没有脚印。"

"哇，真不是盖的，哈利，"马地亚热烈地说，"这才叫把推理技巧运用在日常生活中，你真的是警探，一点疑问也没有。"

哈利笑得颇为勉强。马地亚交抱胸前的手臂垂下了些，这时哈利恍然明白萝凯口中所谓马地亚的奇特身体构造是什么了。马地亚胸前应该是两个乳头的位置只是一片平坦的白色肌肤，完全没有乳头。

"这是遗传的，"马地亚说，他察觉到哈利的视线，"我父亲也没有乳头，这很罕见，但是无害，反正男人要拿它们来做什么？"

"说的也是。"哈利说，只觉得耳垂发热。

"需要我替你把东西拿给欧雷克吗？"

哈利反射性地将视线移向鸟屋，随即移开。

"我改天再来好了，"哈利说，做个鬼脸，希望博取信任，"你得去洗澡了。"

"好。"

"改天见。"

哈利回到车上第一件事就是挥舞双掌猛打方向盘，大声咒骂。他刚才活像是个十二岁小贼行窃被逮个正着。他竟然当着马地亚的面对他撒谎，又撒谎又谄媚，简直就是个小瘪三。

他发动引擎，猛然放开离合器，让车子抖动了一下，拿车子出气。现在他没力气去想刚刚的事，应该将所有力气放在其他事情上，但他办不到。车子朝奥斯陆市中心疾驰而去，他的头脑疯狂转动，脑子里飞快冒出一连串联想：瑕疵、公寓、赤裸肌肤上犹如血迹的红色乳头、未加工木材上的血迹。不知道为什么，霉菌清除员的那句话从脑子里冒了出来："唯一的办法是把墙壁漆成红色。"

霉菌清除员流了血。哈利半闭双眼，想象那道割痕，伤口一定很深，才会流那么多血，以至于……唯一的办法是把墙壁漆成红色。

哈利用力踩下刹车，立刻听见后方传来喇叭声，并在后视镜里看见一辆丰田海狮滑上一旁落下不久的白雪，直到轮胎抓住地面，从他的车子旁边斜斜掠过，然后驶离。

哈利踢开车门，跳下车，发现自己在霍尔门科伦路尽头的体育场旁。他深深吸了口气，将刚才串联起来的思绪打破、拆开，看能不能将它们重新组合回来。思绪迅速组合了，没有一丝勉强，还会自行归位。他的脉搏越跳越快。倘若这样完全说得通的话，一切都会颠倒过来，而且这么一来，一切都吻合了，吻合雪人如何计划渗透他，就像是从街上从容不迫地走进门来，怡然自得。还有尸体，这样就可以解释尸体跑哪里去了。哈利全身发抖，点燃一根烟，试着回溯刚刚他脑际里闪过的影像：鸡的羽毛，边缘焦黑。

哈利不相信灵感、天启或心电感应，但他相信运气，不是那种天生的运气，而是通过辛勤努力和洒下几乎密不透风的网所得来的运气，于是到了某个时间点，机会自然而然就会落入你手中。但这也不是那种努力挣来的运气，这纯粹只是侥幸，非典型的侥幸。当然了，他必须是对的，这一切才能成立。哈利低头一看，发现自己正涉雪行走，真的是脚踏实地走在地面上。

他回到车上，拿起手机，拨打侯勒姆的电话。

"有什么事，哈利？"一个昏沉且几乎难以辨认的鼻音说。

"你听起来好像宿醉。"哈利说，疑心大起。

"是就好了，"侯勒姆吸了吸鼻涕，"妈的我感冒了，盖两床被子还冷得要命，全身酸痛……"

"听我说，"哈利插口说，"你还记得我要你去量鸡尸的体温，看看当时距离希薇亚在农仓里杀鸡过了多久吗？"

"记得啊。"

"后来你说其中一只鸡的体温比另外两只高。"

侯勒姆又吸了吸鼻涕："对啊，麦努斯说那只鸡发烧，很合理啊。"

"我想那只鸡的体温比较高，是因为它是在希薇亚遇害以后才被杀的，也就是说，至少晚了一小时。"

"哦？那是谁杀的？"

"雪人杀的。"

哈利听见侯勒姆长长的吸鼻涕声，听见他的鼻涕往鼻腔内倒流回去，然后才听见他说，"你是说她拿了希薇亚的小斧头，然后回去……"

"不是，小斧头在森林里。当时我看见那样东西就应该想到才对，可是检视鸡尸的时候我还不知道电切环的事。"

"你看到了什么？"

"一根被切断的鸡羽毛，边缘是焦黑的。是这样的，我认为那只鸡是雪人用电切环杀的。"

"原来如此，"侯勒姆说，"可是她干吗要杀鸡？"

"因为要把墙壁漆成红色。"

"什么？"

"我有个想法。"哈利。

"靠，"侯勒姆咕哝说，"你有个想法，这应该是说要我下床吧？"

"呃……"哈利说。

下雪的天空可能只是稍喘口气，下午三点，毛毛的雪花开始席卷厄斯兰地区，从贝兰姆市旋绕而上的 E16 号公路，也铺上了一层有如灰色釉面的泥雪。

E16 号公路的最顶端是苏里贺达村。哈利和侯勒姆驾车拐了个弯，驶入森林小路。

五分钟后，罗夫站在家门口，哈利在罗夫身后的客厅里看见奥娜坐在沙发上。

"我们只是想再看看农仓的地板。"哈利说。

罗夫推了推鼻梁上的眼镜。侯勒姆发出刺耳的深咳声。

"请便。"罗夫说。

侯勒姆和哈利朝农仓走去，哈利感觉得到消瘦的罗夫依然站在门口看着他们。

砧板仍在原位，却不见半只鸡，农仓里没有活的鸡，也没有死的鸡。墙边倚着一把铲子，铲头颇尖，是用来铲土而不是用来铲雪的土铲。哈利朝工具板走去，板子上原本挂着小斧头的位置可以清楚看见小斧头的轮廓，令哈利联想到尸体搬离现场后留下的粉笔轮廓。

"我认为雪人回到这里，杀了第三只鸡，再把鸡血洒在地板上。雪人不能把地板翻到另一面，唯一的办法就是把地板漆成红色。"

"你刚刚在车上说过了，但我还是不懂你的意思。"

"如果你想隐藏血迹的话，不是把血迹洗掉，就是把所有的东西都漆成红色。我认为雪人想隐藏某样东西、某种线索。"

"什么样的线索？"

"某种红色的线索，这种东西一旦被未加工的木材吸收之后，就不可能洗得掉。”

"你是说血？她用更多的血来把血隐藏起来？这就是你的想法？"

哈利拿起一把扫帚，扫开砧板附近的锯木屑。他蹲了下来，感觉卡翠娜的左轮手枪在腰带内压入他的肌肤。他仔细查看地板，地板上依然有粉红色的痕迹。

"你有没有把我们在这里拍的照片带来？"哈利问道，"请你开始检查血迹最多的地方，应该是在离砧板比较远的位置，大概在这里。"

侯勒姆从袋子里拿出照片。

"我们知道血迹的上层是鸡血，"哈利说，"可以想见第一轮鲜血先洒在这里，因此有时间渗进去，被木材吸收，所以没有和过了一段时间之后才洒在上面的第二轮鲜血混在一起。我想知道的是你能不能取得第一轮鲜血的样本，也就是说，你能不能取得渗进木材里的血液样本？"

侯勒姆一脸愕然，眨了眨眼："妈的，这问题我要怎么回答？"

"呃，"哈利说，"我只接受一个答案——可以。"

侯勒姆的回应是一长串咳嗽。

哈利缓步走回农庄，敲了敲门，罗夫走了出来。

"我同事会在这里待上一阵子，"哈利说，"你不介意他不时来这里取暖一下吧？"

"不介意，"罗夫不情愿地说，"你们现在又想挖出些什么？"

"我正想问你同样的问题，"哈利说，"我看见农仓里有一把土铲。"

"哦，那个啊，那是用来设置栅栏的。"

哈利朝外面的雪地看了一眼，只见茫茫雪地朝幽黑浓密的森林延伸而去，心想罗夫设置栅栏要围住什么？或是要将什么挡在外面？接着他就知道了答案，他在罗夫眼中看见了恐惧。

哈利朝客厅走去："你有客人……"他的话被手机铃声打断。

是麦努斯打来的。

"我们又发现了一个。"他说。

哈利眼望森林，感觉大片雪花在他脸颊和额头上融化。

"一个什么？"他含糊地回答，尽管他已在麦努斯的口气中听出了答案。

"一个雪人。"

精神科医师夏丝迪联络上 POB 穆勒尼森时，穆勒尼森和克里波刑事调查部的艾斯本正要离开警局。

"卡翠娜说话了，"她说，"我想你们应该来医院了解一下她说了什么。"

32 保存槽

第二十一日

　　麦努斯踩在通往森林的雪地小径上，后头跟着哈利。正午刚过，天色却十分阴暗，这表示冬天即将来临。他们头上是闪动光芒的翠凡通讯塔，脚下是灯火闪烁的奥斯陆。哈利从苏里贺达村直接驱车来此，将车子停在一座空旷的大停车场里。每年春天，毕业生都会像旅鼠般聚集在这座停车场中，进行义务性的成人仪式，包括在火堆旁跳来跳去、用酒精麻醉自己、纵情于狂野的性爱。哈利的毕业庆祝会并不包含和这类狂欢者打交道，他只有两个同伴，美国摇滚歌手布鲁斯·斯普林斯廷及其歌曲《独立纪念日》（*Independence Day*）。那天他的大型手提音响放在诺斯特朗海滩的德国碉堡上，以刺耳的音量大声放出《独立纪念日》。

　　"是个散步民众发现的。"

　　"在森林里发现雪人会觉得有必要报警？"

　　"他带了一只狗，那只狗……呃……你自己看吧。"

　　两人穿出林间，来到一片空旷之处，一名年轻男子一看见麦努斯和哈利就直起了身，朝他们走来。

　　"我是失踪组的托马斯·海勒，"年轻男子说，"很高兴看见你来这里，霍勒警监。"

　　哈利惊讶地看了这名年轻警官一眼，见他这句话出自肺腑。

　　哈利面前那座小丘陵上有许多现场勘察组人员正在工作。麦努斯从红色封锁线下钻过，哈利跨了过去。地上标示了一条路径，指示人员沿这条路行走，才不会破坏其实已遭破坏的刑事鉴识证据。现场勘察组的人员看见哈利和麦努斯来到，都静静退到一旁，看着初抵现场的这两个人，仿佛一直在等待这一刻的来临，等待展示的机会到来，好看看初抵现场的人有什么反应。

"哦，靠！"麦努斯说，后退一步。

哈利只觉得头皮发冷，仿佛头部的血液一瞬间全被抽干，留下麻木无感的感觉。

重点不在于细节，因为乍看之下那名赤裸女子并未受到残暴的对待，像是希薇亚或拉夫妥那样，让他惊惧莫名的是现场的精心布置所流露出的那种冷血本质。尸体坐在两个大雪球顶端；雪球被滚到树干旁，抵着树干，两个雪球堆叠起来，宛如一个未完成的雪人。尸体倚着树干，但无法左右移动，因为尸体头部上方的一根大树干插着一根钢丝，钢丝延伸而下，在她脖子周围形成坚固的套环，弯曲弧度正好不会触碰到她的肩膀或脖子，仿佛一个套索套在她头上，正好凝止不动。她的手臂被绑在背后，眼睛嘴巴闭着，呈现出安详的神态；她看起来就好像在睡觉一样。

看见这幅情景，你几乎会相信有人出于爱心而将尸体摆成这副模样，直到赤裸、苍白肌肤上的缝线映入眼帘。那不仔细看难以看见的缝线之下，是肌肤交接之处，该处有一条极细的线，由黑色血液构成的线。

一道缝线横越她的躯干，就在乳房下方，另一道缝线横越她的颈部。无懈可击的缝线技术，哈利暗忖，看不见针孔，也没有一条线歪斜不正。

"看起来好像那种抽象艺术的鬼东西，"麦努斯说，"那是叫什么来着？"

"装置艺术。"一个声音从他背后传来。

哈利转过头。他们说得十分正确。但现场有某种东西与完美外科缝线的形象相互冲突。

"他把她切成了三块，"托马斯的声音听起来像是被人勒住脖子，"然后再组合起来。"

"他?"麦努斯质疑道。

"可能是为了运送方便吧。"托马斯说,"我想我知道死者是谁,昨天她丈夫报案说妻子失踪,现在他正在来这里的路上。"

"你为什么会认为死者就是那个失踪的女人?"

"她丈夫发现了一件衣服,上面有烧焦的痕迹,"托马斯朝尸体指去,"大概就是尸体身上缝合的位置。"

哈利将注意力放在呼吸上。他看出不完美之处在哪里了,是那个未完成的雪人,此外铁丝所扭成的绳结和角度呈锯齿状,看起来粗糙、随便、临时,仿佛这只是个原型,是一场彩排。这是未完成作品的第一张草图。还有,为什么他要将她的手绑在背后?她来到这里之前应该早就死了,这会是草图的一部分吗?他清了清喉咙。

"为什么没有人通知我这件失踪案?"

"我向我们组长报告过了,组长也汇报给总警司,"托马斯说,"我们接到的指示是保密,等进一步通知,我想这应该跟……"他对现场勘察组的人员瞥了一眼,"那个不知名的逃犯有关。"

"卡翠娜·布莱特?"麦努斯耸耸肩。

"我没听见那个名字。"一个声音从他们背后传来。

他们转过头去,只见总警司站在他们身后,双手插在军用雨衣口袋里,双腿外张,一对冷酷的蓝眼眸正在观看尸体,"这玩意儿应该出现在秋季艺术展才对吧。"

年轻警官睁大双眼看着总警司,总警司站在原地,转头望向哈利。

"我要跟你私下说几句话,警监。"

两人朝封锁线走去。

"真是一团糟,"总警司说,他面向哈利,目光却在山下的灿烂灯火中游移,"我们开过会了,所以我才得跟你私下说几句话。"

"谁开过会了?"

"那不要紧，哈利，重点是我们做了个决定。"

"哦？"

总警司在雪地里顿足，哈利不知道是否该指出总警司正在污染犯罪现场。

"我本来想今天晚上找一个比较安静的地方来跟你讨论这件事，可是发现这具新尸体使得情况变得非常紧急，几小时之内媒体就会开始报道这个消息，由于时间不是那么充裕，所以我们必须继续将凶手称为雪人，并解释卡翠娜如何当上警察，还瞒着我们做出这些事。高层当然必须负起责任，不用说，这自然是高层的工作。"

"到底是什么事，长官？"

"这件事是关于奥斯陆警方的可靠性。屎是受到地心引力影响的，哈利，屎从越高的地方掉下来，就会弄得越脏。低阶人员犯错可以被原谅，但如果我们失去人民的信赖，使得人民认为警方只是由少数有才干的人在管理，我们只能掌控一部分的警力，那我们就输了。我想你应该知道现在受威胁的是什么吧，哈利？"

"时间不多了，长官。"

总警司的视线离开都市的闪烁灯光，紧紧盯着哈利："你知道'神风'是什么意思吗？"

哈利改变站姿："被洗脑要当个视死如归的日本人，开飞机去冲撞美国航空母舰？"

"我本来也这样想，可是甘纳说'神风'对日本人来说不是这个意思，是美国的密码破解员误解了。神风是一个台风的名字，这个台风在十三世纪拯救日本不被蒙古人侵略，所以称之为'神圣的风'，很诗情画意对不对？"

哈利沉默不语。

"现在我们需要的就是这种风。"总警司说。

哈利缓缓点头，他明白了："简而言之，你要某人为了任命卡翠娜·布莱特为警探、没有发现她的偏差行为，还有这一堆烂摊子背黑锅？"

"请求一个人这样去牺牲自己，令人良心不安，尤其是谈到牺牲这两个字就代表你因此而得救，那么你就必须记住这整件事比个人来得重要。"总警司的视线再度落在城市中，"重点在于整个蚁丘，哈利。辛勤、忠诚、偶尔毫无道理可言的自我否定，这些都因为成就整个蚁丘而有了价值。"

哈利用手抹了抹脸。背叛。背后被捅一刀。懦夫的行径。他试着吞下愤怒，告诉自己总警司说得对，有人必须牺牲，背黑锅的人层级必须越低越好。很公平。他早该发现卡翠娜的偏差才对。

哈利挺起胸膛。奇妙的是他觉得松了口气。长久以来他一直觉得自己最后一定会落到这个下场，久到基本上他已经接受了这件事。看看已故警察俱乐部的那些同事是怎么退场的：没有奏乐，没有奖章，什么都没有，只有自重，以及认识他们的人给予的敬重，只有极少数的人知道这是怎么一回事。一切都是为了蚁丘。

"我明白，"哈利说，"我也接受，你必须指示我要怎么做才能完成这件事，不过我依然认为我们得延几小时再开记者会，直到再多了解一点案情。"

总警司摇摇头："你不明白，哈利。"

"这件案子可能有一些新的因素。"

"抽中下下签的人不是你。"

"我们正在查看……"哈利陡然住口，"你刚刚说什么，长官？"

"原本的提议是你，但甘纳·哈根拒绝这个提议，所以他必须自己扛起所有责任。现在他正在办公室里写辞呈，我只是想来通知你这件事，这样举行记者会的时候你才有准备。"

"哈根？"哈利说。

"他是个好军人，"总警司说，拍了拍哈利的肩膀，"我要走了，记者会八点在大厅举行，知道了吗？"

哈利看着总警司的背影消失在远方，感觉手机在夹克口袋里振动。他先看来电显示才决定接这通电话。

"Love me tender（温柔地爱我吧），"侯勒姆用英文说，"我在研究所里。"

"有什么发现？"

"地板上的血迹是人类血液，化验室的这位小姐说这些血液没办法撷取出 DNA，应该找不到可以用来鉴定 DNA 的细胞，可是她检查了血型，猜猜看我们有什么发现？"

侯勒姆顿了顿，却发现哈利显然没心情玩"超级大富翁"猜谜游戏，便继续往下说。

"这样说好了，有一种血型可以排除大多数的人，只有百分之二的人是这种血型，而在数据库里只有一百二十三个罪犯是这种血型。如果卡翠娜是这种血型，那她极可能就是曾在欧德森农仓里流血的人。"

"去问重案指挥室，他们那里有警署每位警察的血型。"

"真的？天啊，那我得赶快去查。"

"如果你发现她不是 B 型阴性血，可不要失望。"

哈利见侯勒姆惊讶得说不出话，默默等着。

"你怎么知道是 B 型阴性血？"

"你多快可以跟我在解剖部会合？"

晚上六点，颂维根医院里不是弹性上班的人员早已离开，夏丝迪的办公室依然亮着灯。夏丝迪看见穆勒尼森和艾斯本各自拿出笔记簿，准备妥当，于是看着自己的笔记簿，开始说明。

"卡翠娜·拉夫妥跟我说，她爱她父亲胜过一切，"夏丝迪朝两位男士看了一眼，"当她父亲被视为暴力人物，在报纸上被大加挞伐，却无人伸出援手时，她还只是个小女孩。卡翠娜觉得受伤，她十分害怕，而且非常困惑。由于报纸上的报道，她在学校遭受欺负。不久之后，她父母离异。

卡翠娜十九岁那年，她父亲失踪，同一时间卑尔根市还有一名女子遭人杀害、一名女子失踪。当时警方的调查工作到此中断，但不论是警界内部或外界人士，都认为是她父亲杀害了这两名女子，随后认为自己逃不过法律制裁而畏罪自杀。那时卡翠娜就下定决心要成为警察，侦破命案，替父亲雪耻复仇。"

夏丝迪抬起头来，两名男士都没在记笔记，只是看着她。

"因此她取得法律学位后就去报考警校，"夏丝迪继续说，"训练结束后，她成了卑尔根犯罪特警队的一员，也很快就开始利用空闲时间调查父亲的案子，直到被人发现为止，后来她就申请转调性犯罪小组，请问这是正确的吗？"

"正确。"穆勒尼森说。

"她觉得自己的调查似乎毫无进展，于是就开始研究相关的案件，她在研究全国失踪人口报告时有了一个相当有趣的发现，也就是在他父亲失踪后，有好几起女性失踪案都和欧妮·黑德兰失踪案有许多共同点。"夏丝迪翻过一页，"但是为了突破案情，卡翠娜需要帮助，而她知道自己在卑尔根一定得不到帮助，因此她决定找一个在对付连环杀手方面有经验的警官来参与这件案子，可是不能让任何人知道其实背后是她——拉夫妥的女儿——在布局。"

克里波的警察艾斯本缓缓摇头。夏丝迪继续往下说。

"经过仔细研究之后，她选中了奥斯陆犯罪特警队的哈利·霍勒警监。她写了一封信给霍勒，用'雪人'这个神秘绰号作为署名，用来唤起霍勒的好奇心，因为雪人在好几起失踪案的证词中都被提及，她父亲在厄里肯山命案的笔记中也曾提到雪人。于是当奥斯陆犯罪特警队贴出招募警探的公告，注明最好是女性时，她就提出了申请，并得到面试机会。她说她还没坐下，他们差不多就决定录用她了。"

夏丝迪停顿片刻，见两名男士默然不语，便继续往下说："卡翠娜第一天上班就主动和霍勒接触，也顺利参与调查工作。由于她对霍勒和案情都早有了解，因此要操纵霍勒将调查方向转向卑尔根和她父亲的失踪案，可说是轻而易举。在霍勒的协助下，她也在芬岛的冰箱里发现了她父亲。"

夏丝迪摘下眼镜。

"你们稍微想象一下，就可以了解这种情况会引起什么样的心理反应，当她三度以为自己就要揭露凶手真面目的时候，她的压力变得非常大。第一次是伊达·费列森，第二次是……"她将笔记本拿远了些，目光在页面上搜寻，"菲利普·贝克，第三次是亚菲·史德普，结果每一次都发现找错了人。她想逼史德普自白，最后却不得不放弃，因为她发现史德普不是她要找的凶手。当她听见她的同事赶到现场时，就立刻逃离了，她说那是因为自己不想停手，直到完成她的任务为止，也就是找出真凶。在这个时间点，我们可以说她是精神病发作。后来她回到芬岛，因为她知道霍勒一定会追踪她去那里，而且她判断得十分正确。当霍勒出现的时候，她逼霍勒缴了械，逼他听她说话，同时指示他接下来要往哪个方向调查。"

"缴械？"穆勒尼森说，"据我们所知，她没反抗就投降了。"

"她说她嘴巴上的伤痕是霍勒出其不意攻击她造成的。"夏丝迪说。

"我们要相信一个精神病患说的话吗？"艾斯本说。

"她已经不是精神病患了，"夏丝迪强调说，"我们必须再多观察她几天，之后你们就必须接她离开，如果你们还认为她是嫌犯的话。"

最后这句话在空中不断萦绕，直到艾斯本俯身越过桌面。

"意思是说你认为卡翠娜说的是实话？"

"这不在我的专业范围内，我不予置评。"夏丝迪说完，合上笔记本。

"如果请你以非专家的身份表示意见呢？"

夏丝迪的嘴角泛起一抹微笑："我想你应该继续相信你已经相信的事，警监先生。"

侯勒姆从法医学研究所走到隔壁的解剖部，路程颇近，他在车库里等候，不久哈利便从翠凡湖驾车抵达。侯勒姆身旁是一名戴着耳环、身穿绿色连身衣的技师，也就是上次哈利来这里时，正好推走一具大体的那位技师。

"马地亚·路海森今天不在。"侯勒姆对哈利说。

"也许你能带我们到处看看。"哈利对那名技师说。

"我们不能随便带人到处……"绿衣技师说，但被哈利打断。

"你叫什么名字？"

"凯伊·罗贝拉。"

"好，罗贝拉，"哈利说着，拿出警察证，"我给你许可。"

罗贝拉耸耸肩，打开门锁："要是能在里面找到人算你们走运，这里五点以后就人去楼空了。"

"我怎么有印象你们经常加班？"

罗贝拉摇摇头："加班跟这些玩意儿待在地下室里？别闹了，老兄，我们这里的人比较喜欢白天工作。"他面带微笑，但显然不觉得这件事有趣，"你们想看什么？"

"最近送来的大体。"哈利说。

技师罗贝拉打开门锁，带他们穿过两道门，进入一间铺满瓷砖的房间。房内有八个保存槽，两侧各有四个，中间是一条小走道，每个保存槽都盖着金属盖。

"大体就在里面，"罗贝拉说，"每个槽里有四具大体，里面全都是酒精。"

"真整洁。"侯勒姆低声说。

"一共三十二具大体，"哈利说，"全部都在这里了吗？"

"我们大概一共有四十具大体，但这些是最近的，他们通常会在这里躺上一年才会被用到。"

"他们是怎么被送进来的？"

"有的是殡仪馆送来的，有的是我们自己领回来的。"

"大体是从车库送进来的？"

"对。"

"然后呢？"

"然后？呃，我们会保存大体，在大腿顶端切开一条缝，注入固定剂，这样大体就可以保存良好。然后我们会制作金属标签，依照文件打印编号。"

"什么文件？"

"跟大体一起送来的文件，都归档放在办公室里。我们会在脚趾、手指和耳朵上分别绑一个标签，把每个大体的各个部位都登记下来，就算是被切开了也是一样，这样以后就可以集中送去火化。"

"你们会定期核对文件上的大体吗？"

"核对？"罗贝拉搔了搔头，"只有要运送大体的时候才会核对。大部分的大体都是遗赠给奥斯陆的，所以如果特罗姆瑟市、特隆赫姆市和卑尔根市的大学缺少大体，我们就会送过去。"

"所以说，可能有某些不应该躺在这里的大体却躺在这里，对不对？"

"哦，不是这样的，躺在这里的每个人都在遗嘱里注明说身后大体要捐给我们。"

"我就是在想这件事。"哈利说，在一个保存槽旁蹲了下来。

"什么？"

"听好了，罗贝拉，现在我要问你一个假设性的问题，我要你先仔细思考一遍，然后才回答，可以吗？"

技师罗贝拉立刻点了点头。

哈利站了起来："有没有可能，某个可以任意进入这些房间的人，利用夜晚的时间把大体从车库送进来，在标签上打上假编号，绑在大体上，再放进这些保存槽，这样做不被发现的概率是不是很高？"

罗贝拉迟疑一会儿，又搔了搔头，用手指抚摸耳朵上那排小耳环。

哈利稍微改换站姿，侯勒姆半张着嘴，老半天都合不拢。

"这样说来，"罗贝拉说，"倒是没什么阻碍。"

"没什么阻碍？"

罗贝拉摇摇头，笑了笑："对，完全没有。这件事完全有可能发生。"

"既然这样，我现在就要检查这些大体。"

罗贝拉看着人高马大的哈利："现在？就在这里？"

"你可以从左后方那个槽开始。"

"我得打个电话，取得授权才行。"

"如果你想拖延警方的命案调查工作，那就请便。"

"命案？"罗贝拉眯起一只眼睛。

"听说过雪人吗？"

罗贝拉眨了两下眼睛，随即转身，走到一个电动滑轮旁。电动滑轮装设在天花板上，一串铁链从上方垂挂下来。罗贝拉将铁链拉到左后方的保存槽上方，铁链发出刺耳的喀啦喀啦声。他将铁链上的两个钩子勾住金属盖，拿起遥控器，按下按钮。电动滑轮发出嗡嗡声，开始卷动铁链。金属盖缓缓升起，哈利和侯勒姆的目光紧盯着金属盖，跟着它缓缓上升。金属盖下方设有两片固定的水平金属板，一上一下，中间由一块垂直金属板分隔开来。中央金属隔板的两边各躺着一具赤裸的白色大体，看起来宛如苍白的洋娃娃，大腿上的长方形黑色切口更强化了这种感觉。大体升至臀部的高度时，罗贝拉按下停止钮，接着是一阵静默，三人都听见酒精滴落的叹息声在白色瓷砖间回荡。

"怎么样？"罗贝拉说。

"不是，"哈利说，"下一个。"

罗贝拉重复相同动作，隔壁保存槽又升起四具大体。

哈利摇摇头。

第三具保存槽里的大体升起时，哈利微微一惊。罗贝拉以为哈利是出于恐惧才有这个反应，满意地露出微笑。

"为什么会这样？"哈利问，指着缺少头部的女性大体。

"可能是其他大学拿回来还的，"罗贝拉说，"我们的大体多半是完整的。"

哈利蹲了下来，触碰尸体，只觉得触手冰凉，而且由于固定剂的缘故，尸体摸起来坚实得很不自然。哈利用手指抚摸切痕，感觉十分平滑，肌肉则毫无血色。

"我们先用解剖刀切开，再用细锯子锯。"罗贝拉解释说。

"嗯。"哈利俯身在尸体上方，抓住尸体右臂，将尸体侧翻过来，面对自己。

"你在干吗？"罗贝拉大叫。

"你在她背上有没有看见什么？"哈利询问站在尸体另一侧的侯勒姆。

侯勒姆点点头："有个刺青，看起来像国旗。"

"哪一国国旗。"

"不知道，上面有绿色、黄色和红色，中间还有一个五角星。"

"埃塞俄比亚。"哈利说，放开尸体，尸体躺回原位，"我这样说好了，这个女人并没有捐赠自己的大体，可是她还是被捐赠了，她的名字叫希薇亚·欧德森。"

罗贝拉不断眨眼，仿佛只要眨的次数够多，某个东西就会消失。

哈利将手搭在罗贝拉肩膀上："请你去找有权限使用大体文件的人，逐一比对每具大体，现在就去，我得走了。"

"这是怎么回事？"侯勒姆问，"我的脑筋实在有点转不过来。"

"试试看，"哈利说，"忘记所有你已知的事，然后再试试看。"

"好，不过到底发生了什么事？"

"这个问题有两个答案，"哈利说，"其中一个是我们很接近雪人了。"

"另一个呢？"

"我不知道。"

第五部

33 雪人

一九八〇年十一月五日　星期三

　　这天，天空开始飘雪。早上十一点，大片雪花从无色天际落下，入侵鲁默里克区的野地、庭院、花园、草地，犹如来自外层空间的白色大军。

　　马地亚独自坐在母亲的丰田卡罗拉轿车上，车子停在克罗路的一栋独栋洋房前。他完全不知道母亲在那栋屋子里做什么。母亲说不会花太久时间，可是一去就去了很久。她将钥匙留在点火装置上，收音机正在播放新女子团体"洋娃娃"演唱的《白雪下》（ *Under snø* ）。他打开车门，下了车。由于下雪的缘故，周围房舍都笼罩在一种奇异的寂静中。他弯下腰，捡起一坨黏答答的白雪，用手掌压成一个雪球。

　　今天在学校运动场上，他那些7A班的同学朝他丢雪球，口中高喊："没奶头的马地亚！"他痛恨中学，痛恨十三岁。自从上完第一堂体育课，班上同学发现他没有乳头之后，就经常这样对待他。医生说这可能是遗传的，他也接受过数种疾病的检查。妈咪告诉他说，在妈咪小时候就过世了的外祖父也没有乳头。可是马地亚翻看外祖父的相簿时，发现了一张外祖父在割草季节拍的照片，外祖父只穿一条裤子，祖露上半身，而且绝对长了乳头。

　　马地亚将手中的雪球压得更紧了些。他想朝某人丢雪球，用力地丢，丢到那个人会觉得痛。但这里没有人可以让他丢雪球，不过他可以自己造出一个人来让他丢。他将那个压成一团的雪球放在车库旁的雪地里，开始滚动。冰晶彼此沾黏，等他在草地上滚完一圈，雪球高度已到达他的腹部，并在褐色草地上留下一道滚痕。他继续滚，滚到没办法再滚了，就另外再滚一个新的。新的雪球也滚得很大。他使出所有力气，举起第二个雪球，堆到第一个上方。然后他做了一个头，爬到两个雪球上，将头置于顶端。雪人正好站在屋子的一扇窗户外，窗内有声音传出。他从苹果树上折下两根树枝，插在雪人两侧，再去前梯旁边挖了一些卵石，爬上雪人，放上两块卵石当成眼睛，一排卵石作为微笑。然后他在雪人的头部两边伸出双腿，跨坐在雪人肩膀上，朝窗内看去。

　　明亮的房间里站着一名男子，袒露胸膛，臀部前后冲撞，双眼紧闭，仿佛在跳舞似的。男子前方的床铺上伸出两条张开的大腿，马地亚看不见那双腿的主人，但他知道那双腿是莎拉的，是他母亲的，也知道他们正在性交。

　　马地亚的双腿紧紧夹住雪人的头，胯间感到冰冷。他无法呼吸，喉咙像是被一条铁丝勒住。

　　男子的臀部不断撞击他母亲。马地亚看着男子的胸部，一股冰冷的麻木感从他胯间蔓延到腹部，最后再爬上头部。男子正在插入，就好像杂志上那样。很快地，男子将会射在他母亲体内，而且男子的胸部没有乳头！

　　突然间男子停下动作，双眼圆睁，看着马地亚。

　　马地亚双手一松，从雪人背后滑了下来。他立刻蜷曲身体，坐在地上静静等待，安静得像只老鼠，脑子里却转个不停。他是个聪明小孩，别人都说他智商高，老师则说他有点怪，可是智力出色。这时他的思绪全归位了，就好像他拼了很久的拼图突然拼好了，可是呈现出来的画面却令他难以理解，也难以忍受。这不可能是正确的，但这一定是正确的。

　　马地亚聆听着自己喘不过气的声音。

　　这是正确的，他就是知道，一切全都吻合，吻合母亲对父亲的冷淡态度，吻合父母之间以为他听不见的对话。父亲急切地威胁并请求母亲留下，说不只是为了他，也为了马地亚，老天爷，他们一起生下了一个孩子不是吗？接着是母亲的苦笑声。吻合相簿里的外祖父，以及母亲的谎言。当然了，当班上的史提恩说，没奶头的马地亚的妈妈在台地上有个情人，他一点也不相信。史提恩说是他阿姨告诉他的。马地亚不相信是因为史提恩跟其他同学一样蠢笨，什么都不懂，甚至连两天后史提恩发现他的猫吊在学校旗杆的顶端，他还是什么都搞不清楚。

爸爸并不知情。马地亚整个人都感觉得到爸爸以为他是⋯⋯他亲生的。爸爸绝对不能知道他不是他亲生的，绝对不行。这样爸爸一定会死。马地亚宁愿死的是他。对，这就是他要的。他想死，想离开，离开他母亲，离开学校，离开史提恩，离开⋯⋯一切。他站起来，踢了雪人一脚，跑回车上。

他会带着她一起走。她也会死。

母亲出来之后，他打开车门锁。她在那间屋子里待了将近四十分钟。

"出了什么事吗？"她问。

"对，"马地亚说，在后座移动位置，好让母亲能在后视镜里看见他，"我看见他了。"

"你是什么意思？"她说，将钥匙插进点火装置，然后转动。

"雪人⋯⋯"

"那雪人长什么样子？"引擎开始怒吼，母亲猛然放开离合器，使得他手里抓着的千斤顶差点掉落。

"爸爸在等我们，"她说，"我们得快点才行。"

她打开收音机，新闻播报员正以单调的语气播报罗纳德·里根赢得美国总统大选，她却还调高音量。车子越过丘陵顶端，来到下坡，朝主干道和河川的方向驶去，前方野地里可见硬挺的黄色麦秆从冰雪中穿出。

"我们都得死。"马地亚说。

"你说什么？"

"我们都得死。"

她调低收音机音量。他做好准备，倚在前座之间，举起双臂。

"我们都得死。"他低声说。

他的双手挥了下去。

千斤顶砰的一声击中她的头部。他母亲似乎没有反应，只是坐在座椅上，身体变得有点僵硬，所以他又敲了她一次，然后再一次。她的脚从离合器踏板上滑开，车子跳了一下，但她依然没有发出声音。也许她脑袋里的说话功能被打烂了，马地亚心想。挥击到第四下，他感觉到她的头似乎裂了开来，变得柔软。车子向前驶去，速度越来越快，但他知道她已失去意识。他母亲的丰田卡罗拉穿越主干道，朝另一边的野地里驶去。冰雪减缓了车子的速度，但不足以让车子停下。接着车子撞上水面，滑入宽广的黑色河流中。车子斜斜翘起，静止片刻，跟着就被水流推动，开始转动。水渗入车体，从门窗的缝隙渗了进来。他们缓缓朝下游漂去。马地亚看向窗外，朝主干道上的一辆车挥手，但他们似乎没看见他。车内的水位越升越高。突然间他听见母亲咕哝着不知说了什么。他看着她，看着她后脑沾满血迹的头发下那几道深长的裂口。她的身体在安全带下蠕动。水越升越快，已经淹到了马地亚的膝盖。他越来越惊慌。他不想死，不想现在就死，不想以这种方式死去。他扬起千斤顶砸向车窗，玻璃碎裂，水涌了进来。他跳上座椅，从窗户上方的裂缝挤出去。水大量地灌进车内。他的一只靴子被窗框卡住，他扭动脚踝，感觉靴子脱落，他自由了，开始朝岸边游去。他看见一辆车子在主干道旁停了下来，两个人下车穿过雪地，朝河边奔来。

马地亚擅于游泳，很多事他都擅长，那他们为什么还是不喜欢他？一名男子涉水而行，将接近河岸的马地亚拖上岸边。马地亚瘫倒在雪地里，不是因为他站不起来，而是他本能地知道这是最聪明的做法。他闭上眼睛，听见有人在他耳边焦急地问车子里还有没有人？如果有的话，他们也许还救得了。马地亚缓缓摇头。那声音问他是否确定？

后来警方将这起意外归因于道路湿滑，溺毙女子的头部伤痕则是因为车子开出路面，冲进水里造成的。事实上车子几乎没有受损，但最后这是唯一可能的解释。就好像最早抵达现场的人问过那小男孩许多次，车上是不是还有别人？小男孩最后终于说："没有，只有我，只有我一个人。"
唯一可能的解释是小男孩因为惊吓而神志不清。

"没有，只有我，"六年后，马地亚又说了一次，"只有我一个人。"

"谢谢。"站在马地亚面前的年轻男子说，将餐盘放在学校餐厅的桌子上。这张桌子原本只有马地亚一个人坐。外头的大雨正规律地敲打着进行曲，欢迎医学院新生来到卑尔根，这雨将一直下到春天。

"你也是医学院新生？"年轻男子问。马地亚看着他的刀切入维也纳炸肉排。

他点了点头。

"你有厄斯兰口音，"年轻男子说，"没考上奥斯陆的学校吗？"

"我不想去奥斯陆。"马地亚说。

"为什么？"

"在那里没认识的人。"

"那你在这里认识谁？"

"没半个人。"

"我也没认识半个人，你叫什么名字？"

"马地亚·路海森，你呢？"

"伊达·费列森。你去过厄里肯山了没？"

"还没。"

马地亚其实去过厄里肯山，也去过弗拉扬山和桑维费拉山。他穿行过许多小巷，去过水产广场和托利曼尼大街——那是卑尔根的闹区，去水族馆看过企鹅和海狮，去维塞都恩区喝过啤酒，去"车库"夜店听过被高估的新乐团演唱，去白兰恩球场看过白兰恩足球队踢输球赛。马地亚找时间去做了这些通常是和同学一起去做的事，但只有一个人去。

他和费列森又跑了一遍这些地方，假装自己第一次去。

马地亚很快就发现费列森是一只社交垃圾鱼，他只要紧紧攀住这只垃圾鱼，就可以来到社交活动的热闹中心。

"你为什么来念医学系？"费列森问马地亚，这时他们在舞会前的暖身聚会上，地点在一个有传统卑尔根名字的学生家里。这天晚上举行的是医学生年度秋季舞会，费列森邀来了两位卑尔根正妹，她们身穿黑色洋装，头发用发夹夹起，倾身向前聆听他们两人说话。

"为了让这个世界更美好，"马地亚说，喝了一口温的汉莎啤酒，"你呢？"

"当然是为了赚钱。"费列森说，对正妹眨了眨眼。

其中一个正妹坐在马地亚身旁。

"你有捐血奖章，"她说，"你是什么血型？"

"B型阴性血。你是做什么的？"

"不要聊这个。B型阴性血？那不是很罕见吗？"

"对啊，你怎么知道？"

"我正在念护校。"

"原来如此，"马地亚说，"几年级？"

"三年级。"

"你有没有想过要专攻……"

"不要聊这个。"她说，将温热的小手放在他大腿上。

五小时后，她全身赤裸躺在他床上，又在他身旁说了一次这句话。

"我从来没有这样过。"他说。

她对他露出微笑，抚摸他的脸颊："所以我没什么不对劲吧？"

"什么？"他结巴地说，"没有。"

她大笑："你嘴真甜，你是个好人，又贴心。对了，这是怎么了？"她捏了捏他的胸部。

马地亚觉得某种黑暗的东西突然袭来，那东西龌龊、黑暗、美妙。

"天生的。"他说。

"是一种病吗？"

"是雷诺氏症候群和硬皮病导致的。"

"什么？"

"是遗传疾病，会导致身体的结缔组织硬化。"

"会有危险吗？"她用手指轻轻抚摸他的胸部。

马地亚微微一笑，感觉到勃起的征兆："雷诺氏症候群会让脚趾和手指变冷变白，硬皮症比较糟……"

"哦？"

"变厚的结缔组织会造成皮肤紧缩，皮肤会变得平滑，皱纹消失。"

"那不是很好吗？"

他察觉到她的手逐渐往下摸索："变紧的皮肤会开始阻碍脸部表情，使得脸部表情变少，就好像你的脸逐渐变硬，变成一张面具一样。"

温热的小手在某处停了下来。

"一段时间之后，你的手和你的手臂会变得弯曲，无法伸直。最后你会站在那里，无法移动，慢慢被自己的皮肤噎死。"

她发出娇喘，轻声说："听起来是种很可怕的死法。"

"最好的建议是在痛苦把你逼疯之前先自杀。你可以躺在床尾吗？我想站着做。"

"所以你才学医对不对？"她说，"想做更多研究，想找一个和它共存的方式。"

"我只是想要找出……"他说，下床来到床尾，"……什么时候死最恰当。"

新科医师马地亚・路海森在卑尔根的霍克兰医院神经科是个人气颇高

的医生，同事和患者都夸他能干、贴心，而且是个好倾听者。作为一个好倾听者对他相当有帮助，因为他常接到罹患各类症候群的患者，这些症候群通常都是遗传疾病，没有治愈的希望，只能寻求痛苦的缓减。偶尔碰上罕见的状况，院里来了严重的硬皮症患者求诊，他们都会转介给这位友善的年轻医师。当时马地亚正开始考虑是否专攻免疫学。一个早秋之日，莱拉·奥森偕同丈夫带着他们的小女儿来到医院，他们的小女儿关节僵硬，颇为痛苦；马地亚的第一个想法是她可能罹患贝德莱氏关节炎。莱拉和丈夫都证实他们的家族里有人罹患风湿病，因此马地亚抽取他们夫妇和女儿的血液样本。

报告出炉后，马地亚坐在办公桌前看了三遍。那种龌龊、黑暗，又美妙的感觉再度浮现。检验结果呈现阴性。从医学角度来说，小女儿的疾病可以排除贝德莱氏关节炎，而令他感觉熟悉的是，小女儿的父亲可以排除奥森先生。马地亚知道奥森先生并不知情，但他的妻子莱拉知情。他要求他们三人抽血时，看见莱拉的脸抽动了一下。她是不是还跟另一个男人搞在一起？那男人长什么样子？是不是住在一间独栋洋房里，前面有块大草坪？那男人有什么私密缺陷？小女儿何时才会发现她这一生都被这个满口谎言的淫妇所欺骗？她如何才会发现？

马地亚低头一看，才发现他打翻了玻璃杯，水洒了出来。他的胯间湿了一大块，冰冷的感觉从胯间蔓延开来，先到腹部，再爬上头部。

他打电话给莱拉，通知她检验报告的结果。她向他道谢，听起来松了口气，挂上电话。马地亚瞪着电话很长一段时间。天啊，他是多么痛恨她。那天晚上，他放下书本后就爬上床，躺在套房的小床垫上无法入睡。他试着看书，但书页上的字在他眼前舞动。他试着自慰，通常这样会让他疲累想睡，但他无法集中精神。他在再度完全变白的踇趾上戳了一针，看看是否有感觉。最后他蜷缩在被子里痛哭，直到黎明将夜空涂上灰蒙蒙的色彩。

马地亚也负责诊疗一般神经疾病患者，其中一位是卑尔根警署的警官。

检查结束后，这名中年警官起身穿衣，他的体臭和口中酒气混合在一起，使人嗅觉麻木。

"怎么样？"中年警官粗声粗气地问，仿佛马地亚是他的下属。

"第一期神经病变，"马地亚答道，"你脚底的神经受损，感觉退化。"

"这就是为什么我走路开始看起来像他妈的酒鬼吗？"

"你是酒鬼吗，拉夫妥？"

中年警官站了起来，扣起衬衫，一阵潮红涌上脖子，宛如温度计里的水银上升，"妈的你说什么？你这乳臭未干的小鬼。"

"过多的酒精通常会导致多发性神经病变，如果继续喝下去，有可能造成脑部永久受损。拉夫妥，你有没有听过科尔萨科夫综合征？没听过？希望你以后都不会听见，因为它的名字经常和一些非常严重的症候群连在一起。当你对着镜子问自己是不是酒鬼时，我不知道你会怎么回答，可是我建议你下次再多问一个问题：我是现在就想死，还是想再多活一些时候？"

葛德·拉夫妥仔细盯着眼前那个身穿医师袍的年轻小伙子，低声咒骂，走出诊间，甩上了门。

四星期后，拉夫妥打电话来，问马地亚可不可以过去看他。

"我明天去。"马地亚说。

"不行，很紧急。"

"那你就去急诊室。"

"听我说，路海森，我已经躺在床上三天没办法动了。只有你直接问过我是不是酒鬼，对，我是酒鬼，还有不要，我不要现在就死，我还不想死。"

拉夫妥的住处弥漫着垃圾、空啤酒罐和他的身体发出的恶臭，但是没有剩菜的气味，因为屋子里没有食物。

"这是维生素 B_1 补充剂，"马地亚说，对着光线举起一只针筒，"它可以让你再站起来。"

"谢谢。"拉夫妥说。五分钟后，他沉沉睡去。

马地亚在屋里走了一圈。桌上放着一张照片，里头是拉夫妥，肩膀上骑着一个深发小女孩。桌子上方的墙壁上挂着许多照片，应该都是命案现场的照片。照片非常多。马地亚看着那些照片，拿了几张下来，仔细研究。天啊，这些凶手怎么这么懒散，他们的缺乏效率从尸体上以钝器和锐器造成的伤口就看得出来。他打开抽屉，看见更多照片。他还发现了报告、笔记，以及一些值钱物品，像是戒指、女表、项链。此外还有剪报。他阅读那些剪报，里头都有拉夫妥的名字，多半是引用他在记者会上说的话，讲说凶手有多笨，以及他如何逮到他们。很明显地，每一个凶手都被他缉捕归案，没有一个漏网之鱼。

六小时后，拉夫妥醒来，马地亚仍在那里，坐在床边，大腿上放着两份命案报告。

"告诉我，"马地亚说，"怎么样可以犯下命案，却不被抓到？"

"避开我的辖区，"拉夫妥说，游目四顾，想找酒来喝，"如果辖区里的警探很行，你根本就不可能逃脱。"

"那如果我还是想在一个好警探的辖区里犯案呢？"

"那我会在犯案前先跟那个警探攀上交情，"拉夫妥说，"犯案后再把他也除掉。"

"有趣，"马地亚说，"我也是这么想。"

接下来几星期，马地亚去探望拉夫妥许多次。拉夫妥复原得很快，他们经常闲聊很久，聊疾病，聊生活形态，聊死亡，以及拉夫妥在这个世界上只钟爱的一个人和一样东西：她女儿卡翠娜和芬岛小屋。卡翠娜以一种令人无法理解的方式响应他的爱，而芬岛小屋是他唯一能找到平静的地方。但他们聊的大部分是拉夫妥侦破的命案和他的胜利。马地亚鼓励说他一定可以战胜酒精，只要他远离酒瓶，有一天一定可以庆祝战胜酒精的新胜利。

晚秋降临卑尔根，白昼渐短，秋雨渐长。马地亚做好了计划。

一天早上，他打电话去莱拉家里找她。

他报出姓名，她静静聆听他说明来电原因。他们有了新发现，根据她女儿的血液样本，现在他知道贝斯钦·奥森不是她女儿的生父，而他必须取得生父的血液样本，这也表示他必须告知她女儿和她丈夫这件事，因此希望可以取得她的同意。

马地亚停顿一会儿，让莱拉会意过来。

然后他说如果她认为这件事必须保密，那么他依然想帮忙，但一切就必须在"台面下"进行。

"台面下？"她重复一次，语气平板，显然处于惊吓之中。

"身为医生，我必须遵守医师伦理，对患者——也就是你的女儿——坦诚以告。不过我正在做症候群的研究工作，因此很有兴趣追踪她的病例。不知道今天下午我们可不可以低调地见个面……"

"可以，"她低声说，声音发颤，"可以，麻烦你。"

"太好了，请你搭最后一班缆车上厄里肯山，那里不会有人打扰，我们可以慢慢走下山。希望你明白我冒的风险，而且请你不要对任何人提起这件事。"

"当然不会！相信我。"

她挂断电话后，他依然握着话筒，嘴唇对着灰色塑料轻声说："凭什么别人要相信你？你这个小淫妇。"

当莱拉倒在雪地里，喉咙被一把解剖刀抵着，她才坦承自己曾对一个朋友说要来跟他碰面，她们今晚原本约好一起吃饭，但她只说了他的名字，没提及姓氏，也没说他们为什么要见面。

"你为什么要跟别人说？"

"只是逗逗她而已，"莱拉大喊，"她很爱管闲事。"

他手中那把薄薄的钢刀更用力地抵在她肌肤上，她呜咽地说出朋友的姓名和地址，之后便没再说一句话。

　　两天后，马地亚在报上阅读莱拉命案和欧妮及拉夫妥失踪案的报道，心中百感交集。首先，他对杀害莱拉的经过感到不悦，因为事情并未按照他的计划进行。他在狂怒和惊慌之下完全失控，搞得现场一团糟，有太多东西需要收拾，有太多东西令他联想到拉夫妥家的那些照片，却太少时间让他享受复仇和伸张正义的快感。

　　去杀害欧妮的时候更糟，几乎称得上是一场灾难。他两次要按她家门铃，两次都提不起勇气，只好离开。第三次要去的时候，才发现迟了一步，已经有人捷足先登，去她家按了门铃，那就是拉夫妥。拉夫妥离开后，他去按下门铃，说自己是拉夫妥的助手，欧妮便让他进门。欧妮说她不能透露自己对拉夫妥说了什么，她答应绝不能和其他人提及他们的谈话内容。当解剖刀划上她的手，她才说出实情。

　　从欧妮口中，马地亚得知拉夫妥打算靠自己的力量破案，他想重建自己的名声，多么愚蠢！

　　处理欧妮的手法倒是没什么好挑剔，只发出一丁点声音，溅出一丁点鲜血。在淋浴间分割她的尸体十分有效而迅速。他将所有尸块装进塑料袋，再放入他为此特地带来的大背包和大包里。马地亚去拉夫妥家探病时，拉夫妥曾对他说，警方侦办命案时，首先调查的是民众在附近目击的车辆和出租车的载客记录，因此离开欧妮家后，他步行很长一段路回到住处。

　　最后只剩下拉夫妥对完美谋杀案的最后一道指示：除掉好警探。

　　奇妙的是，三次谋杀案中，以拉夫妥这次做得最好。奇妙之处在于马地亚对拉夫妥毫无感觉，毫无对莱拉的那种痛恨之情，这次下手和他第一次接近他所设想的谋杀美学、接近他对谋杀手法的理想概念比较有关。他对下手杀害拉夫妥的体验尤其和他希望的一样可怕和悲惨，至今他仍听得见拉夫妥的惨叫声回荡在那座荒凉小岛上。而最奇妙的莫过于他在回程时，发现自己的踇趾不再发白麻木，仿佛他渐冻的过程暂时停止，仿佛他融化了。

　　四年后，在马地亚又杀了四名女子之后，他发现自己所有的谋杀行为都只是在重现他杀害自己母亲的过程，于是他分析自己疯了。

　　也就是说，他出现严重的人格障碍，他阅读过的所有专门文献都朝这个方向归纳：他的杀人方式具有仪式性，他一定要在该年初雪落下那天杀人，他一定会堆一个雪人，而且手法日渐残忍。

　　然而洞悉到这一点并不能阻止他继续杀人，只因他时日无多，雷诺氏症候群发作的频率越来越高，而且他似乎出现了硬皮症的初期症状：脸部僵硬。这个症状最后会让他有一个令人作呕的尖鼻子和噘起的尖嘴唇，这将带给他极度的折磨与痛苦。

　　他搬到了奥斯陆，继续研究免疫学和脑部的水通道，此领域研究工作的中心位于古斯达精神病院的解剖部。除了研究工作外，由于在马伦利斯诊所任职的费列森推荐了他，因此他也进入马伦利斯诊所工作。此外他晚上睡不着，干脆去急诊室值夜勤。

　　要找被害人并不难。起初要鉴定亲子血缘关系，必须取得父母的血液样本，后来法医学研究所亲子鉴定部引进了 DNA 鉴定技术。费列森的医术相当平庸，即使是以一般医生的标准来看也是如此，他只要一遇上遗传疾病或症候群，都会偷偷去问马地亚，如果患者十分年轻，马地亚的建议总是相同。

　　"第一次咨询的时候找父母一起来，取得每个人的口腔黏膜，就说是要检查细菌丛，然后把样本送到亲子鉴定部进行鉴定，这样至少可以知道我们的起点是不是正确的。"

　　蠢蛋费列森每次都乖乖照做，这表示马地亚很快就建立了一个小档案，里头全都是女人及其"搭错船"的孩子。最棒的是这些事跟他毫无关联，因为口腔黏膜都是用费列森的名字拿去鉴定的。

　　诱使被害人进入陷阱的方式则都和成功用在莱拉身上的一样，他打电话给她们，跟她们约在一个隐秘地点碰面，不让任何人知道。只有一次一名女子挂了他的电话，跑去向丈夫坦白一切，搞到整个家庭支离破碎，反正最后她也得到了应得的惩罚。

　　马地亚的杀人效率越来越高，因此有很长一段时间，他反复思索该如何处置尸体比较好。显然他用来处理欧妮的方法不是长久之计，也就是在自己的套房浴室里，将尸体一小块一小块用盐酸溶解。这个方法很危险，需要耗费大量体力，对健康有害，而且必须花三个星期才能大功告成。因此他想出解决方法时极为开心。解决方法就是利用解剖部的大体保存槽，这个方法既聪明又简单，就好像电切环一样。

　　他在解剖期刊上读到一名法国解剖学家推荐这种兽医工具，它可以用在已经开始腐烂的尸体上，可以切过柔软、腐烂的身体组织，就算切割骨头也同样很有效率，而且可以同时使用在多具尸体上，不必担心会发生细菌传染的危险。他立刻发现用电切环来切割被害人，可以彻底简化运送过程。于是他联络了制造商，搭飞机前往法国鲁昂。那是个雾蒙蒙的早晨，他在法国北部一间洒了石灰水的牛棚里，聆听制造商用蹩脚的英语示范电切环如何使用。电切环有一个柄状握把，大小有如香蕉，上头附有金属罩，可以避免手被烫伤。电切环的环状金属丝和钓鱼线一样细，从香蕉状握把的两端伸出，握把上有个按钮可以控制金属丝的松紧，另有一个开关按钮可以控制加热装置，按下后只要几秒钟，那有如绞环般的金属丝就会发出白炽光芒，加热装置则是以电池供电。马地亚看了兴奋莫名，因为他想到这个工具不只可以拿来有效切割尸体而已。最后当他听见报价时，差点笑出声来。电切环的价格比法国来回机票还便宜，而且随货附赠电池。

　　瑞典发表的一份研究报告指出，百分之十五到二十的孩童，其生父和他们所认知的不同。这个研究结果符合马地亚的亲身体验。他并不孤单。同样地，也有人和他一样因为有个淫荡的母亲，所以才会遗传到瑕疵基因，并且将经历残酷的死亡过程，最后英年早逝。但有一件事他是孤单的，那就是在这场净化的战役上，在这场对抗疾病的圣战中，他是孤单的。他知道不太可能会有人感谢他或向他致敬，不过他确信一件事：在他死后很长一段时间，人们都将记得他。因为他终于想出他将以什么样的旷世巨作来留名后世，他替他的杀人之剑找到了最终极的装饰品。

他会有这个灵感完全是碰巧。

有一天他看见一个名叫哈利·霍勒的警察上了电视，霍勒因为在澳大利亚逮到连环杀手而接受访问，于是他想起拉夫妥的建议："避开我的辖区。"他也记起夺去猎人性命的那种满足感，那种至高无上的感觉，那种充满力量的感受。后来他杀害那几个女子都无法和谋杀拉夫妥警探相比。这个为了出名而不择手段的霍勒似乎和拉夫妥有点像，他们都有一种随便和愤怒的态度。

然而若不是隔天在马伦利斯诊所的员工餐厅里，一名妇科医师提起霍勒的名字，马地亚可能早就把他忘了。那妇科医师说，昨天上电视那个外表看起来很强悍的警监，其实是酒鬼兼疯子，小儿科医师嘉碧列拉则补充说，霍勒女友的儿子是他的患者，叫欧雷克，是个很乖的小男孩。

"那他长大以后也会变成酒鬼，"那妇科医师说，"你们知道，这全都写在该死的基因里。"

"霍勒又不是他父亲，"嘉碧列拉反驳说，"但有趣的是登记为欧雷克父亲的那个男人也是酒鬼，好像是个莫斯科的教授还是什么的。"

"嘿，我什么都没听见！"费列森边笑边高声说，"你们可别忘了医患保密协议哦！"

大家继续吃午餐，但马地亚忘不了嘉碧列拉说的话，或者应该说忘不了她的用词："登记为欧雷克父亲的那个男人……"

因此午餐过后，马地亚跟着嘉碧列拉，在她身后也进了办公室，将门带上。

"我可以请教你一件事吗，嘉碧列拉？"

"哦，哈啰。"她说，双颊因为期待而泛起红晕。马地亚知道她喜欢他，她可能觉得他英俊、和善、有趣，是个好倾听者，她甚至间接约他出去过好几次，但都被他婉拒。

"你应该知道我因为做研究的关系，可以使用诊所里的一些血液样本，"马地亚说，"你刚刚提到的那个小男孩，就是霍勒女友的儿子，我在他的血液样本里发现一件很有趣的事。"

"据我所知，他们已经分手了。"

"不会吧？他的血液样本里有些东西，所以我在想他们的家族是不是有什么……"

马地亚似乎在嘉碧列拉脸上看见一丝失望。至于他呢，他在听了嘉碧列拉的回答之后，一点失望的感觉也没有，而且恰恰相反。

"谢谢。"他说，起身离去。他感到自己的心脏因为热血沸腾而猛烈跳动，输送出充满生命力的血液，他的双脚带着他前进却不消耗一丝能量，他的喜悦让他如同电切环那般散发出炽烈光芒。因为他知道这是开始，这是结束的开始。

霍尔门科伦居民协会在炙热的八月天举行夏日派对，协会凉亭前方的草坪上，大人坐在洋伞下的露营椅上饮用白酒，小朋友在桌子间跑来跑去，或在碎石径上踢足球。她脸上虽然戴着一副偌大的太阳眼镜，藏住了脸庞，但马地亚一眼就认出了她，他从她服务单位的网站下载了她的照片。她在草坪上独自一人站着，他走到她身旁，微微露出苦笑，问说可不可以让他站在旁边，假装他们认识。现在他已熟知如何使用这些招数，他早已不是过去那个没奶头的马地亚。

她将太阳眼镜压低了些，以疑惑的眼神打量他。他发现照片毕竟还是说了谎，她本人美丽多了，美到他突然发现A计划有个漏洞：他无法打包票说她一定会喜欢他。一个像萝凯这样的美丽女子，无论是不是单亲妈妈，都有很多机会。B计划的结果虽然和A计划一样，但满意度无法和A计划相比。

"我是个社交恐惧症患者，"他说，举起塑料杯，羞涩地打了个招呼，"我有一个好朋友住在附近，是他找我来的，结果他自己还没出现，而且这里的每个人好像都互相认识。我发誓他一来，我一定立刻撤退。"

她笑了。他喜欢她的笑。他知道自己占得了关键前三秒的优势。

"我刚刚看见一个小男孩在那边的碎石地上踢球得分，"马地亚说，"我敢打赌你一定跟他有血缘关系。"

"哦？那可能是我儿子欧雷克。"

她掩饰得很成功，但马地亚在患者咨询方面身经百战，深知没有一个女人拒绝得了对孩子的赞美。

"很不错的派对，"他说，"很不错的邻居。"

"你喜欢参加别人邻居的派对？"

"我朋友可能担心我太宅了，"他说，"所以找我来开心一下，跟他这些事业成功的邻居一起玩乐，"他啜饮一口塑料杯里的白酒，"再喝一些非常甜的葡萄酒。你叫什么名字？"

"萝凯。我姓樊科。"

"哈啰，萝凯，我叫马地亚。"

他跟她握了握手。她的手很小，很温暖。

"你还没拿饮料，"他说，"我去帮你拿，要喝甜酒吗？"

回来之后，他将杯子递给她，拿起呼叫器看了看，露出担忧的神情。

"你知道吗，萝凯，我很想留下来多认识你，可是急诊室缺人，立刻需要有人回去帮忙，所以我得换上超人装，火速飞回城里了。"

"真可惜。"她说。

"是吗？我只去几小时，你会在这里待很久吗？"

"我不知道，要看欧雷克。"

"了解，到时候看看啰，反正很高兴认识你。"

他又跟她握了握手，然后离去，知道自己赢得了第一回合。

他开车回到位于土萨区的住处，读了一篇关于脑部水通道的有趣文章。晚上八点，他回到草坪上，只见萝凯坐在一支阳伞下，头上戴一顶白色大帽子。他在她旁边坐了下来，她对他露出微笑。

"有没有救到人？"她问道。

"大部分是擦伤和破皮，"马地亚说，"有一个是盲肠炎，得最高分的是个小男孩，他鼻子上卡了一个柠檬汁的瓶子。我跟她妈妈说她儿子要吸可卡因可能还嫌太小，只是很可惜，人在那种状况下通常都没什么幽默感……"

她哈哈大笑，她那有如鸟儿啼啭的细腻笑声，几乎让他希望这一切都是真的。

马地亚发现他的皮肤已有好几处开始变硬，二〇〇四年秋天，他发现他的硬皮症进入了下一个阶段，一个他非常不想参与的阶段。在这个阶段，他的脸部肌肤会开始变得紧绷。他原本计划这一年的被害人是艾莉·基瓦勒，下一年是淫妇碧蒂·贝克，再下一年是希薇亚·欧德森。这其中的有趣之处，在于他想看看警方会不会发现后两名被害人和好色之徒亚菲·史德普之间的关系。但由于硬皮症的缘故，他的计划被迫提前。他总是答应自己说，一旦痛苦来临，他就到此为止，绝不恋战。而今痛苦来到了，他决定先解决掉那三个女人，然后再推出最后的重头戏：萝凯加上那个警察。

目前为止他的行动都很隐秘，但如今展示他毕生杰作的时刻来临了。为了做到这一点，他必须留下清楚的线索，告诉警方其中的关联，让他们对案情有更多了解。

他从碧蒂开始下手。他们约好那天晚上在她丈夫前往卑尔根之后，去她家讨论尤纳斯的疾病。马地亚准时抵达，碧蒂在门廊替他拿了外套，转身挂进衣柜。他极少临机应变，但那时他看见挂钩上挂着一条粉红色围巾，立刻像是出于本能似的抓下那条围巾，将围巾绕了两个圈，走到碧蒂背后，往她头上套了下去。

他将娇小的碧蒂举起来，让她面对镜子，好看着她的眼睛。她的眼睛凸了出来，宛如从深海被拉上岸的鱼。

他将碧蒂搬上车，走进庭院，来到他昨晚堆的雪人前，将手机塞进雪人胸部，再补起破洞，将围巾围在雪人脖子上。他抵达解剖部车库时，时间已过午夜，他将固定剂注射到碧蒂体内，打印金属标签，绑在她身上，再将她放进保存槽的空隔间里。

接下来轮到希薇亚。他打电话给她，和往常一样夸张地讲了那一番话，然后和她约在霍尔门科伦滑雪跳台后方的森林里，也就是之前他使用过的地方。但这次附近有人，于是他决定不要冒险。他解释说费列森算不上是法氏症候群的专家，他才是，并说他们必须再见一次面。她说隔天晚上可以打电话给她，她一个人在家。

隔天晚上他驾车前去，在农仓里找到希薇亚，要当场了结她。

但事情差点搞砸。

那疯婆娘举起小斧头朝他挥来，划中他的胁下，划开他的夹克和衬衫，也划破一条动脉，使得他的血喷洒在农仓地板上。那是 B 型阴性血，每两百人当中只有两人有这种血。因此等他在森林里解决了她，将她的头摆在雪人上之后，他回到农仓，杀了一只鸡，将鸡血洒在地上，盖住他的血。

这二十四小时非常紧张，但奇怪的是那晚他并未感觉到疼痛。接下来几天他在报纸上追踪案情发展，静静地赢得胜利。雪人，这是他们替他取的名字，这个名字将会被记住。他不曾想过报纸上印的几个字竟会带来这么大的力量和影响，他几乎后悔这么多年来都如此隐秘行事，而且这实在是太轻而易举了！他四处踱步，心想拉夫妥说得没错，好警探一定不会让凶手脱逃，但他已见过霍勒，也在霍勒疲惫的脸上见到过沮丧。

　　然后就在马地亚准备最后行动时，宛如晴天霹雳一般，伊达·费列森打电话来，说霍勒去找过他，盘问他史德普的事，威胁他供出其中的关联所在。伊达自己也在纳闷到底发生了什么事，毕竟凶手不可能任意选择被害人，而除了他自己和史德普之外，只有马地亚知道被害人的血缘关系，因为他经常找马地亚帮忙诊断。

　　伊达自然惶惶不安，幸好马地亚设法让他冷静下来。马地亚对伊达说，这件事一个字都不要跟别人提，他们应该找个没人看得见的地方碰面。

　　马地亚说这些话的时候差点笑了出来，因为这些话是他对那些女性被害人说的，几乎一字不差。他心想一定是紧张使然。

　　伊达提议冰壶俱乐部。马地亚挂上电话，思索自己有哪些做法可以选择。

　　他突然想到可以布置得让警方以为费列森就是雪人，同时替自己争取到一段停工期。

　　接下来一个小时，他仔细筹划伊达的自杀细节。虽然他在许多方面都十分感谢这位朋友，但这段过程却奇妙地令他感觉到刺激，而且激发了他许多灵感，就好像他在构思那场压轴大戏、那个大雪人的过程一样。她将会坐在雪人肩膀上，就好像多年前他第一次行凶时那样，感觉寒意蔓延大腿，同时透过窗户看出去，目睹背叛的一幕，目睹替她带来死亡的人：哈利·霍勒。马地亚闭上眼睛，想象电切环套在她的颈部，发出白热光芒，犹如伪造的神圣光环。

34 警笛

第二十一日

哈利坐上他停在解剖部车库的车，关上车门，闭上眼睛，试着清楚地思考。第一步是找出马地亚的位置。

他已经将马地亚从手机通讯簿删除，因此打电话问查号台，查到了电话和住址。他键入1881，注意到自己等待时呼吸加速，变得亢奋，便试着冷静下来。

"嗨，哈利。"马地亚的声音颇低沉，但听起来还是和往常一样充满惊喜。

"抱歉打扰你。"哈利说。

"不会，哈利。"

"你在哪里？"

"我在家里，正要下去看萝凯和欧雷克。"

"太好了，不知道你可不可以帮我拿个东西去给欧雷克？"

对方停顿了一会儿。哈利紧咬牙关，牙齿咯咯作响。

"可以啊，"马地亚说，"可是欧雷克在家，你可以……"

"萝凯，"哈利插口说，"我们……我今天不太想见到她。我可以过去一趟吗？"

又一阵停顿。哈利将手机压在耳朵上，仔细聆听，仿佛想听出对方在想些什么。但他只听见呼吸声和微弱的背景音乐，似乎是日本极简钟琴乐之类的。他想象马地亚的公寓也是同样的朴素极简风格，空间可能没那么大，但整理得非常整齐，这一点可以十分确定，他的住处不会有一丝放任随性的味道。现在他穿上了色彩柔和的浅蓝色衬衫，胁下换了新绷带。当他站在台阶上面对哈利时，胸前交抱的双臂没举那么高，那并不是为了掩饰胸部缺少的乳头，而是为了掩饰被小斧头划过的伤痕。

"可以啊。"马地亚说。

哈利无法判定他的声音听起来是否自然。背景音乐停止了。

"谢谢，"哈利说，"我很快就到，答应我你一定会等我。"

"我答应你，"马地亚说，"可是哈利……"

"什么事？"哈利深深吸了口气。

"你知道我家地址吗？"

"萝凯跟我说过。"

哈利暗暗咒骂自己，他为什么不说是从查号台查到的？这样就一点可疑之处都不会有。

"她跟你说过？"马地亚问。

"对。"

"好，"马地亚说，"你直接进来吧，门没锁。"

哈利挂上电话，看着手机。他突然有种预感，觉得时间所剩无几，黑暗降临之前他必须赶紧逃命。但他找不到任何合理的理由来解释这种预感，因此认为应该是自己多虑了，而且这种预感一点帮助也没有，当你看不见祖母的农场，这种预感对于夜晚降临所带来的恐惧和害怕一点帮助也没有。

他拨打另一组号码。

"喂。"哈根接起电话，声音单调，毫无生气。这是写辞呈的声音，哈利心想。

"先别管文书作业了，"哈利说，"你得打电话给署长，我需要用枪许可，然后派警员前往土萨区奥森街十二号支持命案嫌犯的逮捕任务。"

"哈利……"

"听着，我们在解剖部的保存槽里发现了希薇亚的遗体，卡翠娜不是雪人，你明白吗？"

一阵静默。

"不明白。"哈根坦白说。

"雪人是解剖部的讲师，名叫马地亚·路海森。"

"路海森？呃，我的天，你是说……"

"对，就是协助我们把注意力都放在费列森身上的那个医生。"

哈根的声音恢复了元气："署长会问那个人有没有枪。"

"呃，"哈利说，"据我们所知，他没有在任何被害人身上用过枪。"

哈根过了几秒才听出这句话的挖苦之意。"我现在就打。"他说。

哈利挂上电话，转动点火装置上的钥匙，同时用另一只手打电话给麦努斯。麦努斯的声音和引擎声同时响起。

"你还在翠凡湖吗？"哈利高声说，盖过引擎怒吼声。

"对。"

"放下手边的事，开车过来，跟我在奥森街和弗格街交叉口会合，用最快速度赶到。"

"是天要塌下来了吗？"

"对。"哈利说，脚下放开离合器。橡胶轮胎摩擦水泥地面，发出一声尖鸣。

他突然想到尤纳斯。不知为何他突然想到尤纳斯。

哈利从史多罗商场的方向来到弗格街时，他向重案指挥室请求支持的六辆警车中，已经有一辆停在奥森街转角。他将车子开上人行道，跳了下来，朝警车走去。车内警察按下车窗，将哈利要求的无线对讲机递出来给他。

"把警示灯关掉。"哈利命令道，指了指警车车顶不停旋转的蓝色警示灯。他按下无线对讲机，通知其他警车在抵达位置前先关闭警笛。

四分钟后，六辆警车集合在十字路口，包括麦努斯和犯罪特警队队员欧拉·李在内的一群警察都围在哈利车子周围，哈利坐在车上，伸手指着放在大腿上的街道地图。

"李，你带三辆车去堵住可能的脱逃通道。这里，这里，还有这里。"

李倾身看着地图，点了点头。

哈利望向麦努斯："管理员呢？"

麦努斯扬起手机："我正在跟他通话，他拿着钥匙正要去大门。"

"好。你带六个人守在入口、后梯，如果可以的话连同屋顶。你负责守住房子后方，可以吗？戴尔塔小队的车到了吗？"

"这里。"两名警察举起手，表示他们驾驶的是特种部队戴尔塔小队的专用车。他们的外表看起来和其他警察并无分别，但特种部队受过特别训练，专门执行此类任务。

"好，我要你们现在立刻去大门，有没有带枪？"

两名队员点了点头。有些特种部队队员配备MP5冲锋枪，锁在后备厢里，有些只配备一般警用左轮手枪，署长曾解释说这和财政预算有关。

"管理员说路海森住在二楼，"麦努斯说，将手机放回夹克口袋，"那栋公寓一层只有一户，屋顶没出口。他如果要去后楼梯，必须爬到三楼，穿过阁楼，可是阁楼上了锁。"

"好。"

哈利带了最先抵达的两名便衣警察同行，一名较年长，一名较年轻，年轻警察一脸痘痘，态度颇为傲慢；这两名警察都和麦努斯共事过。他们并未直接进入奥森街十二号，而是穿越马路，进入对面屋子。

史提松家的两个年轻儿子在二楼睁大眼睛看着两名便衣男子，他们的父亲正在听哈利解释为何警方要暂时借用他们家。哈利进入客厅，将沙发从窗边推开，仔细观察对街的公寓。

"客厅有灯光。"

"有人坐在里面。"年长警察说，站到哈利身边。

"听说人一到五十岁，视力就会退化百分之三十。"

"我又还没瞎，那张大椅子的椅背有颗头突出来，扶手上放着一只手。"

哈利眯起双眼。可恶，他是不是需要配眼镜了？呃，既然年长警察说他看见有人，那应该不假。

"你留在这里，他一有动静就呼叫我，可以吗？"

"好。"年长警察微微一笑。

哈利带着傲慢的年轻警察离开。

"是谁坐在里面？"年轻警察大声问，他们正快速奔下楼梯，脚下发出腾腾声响。

"听过雪人吗？"

"哦，狗屎！"

"没错。"

他们冲过马路，来到对面公寓。管理员、麦努斯和五名便衣警察已站在大门前待命。

"我没带那一户的钥匙，"管理员说，"只带了这扇大门的钥匙。"

"没关系，"哈利说，"每个人都把枪准备好了吗？尽量不要发出声音，可以吗？戴尔塔小队，你们紧跟着我……"

哈利拔出卡翠娜的史密斯威森左轮手枪，向管理员比个手势，管理员将钥匙插入门锁中转动。

哈利和手持MP5冲锋枪的两名戴尔塔小队队员静静地上楼，一次跨上三级台阶。

他们在二楼一扇没有名牌的蓝色门前停下脚步，一名队员面向哈利，在门上俯耳聆听，然后摇了摇头。

哈利将无线对讲机音量调到最低，举到嘴巴前方。

"阿尔法呼叫……"哈利并未分配呼叫代码，也记不起警察名字，"……守在沙发旁边那扇窗户的警员，目标有没有移动？"

他放开按钮，对讲机传出低低的叽喳声，接着一个声音传出：

"他还坐在椅子上。"

"收到，我们要进去了，结束通话。"

一名队员点了点头，拿出撬棒，另外一人后退几步，做好准备。

哈利见过特种部队的这个招数，一名队员负责撬开门，其他人立刻冲进去。他们并不是无法打开门锁，而是破门而入可以发出巨大声响，那股力量和速度会让目标吓呆，十次中有九次在椅子、沙发或床铺上呆若木鸡。

但哈利举起了手，制止他们。他压下门把，往内一推。

马地亚没说谎，门没上锁。

门荡了开来，没发出一丝声音。哈利朝自己胸前指了指，表示自己先进去。

屋内并不如哈利想象的那样走极简风。

但是换个角度来看，这间屋子的确有极简的味道，因为里头什么都没有。玄关没有鞋子，屋内没有家具，没有照片，只有四片光秃秃的墙壁，亟需新壁纸或重新粉刷。看来这一户已经闲置了好一段时间。

客厅门微微敞开，哈利透过门缝可以看见椅子扶手，扶手上有一只手，一只戴了手表的小手。他屏住呼吸，踏出两大步，双手握着左轮手枪，伸出一只脚推开了门。

两名队员移动到哈利的眼角视线范围内，哈利感觉到他们突然僵立原地。

然后他听见其中一人用极细微的声音说："我的天啊……"

扶手椅上方是一盏亮着的大水晶灯，光线照射在扶手椅上坐着的人。那人睁大眼睛，直视哈利，颈部有瘀青的勒痕，脸苍白而美丽，一头黑发，身穿缀有白花的天蓝色洋装。那件洋装和他家厨房月历上萝凯穿的洋装一模一样。哈利觉得胸腔里的心脏像是要炸裂开来，身体其他部位则僵硬有如岩石。他想移动，目光却无法从她呆滞的眼睛上离开。那双呆滞的眼睛正在控诉，控诉他没有采取行动，虽然他对此事一无所知，但他仍应采取行动，他应该阻止这件事发生，他应该拯救她。

她十分苍白，就和哈利的母亲过世躺在床上那样苍白。

"查看里头其他地方。"哈利用浓重的声音说，放下手枪。

他摇摇晃晃地朝尸体踏出一步，握起她的手腕。手腕冰冷且死寂，宛如大理石，但他却感觉到细微的振动，犹如极其微弱的脉搏跳动，他的脑际突然闪现一个荒诞的念头：也许她只是上了死人妆，装死而已。

他低头一看，看见发出细微振动的是她手腕上的腕表。

"屋里没有其他人在，"哈利听见一名队员在他背后说，接着又听见咳嗽声，"你知道她是谁吗？"

"知道。"哈利说，手指拂过腕表表面。这只腕表几小时前他才握在手中，这只腕表曾被遗忘在他的卧房里，他将它放进了鸟屋，因为萝凯的男友今晚要带她出门，去参加一场派对，庆祝他们从今以后合而为一。

哈利再度看着那双眼睛，那双控诉的眼睛。

是的，他心想，我每项罪名都成立。

麦努斯走进门内，站在哈利背后，越过哈利肩膀看着椅子上的女尸。麦努斯身后站着那两名戴尔塔小队队员。

"被勒死的？"他问道。

哈利没回答，也没移动。天蓝色洋装的一条肩带滑落一旁。

"真怪，十二月还穿夏天的洋装。"麦努斯说，他说这句话多半只是为了找话说。

"她常这样。"哈利说，声音听起来仿佛来自非常遥远的地方。

"谁常这样？"麦努斯问。

"萝凯。"

麦努斯大吃一惊，哈利的前女友过去还在警署任职时，他曾经见过她，

"那……那……是萝凯吗？可是……"

"那是她的洋装，"哈利说，"还有她的手表。他把她打扮成萝凯的样子，可是坐在这里的女人是碧蒂·贝克。"

麦努斯看着尸体，不发一语。这具女尸和他见过的其他尸体都不一样，她白得有如粉笔，而且有点肿胀。

"你们跟我来，"哈利朝两名戴尔塔小队队员比个手势，再转头望向麦努斯，"你留在这里，封锁这间房子，打电话给还在翠凡湖的现场勘察组，跟他们说这里又多了一项任务。"

"你要去做什么？"

"跳舞。"哈利说。

三名男子快步奔下楼梯，脚步声逐渐远去，屋内安静下来。几秒之后，麦努斯听见汽车发动声，接着是轮胎摩擦弗格街柏油路面发出的尖鸣声。

蓝色警示灯不停旋转，照亮路面。哈利坐在乘客座，聆听手机另一头传来电话铃声。警车曲折地穿梭在三环线高速公路的车流中，后视镜下方的两个迷你比基尼女郎正随着警笛的绝望悲叹声起舞。

求求你，他心中苦苦哀告，求求你接起电话，萝凯。

他看着金属比基尼女郎，心想自己就和她们一样，无力地随着别人的乐曲起舞，犹如笑剧中的滑稽角色，总是晚了两步，总是迟了一点冲进门，惹得观众哈哈大笑。

哈利终于发作。"操，妈的操！"他大吼，将手机朝风挡玻璃掷去。手机滑向仪表板，掉落地面。驾车的队员在后视镜里和另一名队员对看一眼。

"把警笛关掉。"哈利说。

车内安静下来。

哈利突然听见脚下传来声响。

他赶紧捡起手机。

"哈啰！"他大吼，"哈啰，你在家吗，萝凯？"

"我当然在家，你打的是室内电话呀，"是她的声音，她发出温柔、冷静的笑声，"有什么事吗？"

"欧雷克也在家吗？"

"对，"她说，"他坐在厨房里吃东西，我们在等马地亚。怎么了，哈利？"

"你仔细听好，萝凯，你听见没？"

"你吓到我了，哈利，什么事啊？"

"拉上大门的安全链。"

"为什么？门有上锁，而且……"

"去把安全链拉上就是了，萝凯！"哈利狂吼。

"好好！"

他听见萝凯对欧雷克说了些话，接着是椅子的刮擦声，又听见奔跑的脚步声。她的声音再出现在电话里时有点发颤。

"告诉我到底出了什么事，哈利。"

"我会告诉你的，可是首先你要答应我，无论发生什么事，你都不能让马地亚进来。"

"马地亚？你喝醉了吗，哈利？你没有权利……"

"马地亚很危险，萝凯，我现在在坐在警车里，正和两个警察赶去你家，其他事我等一下再跟你解释，你先看看窗外，有没有看见什么东西？"

他听见她迟疑片刻，但他不再多说，只是等待。他突然有种很笃定的感觉，他知道她信任他，她相信他，她一向都是如此。警车逐渐接近尼德兰区的隧道，路旁铺盖的冰雪宛如灰白色羊毛。她的声音回到电话中。

"我什么都没看到，可是我不知道要看什么呀！"

"你有没有看见雪人？"哈利静静地问。

他从电话那头的静默中听出她渐渐明白。

"告诉我这不是真的，哈利，"她低声说，"告诉我这只是一场梦。"

　　他闭上眼睛，思索她说的有没有可能是对的。他在脑子里看见坐在扶手椅上的碧蒂。这当然只是一场梦。

　　"我把你的表放进鸟屋里了。"他说。

　　"可是表不在那里啊，它……"她顿了顿，接着发出呻吟声，"我的天哪！"

35 怪物

第二十一日

　　萝凯站在厨房里，放眼望去，可以同时看见屋子的三个面，外人可以从任何一面接近。屋子后方是个短而险峻的碎石坡，要从那里下来十分困难，尤其现在碎石坡又覆盖着冰雪。她检查每一扇窗户，确定窗户紧闭，同时看着窗外。她父亲在二次大战后改建这栋屋子时，将窗户在墙上开得颇高，外头还加装了铁栏杆。她知道屋子建成这样，和战时发生过的一起事件有关。一名俄国士兵潜入她父亲在列宁格勒①附近的碉堡，射杀了他沉睡中的所有同袍，只有他得以幸免，因为他睡得离门口最近，正好又疲惫不堪，直到警铃大作才惊醒过来，发现自己的毯子上散落了许多空弹匣。那是他可以一夜好眠的最后一个晚上，他经常这样说。萝凯总是厌恶那些铁栏杆，直到现在。

　　"我可以上楼去我的房间吗？"欧雷克说，朝大餐桌的桌脚踢了一下。

　　"不行，"萝凯说，"你得待在这里。"

　　"马地亚做了什么事啊？"

　　"等一下哈利来了会跟你解释，你确定安全链都拉上了吗？"

　　"对，妈，我真希望爸爸在这里。"

　　"爸爸？"她没听过欧雷克用这个词，除了叫哈利之外，但那已经是好几年前的事了，"你是说你在俄罗斯的父亲吗？"

　　"他不是爸爸。"

---

① 该市建于沙皇彼得一世时期，初命名为圣彼得堡；1914年改为彼得格勒；列宁逝世后，改为列宁格勒；1991年苏联解体后，经市民投票，恢复圣彼得堡的旧名。

欧雷克说得如此斩钉截铁，令她打了个冷战。

"地下室的对外门！"她大喊。

"什么？"

"马地亚也有地下室对外门的钥匙，我们该怎么办？"

"很简单，"欧雷克说，喝完杯中的水，"拿一张庭院椅顶在门把上就好了，高度正好，这样就没有人进得来。"

"你试过吗？"她问道，后退一步。

"我们玩牛仔游戏的时候，哈利用过一次。"

"你在这里坐好。"她说，朝走廊和地下室走去。

"等一下。"

她停下脚步。

"我看过他是怎么弄的，"欧雷克说，站了起来，"妈，你留在这里。"

她看着他。天啊，过去这一年他长得好快，他很快就会长得比她还高。在他的深色眼眸里，少年的叛逆暂时盖过了童年的稚气，但她看得出来，不久之后，这些都会蜕变为成人的决断力。

她微一迟疑。

"让我去嘛。"他说。

她在他的语气里听见恳求，知道这对他而言很重要，这个行为背后蕴含更重大的意义。这关于克服童年的恐惧，关于成年的仪式，关于向父亲看齐，不管他认为的父亲到底是谁。

"那快点。"她轻声说。

欧雷克飞奔而去。

她站在窗边，看着窗外，聆听车道上是否传来车声。她祈求哈利的车先到，心中纳闷为何四下如此安静，这时她脑际凭空冒出一个念头：这里会一直这么安静。

就在此时，她听见一个声音，一个细微的声音。起初她以为这声音是从外面传进来的，接着她很确定这声音是从她背后传来的。她转过身，但什么也没看见，只看见空荡的厨房。那声音又传来了，犹如时钟的沉重嘀嗒声，或手指轻拍桌子的声音。桌子。她往前看，看见了声音来源，接着就亲眼目睹一滴水落在餐桌上。她缓缓抬头，朝天花板看去，只见白色天花板中央多了个深色圆圈，圆圈中央挂着一颗晶莹的水滴。那滴水离开天花板，落在餐桌上。萝凯虽然目睹水滴落下，但水滴击中桌面的声音还是令她跳了起来，仿佛头部被突如其来拍了一掌。

我的天，这水一定是来自浴室！她是不是又忘了关莲蓬头的水？她回家以后还没上过二楼，一回来就开始料理食物，水一定是从早上流到现在，还偏偏选在这当口来捣乱。

她踏进走廊，急奔上楼，朝浴室奔去。她没听见莲蓬头的水声，打开浴室门，只见地板是干的，水龙头没有水流出来。她关上浴室门，在门外站了几秒，朝隔壁卧房的门看了一眼。她慢慢走上前去，将手放在门把上，迟疑片刻，再次聆听是否有车声接近，然后打开门，朝门内看去。她想尖叫，但直觉告诉她不能尖叫，她必须保持安静，非常安静。

"靠，混蛋！"哈利大吼，朝仪表盘挥拳，打得仪表盘振动不已。"到底是怎么回事？"

车流在隧道前方停了下来，他们已在原地停留了漫长的两分钟。

就在此时，警用无线电传出塞车原因："三环线高速公路的西向隧道塔森区出口发生车祸，无人伤亡，拖吊车已经上路。"

哈利一时冲动，抓起麦克风："你知道是谁出车祸吗？"

"我们只知道是两辆车，装的都是夏季轮胎。"无线电传出的鼻音慢条斯理地说。

"十一月的雪总是会带来混乱。"后座那名队员说。

哈利沉吟不语，手指在仪表盘上轮敲着，思索其他办法。他们前方有一排车，后方也有一排车，就算给他全世界的警示灯和警笛，他们也无法穿越车阵。他可以跳下车，奔到隧道尽头，用无线电通知警车去那里载他，可是这段路将近两公里。

车内十分安静，只听得见引擎空转的嗡嗡声。前方的小货车前进了一米，驾驶警车的队员也跟着前进，一直到警车几乎撞到小货车的后保险杆才踩下刹车，生怕开车开得不够积极，惹得身旁这位警监大发雷霆。突如其来的刹车使得那两个金属比基尼女郎在接下来的静默中，快活地叮玲叮玲舞个不停。

哈利又想到了尤纳斯。可是为什么？他和马地亚通电话时，是什么让他想到尤纳斯的？是因为那个声音，那个背景的声音。

哈利凝神看着后视镜下的两个跳舞女郎，突然间他想通了。

他知道自己为什么想到尤纳斯了。他知道那是什么声音了。他也知道现下一秒钟都不能浪费，或者说——他试着压抑这个念头——他们可以不用再赶时间了，一切都已太迟。

欧雷克奔过漆黑的地下室走道，没朝左看，也没朝右看，他知道砖墙上的盐分沉积物看起来像白色鬼魂。他努力将注意力集中在他要做的事情上，不去想其他东西，不让奇怪的念头跑进脑袋。哈利曾经这样说过，天底下只存在一种怪物，这种怪物是你想象出来的，只存在于你的脑袋里，要征服这种怪物是可能的，但你必须付出努力，必须面对它们，经常和它们战斗。你可以赢得小规模的战斗，然后回家，包扎伤口，准备再战一场。他曾经赢过，他单独去过地下室很多次，他必须去，因为他必须让溜冰鞋保持冰冷。

他抓起庭院椅，拖在身后，用拖拉的声响淹没寂静。他确认地下室的对外门上了锁，然后将椅子卡在门把下方，确定椅子不会移动。大功告成。突然间他全身僵硬。那是什么？他抬头朝门上小窗看去。他再也无法挡住思绪，思绪大量涌了进来。有人站在外面。他想逃跑，却逼迫自己站稳脚步，用思绪对抗其他思绪。我在里面，他如此告诉自己，我在这里就跟在上面一样安全。他吸了口气，感觉心脏怦怦乱跳，有如暴走的低音大鼓。他倾身向前，朝门上小窗看去，看见窗玻璃映照着自己的脸，但除此之外，他还看见另一张脸，一张不属于他的、扭曲的脸。接着他看见一双手，怪物扬起了一双手。欧雷克心下大骇，猛然后退，撞上一样东西，同时感觉一双手靠近他的脸和嘴。他想尖叫，却叫不出来。他想尖叫说这不是他想象出来的，这是怪物，怪物在里面，他们都会死。

"他在房子里。"哈利说。

两名队员满脸困惑地望向哈利。哈利按下手机上的回放键："我以为那是日本音乐，但其实那是金属风铃声，尤纳斯房间有一个，欧雷克房里也有一个。马地亚一直都在那里，他自己都跟我这样说了，不是吗……？"

"你是什么意思？"后座那名队员大胆地问。

"他说他在家里，那当然是指霍尔门科伦路的那栋房子，他还说他正要'下去'看萝凯和欧雷克。我应该注意到才对，毕竟霍尔门科伦区在北，土萨区在南，不会用'下去'这两个字。他是在霍尔门科伦路那栋房子的二楼，正要下楼。我必须叫他们赶快离开那栋房子，看在老天分上快接电话！"

"说不定她不在电话附近……"

"那栋房子里有四部电话，他现在剪断电话线了，我必须赶到那里才行。"

"我们可以派另一辆警车过去。"驾车队员说。

"不行！"哈利怒道，"反正都太迟了，他们已经在他手上了，我们只剩最后一着棋，只剩唯一的机会，那就是我。"

"你？"

"对，我在他的计划里。"

"你是说你'不在'他的计划里吧，是不是？"

"不是，我在里面，他在等我。"

两名队员交换眼色，这时他们听见汽车引擎声逐渐靠近，在后方停顿的车阵中左弯右拐。

"你认为他在等你？"

"对。"哈利说，在后视镜中看见一辆摩托车，心想这是他唯一可以回答的一句话，这也是唯一能带来希望的答案。

欧雷克想用全身力气挣扎，但给怪物的铁爪一抓，喉咙被冰冷金属抵住，不禁双脚发软。

"这是解剖刀，欧雷克，"怪物的声音和马地亚一样，"我们用它来把人切开，你一定不相信有多简单。"

接着怪物叫他张大嘴巴，塞了一条脏布在他嘴里，命令他趴下，双手放在背后。欧雷克没有立刻照做，那把钢刀就刺进了他耳朵下方。他感觉到温热的鲜血流到肩膀上，再流进T恤里。他在冰冷的水泥地上趴下，那怪物在他身上坐了下来，在他脸部旁边摆了一个红色盒子。他看了看盒子上的标签，上面写着"塑胶包装带"。这种细小的包装带常用来捆住缆索，或用来包装玩具，很令人讨厌，因为它们只会越来越紧，不会变松，而且不管多细，怎么拉都拉不断。他感觉到尖锐的塑料嵌进他手腕和脚踝的肌肤中。

他被抬起又被丢下，感觉却不太痛，因为他落在一个柔软表面上，发出嘎吱一声。他往上看去，发现自己躺在冰柜里，被撞落的冰霜正烧灼着他的前臂和脸部肌肤。怪物站在他上方，头歪向一边。

"再见，"他说，"我们很快就会在另一边相见。"

冰柜盖门砰的一声关上，四周陷入完全的漆黑。欧雷克听见钥匙转动声，又听见迅捷的脚步声渐去渐远。他试着抬起舌头，将舌头伸到塞口布后方，想把布推出去。他得呼吸，他需要空气。

萝凯忘了呼吸。她站在卧房门口，知道眼中所见是精神错乱的产物，错乱到令她合不拢嘴，双眼圆睁。

房内的床铺和其他家具都被推到了墙边，地板上铺盖着一层几乎难以察觉的水，唯有当水滴落下激起涟漪才显露出来。但萝凯完全没注意到地上的积水，只看见卧房中央矗立着一个偌大的雪人。

雪人头上戴着一顶礼帽，脸上挂着笑容，几乎顶到天花板。

当她终于恢复呼吸，氧气涌入脑部之后，她才闻到湿毛料和湿木材的气味，并听见冰雪融化的滴水声。一股寒意扑面而来，但令她起鸡皮疙瘩的不是这股寒意，而是男子站在她身后所发出的体温。

"很漂亮对不对？"马地亚说，"我特地为你做的。"

"马地亚……"

"嘘，"他的手臂以保护的姿态拥上她的颈部，她低头一看，看见他手中拿着一把解剖刀，"别说话，亲爱的，我们有很多事要做，时间又太少。"

"为什么？为什么？"

"这是属于我们的日子，萝凯，剩下的生命那么短，短得令人难以置信，所以我们应该庆祝，不应该花时间来解释为什么。请你把手放到背后。"

萝凯照做。她没听见欧雷克从地下室上来，也许他还在地下室里，如果她能拖住马地亚，也许欧雷克就能逃脱。"我想知道为什么。"她说，耳中听见自己的声音带着激动的情绪。

"因为你是个淫妇。"

她感觉到某种又细又坚硬的东西绑住了她的手腕，又感觉到他温热的气息喷上她脖子，感觉到他的嘴唇，然后是他的舌头。她咬紧牙关，心知自己如果尖叫，他可能会停止，但她希望他继续，她希望拖延时间。他的舌头一直舔到她的耳朵，然后轻咬她的耳朵。

"还有，你这个淫妇的儿子在冰柜里。"他轻声说。

"欧雷克？"她说，感觉自己逐渐失控。

"放轻松，亲爱的，他不会死于寒冷的。"

"不……不会吗？"

"早在身体失温之前，你这个淫妇的儿子就会死于窒息，这只是简单的数学计算而已。"

"数学……"

"我老早就计算过了，每个细节我都计算得清清楚楚。"

夜幕中，摩托车引擎声穿过霍尔门科伦区，沿着弯弯曲曲的公路呼啸而过。引擎怒吼声在房舍之间回荡，看见的人都觉得在这种下雪天这样子骑车，简直疯狂到家，摩托车驾驶员应该被吊销驾照才对，然而那名驾驶员连摩托车驾照也没有。

哈利加速冲上原木大宅的车道，一个急速过弯，轮胎在刚落下的冰雪上打滑，他察觉到摩托车失速，却不试图修正，直接跳下摩托车。摩托车滚下斜坡，穿过矮云杉丛，最后停在一根树干前，歪倒一边，后轮不断喷出冰雪，排气管呼出最后一口气，然后熄火。

这时哈利已踏上楼梯。

雪地里没有脚印，没有进去的脚印，也没有出来的。他纵身一跃，拔出左轮手枪，来到大门前。

大门没锁，就和他答应的一样。

哈利悄悄踏进走廊，看见的第一件事是通往地下室的门开着。

他停下脚步，竖耳细听，只听见屋里有某种声响，类似鼓声，声音似乎是从厨房传出来的。他迟疑片刻，选择了地下室。

他将枪指向前方，悄悄走下楼梯，踏上地面后停下脚步，让眼睛习惯漆黑，侧耳聆听。他觉得整间地下室似乎都屏住了气息。只见庭院椅抵在门把下方，一定是欧雷克放的。他的目光继续往深处查探。正当他决定返回楼上时，忽然发现冰柜旁的砖地上有深色痕迹。是不是水？他踏上一步。

水一定是从冰柜底部流出来的。他逼自己停止胡思乱想，拉动冰柜盖门。盖门上了锁，钥匙就插在门锁上。萝凯通常不会给冰柜上锁。芬岛的影像从他脑子里冒了出来，他赶紧转动钥匙，拉开盖门。

哈利才看见幽暗的冰柜深处闪动金属微光，就感觉脸部肌肤一阵热辣辣地疼痛，不由得急速后退。那是刀吗？他仰身跌落在两个洗衣篮间。这时一个身影灵巧地爬出冰柜，站在他面前。

"警察！"哈利大喊，立刻举起了枪，"不要动！"

那人停止动作，一手高举过头。

"哈……哈利？"

"欧雷克？"

哈利放下手枪，看见欧雷克手中拿着一样东西，原来是一只高速溜冰鞋。

"我……我以为马地亚回来了。"他低声说。

哈利站了起来："马地亚呢？"

"我不知道，他说我们很快就会再见，所以我以为……"

"溜冰鞋是从哪里来的？"哈利口中尝到鲜血的金属味，手指摸了摸脸上的伤口，只觉得伤口不住流出鲜血。

"从冰柜里拿出来的，"欧雷克露出淘气的笑容，"我把溜冰鞋放在楼梯上，结果一直被念叨，所以我就把它藏在冰柜的豌豆底下，这样妈就不会发现。我们很少吃豌豆，你知道的。"

哈利踏上楼梯，欧雷克跟在后头。

"幸好我磨利了冰刀，才能割断包装带，可是我不可能把锁打开，只好用冰刀在冰柜底部刺出几个小洞，让空气透进来。我还打破了灯泡，如果有人打开盖子，灯就不会亮。"

"你的体温把冰融化，水都从小洞流出来了。"哈利说。

他们踏进走廊，哈利将欧雷克往大门拉去，打开大门，朝外一指。

"有没有看见邻居的灯光？你跑去邻居家待着，等我过去接你，可以吗？"

"不要!"欧雷克坚定地说,"妈……"

"嘘!听我说,现在你能替你妈做的最好的一件事,就是离开这里。"

"我要去找她!"

哈利抓住欧雷克的肩膀,用力紧捏,直到欧雷克因为吃痛而眼眶泛红。

"妈的白痴!我叫你跑,你就跑!"

哈利压低嗓门说话,语气中隐隐蕴含着怒意。欧雷克困惑地眨了眨眼,一颗泪珠从睫毛上滚了下来,滑过脸颊,接着身子一扭,冲出了门,消失在黑黢黢的夜色和车道上的冰雪中。

哈利抓起无线对讲机,按下通话钮:"我是哈利,你们还很远吗?"

"我们在运动场旁边。"哈利认出哈根的声音。

"我在屋子里面,"哈利说,"把车开到屋子前面,可是不要进来,等我通知。"

"收到。"

"收到,结束通话。"

那声音持续从厨房里传来,哈利朝那声音走去,在厨房门口停下脚步,看见一条细细的水柱从天花板流下来,水柱中因为带有溶化的灰泥而呈灰色,正暴烈地敲击餐桌。

哈利跨出四大步,爬上楼梯,来到二楼,轻手轻脚走到卧房门前,吞了口口水,仔细查看门把。警笛声从远处传来,渐行渐近。他脸上的伤口流出鲜血,滴在拼花地板上,温柔地发出啪的一声。

他的太阳穴强烈鼓动;他感觉到了,这里就是一切终结的地方,而且这其中隐含着一种逻辑性。有多少次他在破晓时分站在卧房这扇门前,心中想着自己昨晚是否曾答应回家陪她?有多少次他站在这里遭受良心谴责,心想她正在里头安睡吗?他小心翼翼压下门把,心知这支门把压到一半会发出吱的一声。她总会被这尖锐声响吵醒,用惺忪睡眼看着他,以愤怒目光惩罚他,直到他轻轻钻进被子,紧抱她的身体,感觉她刚强的抗拒逐渐融化。接着她会发出喜悦的哼唧声，但又不会过于喜悦。他会继续抚摸她、亲吻她、轻咬她，当她的仆人，直到她不再是沉睡中的女王，转而坐在他身上，发出低颤声和呻吟声，自由狂放的同时又像是被无礼冒犯。

他握住门把，注意到自己的手十分熟悉那扁平的棱角。他小心无比地压下门把，等待它发出熟悉的尖锐声响，不料却没听见任何声音。门把的感觉似乎不太一样，里头产生了某种阻力。是不是有人旋紧了弹簧？他谨慎地放开门把，弯下腰，将眼睛对着钥匙孔，朝房内窥看。漆黑一片。有人塞住了钥匙孔。

"萝凯！"他高声大喊，"你在里面吗？"

没有回应。他将耳朵附在门上，耳中似乎听见刮擦声，但不甚确定。他再次握住门把，犹疑不定，随即改变主意，放开门把，匆匆走进隔壁浴室，推开小窗，从小窗中挤了出去，侧过了身，倚在外墙上。他看见卧房内的灯光从窗外的黑色铁栏杆间流泻而出。他将鞋跟插入窗框内侧，绷紧小腿肌肉，伸直身体，往浴室窗外的原木墙壁探去。他的手指不断摸索，想抓住粗糙原木之间的缝隙，却不成功。白雪飘落在他脸上，融化在鲜血之中，流下脸颊。他使出更大力气，窗框紧紧压住他的小腿，使得他觉得小腿骨几乎要迸裂开来。他的手在外墙上疯狂摸索，犹如发狂的五脚蜘蛛。他的腹肌绷得发疼。距离太远了，他够不到。他望向下方地面，知道那薄薄一层白雪下方是柏油路面。

他感觉到指尖碰到某种冰冷的东西。

是铁栏杆。

他的两根手指够到了栏杆，接着是三根，接下来是另一只手。他放开发疼的双腿，身体往下摆荡，双脚迅速找到立足点，分摊双臂承受的重量。他终于得以一窥卧房内的情况，往窗内看去。他的头脑对眼前景象有点难以理解，却又立刻知道那是什么：那是一件已完成的艺术品，他曾经见过这件艺术品的实验原型。

　　萝凯双眼圆睁，眼眸漆黑，身穿绯红色洋装，色泽有如金巴利酒；她穿得一身"洋红"。她的头朝天花板抬起，仿佛站在篱笆外想往内窥看。她维持这个姿势，转动眼珠，朝窗外的哈利望去。她的肩膀被往后拉，手臂藏在背后，哈利猜想她的双手应该被绑在背后。她双颊鼓胀，嘴里似乎被塞了袜子或布条，双腿跨坐在一个巨大雪人的肩膀上，赤裸的双脚交叉在雪人胸前。他看见她紧绷的双腿肌肉正在颤抖。她不能掉下来，绝对不能，因为圈在她脖子周围的不是死气沉沉的灰色铁丝，像艾莉的尸体那样，而是发出白炽光芒的金属丝。这幅情景仿佛一则牙膏老广告的荒谬山寨版，保证用了这款牙膏之后自信加倍，恋爱顺利，快乐长寿。电切环的黑色握把上绑着一根铁丝，铁丝延伸到萝凯头顶，穿过天花板上的吊钩，延伸到房间另一端，朝房门延展而去，最后绑在门把上。铁丝并不粗，长度却足以在哈利压动门把时形成显著的阻力。如果他打开门，或甚至将门把压到底，萝凯下巴正下方的白炽金属环就会切入她的喉咙。

　　萝凯瞪着哈利，眼睛眨也不眨，脸部肌肉抽动，时而显现愤怒，时而露出赤裸裸的恐惧。电切环收得十分窄小，她的头不可能毫发无伤地穿过。她低下头，小心不触碰到套在脖子周围的致命光环。

　　她的目光看着哈利，移向地面，又回到哈利身上。这样哈利就明白了。

　　地上那摊水已散落了许多雪块，雪人正在融化，速度相当快。

　　哈利站稳脚步，尽力摇动栏杆，但栏杆纹丝不动，甚至连发出一丝希望的尖鸣声都没有。铁栏杆颇细，但牢牢固定在木头上。

　　萝凯的身形正在摇晃。

　　"撑住！"哈利大吼，"我很快就进来了！"

　　他说谎。他手上就算有铁撬杠都难以弄弯这些铁栏杆，也没时间将它们锯断。她父亲真是他妈的疯子王八蛋！他的手臂已开始酸疼。这时刺耳的警笛声传来，第一辆抵达的警车拐上车道。他往下望去，见是戴尔塔小队的特殊车辆，一辆猛兽般的路虎大型装甲车。乘客座跳下一名身穿绿色防弹背心的男子，男子立刻在车子后方寻找掩蔽，然后举起无线对讲机。哈利的对讲机发出叽喳声。

"嘿！"哈利大吼。

男子后退一步，左右张望。

"我在上面，长官。"

哈根在车子后方直起身来，这时一辆警车开到大门前，蓝色警示灯不住旋转。

"我们要向里面发动攻击吗？"哈根大喊。

"不行！"哈利大吼，"他把她绑住了，你们只要……"

"只要？"

哈利抬起双眼，凝目注视，不是注视城市，而是注视山上亮着灯光的霍尔门科伦滑雪跳台。

"只要怎样，哈利？"

"只要等一下。"

"等一下？"

"我要想一想。"

哈利将额头抵在冰冷的栏杆上，双臂酸疼不已，他弯曲双膝，将大部分的身体重量放在脚上。电切环一定有开关，可能就在塑料握把上，他们可以打破窗户，伸进一根附有镜子的长杆，这样说不定就能……可是这样要怎么按下关闭按钮，又不触动任何东西，而且……而且……？哈利试着不去想保护颈动脉的那层单薄皮肤和柔软组织，而试着想些有建设性的事，同时忽视惊慌的念头在他耳际高喊，要他进房间去，掌控一切。

他们可以从房门进去，却不打开房门，只要锯开门板就行了。他们需要一把锯子，可是谁家会有锯子？只有他妈的霍尔门科伦区居民会有锯子，因为他们每户人家的院子里都有云杉林。

"去跟邻居借一把锯子来。"哈利大吼。

　　他听见下方传来一阵奔跑声，卧房内则传出溅水声。他的心脏几乎停止跳动。他朝窗内看去，只见雪人的左侧不见了，左侧冰雪垂直地落入了地上水滩。他看见萝凯的整个身体都在抖动，她正努力维持平衡，不让自己靠近那发出白炽光芒的泪滴形绞环。等他们拿锯子回来就来不及了，更别说还要锯开门板。

　　"哈根！"哈利听见自己发出歇斯底里的刺耳叫声，"警车上有拖车绳，把绳子丢上来，再把路虎往墙边倒车。"

　　哈利听见嗡嗡的说话声，听见那辆路虎打开倒车影像，引擎发出轰轰声响，又听见后备厢打开的声音。

　　"接住！"

　　哈利放开一只手，一回头就看见一捆绳子朝他飞来，他在夜色中倏地伸出手，抓住绳子，紧紧握住，等绳子的其余部分散开，砰的一声落到地面，

　　"把另一边绑在拖车栓上。"

　　他这端的拖车绳有个活动扣环，他飞快地把扣环扣上窗户中央的栏杆交接处，扣环咔嗒一声关上。快速上铐的技法派上用场。

　　卧房内再次传来溅水声。哈利并未转头去看，只因毫无意义。

　　"拉！"他大喊。

　　他将铁栏杆当成梯子爬了上去，伸出双手抓住屋檐的排水槽边缘，接着便听见那辆路虎的引擎加速运转。他荡上屋顶，胸部贴着屋瓦，双眼闭上，聆听引擎的怒吼声。引擎转速慢了下来，铁栏杆发出呻吟声，接着又是一声，再来一声。快点！哈利察觉到时间过得比他想得还要慢，但还不够慢。就在他期待听见幸运的迸裂声时，引擎转速突然拉高，发出猛烈的呜呜声响。可恶！哈利知道路虎的轮胎正无助地原地打转。

　　他脑海中忽然闪过一个念头：他可以祈祷。但他知道上帝已下了决定，命运已然售出，必须去黑市才能买通。反正没有了她，他的灵魂一文不值。蓦然间，橡胶轮胎接触柏油路面的声音打断他的思绪，低沉的引擎声越吼

越凶。

沉重的大轮胎抓上了柏油路面。

接着就传来迸裂声。引擎高吼一声，然后止息。紧接着是一秒钟的完全宁静，然后铁栏杆砸中下方车顶，发出空洞的撞击声。

哈利双手一撑，站了起来，背对院子，站到排水槽边缘，感觉排水槽因为承受不住他的重量而向下弯曲，接着他弯下腰，用双手抓住排水槽，双腿一踢，犹如钟摆般由排水槽朝窗户摆荡而去，使出了镰刀跳水式。就在老旧的单薄窗玻璃碎裂在他靴底时，他放开双手。在这十分之一秒的瞬间，他完全不知道自己会落在何处：是院子里？锯齿状的破窗户上？还是卧房里？

突然砰的一声响，四周陷入一片漆黑，想必是保险丝断了。

哈利滑入什么都没有的空间，什么都感觉不到，什么都不记得，什么都不是。

四周再度亮起时，他只有一个念头，就是想回到刚刚那个什么都没有的空间里。他全身上下布满痛楚，仰躺在一摊冰冷的水滩中，但他想必已经死了，因为他往上看，就看见一个身穿红衣的天使，神圣的光环在黑暗中闪耀光辉。慢慢地，声音回来了。刮擦声。呼吸声。接着他看见扭曲的脸庞、惊恐的表情、被黄球塞住的嘴、在冰雪上乱动的腿。他只想闭上眼睛。他耳中听见一种声音，犹如低低的呻吟声。湿漉漉的冰雪正在崩塌。

事后回想起来，哈利记不太清楚究竟发了什么事，只记得闻到电切环烧穿肌肉所发出的恶心气味。

就在雪人崩塌的那一瞬间，他站了起来。萝凯往前跌去。哈利扬起右手，同时用左臂紧紧抱住她的大腿，撑住她的身体。他知道已然太迟。他听见肌肉受到烧灼所发出的吱吱声，他的鼻孔钻入甜腻的油脂味，鲜血洒落在他的脸颊上。他抬头一看，只见他的右手插在白灼金属环和她的脖子之间，她脖子的重量将他的手压向炽热的金属丝，金属丝切入他的手指，犹如水煮蛋切片器切过煮熟的蛋。倘若金属丝穿过他的手指，接下来就会切开她的喉咙。他感觉到疼痛，迟来的隐隐作痛，宛如闹钟上的小钢锤，起初不太愿意移动，一旦开始敲就敲个不停。他努力保持直立，心想必须空出左手来才行。鲜血模糊了他的双眼。他设法将她扛到肩膀上，高举空出的左手，指尖摸上她的肌肤、她浓密的头发，感觉到金属丝切入他的皮肤，最后摸到了坚硬塑料，摸到了握把。他的手指找到一个切换式开关，将开关朝右移，一感觉到金属丝开始收紧，便将开关移回原位。他的手指找到另一个开关，按了下去。嗡嗡声消失了，金属丝的光芒开始闪烁。他知道自己又来到失去意识的边缘。呼吸，他心想，必须让脑部得到氧气才行。但他的膝盖快支撑不住了。他上方的白炽光芒转为红色，再逐渐转为黑色。

他听见背后传来窗户被好几双靴子踢破的声音。

"我们抓住她了。"一个声音从他背后传来。

哈利双膝一软，跪在被血染红的水滩中。水滩里除了雪块，还漂浮着许多未使用的塑料包装带。他的头脑时而清醒，时而昏迷，宛如电力供应出了问题。

有人在他背后说了些话，但他只听见破碎的句子。他吸了口气，呻吟说："什么？"

"她还活着。"那声音又说了一次。

他的听觉稳定了下来，视觉也回来了。他转过身，看见两名黑衣男子将萝凯抬到床上，割断包装带。他胃中的食物毫无预警地涌了出来。他呕了两阵，将胃里的东西全都吐了出来。他看着呕吐物漂浮在水面上，突然有种歇斯底里的冲动，想要大笑，因为那截手指看起来就像是被他从肚子里吐出来的。他举起右手，看着依然流血不止的残肢，确认在水中漂荡的那截手指正是他自己的。

"欧雷克……"是萝凯的声音。

哈利捡起一条包装带，套在中指的残肢上，尽量绑紧，再捡起另一条包装带绑在食指上。他的食指被切到见骨，但仍紧紧连在手上。

他走到床边，拉开被子，盖在萝凯身上，然后在她身旁坐下。她睁着又大又黑、仍处于惊吓状态的双眼看着他，脖子两侧接触到电切环的伤口流出鲜血。他用没受伤的左手握住她的手。

"欧雷克。"她又说了一次。

"他没事，"哈利说，紧紧回握她的手，"他在邻居家里，一切都结束了。"

他看见她的双眼试着集中焦距。

"你保证？"她低声说，声音细若蚊鸣。

"我保证。"

"感谢上帝。"

她旋即发出呜咽声，将脸埋在双手之中，哭了起来。

哈利低头看着自己受伤的那只手，心想可能是包装带发挥了止血作用，再不然就是他的血已经流光了。

"马地亚在哪里？"他静静地说。

她的头倏然抬起，张口凝视着他："你刚刚才保证说……"

"他去哪里了，萝凯？"

"我不知道。"

"他什么都没说吗？"

她的手紧紧握住哈利的手："现在别走，哈利，一定有其他人可以……"

"他说了什么？"

他一见她身体瑟缩，就知道自己说话嗓门大了些。

"他说一切都结束了，他要画下句点，"她说，深色眼眸周围再度涌出泪水，"他要对生命致敬。"

"对生命致敬？他用的就是这些字眼？"

她点点头。哈利放开她的手，站了起来，走到窗边，仰望夜空。雪停了。他抬头望向那座灯光灿烂的奥斯陆地标，那座无论从奥斯陆哪个角落都看得见的滑雪跳台，矗立在黑色山脊上犹如一个白色逗号，或者句号。

哈利回到床边，弯腰吻了吻她的额头。

"你要去哪里？"她低声说。

哈利扬起沾满血的手，微微一笑："去看医生。"

他离开卧房，蹒跚地走下楼梯，走入寒夜，来到白茫茫的昏暗院子里，但他依然感到头晕眼花。

哈根站在路虎旁，正在讲手机。

他中断谈话，对哈利点点头，问说需不需要载他一程。

哈利坐上后座，心想萝凯怎么会感谢上帝？当然了，她并不知道另有一个人也值得她感谢。又或者黑市买家接受了他的出价，他已经得开始付出代价。

"要去市中心吗？"驾驶的警察问。

哈利摇摇头，朝上方指了指。他的右手食指在大拇指和无名指之间看起来格外孤单。

36 高台

第二十一日

从萝凯家前往霍尔门科伦滑雪跳台只需要三分钟车程,车子穿过隧道,停在观景崖的纪念品商店之间。滑雪道看起来犹如冻结的白色瀑布,从看台之间奔泻而下,在一百米下方展开为平坦的滑雪终点区。

"你怎么知道他在这里?"哈根问。

"因为他跟我说过,"哈利说,"有一次我们坐在溜冰场,他跟我说当他的毕生工作都已完成,身体病得快死的时候,他就要从那座高台跳下去,对生命致敬,"哈利指了指灯火通明的滑雪高台,以及直上黑色夜空的滑雪道,"而且他知道我会记得。"

"疯子。"哈根低声说,望向坐落在高台顶端、有如鸟笼般的深色玻璃跳台。

"我可以跟你借手铐吗?"哈利问,转头望向驾驶警察。

"你已经有一副啦。"哈根说,朝哈利的右手腕点了点头。哈利的右手腕铐了一副手铐,手铐的另外半边开着。

"我需要两副,"哈利说,从驾驶警察手中接过手铐皮套,"可以帮我一下吗?我缺了几根手指……"

哈根摇摇头,将另一副手铐的半边铐上哈利的左手腕。

"我不喜欢你一个人上去,我怕有什么万一。"

"上面没有太大的空间,而且我可以跟他说话,"哈利掏出卡翠娜的手枪,"我还有这个。"

"那就是我害怕的原因，哈利。"

霍勒警监瞥了上司一眼，转过身，用健全的左手打开车门。

驾车警察陪同哈利前往滑雪博物馆，他们必须穿过滑雪博物馆才能到达高台电梯。他们带了一根撬棒，准备将门撬开。快走到时，手电筒光芒照到售票亭四周散落着闪闪发光的碎玻璃，博物馆内则传出隐约的警铃怒吼声。

"好吧，这样一来就可以知道我们要找的人在这里，"哈利说，确认左轮手枪插在后腰际，"下一辆警车一到，立刻派两个人守住后面的出口。"

哈利接过手电筒，踏进漆黑的展览室，匆匆经过挪威滑雪英雄的海报和照片、挪威国旗、挪威滑雪板润滑油、挪威国王、挪威王妃，这些展示品全都附有简练的说明文字，赞扬挪威是个多么棒的国家。哈利记起了自己为什么一直都对这家博物馆兴趣缺乏。

电梯在最里头，是一部窄小封闭的电梯。哈利看着电梯，感觉背上冷汗直冒。电梯旁有一座钢制楼梯。

他爬上八段楼梯后就后悔了，只因头晕眼花、恶心反胃的感觉又回来了。他的脚步声沿着金属楼梯上下回荡，手腕上的手铐不断敲击扶手，奏出钢管音乐。照理说这时他的心脏应该将肾上腺素运送到身体各部位，让身体准备接下来的行动才对。也许他已体力透支，筋疲力尽。又或者他知道一切都结束了，游戏完结，结局昭然若揭。

哈利继续往上爬，将脚跨上台阶，根本懒得保持安静，他知道自己老早就被听见了。

楼梯直通昏暗的跳台。哈利按亮手电筒，头部一高过跳台地面，立刻就感觉一股冷空气卷了过来。苍白的月光洒落在跳台上。跳台面积约四平方米，四周全是玻璃，设有一条钢制扶手围栏，让游客有紧握之处。游客可以带着恐惧和雀跃的混杂心情，欣赏奥斯陆的风景，或想象穿滑雪板跳下滑雪道会是何种感觉，或想象自己坠落跳台，如石头般朝底下的房屋坠下，最后在房屋下方更远处撞烂在树上。

"很美对不对？"马地亚的声音听起来很轻快，近乎愉悦。

"如果你是指风景，我同意。"

"我指的不是风景，哈利。"

马地亚的一只脚悬荡在跳台外，哈利则站在楼梯旁。

"杀了她的是你还是雪人，哈利？"

"你说呢？"

"我想是你，毕竟你是个聪明的家伙，我的指望全都放在你身上。感觉很糟对不对？当然了，你才刚刚亲手杀了最爱的人，要看见其中的美应该不太容易。"

"呃，"哈利说，靠近一步，"我想你对这点应该所知无几吧。"

"是这样吗？"马地亚头往后靠，倚在窗框上，大笑几声，"这世界上我最爱的人，就是我杀的第一个女人。"

"那你为什么还杀她？"哈利移动右手，在背后握住枪柄，只觉得伤口传来一阵刺痛。

"因为我母亲满口谎言，而且是个淫妇。"马地亚说。

哈利右手一晃，举起手枪："下来，马地亚，两手举起来。"

马地亚用好奇的眼神看着哈利："你知道你母亲有百分之二十的概率也是淫妇吗，哈利？你有百分之二十的概率是淫妇的儿子，感觉如何啊？"

"你听见我说的话了，马地亚。"

"让我替你省点力气，哈利。第一，我拒绝从命。第二，你可以说你看不见我的双手，所以我手上可能有枪。对，快开枪，哈利。"

"下来。"

"萝凯是个淫妇，哈利，欧雷克是淫妇的儿子，你应该感谢我让你亲手杀了她才对。"

哈利将枪交到左手，垂荡的手铐互相撞击。

"你考虑清楚吧，哈利。如果你逮捕我，我会被宣判为心智不健全，在精神病院好好休养几年,最后被释放,所以你还是快点开枪吧。"

"你早就想死了,"哈利说,更靠近了些,"反正无论如何你都会死于硬皮症。"

马地亚在窗框上拍了一掌:"干得好,哈利,我说过我血液里有抗体,你去查过了。"

"我问过费列森,后来也对硬皮症做了点研究。如果你有这种病,要选择另一种死法是很容易的。比如说,你可以选择一个壮丽的死亡,让你所谓的毕生工作有个圆满结束。"

"我听得出你话里的轻视,哈利,可是有一天你也会了解的。"

"了解什么?"

"我们做的是相同的工作,哈利,那就是对抗疾病,可是我们对抗的疾病是无法根除的,所有的胜利都是暂时的,所以我们毕生的工作就只是对抗而已,而我的工作到这里已经结束了。难道你不想对我开枪吗,哈利?"

哈利和马地亚目光相触,接着他掉转手枪,让枪柄朝向马地亚:"你自己动手,王八蛋。"

马地亚皱起眉头。哈利看见马地亚脸上露出迟疑、怀疑,最后逐渐化为微笑。

"那就恭敬不如从命。"马地亚越过栏杆,接过手枪,抚摸枪身的黑色精钢。

"你犯了个大错,我的朋友,"他说,将枪口指着哈利,"你会是个完美的句点,哈利,这样我的杰作一定不会被世人遗忘。"

哈利瞪着黑色枪口,看着击锤探出丑陋的小头。一切似乎都变成了慢动作,整个空间似乎开始旋转。马地亚瞄准目标。哈利也瞄准目标,挥出右臂。就在马地亚扣下扳机之际,手铐发出低微的铿铿声,疾飞而出。马地亚将扳机扣到了底,左轮手枪发出单调的咔嗒一声,半边手铐也发出铿锵一声,铐上了马地亚的手腕。

"萝凯没死，"哈利说，"你失败了，你这个变态王八蛋。"

哈利看见马地亚双眼睁大，又眯缝起来，看着未击发的左轮手枪，以及手腕上将两人铐在一起的金属手铐。

"你……你把子弹拿出来了。"

哈利摇摇头："卡翠娜的手枪里一直都没装子弹。"

马地亚抬眼望向哈利，倾身向前："跟我走吧。"

他纵身一跳。

哈利被猛烈的力道向前扯去，失去平衡。他想撑住，但马地亚过于沉重，他的强健体魄又因肢体受创和大量失血而虚弱无力。他大吼一声，身体被扯得翻越钢制栏杆，朝窗外的无际黑夜直飞出去。他左臂疾挥，朝上方甩去，这时他眼前浮现的是一根椅脚，而他孤单地坐在芝加哥卡比尼格林国民住宅那间没有窗户的肮脏套房里。哈利听见金属撞击金属的声音，接着就如同自由落体般坠入黑夜。游戏结束。

甘纳·哈根抬头看着滑雪跳台，雪花又开始回旋纷飞，遮住了他的视线。

"哈利！"他对着无线对讲机再次高喊，"你在吗？"

他放开按钮，得到的响应仍只是激烈嘈杂的声音。

高台旁的空旷停车场上已停了四辆警车，几秒钟前，跳台上传来喊叫声，这时每个人都感到惶惑无主。

"他们掉下来了，"哈根身旁的警察说，"我确定我看见两个人影从玻璃跳台上掉下来。"

哈根垂下了头，放弃希望。不知为何，在这一刻，他觉得事情如此结束，背后自有一个荒谬的逻辑可循，其中隐含了某种宇宙的平衡。

胡扯。胡扯一通。

哈根在飘飞的雪花中看不见警车，但听得见警笛的哀叹，犹如一群痛哭的女子，正朝这里前进。他知道这些声音将会引来食腐者，包括媒体秃鹰、好管闲事的邻居、嗜血的长官。他们将一拥而上，抢食他们最爱吃的尸体部位，饱餐一顿。今晚菜色共有两道，一道是众人厌弃的雪人，另一道是众人厌弃的警察，两道菜都很合他们的口味。这其中没有逻辑、没有平衡，只有饥渴和食物。哈根的无线对讲机发出叽喳声。

"我们找不到他们！"

哈根等待着，心想自己该如何跟上司解释说他为何让哈利只身前去？该如何解释说自己只是哈利的上司，并非可以指挥他的长官，始终都不是？这其中也自有逻辑可循，其实他并没有担任犯罪特警队队长的能耐，无论他们是否明白。

"怎么回事？"

哈根转过头，看见说话的是麦努斯。

"哈利掉下来了，"哈根说，朝高台点了点头，"他们正在搜寻尸体。"

"尸体？哈利的？不可能的啦。"

"不可能？"

哈根转头望向麦努斯，麦努斯眯眼仰望高台，"我以为你已经了解那家伙了。"

哈根觉得无论如何自己都十分羡慕这名年经警官如此笃定。

无线对讲机又发出叽喳声："他们不在这里！"

麦努斯转头望向哈根，两人对看一眼，麦努斯耸了耸肩，意思是："我不是跟你说了？"

"嘿，警务员！"哈根朝路虎的驾驶警察高喊，伸手指向车顶的探照灯，"打开探照灯，照亮玻璃跳台，再拿一副望远镜给我。"

几秒钟后，一道光柱划过夜空。

"看见什么了吗？"麦努斯问。

"雪，"哈根说，将望远镜抵在眼睛上，"再高一点，停！等一下……我的天啊！"

“怎么了？”

“这……太惊人了。”

这时雪花不再飘落，宛如舞台幕布冉冉升起。哈根听见几名警察相继高声呼喊。只见空中有两名男子串在一起，犹如垂挂于后视镜的装饰品，下方那人高举手臂，仿佛挥手庆祝胜利，上方那人双臂垂直张开，像是被横向钉在十字架上。两人动也不动，头部下垂，在夜空中缓缓旋转。

哈根透过望远镜，看见拉住哈利的是他左手的手铐，手铐铐在玻璃跳台内的栏杆上。

“太惊人了。”哈根又说了一次。

哈利恢复意识时，蹲在他身旁的正巧就是失踪组的年轻警官托马斯·海勒。四名警察将哈利和马地亚拉上了玻璃跳台。多年后，托马斯依然很喜欢再三述说这位声名狼藉的警监恢复意识后的第一个反应。

“他眼睛睁得大大地，问说马地亚是不是还活着！好像很怕那家伙死了一样，好像天底下最糟糕的莫过于这件事了。我回答说马地亚还活着，正要被送上救护车，他大叫说赶快抽掉马地亚身上的鞋带和皮带，绝对不可以让他自杀。你们听说过这种事吗？居然会有人这么关心一个想杀死他前女友的人。”

37 爸爸

第二十二日

尤纳斯似乎听见金属风铃的叮叮声，但仍继续睡。他又听见呜咽声，这才张开眼睛。有人在房间里，是爸爸，爸爸就坐在他的床沿。

那呜咽声是爸爸在哭泣。

尤纳斯在床上坐了起来，将手放在父亲肩膀上，感觉父亲正在发抖。真奇怪，他从来没注意过父亲的肩膀这么窄小。

"他们……他们找到她了，"他啜泣道，"妈妈……"

"我知道，"尤纳斯说，"我梦到了。"

父亲转过头来，满脸诧异。月光透过窗帘缝隙洒了进来，尤纳斯看见泪水滑落父亲脸颊。

"现在只剩下我们两个人了，爸。"他说。

父亲张开了口，一次，两次，但一句话都没说出来。父亲张开双臂，抱住尤纳斯，将他拉近了些，紧紧抱住。尤纳斯将头靠在父亲脖子上，感觉温热的眼泪沾湿头顶。

"你知道吗，尤纳斯？"父亲边落泪边轻声说，"我好爱你，你是我最亲爱的家人，你是我的孩子，你听见了吗？你是我的孩子，你永远都会是我的孩子。我们会想出办法的，对不对？你说呢？"

"会的，爸，"尤纳斯轻声说，"我们会想出办法的。"

38 天鹅

二〇〇四年十二月

十二月，医院窗外的褐色土地在钢灰色天空下光秃一片。上了雪链的轮胎嘎吱嘎吱辗过高速公路的干燥柏油路面，匆匆穿越天桥的行人翻起衣领，神色漠然。医院墙内的一群人聚在一起，病房桌上伫立的两根蜡烛象征着"将临期第二主日"。

哈利在门口停下脚步。奥纳坐在床上，显然刚讲了句俏皮话，鉴识中心主任贝雅特仍大笑不已。贝雅特大腿上坐着一个脸颊红通通的宝宝，他嘴巴张开，大眼圆睁，看着哈利。

"我的朋友！"奥纳高声说，看见了门口的哈利。

哈利走进门，抱了抱贝雅特，向奥纳伸出了手。

"你的气色看起来比上次好很多。"哈利说。

"他们说圣诞节之前我就能出院了，"奥纳说，翻过哈利的手，"真是惨烈，怎么样？"

哈利让奥纳仔细观看他的手："中指被切下来，救不回来了。医生把食指的肌腱缝了起来，神经末梢一个月会生长一毫米，试着跟另一头连接起来，可是医生说有一边会永久瘫痪。"

"代价很高。"

"并不会，"哈利说，"微不足道。"

奥纳点点头。

"开庭时间公布了吗？"贝雅特说，站了起来，将宝宝放进手提式婴儿床。

"还没。"哈利说，看着贝雅特熟练的动作。

"被告律师会争取马地亚被判发疯，"奥纳说，他偏好"发疯"这个通俗用语，因为不仅形容得十分恰当，而且带有诗意，"要达不到这个目标，他们找的心理医生得比我还烂才行。"

"他一定会被判无期徒刑的。"贝雅特说，侧过了头，整理宝宝的被子。

"可惜他会过着悲惨的日子，"奥纳咆哮说，伸手去床头桌拿眼镜，"我年纪越大，越认为心理不管正不正常，邪恶就是邪恶。我们每个人或多或少都会受到邪恶行为的诱惑，但这不表示我们对邪恶行为就不需要负责任，天啊，我们每个人都有自己的人格障碍，而我们病得有多严重，从行为上就看得出来。大家都说法律之前人人平等，但只要每个人都不相同，就没有平等这回事。黑死病流行的时候，水手只要咳嗽立刻就会被丢下船，他们当然会被丢下船，因为正义是一把很钝的刀，不管在哲学或审判的层面都是如此。我们只有比较幸运和比较不幸运、个人的疾病未来治得好和治不好的分别而已，我亲爱的朋友。"

"不过呢，"哈利说，看着仍包着绷带的中指残肢，"以他的例子来说，一辈子都会是这样。"

"哦？"

"一辈子都治不好。"

病房内一阵静默。

"我有没有说医生建议我装义肢？"哈利挥舞右手，高声说，"但基本上我喜欢我的手就是这样，四根手指，好像卡通人物的手。"

"那根中指你怎么处理？"

"我捐给解剖部，可是他们没兴趣，所以我就把那根手指做了防腐处理，放在我桌上，就好像哈根桌上那根日本人的小指一样。我想一根中指比较像是哈利式的打招呼。"

另外两人大笑。

"欧雷克和萝凯怎么样？"贝雅特问。

"好得出人意料，"哈利说，"他们很强悍。"

"卡翠娜·布莱特呢？"

"好多了，我上星期去看过她，她二月会开始工作，回到她在卑尔根的老单位。"

"真的？她不是激动得差点对某人开枪吗？"

"并非如此，她携带的左轮手枪一直都没装子弹，所以她才敢把扳机扣得那么深。我应该想到才对。"

"哦？"

"警察从一家警局调到另一家的时候，必须交出原有的配枪，再领一支新的佩枪和两盒子弹，她办公桌抽屉里有两盒还没开封的子弹。"

一阵静默。

"很好啊，她复原了。"贝雅特说，抚摸宝宝的头发。

"对。"哈利心不在焉地说，这才想到卡翠娜看起来的确好多了。他去卡翠娜在卑尔根的母亲家探望她时，她刚去颂维根山长跑回来，冲完了澡。她的头发仍是湿的，面色红润。她母亲端上了茶，她开始述说自己是如何着魔似的去追查父亲的案子，还说很抱歉把哈利拖下水，不过哈利在她眼中并未见到悔意。

"我的精神科医生说我只是比大部分的人极端一点点而已，"她高声大笑，耸了耸肩，"但现在一切都过去了，这件事从小时候就一直纠缠着我，现在我爸的罪名被洗清了，我也能继续过我自己的日子了。"

"你会问性犯罪小组要不要让你回去吗？"

"会先从那里开始，再看看情况，就算是顶尖的政治家也有得东山再起的时候。"

她的目光移到窗外，望着峡湾，也许是望向芬岛。哈利离开时，知道伤害依然存在，而且永远不会消失。

哈利低头看着自己的手。奥纳说得对，如果每个宝宝都是完美的奇迹，那么生命基本上就是一场堕落的旅程。

一名护士在门口咳了一声："该打针了，奥纳。"

"哦，饶了我吧，护士小姐。"

"我们这里可是不作假的。"

奥纳叹了口气："护士小姐，你觉得哪一种比较糟？是一个人想活下去，却被人夺走生命？还是一个人不想活下去，却被人硬逼着一定要活下去？"

贝雅特、护士小姐和奥纳都笑了，没有人注意到哈利坐在椅子上抽动了一下。

哈利踏上医院通往松恩湖的陡坡。这附近没有太多人，只有每星期日固定会来的民众正绕着湖畔小径散步。萝凯在路障旁等着他。

他们抱了抱彼此，不发一语，踏上湖畔小径。空气冷冽，淡蓝色天际挂着黯淡的太阳。干枯的叶子发出碎裂声，瓦解在他们的鞋跟底下。

"我会梦游。"哈利说。

"哦？"

"对，而且我可能已经梦游一段时间了。"

"要时时刻刻都处在当下不是很容易。"她说。

"不是这个意思，"他摇头说，"我是说真的梦游，我想我晚上会下床，在家里走来走去，天知道我都做了些什么。"

"你怎么发现的？"

"我出院回家的那天晚上，站在厨房，看着地上的湿脚印，才发现我身上没穿衣服，只穿了一双橡胶靴。那时候是半夜，我手里还拿着一把锤子。"

萝凯微微一笑，看着地面，跳过一步，好让他们步伐一致："我怀孕之后也梦游过一段时间。"

"奥纳跟我说成人压力大的时候会梦游。"

两人在湖水边停下脚步，看着一对天鹅漂过水面。它们动也不动，没发出一丝声响，只是静静漂过灰色湖面。

"我从一开始就知道欧雷克的父亲是谁，"她说，"可是当他在奥斯陆的女友通知他说她怀孕的时候，我并不知道我怀了他的孩子。"

哈利深深吸进冷冽的空气，感觉被冷空气刺痛，品尝冬季的滋味。他抬头面向太阳，闭上双眼聆听。

"我发现的时候，他已经做了决定，离开莫斯科，回到奥斯陆。那时我有两个选择，一个选择是让这个孩子在莫斯科有个父亲，这个父亲只要认为孩子是自己的，就会对他视如己出，爱他、照顾他。另一个选择是让孩子没有父亲。这件事当然很荒谬，你很清楚我对说谎有什么感觉。以前如果有人跟我说，有一天我会将余生都建筑在谎言上，我一定会强烈否认，像我这种人绝对不可能让这种事情发生。年轻的时候总以为事情都很简单，根本不知道日后你可能会面临多么难以想象的困难抉择。如果我只需要考虑我一个人，这件事就会很简单，可是要考虑的事实在太多了。我必须考虑的不只是我是不是要伤害费奥多尔，并且公然侮辱他的家族，还必须考虑我是不是要摧毁那个返回奥斯陆的男人和他的家庭，然后我还必须考虑欧雷克。最后我决定一切都以欧雷克优先。"

"我了解，"哈利说，"我完全了解。"

"不，"她说，"你不了解为什么我从来没跟你提过这件事。跟你在一起，我完全不必考虑别人。你一定认为我想假装自己是个更好的人。"

"我没这样想，"哈利说，"我认为你这样就很好了。"

她将头倚在他肩膀上。

"你相信别人说的天鹅习性吗？"她问道，"说它们会忠贞不贰、至死不渝？"

"我相信它们会信守承诺。"哈利说。

"天鹅会许什么承诺？"

"没有，我只是猜想而已。"

"所以你只是在说你自己喽？其实我比较喜欢你许下承诺，然后打破。"

"你想要更多承诺吗？"

她摇摇头。

两人再度踏上小径，她伸手挽住他的手臂。

"我希望我们可以从头来过，"她叹说，"假装什么事都没发生过。"

"我知道。"

"但你也知道这样不太好。"

哈利从她语气中听出这句话是一项声明，但里头某个地方仍藏着小小的问号。

"我正在考虑去别的地方。"他说。

"是吗？去哪里？"

"不知道，别去找我，尤其别去北非找我。"

"北非？"

"这是英国演员马蒂·费尔德曼在电影里的台词，他想逃离，同时又想被找到。"

"原来如此。"

一抹黑影掠过他们，朝黄灰色的森林泥地移动而去。他们抬头一看，原来是其中一只天鹅。

"电影后来怎么了？"萝凯问，"他们有没有再找到彼此？"

"当然有。"

"你什么时候回来？"

"不回来，"哈利答道，"永远都不回来。"

德扬区一栋公寓的冰冷地下室里，两名忧心忡忡的住户委员会代表站在那里，看着一名身穿连身工作服、脸上戴着厚重眼镜的男子。男子说话时，口中喷出的白色雾气犹如白色灰尘。

　　"霉菌就是这样，你看不见它。"

　　他顿了顿，中指按着额前垂落的一缕头发。

　　"但是它的确存在。"

图书在版编目（CIP）数据

雪人 /（挪）奈斯博著；林立仁译. —长沙：湖南文艺出版社，2016.4（2022.2重印）
ISBN 978-7-5404-7483-6

Ⅰ.①雪… Ⅱ.①奈… ②林… Ⅲ.①长篇小说–挪威–现代 Ⅳ.①I533.45

中国版本图书馆CIP数据核字（2016）第035298号

著作权合同登记号：图字18-2016-027

SNØMANNEN：Copyright © Jo Nesbø 2007
Published by agreement with Salomonsson Agency AB through The Grayhawk Agency.
本书译文由台湾漫游者文化授权简体中文版出版发行

上架建议：畅销·悬疑小说

XUEREN
雪人

作　　者：[挪威]尤·奈斯博
译　　者：林立仁
出 版 人：刘清华
责任编辑：薛　健　刘诗哲
监　　制：吴文娟
策划编辑：董　卉
特约编辑：庞海丽
版权支持：辛　艳
营销支持：王钰捷　仇　悦
封面设计：蔡南昇
版式设计：张丽娜
出版发行：湖南文艺出版社
　　　　　（长沙市雨花区东二环一段508号　邮编：410014）
网　　址：www.hnwy.net
印　　刷：三河市鑫金马印装有限公司
经　　销：新华书店
开　　本：880mm×1230mm　1/32
字　　数：300千
印　　张：13.5
版　　次：2016年4月第1版
印　　次：2022年2月第9次印刷
书　　号：ISBN 978-7-5404-7483-6
定　　价：39.00元

若有质量问题，请致电质量监督电话：010-59096394
团购电话：010-59320018